# SABRIEL

# SABRIEL

A MISSÃO DA GUERREIRA

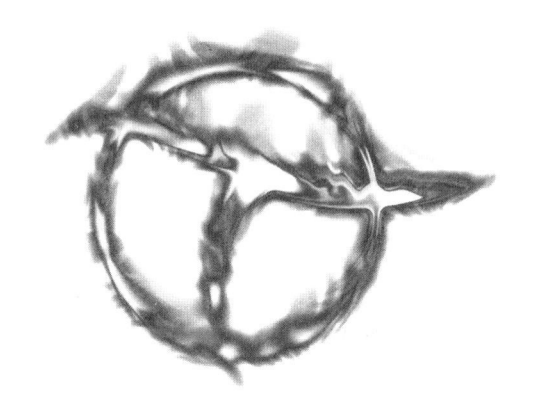

# GARTH NIX

Tradução
Chico Lopes

**ROCCO**
JOVENS LEITORES

Título original
SABRIEL

Copyright © Garth Nix, 1995

Todos os direitos reservados.
Nenhuma parte desta obra pode ser reproduzida ou transmitida por qualquer forma ou meio eletrônico ou mecânico, inclusive fotocópia, gravação ou sistema de armazenagem e recuperação de informação, sem a permissão escrita do editor.

Copyright da edição brasileira © 2011 by Editora Rocco Ltda.

Direitos para a língua portuguesa reservados
com exclusividade para o Brasil à
EDITORA ROCCO LTDA.
Av. Presidente Wilson, 231 – 8º andar
20030-021 – Rio de Janeiro – RJ
Tel.: (21) 3525-2000 – Fax: (21) 3525-2001
rocco@rocco.com.br
www.rocco.com.br

Printed in Brazil/Impresso no Brasil

preparação de originais
MARIA BEATRIZ BRANQUINHO

CIP-Brasil. Catalogação na fonte.
Sindicato Nacional dos Editores de Livros, RJ.
N656s
Nix, Garth, 1963-
Sabriel/Garth Nix; tradução de Chico Lopes.
– Primeira edição. – Rio de Janeiro: Rocco Jovens Leitores, 2011.
Tradução de: Sabriel
ISBN 978-85-7980-023-8
I. Literatura infantojuvenil australiana. I. Lopes, Chico, 1952-. II. Título.
10-0978     CDD – 028.5     CDU – 087.5

O texto deste livro obedece às normas do
Acordo Ortográfico da Língua Portuguesa.

*À minha família e aos amigos*

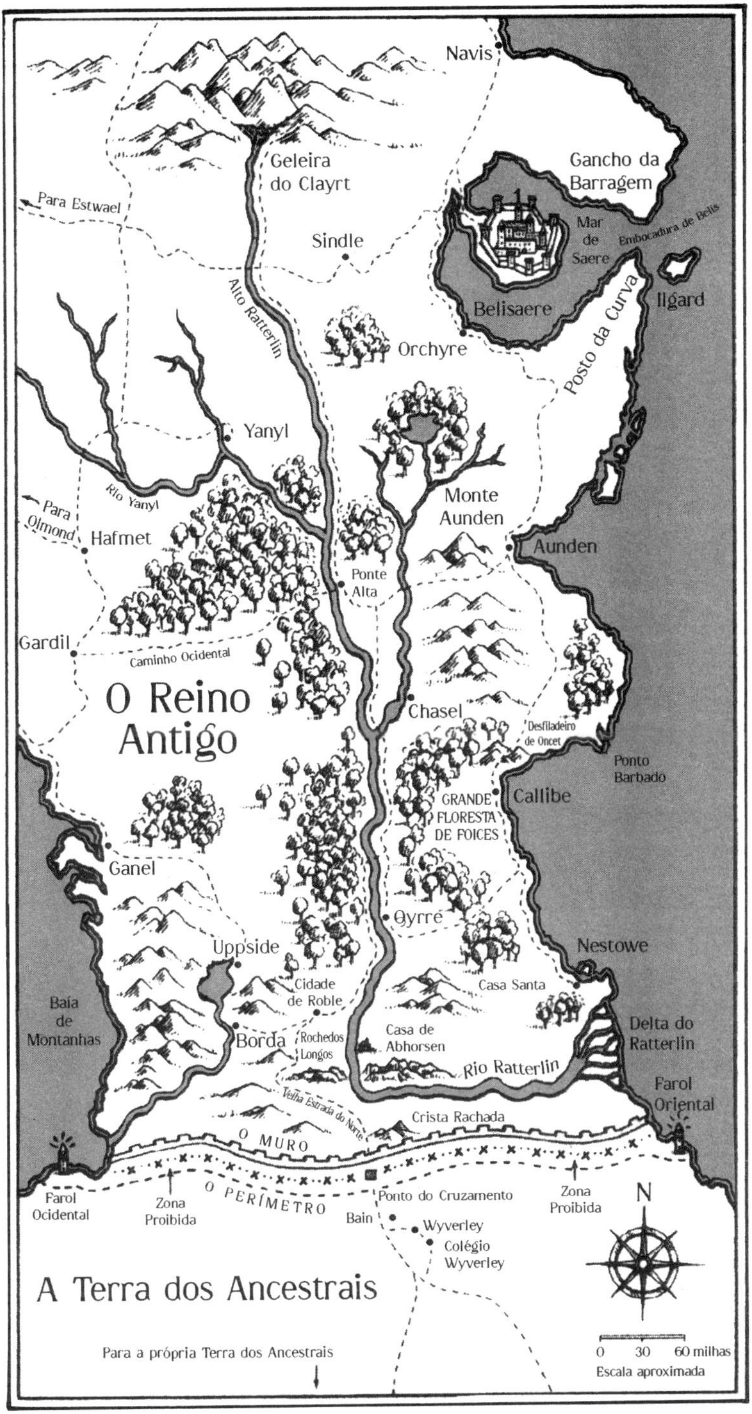
Navis
Geleira do Clayrt
Gancho da Barragem
Para Estwael
Mar de Saere
Embocadura de Belis
Sindle
Alto Ratterlin
Belisaere
Ilgard
Posto da Curva
Orchyre
Yanyl
Rio Yanyl
Para Olmond
Hafmet
Monte Aunden
Aunden
Ponte Alta
Gardil
Caminho Ocidental
O Reino Antigo
Chasel
Desfiladeiro de Oncet
Ponto Barbado
Callibe
GRANDE FLORESTA DE FOICES
Ganel
Qyrre
Nestowe
Uppside
Cidade de Roble
Casa Santa
Baía de Montanhas
Borda
Rochedos Longos
Casa de Abhorsen
Delta do Ratterlin
Rio Ratterlin
Farol Oriental
Velha Estrada do Norte
Crista Rachada
O MURO
O PERÍMETRO
Farol Ocidental
Zona Proibida
Ponto do Cruzamento
Zona Proibida
N
Bain
Wyverley
Colégio Wyverley
A Terra dos Ancestrais
Para a própria Terra dos Ancestrais
0 30 60 milhas
Escala aproximada

# prólogo

Havia pouco mais que quatro quilômetros e meio do Muro até o Reino Antigo, mas era o bastante. O sol do meio-dia podia ser visto do outro lado do Muro na Terra dos Ancestrais e não se avistava nenhuma nuvem. Do lado de cá, via-se um pôr do sol nublado e uma chuva firme tinha acabado de começar, caindo mais rapidamente do que as tendas poderiam ser erguidas.

A parteira remexeu os ombros, erguendo sua capa junto ao pescoço, e se curvou sobre a mulher novamente, as gotas de chuva escorrendo de seu nariz por sobre o rosto que se erguia logo abaixo. Com o sopro, sua respiração formou uma nuvem branca, mas não houve da parte de sua paciente uma lufada de ar como resposta.

A parteira suspirou e se endireitou lentamente, o simples movimento revelando a seus observadores o que eles precisavam saber. A mulher que havia entrado cambaleando em seu acampamento florestal estava morta, e sobrevivera somente o bastante para transmitir a vida ao bebê que estava ao seu lado. Mas, quando a parteira retirou-o, tão pateticamente pequeno, do lado da mulher morta, ele tremeu dentro dos panos que o envolviam e ficou quieto.

— O filho também? — perguntou um dos observadores, um homem que usava um sinal da Ordem recém-traçado em cinzas sobre sua testa. — Então, não haverá necessidade de batismo.

Sua mão se ergueu para apagar o sinal de sua testa e de repente parou, quando uma mão pálida e branca agarrou-a e fez com que se abaixasse num único e ágil movimento.

— Paz! — disse uma voz calma. — Eu vim como amigo.

A mão branca se afrouxou e o homem que falava entrou no círculo da fogueira. Os outros o olharam sem lhe dar boas-vindas e as mãos que traziam sinais da Ordem parcialmente esboçados, ou tinham se dirigido para as cordas dos arcos ou para os cabos das espadas, se mantiveram tensas.

O homem caminhou decididamente em direção aos corpos e baixou o olhar sobre eles. Depois, virou-se para encarar seus observadores, puxando seu capuz para trás, revelando o rosto de alguém que havia trilhado caminhos distantes da luz do sol, pois sua pele era de uma palidez mortal.

— Meu nome é Abhorsen — disse ele, e suas palavras provocaram ondas de excitação no grupo, como se ele houvesse lançado uma pedra grande e pesada numa poça de água estagnada. — E haverá um batismo hoje.

O Mago da Ordem baixou os olhos sobre a trouxa na mão da parteira e disse:

— A criança está morta, Abhorsen. Somos nômades, nossa vida é vivida ao léu e é sempre adversa. Conhecemos a morte, senhor.

— Não tanto quanto eu — respondeu Abhorsen, com um sorriso que fez seu rosto branco como papel se enrugar nos cantos e recuar das fileiras regulares de seus dentes brancos. — E digo que a criança ainda não está morta.

O homem tentou entender o olhar fixo de Abhorsen, mas hesitou e olhou para seus companheiros. Nenhum deles se moveu, ou fez qualquer sinal, até que uma mulher falou:

— Está certo. O caso fica resolvido. Batize a criança, Arrenil. Vamos erguer um novo acampamento no Vau do Leovi. Encontre-nos lá quando terminar aqui.

O Mago da Ordem inclinou sua cabeça em assentimento e os outros se afastaram para cuidar de seu acampamento já quase desfeito, lentos na relutância de terem que se mover, mas cheios de uma relutância ainda maior quanto a ficarem perto de Abhorsen, pois seu nome era impregnado de segredos e medos indizíveis.

Quando a parteira deixou a criança estendida para também partir, Abhorsen falou:

— Espere. Você será necessária aqui.

A parteira baixou os olhos para o bebê e viu que era uma menina e que, exceto pela imobilidade, podia estar apenas dormindo. Ela sabia da fama de Abhorsen, e se a menina pudesse sobreviver... pegou a criança cuidadosamente outra vez e estendeu-a ao Mago da Ordem.

— Se a Ordem não aprovar... — balbuciou o homem, mas Abhorsen ergueu uma mão pálida e interrompeu-o.

— Vamos ver o que a Ordem deseja.

O homem olhou para a criança novamente e suspirou. Depois, tirou uma garrafinha de sua algibeira e a manteve erguida, entoando um cântico que era o esboço de uma Ordem; uma que arrolava todas as coisas que viviam e evoluíam, ou que tinham uma vez vivido, ou que viveriam novamente, e os laços que as mantinham todas unidas. Enquanto ele falava, uma luz reluziu dentro da garrafa, pulsando ao ritmo do cântico. Depois, o cantor se calou. Fez com que a garrafa tocasse a terra, e a seguir tocasse a marca de cinzas em sua testa, e depois ele a virou de ponta-cabeça sobre a criança.

Um grande relâmpago iluminou as florestas ao redor quando o líquido brilhante espirrou sobre a cabeça da criança, e o sacerdote clamou:

— Pela Ordem que liga todas as coisas, nós te nomeamos...

Normalmente, a essa altura, os pais da criança falariam o seu nome. Porém, ali, apenas Abhorsen falou:

— Sabriel.

Quando pronunciou a palavra, as cinzas desapareceram da testa do sacerdote e lentamente foram se juntando na testa da criança. A Ordem havia aceitado o batismo.

— Mas... ela está morta! — exclamou o Mago da Ordem, tocando sua testa para se certificar de que as cinzas haviam realmente desaparecido.

Ele não obteve resposta, pois a parteira estava olhando para Abhorsen do outro lado da fogueira, e Abhorsen estava de olhos fixos em... nada. Seus olhos refletiam as chamas dançarinas, mas não as viam.

Lentamente, uma névoa fria começou a sair de seu corpo, espalhando-se na direção do homem e da parteira, que correram para o outro lado da fogueira — querendo se afastar, mas agora amedrontados demais para fugir.

Ele ouviu a criança chorar, o que era bom. Se ela já houvesse ultrapassado o primeiro portal, ele não poderia trazê-la de volta sem outras rigorosas preparações e uma subsequente diluição de seu espírito.

A correnteza era forte, mas ele conhecia esse braço do rio e havia vadeado poços e redemoinhos que quiseram tragá-lo. Já sentia as águas sugando seu espírito, mas sua vontade era forte, e por isso elas podiam apenas levar a cor, não a substância.

Ele parou para escutar e, ouvindo o choro diminuir, apressou o passo. Talvez ela já estivesse no portal e faltasse pouco para ultrapassá-lo.

O Primeiro Portal era um véu de neblina, com uma única abertura escura, para onde o rio vertia, mergulhando no silêncio. Abhorsen se apressou na direção da abertura e então parou. A criancinha ainda não o havia ultrapassado, mas só porque alguma coisa a tinha pego e erguido. Surgira ali, saída das águas negras, uma sombra mais escura que o portal.

Era bem mais alta que Abhorsen e havia pálidas luzes de fogo-fátuo ardendo no lugar dos olhos, e dela provinha o fétido cheiro de carniça – um fedor cálido que atenuava o frio causado pelo rio.

Abhorsen avançou sobre a coisa lentamente, olhando para a criança que ela segurava displicentemente na curva de um braço obscurecido. O bebê estava adormecido, e se contorcia na direção da criatura, procurando um seio materno, mas ela a mantinha afastada de si, como se a criança fosse quente ou cáustica.

Lentamente, Abhorsen tirou uma pequena sineta prateada da correia de sininhos cruzada em seu peito e ergueu o punho para fazê-la soar. Mas a coisa sombria ergueu o bebê e falou numa voz seca e deslizante, como se fosse uma serpente num monte de pedregulhos.

— Ela é espírito de seu espírito, Abhorsen. Você não pode me enfeitiçar enquanto a seguro. E talvez eu a leve para além do portal, tal como a mãe dela já foi.

Abhorsen franziu o cenho, em reconhecimento, e recolocou a sineta no lugar.

— Você está com uma nova forma, Kerrigor. E agora está do lado de cá do Primeiro Portal. Quem foi tolo o bastante para ajudá-lo a vir até aqui?

— Um dos invocadores habituais — respondeu ele. — Mas era desprovido de habilidade. Ele não percebeu que a coisa teria a natureza de uma troca. Ai de mim, sua vida não foi suficiente para que eu passasse pelo último portal. Mas, agora, você veio para me socorrer.

— Eu, que o acorrentei além do Sétimo Portal?

— Sim — sussurrou Kerrigor. — A ironia, creio eu, não deve lhe escapar. Mas se quiser a criança...

Ele fingiu que jogaria o bebê na correnteza e, com esse movimento brusco, fez com que ele despertasse. Imediatamente, a criança começou a chorar e seus pequenos punhos se estenderam para grudar no estofo de sombras de Kerrigor como nas dobras de um manto. Ele gritou, tentando afastá-la, mas as mãos pequeninas seguravam firmemente e ele foi forçado a fazer uso extra de suas forças, e atirá-la para longe dele. Ela caiu e foi imediatamente apanhada pela correnteza do rio, mas Abhorsen se arremeteu, arrebatando-a tanto do rio quanto das mãos avaras de Kerrigor.

Recuando, ele pegou a sineta prateada com uma só mão e balançou-a para que soasse duas vezes. O som foi curiosamente abafado, mas efetivo, e o repique pairou no ar, fresco e cortante, cheio de vida. Kerrigor encolheu-se ao ouvi-lo e caiu para trás, na escuridão que encobria o portal.

— Algum tolo logo vai me trazer de volta e aí então... — gritou ele, e o rio o engoliu. As águas fizeram remoinhos, e borbulharam, e depois retomaram seu fluxo normal.

Abhorsen ficou algum tempo olhando fixo para o portal, depois suspirou e, recolocando a sineta em sua correia, olhou para o bebê que trazia no braço. Ela retribuiu o olhar fixo, os olhos escuros se confrontando com os seus. A cor já havia se apagado de sua pele. Nervosamente, Abhorsen passou a mão pelo sinal na testa da criança e sentiu o brilho de seu espírito lá dentro. O sinal da Ordem protegera sua vida quando o rio devia tê-la consumido. Fora seu espírito de vida que queimara Kerrigor.

Ela sorriu para ele e gorgolejou um pouquinho, e Abhorsen sentiu um sorriso repuxando o canto de sua própria boca. Ainda sorrindo, ele se virou e começou o longo vadear rio acima, de volta ao portal que faria com que ambos retornassem à sua carne viva.

O bebê gemeu um segundinho antes que Abhorsen abrisse seus olhos, então a parteira já estava a meio caminho da fogueira agonizante, pronta para pegá-lo. O gelo se quebrava no chão e seus pingentes penduravam-se no nariz de Abhorsen. Ele limpou-os com a manga da camisa e se inclinou para a criança, do mesmo modo que qualquer pai ansioso faria depois de um nascimento.

— Como ela está? — perguntou ele, e a parteira olhou-o espantada, pois a criança morta estava agora ruidosamente viva e era tão mortalmente pálida como ele.

— Como pode ouvir, senhor — respondeu ela. — Ela está muito bem. Talvez esteja um pouquinho frio para ela...

Ele apontou para a fogueira e murmurou uma palavra, e o fogo se avivou rapidamente, o gelo se derretendo de imediato, as gotas de chuva se transformando em vapor crepitante.

— Isso servirá até amanhã cedo — disse Abhorsen. — Depois, eu a levarei para a minha casa. Terei necessidade de uma ama. Você virá?

A parteira hesitou e olhou para o Mago da Ordem, que ainda se mantinha distante da fogueira. Ele se esquivou do olhar da mulher e baixou o olhar mais uma vez para a garotinha que berrava em seus braços.

— O senhor é... o senhor é...

— Um necromante? — disse Abhorsen. — Só um pouquinho. Eu amei a mulher que jaz aqui. Ela teria sobrevivido se tivesse amado outro homem, mas não amou. Sabriel é nossa filha. Você não percebe o parentesco? A parteira olhou-o quando ele avançou e tomou Sabriel de seus braços, balançando-a em seu peito. O bebê se aquietou e, dentro de alguns segundos, estava dormindo.

— Sim — disse a parteira. — Eu irei com o senhor e tomarei conta de Sabriel. Mas o senhor deve providenciar uma ama de leite...

— E ouso afirmar que muito mais coisas. — Abhorsen refletiu. — Mas minha casa não é um lugar para...

O Mago da Ordem tossiu, limpando a garganta, e veio andando em torno da fogueira.

— Se o senhor precisa de um homem que saiba um pouco das coisas da Ordem — disse ele, hesitante —, eu gostaria de servi-lo, pois vi como ela atua no senhor, embora eu lamente ter que abandonar meus companheiros nômades.

— Talvez você não tenha que abandoná-los — respondeu Abhorsen, sorrindo a um súbito pensamento que lhe ocorreu.

— Estou pensando se o líder de vocês fará objeções a contar com dois novos membros juntando-se ao bando. Pois meu trabalho requer que eu viaje e não há parte do Reino que não tenha sentido a marca de meus pés.

— Seu trabalho? — perguntou o homem, tremendo um pouco, embora já não fizesse frio.

— Sim — disse Abhorsen. — Sou um necromante, mas não do tipo comum. Enquanto outros praticantes da arte despertam os mortos, eu os devolvo ao repouso. E aqueles que não repousam, eu prendo ou tento prender. Sou Abhorsen...

Ele olhou para o bebê novamente e acrescentou, quase com uma nota de surpresa:

— Pai de Sabriel.

# capítulo um

O coelho tinha sido atropelado havia poucos minutos. Seus olhos cor-de-rosa estavam vidrados e o sangue manchava seus pelos de um branco límpido. Anormalmente límpido, pois ele acabara de fugir de um banho. Os pelos ainda cheiravam vagamente a água de lavanda.

Uma jovem alta e curiosamente pálida estava em pé junto a ele. Seus cabelos negros como a noite, curtos como a moda pedia, caíam ligeiramente sobre seu rosto. Ela não usava maquiagem ou joias, exceto por um distintivo escolar esmaltado preso ao paletó azul-marinho do uniforme. Isso combinado com sua saia longa, suas meias e sapatos práticos, identificavam-na como uma colegial. Uma plaquinha sob o distintivo dizia "Sabriel", e o quatro em algarismos romanos e a coroa dourada a proclamavam tanto uma aluna do sexto ano quanto uma monitora.

Sem dúvida, o coelho estava morto. Sabriel olhou para ele e voltou os olhos para o passeio de tijolos que abria para a estrada e fazia uma curva na elevação diante de um imponente par de portões de ferro forjado. Um letreiro acima do portão, em letras douradas imitando o estilo gótico, anunciava que eram os portões do colégio Wyverley. Letras menores acrescentavam que a escola fora "Fundada em 1652 para Jovens Senhoras de Classe".

Uma pequena figura estava empenhada em escalar o portão, evitando agilmente as pontas que supostamente deviam bloquear tais esforços. Ela desceu os últimos poucos centímetros e começou a correr, seu rabo de cavalo balançando, seus sapatos ressoando nos tijolos. Sua cabeça estava abaixada para ganhar ímpeto, mas assim que a velocidade se regularizou ela ergueu os olhos, viu Sabriel e o coelho morto, e gritou.

— Coelhinho!

Sabriel recuou ao ouvir o grito da garota, hesitou por um momento, e depois se abaixou junto ao coelho e estendeu uma mão pálida para tocá-lo num ponto entre suas longas orelhas. Seus olhos se fecharam e seu rosto se enrijeceu como se ela houvesse subitamente virado pedra. Um débil som de assovio saiu de seus lábios ligeiramente partidos, como se fosse o vento ouvido a distância. O gelo se formou na ponta de seus dedos e caiu como geada no asfalto sob seus pés e joelhos.

A outra garota, correndo, viu seu toque repentino sobre o coelho e tombou na estrada, mas no último minuto sua mão a ajudou e ela se aprumou. Um segundo depois, havia recuperado seu equilíbrio e usava as duas mãos para controlar o coelho — um coelho inexplicavelmente vivo outra vez, os olhos claros e brilhantes, tão ansioso por ficar livre como quando escapara de seu banho.

— Coelhinho! — berrou a garotinha novamente, quando Sabriel se levantou, segurando o coelho pela nuca. — Oh, obrigada, Sabriel! Quando ouvi o carro derrapando, eu pensei que...

Ela perdeu a fala enquanto Sabriel lhe estendia o coelho e o sangue manchou suas mãos ansiosas.

— Ele ficará bem, Jacinth — respondeu Sabriel. — Foi um arranhão. Eu já o curei.

Jacinth examinou o Coelhinho cuidadosamente, depois ergueu os olhos para Sabriel, o esboço de um medo agitado apareceu no fundo de seu olhar.

— Não há nada sob o sangue — gaguejou Jacinth. — O que você...?

— Não fiz nada — replicou Sabriel. — Mas talvez você possa me dizer o que está fazendo fora dos limites.

— Procurando Coelhinho — respondeu Jacinth, seus olhos clareando à medida que a vida retornava a uma situação mais normal. — Você bem pode ver...

— Sem desculpas — declarou Sabriel. — Lembre-se do que a sra. Umbrade disse na Assembleia de segunda-feira.

— Não é uma desculpa — insistiu Jacinth. — É um motivo.

— Você pode explicar isso à sra. Umbrade, então.

— Oh, Sabriel! Você não me faria isso! Você sabe que eu estava apenas atrás de Coelhinho. Eu nunca sairia...

Sabriel ergueu suas mãos num gesto de fingida derrota e apontou na direção dos portões.

— Se você estiver de volta dentro de três minutos, eu não a terei visto. E abra o portão desta vez. Eles não se fecharão até que eu tenha voltado para dentro.

Jacinth sorriu, o rosto todo radiante, girou e foi-se embora correndo pelo passeio com Coelhinho apertado contra seu pescoço. Sabriel ficou olhando até ela atravessar o portão, e então deixou os tremores a dominarem até que se curvou, tremendo de frio. Um momento de fraqueza, e ela havia quebrado a promessa que fizera tanto a si mesma quanto a seu pai. Era apenas um coelho – e Jacinth realmente o amava muito –, mas aonde aquilo levaria? Não havia uma grande diferença entre ressuscitar um coelho e ressuscitar uma pessoa.

Pior ainda: tinha sido tão fácil! Ela pegara o espírito bem na nascente do rio e o fizera retornar com pouco mais que um gesto de poder, consertando o corpo com simples símbolos da Ordem que passavam da morte à vida. Ela nem precisara dos sinos e outros aparatos de um necromante. Só um assovio e sua vontade.

A morte e o que vinha depois dela não eram um grande mistério para Sabriel. Ela bem desejaria que fossem.

Era o último ano de Sabriel em Wyverley – os últimos três meses, na verdade. Ela já havia se formado, tirando primeiro lugar em inglês, o mesmo em música, terceiro lugar em matemática, sétimo em ciência, segundo em artes marciais e quarto em etiqueta. Ela também ficara em primeiro lugar em magia, mas isso não vinha impresso no certificado. A magia só funcionava naquelas regiões da Terra dos Ancestrais próximas ao Muro que demarcava a fronteira com o Reino Antigo. Mais além, era considerado algo fora dos limites, se é que isso existia, e pessoas sérias nada diziam a respeito. O colégio Wyverley estava apenas a sessenta e quatro quilômetros do Muro, tinha uma boa reputação ao redor, e ensinava magia àqueles estudantes que conseguiam obter permissão especial de seus pais.

O pai de Sabriel escolhera o colégio por essa razão quando surgira do Reino Antigo com uma garotinha de cinco anos a reboque, procurando um internato. Ele pagara adiantado por aquele primeiro ano, em velhas moedas de prata do Reino Antigo que se mantinham válidas com toques sub-reptícios de ferro frio. Daí em diante, viera visitar a filha duas vezes ao ano, no meio do verão e no meio do inverno, ficando vários dias de cada vez e sempre trazendo mais prata.

Compreensivelmente, a diretora era muito afeiçoada a Sabriel. Isso devido ao fato particular de ela nunca ter parecido perturbada pelas raras visitas de seu pai, como a maioria das outras garotas ficaria. Uma vez, a sra. Umbrade havia perguntado a Sabriel se ela não se importava com isso e ficara perturbada com a resposta de Sabriel, que disse que via o pai com muito mais frequência do que ele aparecia. A sra. Umbrade não dava aulas de magia e não queria, quanto a esta, saber mais que o fato agradável de que alguns pais pagavam quantias consideráveis para ter suas filhas ilustradas nas noções básicas de feitiçaria e encantamento.

A sra. Umbrade certamente não queria saber como Sabriel via seu pai. Por seu lado, Sabriel sempre esperava ansiosamente por suas visitas não oficiais e observava a lua, rastreando seus movimentos num almanaque com encadernação de couro que arrolava as fases da lua nos dois Reinos e dava valiosas orientações sobre estações, marés e outras efemérides, que nunca eram as mesmas ao mesmo tempo nos dois lados do Muro. O autoenvio da aparição de Abhorsen sempre acontecia nas fases em que a lua estava obscurecida.

Numa dessas noites, Sabriel havia se trancado em seu estúdio (um privilégio do sexto ano — antes, tivera que entrar sorrateiramente na biblioteca), posto a chaleira no fogo, bebido chá e lido um livro até que o vento característico se erguera, extinguira o fogo, desligara a luz elétrica e chacoalhara os postigos – tudo isso preparativos necessários, ao que parecia, para o autoenvio fosforescente da aparição de seu pai até a poltrona disponível.

Sabriel estava particularmente ansiosa pela visita de seu pai naquele novembro. Seria o seu último, porque estava para se formar e queria discutir o futuro. A sra. Umbrade queria que ela fosse para a universidade, mas isso significava mudar-se para muito longe do Reino Antigo. Sua magia e as visitas paternas ficariam limitadas a reais aparecimentos físicos, e estes deveriam ficar ainda menos frequentes. Por outro lado, ir para a universidade significaria ficar com alguns dos amigos que ela tivera praticamente a vida toda, garotas com as quais começara a estudar aos cinco anos. Haveria também um mundo mais amplo de interação social, particularmente com homens jovens, produto do qual havia uma manifesta escassez nos domínios do colégio Wyverley.

E a desvantagem de perder sua magia poderia talvez ser compensada pela diminuição de sua afinidade com a morte e os mortos...

Sabriel pensava nisso enquanto esperava, com o livro na mão, a xícara de chá bebido pela metade precariamente equilibrada no braço de sua poltrona. Era quase meia-noite e Abhorsen não havia aparecido. Sabriel examinara o almanaque duas vezes e até abrira os postigos para olhar para o céu lá fora através das vidraças. Era decididamente uma noite sem lua, mas não havia sinal dele. Era a primeira vez em sua vida que ele não havia aparecido e ela se sentiu repentinamente inquieta.

Sabriel raramente pensava em como a vida poderia ser no Reino Antigo, mas agora velhas histórias e lembranças apagadas de quando ela lá vivera com os Viajantes voltavam à sua mente. Abhorsen era um feiticeiro poderoso, mas mesmo assim...

— Sabriel! Sabriel!

Uma voz estridente interrompeu seu pensamento, rapidamente seguida por uma batida violenta e um chacoalhar da maçaneta. Sabriel suspirou, levantou-se da poltrona, pegou a xícara de chá e destrancou a porta.

Uma garotinha estava do outro lado, torcendo seu barrete de dormir de um lado para outro nas mãos trêmulas, o rosto branco de medo.

— Olwyn! — exclamou Sabriel. — O que houve? Sussen está doente outra vez?

— Não — suspirou a garota. — Eu ouvi barulhos atrás da porta da torre e pensei que fossem Rebece e Ila fazendo uma festinha da meia-noite sem mim, por isso fui lá olhar...

— O quê? — alarmou-se Sabriel. Ninguém abria as portas do lado de fora no meio da noite, não tão perto assim do Reino Antigo.

— Sinto muito — choramingou Olwyn. — Eu não queria fazer isso. Não sei por que fiz. Não eram Rebece e Ila. Era uma forma escura e tentou entrar. Eu bati a porta com força...

Sabriel pôs a xícara de lado e se distanciou de Olwyn. Já estava a meio caminho do corredor quando ouviu a porcelana se quebrar atrás dela e o ofego horrorizado de Olwyn por um tratamento tão grosseiro da louça fina. Ela o ignorou e se pôs a correr, acionando os interruptores de luz enquanto corria em direção à porta aberta do dormitório a oeste. Quando chegou, gritos irromperam lá dentro, rapidamente evoluindo para um choro histérico. Havia quarenta garotas no dormitório — a maior parte delas do primeiro ano, todas com menos de onze anos. Sabriel respirou fundo e entrou, com os dedos curvados numa postura de lançamento de feitiço. Mesmo antes de olhar, ela sentiu a presença da morte.

O dormitório era muito comprido e estreito, com um teto baixo e pequenas janelas. Leitos e cômodas se enfileiravam a cada lado. Na extremidade, uma porta conduzia aos degraus da Torre Ocidental. Ela tinha que permanecer trancada por dentro e por fora, mas trancas raramente eram capazes de deter as forças do Reino Antigo.

A porta estava aberta. Uma forma intensamente escura estava ali, como se alguém houvesse recortado da noite uma figura em forma de homem, escolhendo cuidadosamente uma parte dela que fosse desprovida de estrelas. Não tinha feição alguma, mas a cabeça balançava de um lado para outro em busca de algo, como se quaisquer sentidos que talvez possuísse funcionassem num alcance limitado. Curiosamente, carregava um prosaico saco na mão de quatro dedos, o pano grosseiramente costurado fazendo um completo contraste com sua carne surreal.

As mãos de Sabriel se moveram num gesto complicado, traçando os símbolos da Ordem que induziam ao sono, ao silêncio e ao descanso. Com um gesto floreado, ela apontou os dois lados do dormitório e traçou um dos símbolos principais, juntando todos os símbolos a seguir. Imediatamente, todas as garotas do quarto pararam de gritar e lentamente deixaram-se cair em suas camas.

A cabeça da criatura parou de se mover e Sabriel notou que sua atenção agora se voltara toda para ela. A criatura moveu-se lentamente, erguendo uma perna desajeitada e balançando-a para a frente, parando por um momento e depois balançando a outra um pouquinho à frente da primeira. Um movimento arrastado, ondulado, que fazia um barulho estranho e desordenado no tapete fino. Quando passou pelas camas, as luzes elétricas acima delas clarearam uma vez e depois se apagaram.

Sabriel deixou suas mãos caírem de lado e focalizou seus olhos no centro do torso da criatura, sentindo a substância de que era feita. Tinha vindo sem nenhum de seus instrumentos ou ferramentas, mas isso a levou a uma hesitação apenas momentânea antes que começasse a resvalar pelas bordas, indo para o interior da Morte, seus olhos ainda fixos no intruso.

O rio fluiu em torno de suas pernas, frio como sempre. A luz, cinzenta e sem calor, ainda se estendia por um horizonte inteiramente vazio. Ao longe, ela ouvia o rugido do Primeiro Portal. Via agora claramente a forma verdadeira da criatura, desprovida da aura de morte que carregava para o mundo dos vivos. Era um habitante do Reino Antigo, vagamente humanoide, porém mais parecido com um macaco que com um homem e obviamente apenas semi-inteligente. Mas havia mais do que isso nele, e Sabriel sentiu a garra do medo se apossar dela quando viu o fio que saía das costas da criatura e entrava no rio. Em algum lugar, além do Primeiro Portal, ou ainda mais além, aquele cordão umbilical ficava nas mãos de um Adepto. Enquanto o fio existisse, a criatura estaria totalmente sob o controle de seu dono, que poderia usar seus sentidos e espírito como bem lhe aprouvesse.

Alguma coisa deu um puxão no corpo físico de Sabriel e ela relutantemente repuxou seus sentidos de volta ao mundo dos vivos, uma ligeira sensação de náusea erguendo-se nela como uma onda de calor que se precipitasse sobre seu corpo mortalmente frio.

— O que é isso? — disse uma voz calma, junto ao ouvido de Sabriel. Uma velha voz, com o toque de poder da Magia da Ordem: a sra. Greenwood, a magistrada da escola.

— É um servidor da Morte, uma forma espiritual — respondeu Sabriel, sua atenção voltada para a criatura que estava no meio do dormitório, ainda simploriamente ondulando uma perna atrás da outra. — Sem vontade própria. Alguma coisa o mandou de volta para o mundo dos vivos. Está sendo controlado de algum lugar além do Primeiro Portal.

— Por que ele está aqui? — perguntou a magistrada. Sua voz soava calma, mas Sabriel sentia os símbolos da Ordem juntando-se nela, aglutinando-se em sua língua... símbolos que poderiam liberar o relâmpago e a chama, os poderes destrutivos da terra.

— Não é obviamente maligno, nem tentou ferir-nos de verdade... — Sabriel respondeu lentamente, sua mente repassando as possibilidades. Ela estava habituada a explicar os aspectos puramente necromânticos da magia para a sra. Greenwood. A magistrada lhe havia ensinado a magia da lei, mas a necromancia decididamente não estava no programa. Sabriel havia aprendido mais do que queria saber sobre necromancia com seu pai... e com os próprios Mortos. — Não faça nada, por enquanto. Eu vou tentar falar com ele.

O frio a envolveu novamente, ferindo-a, enquanto o rio jorrava em torno de suas pernas, ansioso por impeli-la e carregá-la embora. Sabriel exerceu sua vontade e o frio se tornou simplesmente uma sensação, sem perigo, a correnteza uma mera sensação agradável em torno de seus pés.

A criatura estava próxima agora, e estava no mundo dos vivos. Sabriel ergueu suas duas mãos e bateu palmas, o som agudo ecoando por muito mais tempo do que ecoaria se estivesse em outro lugar. Antes que o eco morresse, Sabriel assoviou várias notas e elas ecoaram também, sons doces dentro da aspereza das palmas batidas.

A coisa se contraiu ao ouvir o som e recuou, pondo as duas mãos nos ouvidos. Ao fazê-lo, deixou cair o saco. Sabriel teve um sobressalto de surpresa. Ela não havia notado o saco anteriormente, talvez porque não esperasse que ele estivesse ali. Pouquíssimas coisas inanimadas existiam ao mesmo tempo nos dois reinos, o dos vivos e o dos mortos.

Ela ficou ainda mais surpresa quando a criatura subitamente se inclinou para a frente e mergulhou na água, as mãos procurando pelo saco. Localizou-o quase imediatamente, mas não sem perder o pé. Enquanto o saco vinha à superfície, a correnteza forçava a criatura para as profundezas. Sabriel soltou um suspiro de alívio quando a viu deslizar para longe, e depois perdeu o fôlego quando a sua cabeça rompeu a superfície e gritou:

— Sabriel! Meu mensageiro! Pegue o saco! — A voz era a de Abhorsen.

Sabriel se arremeteu e um braço se estendeu em sua direção, o colarinho do saco preso em seus dedos. Ela estendeu os braços, falhou, e depois tentou novamente. O saco estava bem seguro em suas mãos quando a correnteza arrastou a criatura completamente para baixo. Sabriel olhou para ela, ouvindo o rugido do Primeiro Portal subitamente crescer, como fazia quando alguém passava por seus declives. Ela se virou e começou a lutar contra a correnteza até um ponto onde pudesse retornar à vida em segurança. O saco em sua mão estava pesado e havia uma sensação de chumbo em seu estômago. Se o mensageiro fosse realmente de Abhorsen, então ele mesmo estava impossibilitado de voltar ao reino dos vivos.

E isso significava que ou ele estava morto ou que fora preso por alguma coisa que devia ter ultrapassado o Último Portal.

Mais uma vez, uma onda de náusea a subjugou e Sabriel caiu de joelhos, tremendo. Ela conseguia sentir a mão da magistrada em seu ombro, mas sua atenção estava no saco que segurava. Não precisou olhar para saber que a criatura tinha desaparecido. Sua manifestação no mundo dos vivos havia cessado assim que seu espírito ultrapassara o Primeiro Portal. Em seu lugar, restaria apenas um montículo de bolor de túmulo, para ser varrido na manhã do outro dia.

– O que você fez? – perguntou a magistrada, quando Sabriel passou a mão pelos cabelos, cristais de gelo caindo de suas mãos para dentro do saco que se estendia em frente aos seus joelhos.

– Ele tinha uma mensagem para mim – respondeu Sabriel. – Então, fui buscá-la.

Ela abriu o saco e vasculhou-o. Um cabo de espada veio de encontro às suas mãos, e aí ela a puxou para fora, ainda embainhada, e a pôs de lado. Ela não precisou desembainhá-la para ver os símbolos da Ordem traçados em sua lâmina – o fosco verde-esmeralda no copo e a desgastada guarda em forma de cruz folheada de bronze eram tão familiares para ela quanto os talheres comuns da escola. Era a espada de Abhorsen.

A correia de couro que ela retirou logo após era um velho cinto marrom, da largura de uma mão, que sempre cheirara vagamente a cera de abelha. Sete bolsas tubulares pendiam dele, começando por uma do tamanho de um pequeno vidro de pílulas; depois, ficando maiores, até a sétima quase chegar ao tamanho de uma jarra. A correia fora feita para ser usada cruzada no peito, com as bolsas dependuradas. Sabriel abriu a menor delas e retirou um pequenino sino de prata com uma alça de mogno muito polida e escura. Ela segurou-o delicadamente, mas o badalo ainda balançou ligeiramente e o sino emitiu uma nota doce e alta que de algum modo permanecia na cabeça, mesmo depois que o som já se fora.

— Os instrumentos de papai — sussurrou Sabriel. — As ferramentas de um necromante.

— Mas há sinais da Ordem gravados no sino... e na alça! — exclamou a magistrada, que olhava para baixo, fascinada. — A necromancia é Magia Livre, não governada pela Ordem...

— A magia de papai era diferente — Sabriel respondeu, distraída, ainda olhando fixo para o sino em sua mão, pensando nas mãos escuras e enrugadas de seu pai a segurar os sinos. — Associada, não rebelde. Ele era um servidor fiel da Ordem.

— Você vai nos deixar, não vai? — disse de repente a magistrada, quando Sabriel pôs o sino de volta em seu lugar e se levantou, a espada numa mão, a correia na outra. — Acabei de ver isso, no reflexo do sino. Você estava cruzando o Muro...

— Sim. Entrando no Reino Antigo — disse Sabriel, com uma compreensão súbita. — Alguma coisa aconteceu a papai... mas eu o encontrarei... isto eu juro pela Ordem que carrego.

Ela tocou o sinal da Ordem em sua testa, que reluziu por um breve momento e depois se apagou de tal modo que era como se nunca houvesse existido. A magistrada fez um sinal de assentimento e levou uma mão à própria testa, onde um sinal brilhante subitamente obscureceu todos os sinais da idade. Quando ele se apagou, ruídos murmurantes e débeis queixumes começaram a soar pelos dois lados do dormitório.

– Fecharei a porta e explicarei às garotas – disse a magistrada firmemente. – É melhor você ir embora e... preparar-se para amanhã.

Sabriel concordou e saiu, tentando fixar sua mente nos aspectos práticos da jornada, mais do que naquilo que poderia ter acontecido a seu pai. Assim que fosse possível, ela pegaria um táxi até Bain, a cidade mais próxima, e depois um ônibus até o Perímetro da Terra dos Ancestrais que dava para o Muro. Com sorte, estaria lá no começo da tarde...

Por trás desses planos, seus pensamentos continuamente voltavam a Abhorsen. O que poderia ter acontecido para que ficasse preso pela Morte? E o que ela podia realmente esperar fazer quanto a isso, quando chegasse ao Reino Antigo?

## capítulo dois

O Perímetro da Terra dos Ancestrais ia de costa a costa, paralelo ao Muro e talvez a oitocentos metros de distância dele. Arames concertina se estendiam como vermes empalados em estacas de aço enferrujado; eram defesas avançadas de uma rede encadeada de trincheiras e ninhos de metralhadoras feitos de concreto. Muitos desses pontos da fortaleza eram destinados a controlar a área dos fundos tanto quanto a frontal, e quase a mesma quantidade de arame farpado se estendia por trás das trincheiras, protegendo a retaguarda.

Na verdade, o Perímetro era mais bem-sucedido em manter o povo da Terra dos Ancestrais longe do Reino Antigo do que em impedir que as coisas que provinham deste conseguissem passar. Qualquer coisa poderosa o bastante para cruzar o Muro geralmente dispunha de magia o suficiente para assumir a forma de um soldado, ou para ficar invisível e simplesmente ir aonde bem entendesse, independentemente do arame farpado, das balas, granadas de mão e bombas de morteiro — que com frequência não funcionavam, particularmente quando o vento soprava do norte, vindo do Reino Antigo.

Devido à inconfiabilidade da tecnologia, os soldados da Terra dos Ancestrais da guarnição do Perímetro usavam malha sobre seus uniformes cáqui de batalha, em seus elmos traziam barras defensivas no nariz e no pescoço e carregavam baionetas extremamente anacrônicas em bainhas bem desgastadas. Escudos, ou mais acertadamente "broquéis, pequeninos, para usar só na guarnição do Perímetro", eram carregados em suas costas, o cáqui rústico há muito tempo submergido sob símbolos regimentais ou pessoais pintados com cores vivas. A camuflagem não era considerada uma solução neste posto militar.

Sabriel observava um pelotão de jovens soldados passar marchando pelo ônibus, enquanto esperava pelos turistas à frente dela debandarem pela porta da frente, e refletia sobre o que os soldados deveriam pensar de seus estranhos deveres. A maioria deles devia ser de recrutas de lugares mais distantes ao Sul, onde nenhuma magia ultrapassava sorrateiramente o Muro e abria fissuras no que eles consideravam realidade. Aqui, ela podia sentir o potencial mágico fermentando, movendo-se furtivamente na atmosfera como o ar carregado anterior a uma trovoada.

O Muro em si parecia bastante normal, passada a terra desolada do arame e das trincheiras. Igualzinho a qualquer outro remanescente medieval. Era petrificado e antigo, com quase doze metros de altura e cheio de ameias. Nada de notável, até que se tivesse a percepção de que estava num perfeito estado de conservação. E para aqueles dotados da visão, as próprias pedras se moviam lentamente com sinais da Ordem

— sinais em constante movimento, contorcendo-se e revirando-se, deslizando e rearranjando a si mesmos sob uma pele de pedra.

A confirmação final de estranheza estava além do Muro. Estava claro e frio no lado da Terra dos Ancestrais, e o sol estava brilhando, mas Sabriel via a neve caindo firmemente atrás do Muro, e nuvens carregadas de gelo se aglomeravam bem em cima dele, onde subitamente paravam, como se alguma poderosa faca meteorológica houvesse simplesmente tosquiado o céu.

Sabriel viu a neve cair e agradeceu ao seu almanaque. Impresso em letras tipográficas, o tipo havia deixado arestas no papel grosso, enriquecido a linho, fazendo as muitas anotações manuscritas cambalearem precariamente entre as linhas. Uma observação fininha e minúscula, feita numa letra que ela sabia que não era a de seu pai, fornecia o tempo a ser esperado sob os calendários respectivos de cada terra. A Terra dos Ancestrais trazia: "Outono, provavelmente frio." O Reino Antigo trazia: "Inverno. Deve nevar. Esquis ou sapatos de neve."

O último turista saiu, ansioso por chegar à plataforma de observação. Embora o exército e o governo desencorajassem turistas, e não houvesse acomodação para eles dentro dos trinta e dois quilômetros do Muro, era permitido que um ônibus lotado por dia viesse e avistasse o Muro de uma torre localizada bem atrás das linhas do Perímetro. Mesmo essa concessão era frequentemente cancelada, pois quando o vento soprava do norte, o ônibus parava inexplicavelmente a poucos quilômetros da torre e os turistas tinham que empurrá-lo de volta em direção a Bain, apenas para vê-lo dar partida tão misteriosamente quanto parara.

As autoridades também faziam vista grossa para as poucas pessoas autorizadas a viajar da Terra dos Ancestrais para o Reino Antigo, como Sabriel notou depois que organizara com sucesso as rotas do ônibus com sua mochila, esquis de viagem, provisões e espada, todos ameaçando ir para diferentes direções. Um grande aviso junto ao ponto de ônibus proclamava:

### COMANDO DO PERÍMETRO
### GRUPO MILITAR DO EXTREMO NORTE

Saída não autorizada da Zona do Perímetro
é estritamente proibido.
Qualquer um que tentar cruzar a Zona do Perímetro será
atingido sem advertência.
Viajantes autorizados devem se dirigir ao quartel-general
do Comando do Perímetro.

### LEMBREM-SE – NÃO HAVERÁ ADVERTÊNCIA

Sabriel leu a nota com interesse e sentiu um vívido senso de empolgação se esboçar dentro dela. Suas lembranças do Reino Antigo eram apagadas, brotadas da perspectiva de uma criança, mas ela percebia um senso de mistério e deslumbramento se inflamar com a força da Magia da Ordem que sentia ao redor de si – um senso de alguma coisa muito mais viva que o chão coberto de betume do ponto de ônibus e o aviso vermelho. Algo que oferecia muito mais liberdade que o colégio Wyverley.

Mas aquela sensação de deslumbramento e empolgação vinha enlaçada a uma apreensão da qual ela não podia se livrar, uma apreensão feita do medo do que poderia estar acontecendo com seu pai... do que podia já ter acontecido...

A seta no aviso indicando para onde os viajantes autorizados deveriam ir parecia apontar para a direção de uma plataforma revestida de betume, contornada com pedras pintadas de branco e certo número de desagradáveis construções de madeira. Porém, ali ficavam simplesmente os começos das trincheiras de passagem que se afundavam no chão e depois abriam caminho em zigue-zague para a linha dupla de trincheiras, fortins e fortificações que se defrontavam com o Muro.

Sabriel analisou-os por algum tempo, e viu o lampejo de uma cor quando vários soldados saltaram de uma trincheira e avançaram em direção ao arame. Pareciam estar carregando lanças em vez de rifles e ela se perguntou por que o Perímetro fora construído para uma guerra moderna se era equipado por gente que tinha a expectativa de alguma coisa mais medieval. Então, lembrou-se de uma conversa com seu pai e de seu comentário de que o Perímetro fora projetado num ponto muito distante do sul, onde não se admitia que fosse diferente de qualquer outra fronteira contestada. Havia mais ou menos um século, também existira um muro do lado da Terra dos Ancestrais. Um muro baixo, feito de terra socada e turfa, mas bem-sucedido.

Recordando esta conversa, seus olhos discerniram uma pequena elevação de terra marcada no meio da desolação de arame e ela percebeu que era onde o muro do sul havia ficado. Examinando-a, notou também que o que tomara por estacas soltas entre as linhas de arame concertina era uma coisa diferente — construções altas mais semelhantes a troncos de pequenas árvores desprovidas de seus galhos. Pareciam familiares a ela, mas não podia precisar onde se localizavam.

Sabriel ainda estava olhando-as fixamente, pensativa, quando uma voz alta e não muito agradável irrompeu num ponto logo atrás de seu ouvido direito.

— O que pensa que está fazendo, senhorita? Não pode matar tempo aqui. Tem que ficar no ônibus ou no topo da Torre!

Sabriel estremeceu e se virou tão rapidamente quanto pôde, os esquis deslizaram para um lado e as provisões para outro, emoldurando sua cabeça numa cruz de Santo André. A voz pertencia a um soldado grandalhão, mas razoavelmente jovem, cujos bigodes eram mais uma ostentação de ambição marcial do que uma prova de sua existência. Ele tinha duas faixas douradas em sua manga, mas não usava a cota de malha e o elmo que Sabriel vira nos outros soldados. Cheirava a creme de barbear e talco, e era tão limpo, polido e cheio de si que Sabriel imediatamente o catalogou como alguma espécie de burocrata natural momentaneamente disfarçado de soldado.

— Sou uma cidadã do Reino Antigo — respondeu ela baixinho, lançando um olhar fixo para seu rosto vermelho e congestionado e seus olhos de porco à maneira que a srta. Prionte havia ensinado as garotas a tratar servidores domésticos inferiores na aula de etiqueta IV. — Estou retornando para lá.

— Papéis! — exigiu o soldado, depois de uma hesitação momentânea diante das palavras "Reino Antigo".

Sabriel deu um sorriso gélido (também era parte do currículo da srta. Prionte) e fez um movimento ritualístico com as pontas de seus dedos — o símbolo de exposição, de coisas escondidas sendo reveladas, de desembrulho. Enquanto seus dedos traçavam, ela formou o símbolo em sua mente, ligando-o aos papéis que carregava no bolso de dentro de sua túnica de couro. O símbolo traçado pelos dedos e o símbolo extraído da mente se fundiram, e os papéis apareceram em sua mão. Um passaporte da Terra dos Ancestrais, bem como o documento mais raro que o Comando do Perímetro da Terra dos Ancestrais emitia para pessoas que trafegavam entre os dois países: um impresso em letras tipográficas sobre papel feito à mão, com um desenho artístico em vez de uma fotografia e impressões dos polegares e dedões dos pés numa tinta púrpura.

O soldado apertou os olhos, mas não disse nada. Talvez, pensou Sabriel, ao pegar os documentos oferecidos, o homem pensasse ser aquilo um truque de salão. Ou talvez ele simplesmente não notasse nada. Talvez a Magia da Ordem fosse comum aqui, tão perto do Muro.

O homem olhou seus documentos cuidadosamente, mas sem interesse real. Sabriel teve certeza de que ele não era ninguém importante pelo modo com que manuseou, desajeitado, seu passaporte especial. Obviamente, nunca vira coisa parecida. Maliciosamente, ela começou a trançar um símbolo da Ordem para fazer um jogo de *pega ou larga*, a fim de tirar os papéis de suas mãos e trazê-los para seus bolsos antes que seus olhos de porco percebessem o que estava acontecendo.

Porém, no primeiro instante de movimento, ela sentiu o clarão de outra Magia da Ordem de outro lado e atrás dela – e ouviu o ruído de botas no chão de betume. Sua cabeça se virou, afastando-se dos papéis, e ela sentiu o cabelo varrendo sua testa quando olhou de um lado para outro. Soldados estavam saindo das cabanas e das trincheiras, baionetas nas mãos e rifles nos ombros. Vários deles usavam distintivos que ela percebeu que os designavam como Magos da Ordem. Seus dedos trançavam símbolos de proteção e barreiras que detiveram Sabriel em seus passos, amarrando-a à própria sombra. Magia tosca, mas fortemente lançada.

Instintivamente, a mente e as mãos de Sabriel entraram lampejando na sequência de símbolos que a livrariam dessas amarras, mas seus esquis se mexeram e caíram na curva de seu cotovelo, e ela tremeu sob efeito do choque.

Ao mesmo tempo, um soldado avançou à frente dos outros, a luz do sol cintilando nas estrelas prateadas de seu elmo.

– Pare! – gritou ele. – Cabo, afaste-se dela!

O cabo, surdo para o zumbido da Magia da Ordem, cego para o clarão dos sinais semitraçados, ergueu os olhos dos papéis de Sabriel e ficou sem fôlego por um segundo, o medo apagando suas feições. Ele deixou cair os passaportes e recuou tropegamente.

Em seu rosto, Sabriel de repente percebeu o que significava usar magia no Perímetro e se manteve absolutamente imóvel, apagando os símbolos parcialmente traçados em sua mente. Os esquis deslizaram pelo seu braço abaixo, as amarras roçando-a por um momento antes de se afrouxarem e caírem ruidosamente no chão. Os soldados avançaram e, em segundos, formaram um círculo em torno dela, espadas apontadas para a sua garganta. Ela viu listras de prata revestindo as lâminas, e os símbolos da Ordem toscamente inscritos nelas, e entendeu. Estas armas eram feitas para matar coisas que já estavam mortas – versões inferiores da espada que ela usava para si.

O homem que gritara – um oficial, Sabriel notou – se abaixou e apanhou seus passaportes. Analisou-os por um momento, e depois ergueu os olhos para Sabriel. Eram de um azul pálido e traziam uma mistura de aspereza e compaixão que Sabriel achou familiar, embora não pudesse situá-la – até que se lembrou dos olhos de seu pai. Os olhos de Abhorsen eram de um castanho tão escuro que pareciam negros, mas davam uma impressão parecida.

O oficial fechou o passaporte, enfiou-o em seu cinturão e puxou o elmo para trás com dois dedos, revelando um sinal da Ordem ainda reluzente com alguns resíduos do feitiço de proteção. Cautelosamente, Sabriel ergueu a sua mão, e depois, como ele não a dissuadiu, estendeu-a com dois dedos para tocar o sinal. Quando fez isso, ele também estendeu a mão e tocou o seu sinal – Sabriel sentiu o familiar redemoinho de energia e a sensação de queda em alguma infinita galáxia de estrelas. Porém, as estrelas aqui eram símbolos da Ordem, encadeados em alguma grande dança que não tinha começo ou fim, mas continha e descrevia o mundo em seu movimento. Sabriel conhecia apenas uma pequena fração dos símbolos, mas sabia o que eles dançavam e sentia a pureza da Ordem banhá-la.

– Um sinal intacto da Ordem – pronunciou o oficial em voz alta, quando seus dedos voltaram aos respectivos lados. – Ela não é criatura nem coisa mandada.

Os soldados recuaram, embainhando as espadas e guardando-as em segurança. Só o cabo de rosto vermelho não se moveu, seus olhos ainda fixos em Sabriel, como se estivesse incerto daquilo para que estava olhando.

– O show acabou, cabo – disse o oficial, sua voz e seus olhos agora ásperos. – Volte ao escritório. Você verá coisas ainda mais estranhas que esta acontecerem em sua permanência aqui. Fique longe delas e sobreviverá!

— Então — disse ele, tirando os documentos de seu cinturão e devolvendo-os a Sabriel. — Você é a filha de Abhorsen. Sou o coronel Horyse, comandante de uma pequena parte da guarnição local que o exército gosta de chamar de Unidade de Reconhecimento do Perímetro Norte, e todo mundo chama de Patrulheiros do Cruzamento. Somos um apanhado meio heterogêneo de moradores da Terra dos Ancestrais que conseguiram ganhar um sinal da Ordem e um pequeno conhecimento de magia.

— Prazer em conhecê-lo, senhor. — A frase saiu imediatamente da boca treinada pela escola de Sabriel, antes que ela pudesse abafá-la. A resposta de uma colegial, ela sabia, e sentiu um rubor surgir em seu rosto pálido.

— Igualmente — disse o coronel, curvando-se. — Posso pegar seus esquis?

— Se o senhor quiser fazer a gentileza — Sabriel disse, recaindo na formalidade.

O coronel pegou-os com facilidade, cuidadosamente, refez as amarras que tinham se desfeito e enfiou o conjunto sob um só braço musculoso.

— Pelo que entendi, você pretende entrar no Reino Antigo? — perguntou Horyse, quando encontrou o ponto de equilíbrio de sua carga e apontou para o aviso vermelho a distância, no piso do ponto de ônibus. — Teremos que passar por uma inspeção no quartel-general do Perímetro. Há algumas formalidades, mas não devem tomar tempo. Alguém... Abhorsen virá buscá-la?

Sua voz falhou um pouco quando ele mencionou Abhorsen, uma estranha gagueira num homem tão seguro de si. Sabriel olhou de relance para ele e viu que seus olhos iam da espada em sua cintura para a correia de sinos que ela usava cruzada no peito. Obviamente, ele reconhecera a espada de Abhorsen e também o significado dos sinos. Pouquíssimas pessoas haviam conhecido um necromante, mas quem quer que o tivesse feito se lembrava dos sinos.

— O senhor... conheceu meu pai? — perguntou ela. — Ele me visitava duas vezes ao ano. Acho que ele deve ter passado por aqui.

— Sim, eu o vi nesta época — respondeu Horyse, quando começaram a caminhar pela margem do piso do ponto de ônibus. — Mas eu o conheci há mais de vinte anos, quando fui designado para este posto como um subalterno. Foi uma época estranha, um tempo muito ruim para mim e para todos no Perímetro.

Ele parou no meio da caminhada, as botas se entrechocando, e seus olhos mais uma vez caíram sobre os sinos e a brancura da pele de Sabriel, que contrastava com o escuro de seu cabelo, tão negro quanto o betume que havia sob os pés de ambos.

— Você é uma necromante — disse ele abruptamente. — Então, provavelmente haverá de entender. Este Ponto de Cruzamento já viu batalhas demais, mortos demais. Antes que aqueles idiotas lá do Sul assumissem o comando central, o Ponto de Cruzamento se movia a cada dez anos, dirigindo-se ao portão seguinte do Muro. Mas há quarenta anos alguns... burocratas... decretaram que não haveria mais movimento. Era um desperdício de dinheiro público. Este era, e tinha que ser, o único Ponto de Cruzamento. Pouco importava o fato de que, com o passar do tempo, houvesse tamanha concentração de mortos, misturados com a Magia Livre, escapando pelo Muro, pouco importava que tudo não fosse...

— Ficar morto — interrompeu Sabriel baixinho.

— Sim. Quando cheguei, o problema estava apenas começando. Os cadáveres não ficavam enterrados, tanto gente nossa quanto criaturas do Reino Antigo. Soldados mortos um dia antes voltavam a desfilar. Criaturas impedidas de passar ressuscitavam e causavam mais dano do que quando eram vivas.

— O que vocês fizeram? — perguntou Sabriel. Ela conhecia muita coisa sobre aprisionar e controlar os mortos verdadeiros, mas não em tal escala. Não havia criaturas Mortas por perto agora, pois ela sempre sentia instintivamente a interação entre vida e morte se processando ao seu redor, e aqui não era diferente do que fora a sessenta e quatro quilômetros de distância, no colégio Wyverley.

— Nossos Magos da Ordem tentaram lidar com o problema, mas não havia símbolos específicos da Ordem para... matá-los... só havia para destruir sua forma física. Em algumas ocasiões isso era o bastante, e em outras não. Tivemos que fazer revezamento das tropas de volta para Bain ou ainda mais longe para que elas se recuperassem daquilo que o quartel-general era dado a avaliar como ataques de histeria em massa ou loucura.

"Naquela época, eu não era um Mago da Ordem, mas entrava com patrulhas no Reino Antigo, estava começando a aprender. Num dos patrulhamentos, encontramos um homem sentado numa Pedra da Ordem, no topo de uma colina de onde se podia avistar tanto o Muro quanto o Perímetro.

"Como ele estava obviamente interessado no Perímetro, o oficial responsável pela patrulha achou que devíamos questioná-lo e matá-lo se acontecesse de ele carregar uma Ordem corrompida ou se fosse alguma criação da Magia Livre em forma de um homem. Era Abhorsen, e ele se aproximou de nós, porque ficara sabendo dos Mortos.

"Nós o escoltamos e ele se encontrou com o general que comandava a guarnição. Não sei o que combinaram, mas imagino que era para Abhorsen aprisionar os Mortos e, em retribuição, ele teria garantidas a cidadania da Terra dos Ancestrais e a liberdade de cruzar o Muro. Ele certamente obteve os dois passaportes depois disso. Em todo caso, passou os próximos meses entalhando as flautas de vento que você pode ver no meio do arame farpado..."

— Ah! — exclamou Sabriel. — Estava imaginando o que elas poderiam ser. Flautas de vento. Isso explica muita coisa.

— Fico contente por você entender — disse o coronel. — Eu ainda não entendo. Para começar, elas não fazem som algum, por mais forte que o vento sopre através delas. Ostentam símbolos da Ordem que eu nunca vira até que ele os entalhasse nelas, e jamais vi em nenhum outro lugar. Mas quando ele começou a colocá-las... uma a cada noite... os Mortos foram simplesmente desaparecendo aos poucos e nenhum voltou a despertar.

Chegaram ao extremo do piso do ponto de ônibus, onde outro aviso vermelho ficava perto de uma trincheira de passagem, proclamando: "Quartel-general da Guarnição do Perímetro. Chame e espere pela sentinela."

Um aparelho de telefone e uma campainha de corrente proclamavam a dicotomia habitual do Perímetro. O coronel Horyse ergueu o aparelho, acionou o mecanismo, escutou por um momento e depois o recolocou no lugar. Com uma carranca, ele puxou a corrente da campainha três vezes em rápida sucessão.

— De qualquer modo — prosseguiu ele, enquanto esperavam pela chegada da sentinela. — Fosse lá o que fosse, funcionou. Por isso temos uma dívida eterna com Abhorsen, o que torna sua filha uma visita de honra.

— Talvez eu seja menos saudada que amaldiçoada, já que sou mensageira de maus agouros — disse Sabriel baixinho. Hesitou, pois era difícil falar sobre Abhorsen sem que lágrimas lhe viessem aos olhos, e então continuou rapidamente, para acabar com aquilo. — A razão pela qual estou entrando no Reino Antigo é... procurar por meu pai. Algo aconteceu com ele.

— Tive esperanças de que houvesse outra razão para você carregar sua espada — disse Horyse. Ele ajeitou os esquis na curva de seu braço esquerdo, liberando o direito, para retribuir a saudação de outras duas sentinelas que estavam correndo em dupla pela passagem da trincheira, os cravos das botas fazendo ruído nas ripas de madeira.

— Há coisa ainda pior, eu acho — acrescentou Sabriel, tomando fôlego profundo para manter sua voz firme sob os soluços. — Ele foi aprisionado pela Morte... ou... ou pode até mesmo estar morto. E suas amarras vão se romper.

— As flautas de vento? – perguntou Horyse, assentando os esquis, a saudação morrendo a meio caminho de sua cabeça. – Todos os Mortos aqui?

— As flautas executam uma canção só ouvida depois da Morte – respondeu Sabriel –, dando continuidade a um feitiço de aprisionamento lançado por meu pai. Mas o feitiço está ligado a ele, e as flautas não terão poder se... não terão poder se Abhorsen estiver agora entre os Mortos. Elas não vão prendê-los mais.

## capítulo três

— Não sou daqueles que culpam um mensageiro por suas notícias — disse Horyse, enquanto estendia uma xícara de chá para Sabriel, que estava sentada no que parecia ser a única cadeira confortável no abrigo de trincheira que fazia o papel de quartel-general do coronel —, mas você traz as piores notícias que recebo em muitos anos.

— Ao menos sou uma mensageira viva... e amigável — Sabriel disse baixinho. Ela não havia realmente pensado além de sua própria preocupação pelo pai. Agora, estava começando a expandir o conhecimento que tinha dele, a entender que ele era mais que seu pai, que era muitas coisas diferentes para diferentes pessoas. A imagem simples que tinha dele... descansando na poltrona de seu estúdio no colégio Wyverley, conversando sobre seu trabalho na escola, sobre a tecnologia da Terra dos Ancestrais, a Magia da Ordem e a necromancia... era uma visão limitada, como uma pintura que captava apenas uma dimensão do homem.

— Quanto tempo nos resta até que as amarras de Abhorsen se soltem? – perguntou Horyse, interferindo nas lembranças que Sabriel tinha do pai. A imagem que ela tinha de seu pai estendendo a mão para pegar uma xícara de chá em seu estúdio desapareceu, banida pelo chá real que transbordava de sua xícara esmaltada e queimava seus dedos.

— Oh, me desculpe. Eu não estava pensando... quanto tempo até o quê?

— As amarras dos Mortos – repetiu o coronel, pacientemente. – Quanto tempo levará até que as amarras falhem e os Mortos fiquem livres?

Sabriel lembrou-se das lições de seu pai e do antigo grimório que lentamente memorizava em todos os feriados. O *Livro dos Mortos*, assim ele se chamava, e algumas partes dele ainda faziam-na estremecer. Parecia bastante inócuo, encadernado em couro verde, com fechos de prata manchados. Contudo, se você prestasse mais atenção, tanto o couro quanto a prata traziam gravados sinais da Ordem. Sinais de amarrar e cegar, de clausura e prisão. Só um necromante treinado podia abrir o livro... e só um Mago da Ordem não corrompido podia fechá-lo. Seu pai o trazia consigo em suas visitas e sempre o levava de volta ao partir.

— Isso depende – disse ela lentamente, forçando-se a avaliar a questão objetivamente, sem deixar a emoção interferir. Ela tentou lembrar-se das páginas que mostravam o entalhe das flautas de vento, os capítulos sobre a música e a natureza do som no aprisionamento dos Mortos. – Se papai... se Abhorsen estiver... realmente morto, as flautas de vento simplesmente cairão aos pedaços sob a luz da próxima lua cheia. Se ele estiver preso antes do Nono Portal, a amarra continuará até a lua cheia, até que ele o ultrapasse ou um espírito particularmente forte rompa os laços enfraquecidos.

— Então a lua é que dirá, no tempo certo — disse Horyse.

— Temos catorze dias até a próxima cheia.

— É possível que eu possa prender os Mortos de novo — Sabriel disse cautelosamente. — Quero dizer, nunca fiz isso nesse tipo de escala. Mas sei como fazer. O único problema é que, se papai não estiver... não estiver além do Nono Portal, será preciso que eu o ajude tão logo seja possível. E antes que eu possa fazê-lo, devo ir à sua casa e pegar algumas coisas... examinar algumas referências.

— A que distância essa casa fica do Muro? — perguntou Horyse, uma expressão de cálculo em seu rosto.

— Eu não sei — respondeu Sabriel.

— O quê?

— Eu não sei. Eu não vou lá desde os quatro anos. Acho que deve ser um segredo. Papai tinha muitos inimigos, não só entre os Mortos. Pequenos necromantes, feiticeiros da Magia Livre, bruxas...

— Você não parece perturbada por sua falta de rumo — interrompeu o coronel secamente. Pela primeira vez, um traço de dúvida, até mesmo de condescendência paternalista, se instalara furtivamente em sua voz, como se a juventude de Sabriel corroesse o respeito devido a ela tanto como Maga da Ordem quanto como necromante.

— Papai me ensinou como chamar um guia que me dará o rumo certo — respondeu Sabriel friamente. — E sei que são menos de quatro dias de viagem.

Isso silenciou Horyse, ao menos momentaneamente. Ele fez um sinal de assentimento, levantando-se cautelosamente para que sua cabeça não batesse nas vigas expostas do abrigo de trincheira, e caminhou para um armário de arquivos de aço que enferrujava devido à lama marrom-escura que escorria entre as tábuas desbotadas dos reforços. Abrindo o armário com um esforço experiente de considerável força, encontrou um mapa mimeografado e desenrolou-o sobre a mesa.

— Nunca conseguimos pôr as mãos num mapa genuíno do Reino Antigo. Seu pai tinha um, mas era a única pessoa que conseguia decifrar alguma coisa dele. A mim ele só parecia um quadrado de couro de bezerro. Uma pequena magia, ele dizia, mas já que não conseguia ensiná-la, talvez não fosse tão pequena... De qualquer modo, este mapa é uma cópia da última versão de nosso mapa de patrulha, por isso só vai até dezesseis quilômetros além do Ponto de Cruzamento. As regras instituídas pela guarnição proíbem-nos severamente de ir além dessa distância. As patrulhas que vão além tendem a não retornar. Talvez elas desertem, ou talvez...

O tom de sua voz sugeria que coisas ainda mais terríveis aconteciam às patrulhas, mas Sabriel não lhe fez perguntas. Uma pequena parte do Reino Antigo jazia espalhada sobre a mesa e, mais uma vez, a empolgação agitou-a interiormente.

— Geralmente saímos pela Velha Estrada do Norte — Horyse disse, traçando-a com uma mão só, os calos de espada em seus dedos raspando o mapa de fora a fora, como a macia lixa de um mestre artesão. — Então, as patrulhas fazem a volta, a sudeste ou sudoeste, até que chegam ao Muro. Depois, elas o seguem de volta até o portão.

— O que este símbolo significa? — perguntou Sabriel, apontando para um quadrado enegrecido acima de uma das colinas mais distantes.

— Essa é uma Pedra da Ordem — respondeu o coronel. — Ou parte de uma, agora. Foi rachada ao meio, como se atingida por um raio, há mais ou menos um mês. Os patrulheiros começaram a chamá-la de Crista Rachada e evitam-na quando é possível. Seu verdadeiro nome é colina Barhedrin e a pedra uma vez levou a Ordem para uma aldeia do mesmo nome. Em todo caso, foi muito antes do meu tempo. Se a aldeia ainda existir, deve estar mais ao norte, além do alcance de nossas patrulhas. Nunca tivemos nenhum relato de habitantes de lá que tivessem vindo ao sul, para Crista Rachada. O fato é que temos poucos relatos de pessoas, ponto final. O Diário da Guarnição costumava registrar considerável interação com a gente do Reino Antigo — fazendeiros, comerciantes, viajantes e assim por diante —, mas os encontros se tornaram mais raros nos últimos séculos e muito raros nos últimos vinte anos. Os patrulheiros considerariam sorte ver duas ou três pessoas por ano, agora. Quero dizer, gente real, não criaturas forjadas pela Magia Livre, ou os Mortos. Desses, já vemos demais.

— Eu não entendo — murmurou Sabriel. — Papai sempre falava de aldeias e cidades pequenas... até de grandes cidades, no Reino Antigo. Eu me lembro de algumas delas em minha infância... bem, eu quase me lembro... acho.

— Bem lá nos confins do Reino Antigo, certamente — respondeu o coronel. — Os registros mencionam alguns nomes de cidades pequenas e grandes. Sabemos que as pessoas de lá chamam a área em torno do Muro de Terras da Fronteira. E não dizem isso com nenhuma simpatia.

Sabriel não respondeu, baixando sua cabeça sobre o mapa, pensando na jornada que se estendia à sua frente. A pedra de Crista Rachada poderia ser um bom ponto de referência. Não estava a mais que doze quilômetros dali, e assim ela poderia esquiar até lá antes que a noite chegasse, se partisse bem depressa e não estivesse nevando forte demais do outro lado do Muro. Uma Pedra da Ordem rachada não era a melhor alternativa, mas haveria magia ali e o caminho para a Morte seria mais fácil de trilhar. Pedras da Ordem se erguiam com frequência onde a Magia Livre brotava, e encruzilhadas das correntes de Magia Livre eram frequentemente passagens naturais para o reino da Morte. Sabriel sentiu um arrepio subindo pela espinha ao pensar na coisa que poderia usar tal passagem e o tremor chegou até seus dedos, que tocavam no mapa.

Ela ergueu os olhos subitamente e viu o coronel Horyse olhando para as suas mãos longas e pálidas, o pesado papel do mapa ainda tremendo a seu toque. Com um esforço da vontade, deteve o movimento.

— Tenho uma filha quase da sua idade – disse ele baixinho. – Ficou lá em Corvere, com minha mulher. Eu não a deixaria cruzar o Reino Antigo.

Sabriel enfrentou seu olhar e seus olhos não eram os incertos, vacilantes faróis da adolescência.

— Tenho apenas dezoito anos por fora – disse ela, pondo a palma sobre o peito com um movimento quase melancólico. – Mas entrei no reino da Morte pela primeira vez quando tinha doze. Enfrentei um Dormente do Quinto Portal quando tinha catorze e expulsei-o para além do Nono Portal. Quando tinha dezesseis, persegui e expulsei um Mordente que se aproximou da escola. Um Mordente enfraquecido, mas ainda assim... Há um ano, virei a última página do *Livro dos Mortos*. Não me sinto mais tão jovem.

— Lamento por isso — disse o coronel, e depois, como se tivesse se surpreendido, acrescentou: — Ah, eu quis dizer que gostaria que você tivesse algumas das tolas alegrias que minha filha tem. Sabe, algo da leveza, da falta de responsabilidade que acompanha a juventude. Mas não é o que desejo se isso for enfraquecê-la nos tempos que tem pela frente. Você escolheu um caminho difícil.

— O caminhante escolhe o caminho, ou o caminho escolhe o caminhante? — Sabriel fez a citação, com as palavras, perfumadas pelos ecos da Magia da Ordem, se entrelaçando em sua língua como uma especiaria de sabor duradouro. Essas palavras eram a dedicatória no frontispício de seu almanaque. Também eram as derradeiras palavras, as únicas na última página do *Livro dos Mortos*.

— Eu já ouvi isso — observou Horyse. — O que significa?

— Eu não sei — disse Sabriel.

— Parecem ter poder quando você as pronuncia — acrescentou o coronel lentamente. Engoliu, de boca aberta, como se o sabor dos sinais da Ordem estivesse ainda no ar. — Se eu as pronunciar, isso é o que elas serão: apenas palavras.

— Não consigo explicar. — Sabriel deu de ombros e tentou sorrir. — Mas conheço outros provérbios que talvez se ajustem melhor a este momento, tais como: "Viajante, a manhã podes abraçar, mas da noite a mão não deves tirar." Preciso seguir meu caminho.

Horyse sorriu à citação da velha rima, tão amada pelas avós e babás, mas foi um sorriso oco. Seus olhos deslizaram ligeiramente para longe de Sabriel e ela notou que ele estava pensando em recusar-lhe a permissão para cruzar o Muro.

Depois, deu um suspiro, o curto, magoado suspiro de um homem que é forçado a seguir uma linha de ação devido à falta de alternativas.

— Seus papéis estão em ordem — disse ele, encarando-a novamente. — E você é a filha de Abhorsen. Não posso fazer nada senão deixá-la passar. Mas não posso deixar de sentir que estou empurrando-a em direção a algum perigo terrível. Não posso nem mandar uma patrulha para acompanhá-la, visto que já temos cinco patrulhas completas por lá.

— Eu esperava mesmo ir sozinha — respondeu Sabriel. Ela havia esperado isso, mas sentia um pouco de pesar. Um grupo protetor de soldados seria um grande conforto. O medo de ficar só numa terra estranha e perigosa, ainda que fosse a sua terra natal, estava só um pouquinho abaixo de seu nível de empolgação. Não levaria muito tempo para que se elevasse e o ultrapassasse. E associada a isso, sempre, a figura de seu pai não saía de sua mente. Seu pai em perigo, preso e sozinho nas águas gélidas da Morte...

— Muito bem — disse Horyse. — Sargento!

Uma cabeça enfiada num elmo surgiu à porta de repente e Sabriel percebeu que dois soldados deviam ter ficado em guarda do lado de fora do abrigo, nos degraus elevados da trincheira de comunicação. Ficou pensando se não teriam ouvido a conversa.

— Prepare um grupo de travessia — disse Horyse asperamente. — Travessia de uma só pessoa. A srta. Abhorsen, aqui. E, sargento, se você ou o soldado Rahise derem para falar dormindo do que podem ter ouvido aqui, ficarão cavando túmulos pelo resto de suas vidas!

— Sim, senhor! — Veio a resposta aguda, repetida pelo infeliz soldado Rahise que, Sabriel notou, parecia realmente meio adormecido.

— A senhorita primeiro, por favor — continuou Horyse, fazendo um gesto em direção à porta. — Posso carregar seus esquis novamente?

O exército não brincava em serviço quando se tratava de cruzar o Muro. Sabriel ficou sozinha sob o grande arco do portão que penetrava o Muro, mas os arqueiros se perfilavam ou ajoelhavam numa formação de ponta de flecha invertida em torno do portão e uma dúzia de espadachins seguia em frente com o coronel Horyse. A noventa metros atrás dela, depois de uma passagem em zigue-zague de arame farpado, dois soldados com metralhadoras Lewyn vigiavam de uma posição avançada — embora Sabriel houvesse notado que haviam sacado suas baionetas e as posicionado, prontas para usar, em sacos de areia, demonstrando pouca fé em suas ferramentas de destruição de ar comprimido de quarenta e cinco giros por minuto.

Não havia um portão real na passagem em arco, embora os gonzos enferrujados se movimentassem como mãos mecânicas de cada lado e lascas pontudas de carvalho apontassem do chão, como dentes num queixo partido, testemunhos de alguma explosão de química moderna ou força mágica.

Estava nevando levemente no lado do Reino Antigo e o vento trazia flocos de neve ocasionais, entrando pelo portão que dava para a Terra dos Ancestrais, onde acabavam por se derreter na terra mais quente do sul. Um deles caiu no cabelo de Sabriel. Ela o roçou levemente, até que ele deslizou por seu rosto e foi apanhado por sua língua.

A água fria era refrescante, e embora não tivesse gosto diferente de nenhuma outra neve derretida que ela já houvesse experimentado, assinalava seu primeiro gosto do Reino Antigo treze anos depois. Vagamente, ela lembrou-se de que estava nevando naquela época. Seu pai a havia carregado, quando a trouxera pela primeira vez ao sul, para a Terra dos Ancestrais.

Um assovio alertou-a e ela viu uma figura surgir da neve, flanqueada por outras doze, que chegaram e pararam em duas fileiras que davam para o lado de fora do portão. Olhavam para a frente, as espadas brilhando, as lâminas refletindo a luz que era produzida pela neve. Só Horyse olhava para o lado de dentro, esperando por ela.

Com seus esquis sobre os ombros, Sabriel abriu caminho entre as madeiras partidas do portão. Atravessando a arcada, passando da lama para a neve, do sol claro para a pálida luminescência de uma nevasca, saindo de seu passado para seu futuro.

As pedras do Muro dos dois lados, e acima de sua cabeça, pareciam emitir uma fala de boas-vindas, e riachos de sinais da Ordem escorriam pelas pedras como a chuva pela poeira.

— O Reino Antigo está lhe dando boas-vindas — disse Horyse, mas ele estava olhando para os sinais da Ordem escorrendo entre as pedras, não para Sabriel.

Sabriel deu um passo além da sombra do portão e puxou seu boné, para que a aba protegesse seu rosto da neve.

— Desejo todo sucesso para a sua missão — prosseguiu Horyse, virando-se para olhá-la. — Eu espero... espero ver você e seu pai o mais breve possível.

Ele fez uma saudação, virou-se agilmente para a esquerda e se foi, circundando-a e marchando de volta para o portão.

Seus homens desfizeram a fileira e seguiram-na. Sabriel se curvou quando eles se puseram a marchar atrás dela, deslizando seus esquis para trás e para frente na neve, e enfiou seus sapatos nas amarras. A neve estava caindo firmemente, mas era só uma neve fina e o chão estava parcialmente coberto. Ela ainda podia avistar com facilidade a Velha Estrada do Norte. Felizmente, a neve havia se depositado nas valetas de cada lado da estrada, e ela podia desenvolver boa velocidade se seguisse por essas trilhas estreitas. Muito embora parecesse ser várias horas mais tarde no Reino Antigo do que na Terra dos Ancestrais, ela esperava chegar ao monte Crista Rachada antes do anoitecer.

Erguendo seus bastões, Sabriel verificou que a espada de seu pai estava bem acomodada em sua bainha e os sininhos pendurados apropriadamente em sua correia. Ela pensou em fazer um pequeno feitiço da Ordem para se aquecer, mas decidiu que não. A estrada tinha um ligeiro declive na subida da colina, e por isso esquiá-lo seria um trabalho bem puxado. Em sua blusa de lã gordurenta tricotada à mão, sua jaqueta de couro e seus grossos, duplamente almofadados, calções de esqui presos à altura dos joelhos, ela ficaria provavelmente aquecida demais assim que se pusesse a andar.

Com um movimento experiente, ela empurrou um dos esquis para avançar, o outro braço se estendendo com o bastão, e deslizou para frente, bem quando o último espadachim passou por ela em seu trajeto de volta ao portão. Ele sorriu ao passar, mas ela não notou, concentrada que estava em estabelecer o ritmo de seus esquis e bastões. Dentro de instantes, estava praticamente voando sobre a estrada, uma esguia, escura figura contra o branco do chão.

## capítulo quatro

Sabriel encontrou o primeiro morto da Terra dos Ancestrais a quase dez quilômetros depois do Muro, nas últimas e apagadas horas da tarde. O monte que ela pensou que fosse a Crista Rachada ficava a dois ou três quilômetros ao norte. Parou para olhar para seu volume escuro, erguendo-se pedregoso e desprovido de árvores do chão coberto de neve, o pico temporariamente oculto numa das leves e enfunadas nuvens que, de vez em quando, lançavam uma saraivada de neve ou de chuva.

Se não tivesse parado, não teria provavelmente notado a mão de um branco gélido que apontava de um monte de neve no outro lado da estrada. Mas, assim que a viu, sua atenção se concentrou, e Sabriel sentiu a pontada familiar da morte.

Cruzando a distância, seus esquis estalando na pedra lisa do meio da estrada, ela se abaixou e delicadamente removeu a neve.

A mão pertencia a um homem jovem, que usava uma cota de malha padrão sobre um uniforme de sarja cáqui da Terra dos Ancestrais. Era louro e de olhos cinzentos, e Sabriel achou que ele fora pego de surpresa, pois não havia medo em sua expressão congelada. Tocou sua testa com um dedo, fechou seus olhos sem visão e pousou dois dedos sobre sua boca aberta. Ele morrera havia doze dias, sentiu. Não havia sinais evidentes daquilo que o matara. Para saber mais que isso, teria que seguir o homem até o reino da Morte. Mesmo após doze dias, era improvável que ele houvesse passado do Quarto Portal. Ainda assim, Sabriel tinha uma forte aversão a entrar no reino dos Mortos, a menos que fosse absolutamente obrigada a fazê-lo. O que quer que aprisionara – ou matara – seu pai poderia estar facilmente esperando-a emboscado por lá. O soldado morto poderia ser até mesmo uma isca.

Sufocando sua curiosidade natural para descobrir o que teria exatamente ocorrido, Sabriel cruzou os braços do homem sobre seu peito, depois de desfazer as mãos crispadas com as quais segurava ainda o cabo da espada – talvez ele não houvesse sido pego totalmente desprevenido, afinal. Depois, ergueu-se e traçou no ar acima do cadáver os sinais de fogo, purificação, paz e repouso da Ordem, enquanto sussurrava os sons daqueles mesmos sinais. Era uma litania que todo Mago da Ordem conhecia e fez o efeito habitual. Uma brasa reluzente brilhou entre os braços cruzados do homem, multiplicou-se em muitas chamas pontiagudas e dardejantes, e depois o fogo se espalhou ruidosamente por toda a extensão do corpo. Segundos depois, havia desaparecido e só restavam cinzas, cinzas que manchavam um peitoral de malha enegrecido.

Sabriel tirou a espada do soldado da pilha de cinzas e lançou-a na neve derretida, na escura terra abaixo. Ela se aprumou, ereta, o cabo lançando uma sombra em forma de cruz sobre as cinzas. Alguma coisa reluziu no escuro e, um tanto tardiamente, Sabriel lembrou-se de que o soldado devia usar um disco ou etiqueta de identidade.

Movendo seus esquis novamente para se reequilibrar, ela abaixou-se e fisgou a corrente do disco de identidade com um dedo só, puxando-a para cima na intenção de ler o nome do homem que havia encontrado seu fim ali, sozinho na neve. Mas tanto a corrente quanto o disco eram fabricados na Terra dos Ancestrais e por isso incapazes de suportar o fogo da Magia da Ordem. O disco se desfez em cinzas quando Sabriel ergueu-o até seus olhos e a corrente se derreteu nas ligas que a compunham, escorrendo entre os dedos de Sabriel como pequeninas moedas de ferro.

— Talvez eles reconheçam você pela sua espada — disse Sabriel. Sua voz soou de maneira estranha no silêncio da desolação coberta de neve e, seguindo cada palavra sua, a respiração formou um pequeno, úmido nevoeiro.

— Viaje sem remorso — acrescentou ela. — Não olhe para trás.

Sabriel seguiu seu próprio conselho ao se afastar esquiando. Havia nela agora uma ansiedade que antes fora na maior parte teórica e todos os seus sentidos estavam atentos, vigilantes. Sempre soubera que o Reino Antigo era perigoso e que as Terras da Fronteira perto do Muro eram particularmente ameaçadoras. Mas esse conhecimento intelectual era amenizado por suas vagas memórias de felicidade da infância, de estar na companhia de seu pai e do bando de Viajantes. Agora, a realidade do perigo estava se estabelecendo lentamente...

Depois de percorrer oitocentos metros, diminuiu o ritmo e parou para olhar para o Crista Rachada outra vez, enrijecendo o pescoço para trás a fim de ver onde o sol surgia entre as nuvens, iluminando o granito vermelho-amarelado dos penhascos. Estava na sombra das nuvens, por isso o monte parecia uma meta atraente. Enquanto olhava, a neve recomeçou a cair e dois flocos caíram em sua testa, derretendo-se em seus olhos. Ela piscou, e a neve derretida traçou trilhas de lágrimas pelo seu rosto abaixo. Através dos olhos embaçados, avistou uma ave de rapina — um falcão ou milhafre — lançando-se dos penhascos e pairando, com a concentração totalmente centralizada sobre algum pequeno rato ou arganaz que se arrastava pela neve.

O milhafre se abateu como uma pedra lançada, e daí a segundos, Sabriel sentiu que alguma pequena vida fora extinta. Ao mesmo tempo, sentiu em si o repuxo de morte humana. Em algum lugar lá na frente, perto do lugar onde o milhafre fizera seu jantar, mais pessoas jaziam.

Sabriel estremeceu e olhou para o monte novamente. De acordo com o mapa de Horyse, o caminho para Crista Rachada se estendia numa ravina estreita entre dois penhascos. Ela via com total clareza onde devia ser, mas os Mortos jaziam naquela direção. O que quer que tivesse lhes tirado a vida ainda poderia estar lá.

Havia luz solar nos penhascos, mas o vento estava impelindo as nuvens de neve contra o sol e Sabriel imaginou que era questão de apenas uma hora para que a noite caísse. Ela perdera tempo liberando o espírito do soldado, e agora não tinha outra escolha senão correr caso desejasse chegar a Crista Rachada antes do anoitecer.

Pensou por um momento no que jazia lá na frente, e então se decidiu por uma conciliação entre velocidade e cautela. Enfiando seus bastões na neve, soltou suas amarras, tirou os esquis e depois rapidamente juntou-os com os bastões para ficarem dispostos em diagonal sobre a mochila. Amarrou-os cuidadosamente, lembrando-se de como tinham caído e desfeito seu feitiço da Ordem no piso da parada de ônibus na manhã daquele dia, mas o fato agora parecia ter ocorrido muitas semanas atrás e estar à distância de um mundo.

Isso feito, ela começou a abrir seu caminho pelo centro da estrada, mantendo distância dos montículos nas valetas. Sairia da estrada em breve, mas parecia que havia pouca neve nas íngremes e pedregosas encostas de Crista Rachada.

Como uma precaução final, puxou a espada de Abhorsen, e depois tornou a pô-la no lugar, para que uma pequena parte da lâmina ficasse fora da bainha. Seria fácil e rápido sacá-la quando ela precisasse.

Sabriel esperava encontrar os corpos na estrada, ou perto dela, mas eles jaziam além. Havia muitas pegadas e neve derretida, levando da estrada na direção da trilha para Crista Rachada. Essa trilha corria entre os penhascos, seguindo uma rota cortada por um riacho que caía de alguma profunda nascente lá no alto do monte. A trilha cruzava o riacho várias vezes, com pedras para pisar ou troncos de árvores sobre a água para evitar que os caminhantes molhassem os pés. A meio caminho na subida, onde os penhascos quase se tocavam, o riacho escavara uma curta garganta, de cerca de três metros e meio de largura, nove metros de comprimento e profundidade. Ali, os caminhantes tinham sido forçados a erguer uma ponte ao longo do riacho, não sobre ele.

Sabriel encontrou o resto da patrulha da Terra dos Ancestrais naquele ponto, tombados na madeira de um escuro tom de oliva da ponte, com a água murmurando logo abaixo e a pedra vermelha se arqueando lá no alto. Havia sete deles ao longo da extensão da ponte. Diferente do caso do primeiro soldado, o que os havia matado era bem evidente. Tinham sido esquartejados e, quando Sabriel se aproximou deles, percebeu que haviam sido degolados. Pior que isso, quem ou o que quer que fosse o autor daquilo, havia levado embora as suas cabeças – o que era quase uma garantia de que seus espíritos retornariam.

Sua espada realmente saiu com facilidade. Cuidadosamente, a mão direita quase grudada no seu cabo, Sabriel contornou o primeiro dos corpos espalhados e avançou pela ponte. A água que corria logo abaixo estava parcialmente congelada, rasa e lenta, mas era claro que os soldados haviam procurado refúgio nela. A água corrente era uma boa proteção contra as criaturas ou coisas mortas criadas pela Magia Livre, mas esse riozinho não teria assustado nem um dos Mortos Menores. Na primavera, engrossado pela neve derretida, ele explodiria entre os penhascos e a ponte chegaria à altura dos joelhos com água límpida e veloz. Os soldados provavelmente teriam sobrevivido se fosse essa a época do ano.

Sabriel suspirou baixinho, pensando em como sete pessoas poderiam facilmente estar vivas num momento e, a despeito de tudo que poderiam fazer, a despeito de sua derradeira esperança, estar mortas pouco depois. Mais uma vez, sentiu a tentação da necromante: tomar as cartas que a natureza havia lançado, reembaralhá-las e fazer um novo jogo. Ela possuía o poder de fazer esses homens viverem outra vez, rirem outra vez, amarem outra vez...

Mas, sem suas cabeças, ela só podia trazê-los de volta como "ajudantes", um termo depreciativo que os necromantes da Magia Livre usavam para seus ressuscitados sem brilho, que retinham pouco de sua inteligência original e nada de sua iniciativa. Davam serviçais úteis, embora, tanto como cadáveres reanimados quanto mais dificilmente como Ajudantes Sombrios, apenas o espírito fosse trazido de volta.

Sabriel fez uma careta ao pensar nesses ajudantes. Um necromante hábil pode facilmente extrair Ajudantes Sombrios das cabeças dos recém-falecidos. Do mesmo modo, sem as cabeças, ela não poderia ministrar-lhes os ritos finais e libertar seus espíritos. Tudo que podia fazer era tratar os corpos com algum respeito, e, nesse processo, limpar a ponte. Estava chegando a noite, e já escurecia na sombra da garganta, mas ela ignorou a pequena voz dentro dela que a urgia a deixar os corpos e correr para o espaço aberto do topo do monte.

Quando terminou de arrastar os corpos de volta pela trilha afora, estendendo-os com as espadas enfiadas na terra junto a seus corpos sem cabeças, já estava escuro do lado de fora da garganta também. Tão escuro que ela teve que se arriscar a produzir uma débil luz conjurada da Ordem, que pairou sobre sua cabeça como uma estrela pálida, mostrando a trilha antes de se apagar.

Uma mágica sem importância, mas com consequências inesperadas, pois, quando ela deixou os corpos para trás, uma luz em resposta ardeu brilhantemente no esteio mais alto da ponte. Transformou-se em brasas vermelhas quase imediatamente, mas deixou três reluzentes sinais da Ordem. Um deles era estranho para Sabriel, mas, pelos outros dois, ela adivinhou seu significado. Juntos, eles traziam uma mensagem.

Três dos soldados mortos davam a impressão de trazerem a Magia da Ordem pairando sobre eles e Sabriel supôs que eram Magos da Ordem. Deviam ostentar o sinal da Ordem em suas testas. O derradeiro corpo na ponte havia sido um desses homens e Sabriel lembrou-se de que ele era o único que não carregava uma arma — suas mãos tinham sido amarradas no esteio da ponte. Esses sinais certamente traziam uma mensagem sua.

Sabriel tocou o sinal da Ordem em sua própria testa e depois tocou o esteio da ponte. Os sinais emitiram um clarão novamente e, então, escureceram. Uma voz veio do nada, aproximando-se do ouvido de Sabriel. Uma voz de homem, adensada pelo medo, acompanhada pelo som de armas que se entrechocavam, gritos e pânico total ao fundo.

— Um dos Mortos Maiores! Ele veio atrás de nós, desde perto do Muro. Não pudemos voltar. Ele tem servidores, ajudantes, um Mordente! Quem fala é o sargento Gerren. Diga ao coronel...

O que quer que ele quisesse dizer ao coronel Horyse perdeu-se no momento de sua própria morte. Sabriel ficou parada, ouvindo, como se pudesse haver mais. Sentiu-se mal, nauseada, e respirou fundo várias vezes. Ela esquecera que, com toda a sua familiaridade com a morte e os Mortos, nunca vira ou ouvira alguém realmente morrer. Aprendera a lidar com as consequências... mas não com o evento.

Tocou o esteio da ponte novamente, só com um dedo, e sentiu os sinais da Ordem se contorcendo pelas fibras da madeira. A mensagem do sargento Gerren estaria ali para sempre para qualquer Mago da Ordem ouvir, até que o tempo fizesse seu trabalho e o esteio e a própria ponte apodrecessem ou fossem varridos para longe por uma inundação.

Sabriel tomou mais um pouco de fôlego, acalmou seu estômago e forçou-se a ouvir mais uma vez.

Um dos Mortos Maiores estava de volta à Vida e aquilo era uma coisa que seu pai fora designado para deter. Era quase certeza que esta emergência e o desaparecimento de Abhorsen estavam ligados.

Mais uma vez, a mensagem veio e Sabriel ouviu. Depois, repelindo as lágrimas que lhe brotavam, ela seguiu adiante, galgando a trilha, afastando-se da ponte e dos Mortos, subindo na direção do monte Crista Rachada e da Pedra da Ordem.

Os rochedos se abriram e, no alto do céu, as estrelas começaram a tremeluzir, enquanto o vento ficava mais e mais bravo e varria as nuvens de neve na direção oeste. A lua nova revelou-se e cresceu em claridade, até lançar sombras no chão salpicado de neve.

## capítulo cinco

Não levava mais que meia hora de escalada firme para se chegar ao topo achatado de Crista Rachada, embora a trilha fosse ficando mais e mais íngreme e penosa. O vento soprava forte agora e havia limpado o céu, a luz da lua dando forma à paisagem. Porém, sem as nuvens, o ar ficara muito mais frio.

Sabriel pensou em fazer um feitiço da Ordem para ficar aquecida, mas estava cansada e o esforço de fazê-lo poderia custar mais que o ganho em calor. Em vez disso, parou e jogou nos ombros uma jaqueta oleada de lã de carneiro que lhe fora legada por seu pai. Estava um pouco gasta e larga demais, precisando de drástico ajustamento ao cinto de sua espada e à correia que portava os sinos, mas era certamente à prova de vento.

Sentindo-se um pouco mais aquecida, Sabriel recomeçou a escalar a última parte sinuosa da trilha, onde a inclinação era tão íngreme que os caminhantes tinham se valido do recurso de escavar degraus no granito – degraus agora desgastados e esfarelados, propícios a escorregões.

Tão propícios que Sabriel chegou ao topo sem perceber. Cabisbaixa, os olhos à procura do próximo degrau à luz do luar, seu pé na verdade quase pairou no ar antes que ela percebesse que não havia um próximo degrau.

O monte Crista Rachada se estendia diante dela. Era uma estreita cadeia de montanhas onde várias encostas do planalto se encontravam para formar um platô em miniatura, com uma ligeira depressão no meio. A neve se estendia nesta depressão, um amontoado espesso no formato de um charuto, brilhando sob a lua, completamente branco contra o fundo de granito vermelho. Não havia árvores, nenhuma espécie de vegetação, mas bem no centro do amontoado, uma pedra de um cinza-escuro lançava uma longa sombra à luz do luar. Tinha o dobro da circunferência de Sabriel e era três vezes mais alta que ela, e parecia intacta até que ela se aproximou e viu a rachadura em zigue-zague que a cortava pelo meio.

Sabriel nunca vira uma autêntica Pedra da Ordem, mas sabia que devia ser como o Muro, com sinais da Ordem correndo como mercúrio pela pedra, formando-se e dissolvendo-se, apenas para de novo se formarem, numa história interminável que narrava a criação do mundo.

Havia sinais da Ordem nesta pedra, mas eram imóveis, tão congelados quanto a neve. Sinais mortos, nada mais do que inscrições sem significado entalhadas numa pedra esculpida.

Não era o que Sabriel esperara, embora ela agora percebesse que não refletira de maneira apropriada a seu respeito. Ela havia pensado num relâmpago ou coisa parecida como o causador da rachadura na pedra, mas esquecera que lições aprendidas bem depois tinham lhe contado que não era assim.

Só algum terrível poder da Magia Livre podia rachar ao meio a Pedra da Ordem.

Ela se aproximou da pedra, o medo palpitando dentro dela como uma dor de dente nos seus primeiros tempos de vida, dando sinais de que coisas piores poderiam vir. O vento estava mais forte e mais frio também, vindo da cadeia de montanhas, e sua jaqueta de lã de carneiro parecia menos confortável, como se as lembranças de seu pai trouxessem de volta a recordação de certas páginas do *Livro dos Mortos* e contos de horror contados por menininhas no escuro de seu dormitório, longe do Reino Antigo. Os medos vieram junto com essas lembranças, até que Sabriel lutou para repeli-los com força para um canto remoto de sua mente, e forçou-se a chegar mais perto da pedra.

Marcas escuras de... alguma coisa... obscureciam alguns dos sinais, mas foi só quando Sabriel quase encostou seu rosto na pedra que percebeu o que elas eram, tão foscas e sombrias estavam à luz do luar.

Quando as viu de fato, sua cabeça estremeceu e ela recuou tropegamente, quase perdendo o equilíbrio na neve. As marcas eram de sangue seco e Sabriel soube como a pedra fora quebrada, e por que o sangue nunca fora removido nem pela chuva nem pela neve... por que a pedra nunca ficaria limpa.

Um Mago da Ordem havia sido sacrificado sobre a pedra. Sacrificado por um necromante para ganhar acesso à Morte, ou para ajudar um espírito Morto a abrir caminho para a Vida.

Sabriel mordeu seu lábio inferior até que ficasse ferido e suas mãos, quase inconscientemente, se remexeram, um pouco como se estivessem traçando sinais da Ordem devido ao nervosismo e ao medo. O feitiço para aquela espécie de sacrifício estava no último capítulo do *Livro dos Mortos*. Ela se lembrava dele agora, em detalhes nauseantes. Era uma das muitas coisas daquele livro de lombada verde que ela tinha a impressão de ter esquecido — ou que pareciam ter sido feitas para não serem lembradas. Só um necromante muito poderoso poderia usar esse feitiço. Só um necromante completamente maldoso gostaria de fazê-lo. E o mal gera o mal, o mal contamina os lugares e os torna atraentes para atos posteriores de...

— Pare com isso! — Sabriel sussurrou para si mesma com força, para acalmar as cismas da imaginação. Estava ficando mais escuro, ventando mais e ficando mais frio a cada minuto. Ela tinha que tomar uma decisão: acampar ali e chamar o guia, ou sair imediatamente em alguma direção aleatória, na esperança de que fosse possível invocar seu guia de qualquer outro lugar.

A pior parte disso tudo era que seu guia estava morto. Sabriel tinha que entrar na Morte, ainda que brevemente, e conversar com o guia. Seria fácil fazer isso ali, pois o sacrifício havia criado um acesso semipermanente, como se uma porta houvesse sido entreaberta à força. Contudo, quem sabia o que poderia estar emboscado, observando, no rio gelado que ficava do outro lado?

Sabriel parou por um minuto, tremendo, todos os sentidos concentrados, como algum pequeno animal que sabe que um predador está rondando por perto. Sua mente percorreu as páginas do *Livro dos Mortos*, repassando as muitas horas que ela passara aprendendo a Magia da Ordem com a magistrada Greenwood na ensolarada Torre Norte do colégio Wyverley.

Ao cabo desse minuto, ela sabia que acampar estava fora de questão. Estava simplesmente assustada demais para dormir em qualquer parte próxima à arruinada Pedra da Ordem. Mas seria mais rápido chamar seu guia ali — e quanto mais rápido ela chegasse à casa de seu pai, mais depressa poderia fazer alguma coisa por ele, tal como a situação exigia. Ela se protegeria com a Magia da Ordem o melhor que pudesse, entraria na Morte com toda a cautela, invocaria seu guia, obteria as orientações e sairia o mais rapidamente possível. Ou ainda mais que rápido.

À decisão juntou-se a ação. Sabriel deixou cair seus esquis e a mochila, enfiou um pouco de fruta seca e puxa-puxa na boca para obter energia imediata, e adotou a postura meditativa que tornava a Magia da Ordem mais fácil.

Depois de um pouquinho de dificuldade com o puxa-puxa e seus dentes, começou. Os símbolos se formaram em sua mente — os quatro pontos cardeais da Ordem, que eram as pontas de um diamante que a protegeriam tanto de danos físicos quanto da Magia Livre. Sabriel os manteve na mente, fixou-os no tempo e retirou-os do fluxo da Ordem infinita. Depois, sacando sua espada, traçou toscos contornos na neve ao seu redor, um sinal em cada ponto cardeal da bússola. Assim que concluiu cada sinal, deixou o que estava em sua mente baixar de sua cabeça à sua mão, descendo pela espada e caindo na neve. Nela, eles correram como linhas de fogo dourado e se vivificaram, ardendo pelo chão.

O último era o Sinal Norte, aquele que ficava mais próximo à pedra destruída, e quase falhou. Sabriel teve que fechar seus olhos e usar toda a sua vontade para forçá-lo a sair da espada. Mesmo assim, era apenas uma pálida imitação dos outros três, ardendo tão fracamente que dificilmente derreteria a neve.

Sabriel ignorou o fato, sufocando a náusea que trouxera bílis ao fundo de sua boca, seu corpo reagindo à luta com o sinal da Ordem. Ela sabia que o Sinal Norte era fraco, mas as linhas douradas haviam percorrido todos os quatro pontos e o diamante estava completo, ainda que oscilante. De todo modo, era o melhor que podia fazer. Ela embainhou a espada, tirou suas luvas e remexeu em sua correia de sininhos, os dedos frios contando os instrumentos.

— Ranna — disse ela em voz alta, tocando o primeiro, o menor de todos. Ranna, o propiciador de sono, o doce suave som que trazia silêncio em seu rastro.

"Mosrael." O segundo sino, estridente e barulhento. Mosrael era o despertador, o sino que Sabriel nunca deveria usar, o sino cujo som era uma gangorra, lançando o portador nas profundezas da Morte, enquanto trazia o ouvinte de volta à Vida.

"Kibeth." Kibeth, o caminhante. Um sino de vários sons, difícil e caprichoso. Podia dar liberdade de movimento a um dos Mortos ou despachá-lo para o próximo portal. Mais de um necromante havia falhado com um Kibeth e penetrado onde não devia.

"Dyrim." Um sino musical, de tom claro e alegre. Dyrim era a voz que os Mortos tão frequentemente perdiam. Mas Dyrim podia também calar uma língua desenvolta demais.

"Belgaer." Outro sino complicado, dado a soar por sua própria vontade. Belgaer era o sino reflexivo, o sino que a maior parte dos necromantes não gostava de usar. Ele podia restaurar o pensamento independente, a memória e todas as características de uma pessoa viva. Ou, caindo em mãos descuidadas, apagá-los.

"Saraneth." O mais profundo e baixo dos sinos. O som da força. Saraneth era o prendedor, o sino que algemava os Mortos à vontade do portador.

E, por último, o maior dos sinos, aquele que os dedos frios de Sabriel achavam ainda mais frio, mesmo dentro do envoltório de couro que o mantinha em silêncio.

— Astarael, o pesaroso — sussurrou Sabriel. Astarael era o expulsor, o sino derradeiro. Tocado de forma apropriada, lançava todos os que o ouviam nas profundezas da Morte. Todos, incluindo o seu portador.

A mão de Sabriel hesitou, tocou em Ranna, e depois em Saraneth. Cuidadosamente, ela desfez a correia e retirou o sino. Seu badalo, livre da cobertura, soou ligeiramente, como o resmungo de um urso ao despertar.

Sabriel silenciou-o, segurando o badalo com sua palma dentro do sino, ignorando a alça. Com sua mão direita, ela sacou sua espada e colocou-a em posição de guarda. Os sinais da Ordem ao longo da lâmina captaram a luz do luar e vieram à vida, bruxuleantes. Sabriel olhou-os por um momento, como se de vez em quando presságios pudessem ser lidos em tais coisas. Estranhos sinais corriam pela lâmina, antes de se transformarem na inscrição mais frequente, aquela que Sabriel conhecia bem. Ela curvou sua cabeça e preparou-se para entrar no reino da Morte.

Invisível para Sabriel, a inscrição recomeçou a se fazer, mas partes dela não eram as mesmas. "Fui feita para Abhorsen, para matar os que já estão Mortos", era o que ela comumente dizia. Agora, ela prosseguia dizendo: "O Clayr me viu, o Construtor de Muros me fez, o Rei me subjugou, Abhorsen me maneja."

Sabriel, de olhos fechados, sentiu a fronteira entre a Vida e a Morte aparecer. Às suas costas, sentia o vento, agora curiosamente cálido, e o luar, claro e quente como a luz do sol. Em seu rosto, sentiu o frio derradeiro e, abrindo seus olhos, viu a luz cinzenta da Morte.

Com um esforço de vontade, seu espírito nela adentrou, com a espada e os sinos preparados. Dentro do diamante seu corpo se enrijeceu e a névoa soprou em redemoinhos em torno de seus pés, enroscando-se em suas pernas. O gelo caiu em seu rosto e nas mãos, e os sinais da Ordem fulguraram em cada vértice do diamante. Três deles se firmaram novamente, mas o Sinal Norte resplandeceu com claridade ainda maior — e desapareceu.

O rio corria velozmente, mas Sabriel colocou seus pés sobre a correnteza e ignorou tanto a velocidade quanto o frio, concentrando-se em olhar ao redor, alerta para alguma armadilha ou emboscada. Conseguiu ouvir a água caindo no Segundo Portal, mas nada mais. Nenhum chafurdar, nenhum gorgolejar ou estranhas lamúrias. Não havia silhuetas soturnas nem escuras e disformes obscurecendo a luz cinzenta.

Mantendo cuidadosamente sua posição, Sabriel olhou por toda a volta novamente, antes de embainhar a espada e enfiar a mão num dos bolsos da coxa de seus largos calções de lã. O sino, Saraneth, ficou preparado em sua mão esquerda. Com a direita, ela montou um barco de papel e, ainda com uma só mão, abriu-o para que tomasse a forma apropriada. Lindamente branco, quase luminoso na luz reinante, tinha um borrão pequeno e perfeitamente redondo em sua proa, que Sabriel cuidadosamente fizera com uma gota de sangue extraída de seu dedo.

Sabriel estendeu-o em sua mão, ergueu-o até seus lábios e soprou-o como se estivesse lançando uma pluma. Como um planador, ele voou de suas mãos para o rio. Sabriel manteve o sopro enquanto o barco quase afundava, apenas para ajudá-lo quando ele enfrentou uma pequena ondulação, aprumou-se e vagou para longe com a correnteza. Em poucos segundos, estava fora de vista, rumando para o Segundo Portal.

Era a segunda vez em sua vida que Sabriel lançava um barco de papel desse tipo. Seu pai lhe mostrara como fazê-los, mas a tinha ordenado a usá-los de forma moderada. Não mais que três vezes a cada sete anos, ele dissera, ou um preço teria que ser pago, um preço bem maior que uma gota de sangue.

Se tudo transcorresse como na primeira vez, Sabriel sabia o que esperar. Ainda assim, quando o ruído do Segundo Portal cessou por um momento, dez, ou vinte, ou quarenta minutos depois – levando-se em conta que o tempo era incerto no mundo da Morte –, ela sacou sua espada e Saraneth balançou em sua mão, o badalo livre, esperando ser soado. O Segundo Portal havia silenciado porque alguém... alguma coisa... estava voltando dos reinos profundos da Morte.

Sabriel esperava que fosse aquele a quem ela havia convidado com o barco de papel.

## capítulo seis

Magia da Ordem no monte Crista Rachada. Era como um cheiro no vento para a coisa que se escondia nas cavernas abaixo do monte, a alguns quilômetros a oeste da rachada Pedra da Ordem.

A coisa uma vez fora humana, ou ao menos parecida com um ser humano, nos anos em que vivera sob o sol. Essa humanidade fora perdida nos séculos que passara nas águas geladas da Morte, preservando-se ferozmente da correnteza, demonstrando uma incrível vontade de viver outra vez. Uma vontade que ela não sabia que possuía antes que uma lança de caça mal atirada partisse de uma pedra e retalhasse sua garganta, deixando-lhe uns poucos derradeiros minutos de vida frenética.

Por esforço de vontade, ela se mantivera no lado da vida do Quarto Portal por trezentos anos, crescendo em poder, aprendendo as lições da Morte. Caía como ave de rapina sobre espíritos menores e se submetia ou se esquivava aos maiores. A coisa sempre se agarrara à vida. Sua chance finalmente surgiu quando um espírito poderoso irrompeu do Sétimo Portal, esmagando cada um dos Portais Elevados ao redor, até que entrou na Vida de modo devorador. Centenas de Mortos o seguiram e esta criatura em particular se juntara à turba. Tinha havido uma terrível confusão e surgido um inimigo poderoso bem no limite entre Vida e Morte, mas, na refrega, ela havia conseguido se mover sorrateiramente pelas bordas e se infiltrar triunfantemente na Vida.

Havia abundância de corpos recém-desocupados onde emergiu, e assim ela ocupou um, animou-o e fugiu. Logo depois, encontrou as cavernas que agora habitava. Ela até decidiu dar um nome a si mesma. Thralk. Um nome simples, não muito difícil para uma boca parcialmente decomposta vocalizar. Um nome masculino. Thralk não conseguia lembrar-se de qual fora seu sexo original, naqueles séculos passados, mas seu novo corpo era masculino.

Era um nome para instilar medo nos poucos pequenos povoados que ainda existiam nesta área das Terras da Fronteira, povoados que Thralk rapinava, capturando e consumindo a vida humana de que precisava para manter-se no lado vivo da Morte.

A Magia da Ordem brilhara no monte Crista Rachada novamente e Thralk sentia que era forte e pura a sabedoria da Ordem, mas fora fracamente lançada. A força da magia o assustava, mas a falta de habilidade que havia por trás dela era tranquilizadora, e magia forte significava vida forte. Thralk precisava dessa vida, precisava dela para sustentar o corpo que usava, precisava dela para reabastecer o vazamento de volta à Morte de que seu espírito padecia. A cobiça venceu o medo. A coisa morta saiu da boca da caverna e começou a escalar o monte, seus olhos sem pálpebras e apodrecidos fixados na crista distante.

Sabriel viu seu guia, primeiro como uma alta e pálida luz vagando pela água que redemoinhava em sua direção, e depois, quando parou a vários metros de distância, como uma forma humana borrada e brilhante, seus braços estendidos em boas-vindas.

– Sabriel.

As palavras eram vagas e pareciam vir de muito mais longe que o ponto onde a figura brilhante estava, mas Sabriel sorriu quando sentiu o calor na saudação. Abhorsen nunca explicara quem ou o quê essa pessoa luminosa era, mas Sabriel achava que sabia. Ela invocara esse conselheiro apenas em uma ocasião: quando menstruara pela primeira vez.

Havia mínima educação sexual no colégio Wyverley – nenhuma até que se atingissem os quinze anos. As histórias das garotas mais velhas sobre menstruação eram muitas, variadas e frequentemente destinadas a assustar. Nenhuma das amigas de Sabriel havia chegado à puberdade antes dela, e por isso, com medo e desespero, ela havia entrado no reino da Morte. Seu pai lhe contara que aquilo que o barco de papel invocasse haveria de responder a qualquer pergunta e a protegeria – e assim acontecera. O espírito brilhante respondera a todas as suas perguntas e muitas mais, até que Sabriel fora forçada a retornar à Vida.

– Oi, mãe – disse Sabriel, embainhando sua espada e cuidadosamente abafando Saraneth com seus dedos dentro do sino.

O vulto luminoso não respondeu, mas isso não era imprevisto. Além de sua saudação de uma palavra só, ela podia apenas responder a perguntas. Sabriel não tinha realmente certeza se a manifestação era o muito raro espírito de sua mãe, o que era improvável, ou alguma magia residual protetora deixada por ela.

— Não disponho de muito tempo — prosseguiu Sabriel. — Eu gostaria de perguntar sobre... oh, sobre tudo, eu acho... mas no momento, eu preciso saber como ir à casa do papai, partindo daqui de Crista Rachada... quero dizer, colina Barhedrin.

O enviado fez um sinal de assentimento e respondeu. Enquanto ouvia, Sabriel via quadros do que a mulher ia descrevendo em sua cabeça: imagens vívidas, como se fossem memórias de uma viagem que ela própria tivesse feito.

— Vá ao extremo norte da cadeia de montanhas. Siga o pico que começa lá até descer ao chão do vale. Olhe para o céu... não haverá nenhuma nuvem. Olhe para a estrela de um vermelho-claro, Uallus, próxima ao horizonte, três dedos ao leste do norte. Siga essa estrela até chegar a uma estrada que corre do sudoeste para o noroeste. Pegue essa estrada e percorra um quilômetro e meio até o noroeste, até que encontrará um marco e a Pedra da Ordem atrás dele. Uma trilha atrás da pedra leva aos Rochedos Longos imediatamente ao norte. Pegue a trilha. Termina numa porta que fica nos Rochedos. A porta responderá ao som do Mosrael. Atrás da porta há um túnel, que dá numa subida íngreme. Depois do túnel há a ponte de Abhorsen. A casa fica sobre a ponte. Vá com amor, e não se detenha, não pare, não importa o que aconteça.

— Obrigada — Sabriel balbuciou, cuidadosamente enfileirando as palavras com os pensamentos correspondentes. — Você poderia também...

Ela parou quando o enviado da mãe diante dela repentinamente ergueu os dois braços, como se estivesse chocado e gritou:

— Vá!

Ao mesmo tempo, Sabriel sentiu o diamante de proteção em volta de seu corpo físico dar uma ferroada de alerta quando percebeu que o Sinal Norte havia falhado. Instantaneamente, ela virou seu calcanhar esquerdo e começou a correr de volta à fronteira com a Vida, sacando sua espada. A correnteza pareceu ficar mais forte e voltar-se contra ela, enroscando-se em suas pernas, mas afastou-se ao sentir sua urgência. Sabriel atingiu a fronteira e, com um furioso impulso de vontade, seu espírito emergiu de volta à Vida.

Por um segundo, ela se desorientou, subitamente congelando outra vez e ficando estupidificada. Uma criatura semelhante a um cadáver, arreganhando os dentes, acabava de entrar pelo Sinal Norte falhado, seus braços se estendendo para abraçá-la, o hálito de carniça saindo como névoa de uma boca anormalmente grande.

Thralk ficara satisfeito ao descobrir o espírito de um Mago da Ordem vagando ao léu e um diamante de proteção quebrado. A espada o deixara um pouco apreensivo, mas estava congelada, e seus olhos murchos não podiam ver os sinais da Ordem que dançavam abaixo do gelo. Também, o sino na mão esquerda de Sabriel parecia um bloco de gelo ou neve, como se ela houvesse apanhado uma bola de neve. Em tudo e por tudo, Thralk sentia-se um felizardo, especialmente devido à vida que ardia dentro dessa vítima entorpecida ser particularmente jovem e forte. Thralk estava ainda mais perto e seus braços se abriram para abraçar o pescoço de Sabriel.

Bem no momento em que seus dedos pegajosos e apodrecidos se estenderam, Sabriel abriu seus olhos e demonstrou o bloqueio de ataque que lhe havia conferido o segundo lugar em artes marciais e, mais tarde, fizera-a perder o primeiro. Seu braço e a espada se aprumaram como um só membro de seu corpo até sua extensão máxima e a ponta da espada rasgou o pescoço de Thralk, mergulhando até vinte centímetros de ar além.

Thralk gritou, seus dedos estendidos agarrando a espada para libertar-se – apenas para gritar novamente quando os sinais da Ordem lampejaram na lâmina. Faíscas de um branco ardente enfiaram-se como enfeites entre as articulações de seus dedos e Thralk subitamente compreendeu com o que estava se defrontando.

– Abhorsen! – grasnou ele, caindo para trás quando Sabriel arrancou a lâmina, retirando-a com um puxão violento.

A espada já estava afetando a carne morta que Thralk habitava, o fogo da Magia da Ordem se espalhava pelos nervos reanimados, paralisando todas aquelas articulações fluidas demais. Subiu pela garganta de Thralk, mas ele falou, para distrair este terrível oponente enquanto seu espírito tentava se despir de seu corpo, como uma cobra se livra de sua pele, e se refugiar dentro da noite.

– Abhorsen! Eu o servirei, louvarei, serei seu Ajudante... conheço coisas, vivas e mortas... vou ajudar a atrair outros para você...

O som claro e profundo do Saraneth atravessou cortante a voz lamurienta e derrotada como uma sirene de nevoeiro bramindo acima do grito das gaivotas. O repique vibrou longamente, ecoando dentro da noite, e Thralk sentiu que ele o prendia mesmo quando seu espírito vazava de seu corpo e esboçava uma fuga. O sino o prendia à sua carne paralisada, atava-o à vontade do portador que o fazia soar. A fúria fervilhava dentro dele, a raiva e o medo alimentavam sua disposição de lutar, mas o som estava em toda parte, em torno dele todo, atravessando-o. Ele nunca se livraria.

Sabriel observou a sombra deformada contorcendo-se, metade fora do cadáver, metade dentro dele, o corpo sangrando uma poça escura. Ainda estava tentando usar a boca do cadáver, mas sem sucesso. Pensou se não poderia levá-la para dentro da Morte, onde teria uma forma e ela poderia fazê-la dar respostas com o sino Dyrim. Mas a Pedra da Ordem apontava nas proximidades e ela a sentiu como um medo sempre-presente, como uma joia fria sobre seu peito. Em seu pensamento, ela ouvia as palavras do enviado de sua mãe: "Não se detenha, não pare, não importa o que aconteça."

Sabriel enfiou a ponta da espada na neve, guardou o Saraneth e tirou o Kibeth da correia, usando as duas mãos. Thralk percebeu-o e sua fúria deu lugar a medo puro, em estado bruto. Depois de todos os séculos de luta, via que a morte enfim chegava para ele.

Sabriel assumiu uma postura cautelosa, com o sino seguro num curioso aperto de duas mãos. O Kibeth pareceu quase ter espasmos em suas mãos, mas ela o controlou, balançando-o para frente e para trás, e depois formando uma espécie de esquisita representação do número oito. Os sons, todos saídos do sino único, eram muito diferentes uns para os outros, mas teciam uma pequena melodia marcial, uma canção dançante, uma procissão.

Thralk os ouvia e sentia as forças prenderem-no. Estranhos, inexoráveis poderes que o levavam até a fronteira, que o faziam retornar à Morte. Inutilmente, quase pateticamente, ele lutava contra eles, sabendo que não poderia libertar-se.

Sabia que teria de caminhar por todos os Portais para, ao fim, cair no Nono. Desistiu da luta e usou a última de suas forças para formar a imitação de uma boca no meio de seu estofo de sombras, uma boca com uma língua escura retorcida.

— Maldita seja! — gorgolejou. — Eu vou contar aos servidores de Kerrigor! Eu serei vingado...

Sua voz grotesca e voraz foi cortada no meio de uma sentença, quando ele perdeu a vontade livre. Saraneth o havia prendido, mas Kibeth o agarrara e expulsara de tal modo que Thralk não mais existiria. A sombra retorcida simplesmente desapareceu e restou apenas neve sob um cadáver há muito tempo decomposto.

Embora o ressuscitado houvesse desaparecido, suas últimas palavras perturbaram Sabriel. O nome Kerrigor, embora não exatamente familiar, a tocara em algum medo básico, em alguma lembrança. Talvez Abhorsen houvesse pronunciado este nome, que sem dúvida alguma pertencia a um dos Mortos Maiores. O nome assustou-a do mesmo modo que a pedra rachada fizera, como se fossem símbolos tangíveis de um mundo que dera errado, um mundo em que seu pai estava perdido, onde ela mesma se encontrava terrivelmente ameaçada.

Sabriel tossiu, sentindo o frio em seus pulmões, e muito cuidadosamente recolocou o Kibeth em sua correia. Sua espada parecia ter limpado a si mesma com a ação do fogo, mas ela passou um pano por sobre a lâmina, recolocando-a na bainha. Sentiu-se muito cansada ao colocar a mochila nas costas, mas não havia em sua mente nenhuma dúvida de que devia sair dali imediatamente. As palavras do espírito de sua mãe continuavam ecoando em sua mente, e seus próprios sentidos lhe diziam que alguma coisa estava acontecendo no reino da Morte, alguma coisa poderosa estava se agitando em direção à Vida, agitando-se em direção à emergência na pedra rachada.

Houvera morte demais e Magia da Ordem demais neste monte, e a noite ainda estava por atingir sua hora mais escura. O vento estava se agitando ao redor, as nuvens recuperando sua supremacia sobre o céu. Em breve, as estrelas desapareceriam e a lua jovem seria envolvida pelo branco.

Rapidamente, Sabriel examinou os céus, procurando pelas três estrelas claras que indicavam a Fivela do Cinto do Gigante do Norte. Encontrou-as, mas depois teve que examinar o mapa estelar em seu almanaque com um fósforo feito à mão, fedendo ao lançar um bruxuleio amarelo sobre as páginas, pois ela não ousaria mais usar a Magia da Ordem até que se afastasse da pedra rachada. O almanaque mostrou que ela havia se lembrado corretamente: a Fivela ficava na direção norte do Reino Antigo; seu outro nome era Trapaça de Marinheiro. Na Terra dos Ancestrais, a Fivela ficava facilmente a dez graus a oeste do norte.

Norte localizado, Sabriel começou a caminhar para aquele lado da crista, procurando pelo pico que declinava para o vale perdido na escuridão lá embaixo. As nuvens estavam engrossando e ela queria chegar ao chão antes que a luz do luar desaparecesse. Ao menos o pico, quando foi encontrado, parecia mais fácil de percorrer do que os degraus quebrados que davam para o sul, embora sua encosta suave prenunciasse uma longa descida até o vale.

De fato, foram várias horas até que Sabriel conseguisse chegar ao chão do vale, tropeçando e tremendo, uma chama muito pálida da Ordem dançando um pouquinho mais à frente dela. Insubstancial demais para facilitar sua caminhada, ela a ajudara a evitar um desastre maior, e Sabriel esperava que fosse pálida o bastante para ser tomada por um fogo-fátuo ou reflexo casual. Em todo caso, havia se provado essencial quando as nuvens fecharam o último vão remanescente no céu.

Tanta coisa por sinal nenhum, Sabriel pensou, quando olhou na direção do que ela imaginava ainda fosse o norte, procurando pela estrela vermelha, Uallus. Seus dentes estavam batendo e não paravam, e um arrepio que havia começado em seus pés frios como gelo estava se reproduzindo em todos os membros. Se ela não se mantivesse em movimento, simplesmente congelaria onde estava – particularmente pelo fato de o vento estar se erguendo outra vez...

Sabriel riu baixinho, quase histericamente, e virou seu rosto para sentir a brisa. Era um vento oriental, ganhando força a cada minuto. Mais frio, sim, mas também afastou as nuvens, varrendo-as para oeste – e lá, com a primeira varredura feita pelo vento, surgiu Uallus com seu brilho vermelho. Sabriel sorriu, olhou fixo para ela, tomou ciência do pouco que podia ver em torno dela, e recomeçou a caminhar, seguindo a estrela, uma voz sussurrante soando constantemente no fundo de sua mente.

*Não se detenha, não pare, não importa o que aconteça.*

O sorriso continuou quando Sabriel descobriu a estrada e, com uma boa cobertura de neve em cada vala, esquiou, alcançando boa velocidade.

Quando Sabriel encontrou o marco de distância e a Pedra da Ordem atrás dele, nenhum traço de sorriso podia ser visto em seu rosto pálido. Estava nevando outra vez, nevando obliquamente enquanto o vento aumentava freneticamente, carregando os flocos de neve e com eles fustigando seus olhos, agora a única parte de seu corpo todo que estava exposta. Suas botas estavam ensopadas também, a despeito da gordura de carneiro que esfregara nelas. Seus pés, rosto e mãos estavam se enregelando e ela estava exausta. Comia de modo pontual, um pouquinho a cada hora, mas agora simplesmente não conseguiria abrir suas mandíbulas geladas.

Por uns momentos, na intacta Pedra da Ordem que se erguia orgulhosamente atrás do marco de distância menor, Sabriel conseguira se aquecer, invocando um feitiço da Ordem para fazer calor. Porém, ficara muito cansada para mantê-lo sem a assistência da pedra e o feitiço se dissipou tão longo ela recomeçou a andar. Apenas o conselho do espírito da mãe fazia com que seguisse avante. Isso, e a sensação de que estava sendo seguida.

Era apenas uma sensação, e em seu estado de exaustão, de frio, Sabriel pensava se isso não era apenas imaginação. Mas ela não estava em condições de encarar qualquer coisa que não pudesse ser imaginada, por isso forçou-se a prosseguir.

*Não se detenha, não pare, não importa o que aconteça.*

A trilha que partia da Pedra da Ordem era mais bem-feita que aquela que levava ao monte Crista Rachada, mas era mais íngreme. Os construtores daquele trecho tiveram que abrir caminho em meio a um denso rochedo cinzento que não erodia como o granito, e construíram centenas de largos e baixos degraus, com complicados desenhos entalhados. Se isso significava alguma coisa, Sabriel não sabia. Não eram sinais da Ordem ou símbolos de qualquer linguagem que conhecesse, e estava cansada demais para especular. Concentrava-se em um degrau de cada vez, usando as mãos para forçar para baixo suas coxas doloridas, tossindo e arfando, a cabeça baixada para evitar a neve flutuante.

A trilha foi ficando mais íngreme e Sabriel conseguia ver a face do rochedo mais à frente, uma massa enorme, negra e vertical, um pano de fundo muito mais escuro que o céu nublado para a neve que caía em redemoinhos, palidamente iluminado por trás pela luz do luar. Mas ela não parecia estar conseguindo se aproximar nem um pouco enquanto a trilha subia em zigue-zague para lá e para cá, erguendo-se mais e mais do vale abaixo.

Então, subitamente, Sabriel chegou lá. A trilha fez uma nova curva e sua pequena luz de fogo-fátuo refletiu de um paredão que se estendia por quilômetros pelos dois lados e por centenas de metros para o alto. Estava claro que aqueles eram os Rochedos Longos e que a trilha havia acabado.

Quase soluçando de alívio, Sabriel impeliu-se para a frente até a própria base do rochedo e a pequena luz flutuou sobre sua cabeça revelando uma rocha cinzenta, com veios de líquenes. Porém, mesmo com aquela luz, não havia sinal de uma porta — nada senão rocha denteada e impenetrável, tanto acima quanto pelos lados do pequeno círculo de iluminação. Não havia trilha e nenhum lugar para ir.

Exausta, Sabriel ajoelhou-se num trecho coberto de neve e esfregou suas mãos vigorosamente, tentando restaurar a circulação, antes de tirar Mosrael da correia de sinos. Mosrael, o despertador. Sabriel calou-o cuidadosamente e concentrou seus sentidos, tentando perceber qualquer coisa morta que pudesse estar por perto e que não devia ser despertada. Não havia nada nas proximidades, mas novamente sentiu alguma coisa atrás dela, seguindo-a, vindo lá longe pela trilha. Alguma coisa Morta, alguma coisa que fedia a poder. Ela tentou avaliar a que distância a coisa estava, antes de expulsá-la de seus pensamentos. Fosse o que fosse, estava longe demais para até mesmo ouvir a voz rouca de Mosrael. Sabriel ergueu-se e fez o sino soar.

Ele fez um som igual ao de dezenas de papagaios gritando, um ruído que irrompeu no ar e misturou-se ao vento, ecoando nos rochedos, multiplicando-se no grito de mil pássaros.

Sabriel calou o sino imediatamente e o colocou de lado, mas os ecos percorreram o vale e ela sabia que a coisa que a perseguia o tinha ouvido. Sentiu que ela fixava sua atenção no lugar onde estava e sentiu que apressava o passo; era como se observasse os músculos de um cavalo de corrida indo do trote ao galope. A coisa vinha pelos degraus, pulando pelo menos quatro ou cinco de uma só vez. Sentiu a corrida da criatura em sua cabeça e o medo lhe brotando no mesmo ritmo, mas ainda foi até a trilha e olhou para baixo, sacando a espada ao fazê-lo.

Lá, entre rajadas de neve, viu uma figura saltando de degrau em degrau; saltos impossíveis, que devoravam a distância entre eles com apetite horrível. Era parecida com um homem, mais alta que um homem, e chamas corriam como óleo ardente pela água no lugar em que ela pisava. Sabriel gritou ao avistá-la, e sentiu o espírito morto que a habitava. O *Livro dos Mortos* se abriu para páginas aterrorizantes em sua memória e descrições do mal se derramaram em sua cabeça. Era um Mordente que a perseguia — uma coisa que podia trafegar à vontade entre a Vida e a Morte, o corpo de barro de pântano e sangue humano moldado e infundido com Magia

Livre por um necromante, e um espírito morto instalado em seu interior como força condutora.

Sabriel havia banido um Mordente certa vez, mas isso fora a sessenta e quatro quilômetros do Muro, na Terra dos Ancestrais, e aquele era um Mordente fraco, quase apagado. Esse de agora era forte, feroz, recém-nascido. Ele a mataria, ela concluiu subitamente, e subjugaria seu espírito. Todos os seus planos e sonhos, as suas esperanças e coragem, desapareceram de seu espírito para dar lugar a puro pânico irracional. Virou-se para um lado, depois para outro, como um coelho fugindo de um cão, mas o único caminho de fuga era a trilha, e o Mordente estava uns noventa metros abaixo, aproximando-se a cada piscadela, a cada floco de neve que caía. Chamas eram cuspidas de sua boca e ele lançava a cabeça pontiaguda para trás e uivava enquanto corria, um uivo que soava como o derradeiro grito de alguém caindo para a morte, reforçado por um ruído agudo semelhante ao de unhas arranhando o vidro.

Sabriel, com um grito de algum modo emperrado e sufocando em sua garganta, virou-se para o rochedo, martelando nele com o copo de sua espada.

— Abra! Abra! — gritou ela, enquanto sinais da Ordem corriam por seu cérebro, mas não os apropriados para arrombar uma porta, um feitiço que ela aprendera no segundo ano. Ela o conhecia como a seus quadros de horários, mas os sinais da Ordem simplesmente não vinham, e por que a conta de doze vezes doze cutucava a sua cabeça se o que ela queria eram sinais da Ordem...?

Os ecos de Mosrael se apagaram e naquele silêncio o copo da espada bateu contra alguma coisa que fez um barulho oco, em vez de lançar faíscas e sacudir sua mão. Algo feito de madeira, algo que nunca havia estado ali. Uma porta, alta e estranhamente estreita, seu carvalho escuro riscado por sinais prateados da Ordem dançando pelas fibras. Um anel de ferro, exatamente à altura da mão, roçou a cintura de Sabriel.

Sabriel deixou cair a sua espada com a respiração entrecortada, agarrou o anel e puxou-o. Nada aconteceu. Sabriel puxou-o novamente, virando-se um pouco para olhar por sobre os ombros, quase desmontando com aquilo que viu.

O Mordente virara a última curva e seus olhos cravaram-se nos de Sabriel. Ela fechou-os, incapaz de suportar o ódio e a sede de sangue que brilhavam no olho fixo como um atiçador de brasas deixado na forja por tempo longo demais. Ele uivou novamente e quase subiu voando pelos degraus que restavam, as chamas saindo de sua boca, garras e pés.

Sabriel, com os olhos ainda fechados, puxou o anel. A porta se escancarou e ela entrou, caindo estrondosamente no chão numa rajada de neve, os olhos arregalados. Desesperadamente, ela se contorceu no chão, ignorando a dor em seus joelhos e nas mãos. Estendendo as mãos para fora, ela trombou no cabo de sua espada e agarrou-a com esforço.

Como a lâmina clareou a passagem, o Mordente aproximou-se dela e, entortando-se para passar pelo portal estreito, lançou um braço para dentro. As chamas caíam ferventes de sua carne verde-cinzenta, como gotas de suor, e pequenos penachos de fumaça negra saíam delas em espirais, trazendo com eles um fedor de pelo queimado.

Sabriel, escarrapachada sem defesa no chão, só conseguia olhar com terror para a mão de quatro garras que lentamente se abriu e se lançou em sua direção.

## capítulo sete

Mas a mão não se fechou. As garras falharam em despedaçar a carne indefesa.

Em vez disso, Sabriel sentiu uma súbita onda de Magia da Ordem e sinais da Ordem reluziram em torno da porta, brilhando com tal claridade que deixaram imagens vermelhas residuais no fundo de seus olhos, pontinhos negros dançando diante de sua vista.

Ofuscada, ela viu um homem vindo das pedras do muro, um homem alto e obviamente forte, com uma espada montante gêmea da sua. Esta espada desceu assoviando sobre o braço do Mordente, arrancando dali um pedaço de carne pantanosa ardente e apodrecida. Ricocheteando, a espada golpeou novamente e arrancou outro pedaço, como um lenhador fazendo lascas voarem de uma árvore.

O Mordente uivou, mais de raiva que de dor, mas afastou o braço e o estranho lançou-se contra a porta, fechando-a ruidosamente com todo o peso de seu corpo revestido de malha. Curiosamente para a malha, não fez som algum, nenhum ruído desagradável produzido por centenas de aros de aço. Havia um estranho corpo sob ela também, Sabriel viu, quando os pontinhos negros e a onda vermelha desapareceram, revelando que seu salvador não era totalmente humano. Ele havia parecido sólido o suficiente, mas cada pedacinho seu era demarcado por sinais da Ordem pequeninos e em constante movimento, e Sabriel não conseguia ver nada entre elas senão ar vazio.

Ele... a criatura era um fantasma da Ordem, um enviado.

Lá fora, o Mordente uivou novamente, como um trem a vapor soltando pressão, e depois o corredor todo tremeu e as dobradiças guincharam em protesto quando a coisa se lançou contra a porta. A madeira se partiu em lascas e nuvens de pó cinzento espesso caíram do teto, fazendo uma paródia da neve que caía do lado de fora.

O enviado virou-se para encarar Sabriel e ofereceu sua mão para levantá-la. Sabriel pegou-a, erguendo os olhos para ele enquanto suas pernas cansadas e congeladas lutavam para fazer um retorno de décimo round. Perto do enviado, a ilusão de carne era imperfeita, fluida e instável. Seu rosto não ficava fixo, flutuando entre um grande número de possibilidades. Alguns eram mulheres, alguns eram homens, mas todos tinham rostos firmes, competentes. Seu corpo e traje tinham ligeiras diferenças também, em todos os casos, mas dois detalhes sempre permaneciam os mesmos: um manto negro com o brasão de uma chave prateada e uma espada montante impregnada com a Magia da Ordem.

– Obrigada – Sabriel disse nervosamente, encolhendo-se quando o Mordente golpeou a porta novamente. – Pode... você acha que... ele vai entrar?

O enviado fez um sinal afirmativo soturnamente e deixou a mão de Sabriel cair a fim de apontar para o longo corredor, mas não falou. Sabriel virou sua cabeça para seguir a mão que apontava e viu uma passagem escura que se elevava, penetrando na escuridão. Sinais da Ordem iluminavam o ponto onde ambos se encontravam, mas se apagavam nas proximidades. A despeito disso, a escuridão parecia amigável e ela podia quase sentir os feitiços da Ordem que vagavam pelo ar empoeirado do corredor.

— Eu devo seguir em frente? — perguntou Sabriel quando a criatura apontou novamente, com mais urgência. O enviado fez que sim e moveu suas mãos para a frente e para trás, indicando pressa. Atrás dele, outro golpe esmagador provocou outra grande onda de pó e a porta soou como se estivesse enfraquecendo. Mais uma vez, o repulsivo odor queimado do Mordente ondulou pelo ar.

O guardião da porta franziu o nariz e deu em Sabriel um quase empurrão na direção certa, como um pai pressionando um filho relutante a se apressar. Mas Sabriel não precisava de pressão. Seu medo ainda ardia dentro dela. Momentaneamente extinto pelo resgate, o cheiro do Mordente era tudo que ele precisava para se inflamar de novo. Ela ergueu seu rosto e começou a caminhar rapidamente em direção à passagem.

Ela olhou para trás depois de andar uns poucos metros, para ver o guardião próximo à porta, sua espada na posição de guarda. Além dele, a porta se abaulava, tábuas cercadas de ferro se romperam, abrindo um buraco tão grande quanto um prato de jantar.

O Mordente avançou e quebrou mais tábuas com tanta facilidade quanto partiria palitos de dente. Estava obviamente furioso por sua presa estar fugindo, pois ardia pelo corpo todo agora. Chamas de um vermelho-amarelado saíam de sua boca numa torrente imunda, e fumaça negra se erguia como uma segunda sombra em torno dele, fazendo um redemoinho de círculos enlouquecidos enquanto ele uivava.

Sabriel olhou para longe, partindo num ritmo veloz, mas o andar foi crescendo em velocidade, tornou-se um trote e depois uma corrida. Seus pés esmagavam as pedras, mas foi só quando ela estava quase correndo a toda a velocidade que percebeu por que estava conseguindo fazê-lo – sua mochila e seus esquis estavam ainda lá atrás, na porta mais baixa. Por um momento, ficou tomada por uma inclinação nervosa a retornar, mas ela passou antes mesmo de se tornar um pensamento consciente. Mesmo assim, suas mãos examinaram a bainha e a correia, e se tranquilizaram com o frio metal do cabo da espada e a madeira envernizada das alças dos sinos.

Eram leves também, ela percebeu ao correr. Sinais da Ordem corriam pela pedra, passo a passo com ela. Sinais da Ordem representando a luz e a fugacidade e muitas outras coisas que ela não conhecia – tantas que Sabriel se punha a considerar como ela podia ter pensado que uma primeira colocação em magia numa escola da Terra dos Ancestrais poderia torná-la uma grande maga no Reino Antigo. O medo e a percepção da ignorância eram grandes remédios contra o orgulho estúpido.

Outro uivo veio ressoando pela passagem e ecoou para diante, acompanhado por muitos ruídos de quebras, baques ou tinidos de aço golpeando carne sobrenatural ou ricocheteando nas pedras. Sabriel não precisou olhar para trás para perceber que o Mordente havia rompido a porta e estava agora lutando com o guardião – ou ultrapassando-o. Sabriel sabia pouco sobre esses enviados, mas uma falha comum da variedade sentinela era uma inabilidade para deixar seu posto de vigia. Uma vez que a criatura desse uns poucos passos além do guardião, o enviado ficaria inútil – e um grande ataque faria com que o Mordente logo passasse.

Esse pensamento deu-lhe um novo impulso de velocidade, mas Sabriel sabia que era o último. Seu corpo, impelido pelo medo e enfraquecido pelo frio e o exercício, estava à beira do desfalecimento. Suas pernas estavam rijas, os músculos prontos a ter cãibras, e seus pulmões pareciam borbulhar com fluido mais do que com ar.

Mais à frente, o corredor parecia infinito, sempre ascendente. Mas a luz só brilhava quando Sabriel corria, e assim talvez a saída pudesse não estar muito distante, talvez ficasse logo depois que ela passasse o trecho de escuridão seguinte...

Bem quando este pensamento lhe passou pela cabeça, Sabriel viu um brilho que ia se definindo num traço claro de uma passagem. Ela meio arfou e meio gritou, nos dois casos soltando leves ruídos humanos encobertos pelo guincho ímpio e inumano do Mordente. Ele conseguira passar pelo guardião.

Ao mesmo tempo, Sabriel ficou consciente de um novo som lá na frente, que ela inicialmente pensou ser de um latejo de sangue em seus ouvidos, da palpitação de um coração disparado. Mas era do lado de fora, além da porta superior. Um ruído profundo, rugidor, tão baixo que era quase uma vibração, um tremor que ela sentiu pelo chão, mais do que ouviu.

Caminhões pesados passando na estrada acima, Sabriel pensou, antes de lembrar-se do lugar onde estava. No mesmo instante, reconheceu o som. Em algum lugar lá na frente, fora desses rochedos circundantes, uma grande cachoeira despencava. E uma cachoeira que fazia um som tão grande devia ser alimentada por um rio igualmente grande.

Água corrente! A perspectiva disso animou Sabriel com uma súbita esperança, e com a esperança veio a força que ela julgou estar além de suas possibilidades. Num selvagem impulso de velocidade, ela quase se chocou contra a porta, as mãos batendo contra a madeira, parando por um instante em que precisou encontrar a maçaneta ou a campainha.

Mas outra mão já estava na campainha quando ela a tocou, embora nenhuma estivesse ali um segundo antes disso. De novo, os sinais da Ordem definiam esta mão, e Sabriel viu a fibra da madeira e o azular do aço através da palma de outro enviado.

Este era menor, de sexo indeterminado, pois estava usando um hábito como o de um monge, com o capuz baixado sobre a cabeça. O hábito era negro e portava o emblema da chave prateada na frente e atrás.

Ele se abaixou e apertou a campainha. A porta se escancarou, para revelar estrelas claras brilhando entre nuvens que fugiam do vento recém-formado. O ruído da cachoeira rugiu através da porta aberta, acompanhado por salpicos de espirro voador. Sem pensar, Sabriel deu um passo à frente.

O guardião encapuzado da porta foi junto com ela e fechou a porta atrás de si, antes de baixar uma delicada grade prateada sobre a porta e fechá-la com um cadeado de ferro. As duas proteções pareciam ter brotado do ar. Sabriel olhou para elas e sentiu o poder que havia ali, pois ambas eram também dádivas da Ordem. Mas porta, grade e cadeado conseguiriam apenas tornar o Mordente mais lento, não detê-lo. A única salvação possível residia no teste decisivo da água corrente, ou no imprevisível clarão de um sol do meio-dia.

O primeiro estava próximo aos seus pés e o segundo a muitas horas de distância. Sabriel estava num estreito ressalto que se projetava do banco do rio a uma largura de pelo menos trezentos e sessenta e cinco metros. Um pouquinho à sua direita, a poucos passos de distância, este poderoso rio se arremetia com violência sobre o rochedo, para formar uma cachoeira realmente gloriosa. Sabriel se encostou um pouco para olhar para as águas que ribombavam lá embaixo, criando enormes asas brancas de água espirrada que poderiam engolir sua escola toda, com a nova ala e tudo o mais, como um pato de borracha submergido num banho caótico.

Era uma queda muito longa, e a altura, junto com a pura força da água, fez com que ela rapidamente voltasse a olhar para o rio. Bem na frente, a meio caminho, uma ilha se empoleirava no próprio lábio da cachoeira, dividindo o rio em duas correntes. Não era uma ilha muito grande, tinha quase o tamanho de um campo de futebol, mas se erguia como uma nau de rocha denteada das águas turbulentas.

Muros de um branco de pedra calcária cercavam a ilha, da altura de seis homens. Atrás daqueles muros havia uma casa. Era escura demais para ser avistada claramente, mas lá se via uma torre, uma avançada silhueta em forma de lápis, com telhados vermelhos que estavam começando a apanhar o sol nascente bem nesse momento. Abaixo da torre, um volume escuro indicava a existência de um vestíbulo, uma cozinha, quartos de dormir, arsenal, despensa e adega. O estúdio, Sabriel subitamente lembrou-se, ocupava o segundo pavimento após o piso do topo da torre. O topo da torre era um observatório, tanto das estrelas quanto do território circunvizinho.

Era a casa de Abhorsen. Era seu lar, embora Sabriel o tivesse visitado apenas duas ou talvez três vezes, quando era jovem demais para lembrar-se de muita coisa. Esse período de sua vida era nebuloso e preenchido na maior parte por lembranças dos Viajantes, os interiores de seus vagões, e muitos acampamentos diferentes que se desfaziam em borrões. Ela nem mesmo se lembrava da cachoeira, embora seu som lhe provocasse alguma forma de reconhecimento – alguma coisa que se alojara na mente de uma garotinha de quatro anos.

Infelizmente, ela não se lembrava como se fazia para chegar a casa. Lembrava-se apenas das palavras que o enviado de sua mãe lhe passara – a ponte de Abhorsen.

Desta vez, Sabriel não hesitou. Ela fez um sinal para o enviado da Ordem e sussurrou "Obrigada", antes de pisar nos degraus. A presença do Mordente a pressionava outra vez, como o arfar repugnante de um desconhecido atrás de sua orelha. Ela sabia que ele havia atingido o portão superior, embora o som de seus golpes e de sua destruição fosse encoberto pelo rugido muito maior das águas.

Os degraus levavam para o rio, mas não terminavam lá. Embora fossem invisíveis para quem olhasse do ressalto, havia pedras que levavam para a ilha. Sabriel passou os olhos nelas nervosamente e olhou para a água. Era evidentemente muito profunda e corria numa velocidade assustadora. As pedras ficavam pouco acima de suas impetuosas pequenas ondas e, muito embora fossem largas e marcadas para que nelas se pisasse, eram também molhadas pelos espirros e enlameadas pelos resíduos de neve e de gelo.

Sabriel viu um pequeno pedaço de gelo se arremessando rio acima, e imaginou seu passeio de estilingue sobre as quedas, para ser despedaçado lá embaixo. Imaginou-se em seu lugar, e depois pensou no Mordente que a perseguia, no espírito morto que estava no coração da criatura, na morte que ele poderia causar, e no aprisionamento que ela sofreria além da morte.

Pulou. Suas botas derraparam um pouco e seus braços balançaram em busca de equilíbrio, mas ela acabou com firmeza, arqueada num meio-agachamento. Mal esperando recuperar o equilíbrio, pulou para a próxima pedra e depois para a seguinte, e pulou outra vez, num louco jogo de pular carniça em meio ao jorro e aos trovões do rio. Quando estava quase fora, com uns noventa metros de água pura e feroz atrás dela, parou e olhou para trás.

O Mordente estava no ressalto, a grade prateada quebrada e estraçalhada em suas garras. Não havia sinal do guardião, mas isso não era uma surpresa. Derrotado, ele simplesmente desapareceria até que o feitiço da Ordem o renovasse – horas, dias ou até anos depois.

A coisa morta estava curiosamente imóvel, mas estava obviamente olhando para Sabriel. Mesmo uma criatura tão poderosa não poderia cruzar este rio e ele não esboçava tentativa de fazê-lo. Na verdade, quanto mais Sabriel olhou fixo para ele, mais lhe pareceu que o Mordente se dava por satisfeito em ficar esperando. Era uma sentinela, vigiando o que poderia ser a única saída da ilha. Ou talvez estivesse esperando que alguma coisa acontecesse, ou que alguém chegasse...

Sabriel reprimiu um tremor e pulou novamente. Havia mais luz agora, anunciando o advento do sol, e ela via uma espécie de plataforma de madeira levando a um portão no alto do muro branco. As copas das árvores também eram visíveis por trás dos muros, árvores de inverno, os galhos desprovidos de verde. Pássaros voavam entre as árvores e a torre, pequeninos pássaros lançando-se na busca do alimento para a manhã. Era uma visão de normalidade, de um refúgio. Mas Sabriel não podia se esquecer da silhueta elevada e traçada em chamas do Mordente vagando pensativa no alto do ressalto.

Exaurida, ela deu um pulo para a última pedra e desfaleceu nos degraus da plataforma. Até mesmo as suas pálpebras mal podiam se mover e seu campo de visão havia se estreitado até ficar reduzido a uma pequena fenda à sua frente. A fibra das tábuas da plataforma assomou a seus olhos quando ela começou a rastejar na subida para o portão e, meio morta, caiu aos pés dele.

O portão se escancarou, deixando-a num pátio pavimentado, o ponto inicial de uma trilha de tijolos vermelhos, tijolos antigos, com um vermelho da cor de maçãs empoeiradas. O pátio subia serpenteando para a porta da frente da casa, uma porta de um alegre azul-celeste, radiante sobre a pedra caiada. Uma maçaneta de bronze na forma de um leão segurando um anel em sua boca brilhava fracamente em contraste com o gato branco que se estendia enroscado na esteira de junco diante da porta.

Sabriel se estendeu nos tijolos e ergueu o rosto sorrindo para o gato, reprimindo as lágrimas. O gato se remexeu e virou sua cabeça bem devagar para olhar para ela, revelando olhos claros e verdes.

– Olá, bichano – Sabriel grasnou, tossindo ao tentar mais uma vez se firmar em seus pés e caminhar para frente, gemendo e resmungando a cada passo. Ela se abaixou para afagar o gato e gelou, pois quando ele lançou a cabeça para o alto, ela viu a coleira em torno de seu pescoço e o sino pequenino que estava pendurado ali. A coleira era apenas couro vermelho, mas o feitiço da Ordem que nela havia era a mais poderosa, a mais duradoura prisão que Sabriel já tinha visto ou apalpado – e o sino era uma miniatura do Saraneth. O gato não era gato, mas uma criatura da Magia Livre que possuía poderes arcaicos.

– Abhorsen – miou o gato, dardejando sua pequena língua rosada. – Você chegou aqui bem na hora.

Sabriel olhou-o fixo por um momento, emitiu uma pequena espécie de gemido e tombou num desmaio de exaustão e de desgosto.

## capítulo oito

Sabriel despertou à luz suave de velas, com o calor de um leito de plumas e lençóis de seda, deliciosamente macios sob pesados cobertores. Um fogo ardia crepitante numa lareira de tijolos vermelhos e as paredes revestidas de madeira brilhavam com o mistério do mogno bem polido. Um forro coberto de papel azul, polvilhado de estrelas por toda a extensão, encarou seus olhos recém-abertos. Duas janelas se confrontavam de cada lado do quarto, mas estavam trancadas, por isso Sabriel não teve idéia de que horas poderiam ser, não mais do que tinha sobre qualquer recordação de como havia chegado ali. Era decididamente a casa de Abhorsen, mas sua última lembrança era de haver desmaiado na soleira da porta.

Cautelosamente – pois até seu pescoço doía depois de um dia e uma noite de viagem, medo e fuga –, Sabriel ergueu a sua cabeça para olhar ao redor e novamente se deparou com os olhos do gato que não era um gato. A criatura estava estendida perto de seus pés, na ponta da cama.

– Quem... o que é você? – Sabriel perguntou nervosamente, de repente consciente demais de que estava nua sob os macios lençóis. Uma delícia sensual, mas desprotegida. Seus olhos se dirigiram rapidamente ao cinto de sua espada e à correia dos sinos, cuidadosamente cobertos num cabide perto da porta.

— Tenho uma variedade de nomes — respondeu o gato. Tinha uma voz estranha, meio-miado, meio-ronrom, com sibilação nas vogais. — Você pode me chamar de Mogget. Quanto a o que sou, já fui muitas coisas, mas agora sou apenas várias. Acima de tudo, sou um criado de Abhorsen. A menos que você seja amável o bastante para retirar a minha coleira...

Sabriel deu um sorriso embaraçado e balançou sua cabeça firmemente. O que quer que Mogget fosse, aquela coleira era a única coisa que o mantinha como criado de Abhorsen... ou de qualquer outro. Os sinais da Ordem na coleira eram muito explícitos quanto a isso. Até onde Sabriel pôde notar, o feitiço de aprisionamento tinha quase mil anos. Era bem possível que Mogget fosse algum espírito da Magia Livre tão velho quanto o Muro ou talvez ainda mais. Ela ficou pensando por que seu pai não o teria mencionado, e, com uma pontada, desejou ter despertado para encontrar seu pai ali, em sua casa, os dois com seus problemas encerrados.

— Eu achei que não — disse Mogget, misturando um displicente dar de ombros com uma lânguida espreguiçada. A criatura... ou *ele*, pois Sabriel sentiu que o gato era decididamente masculino, saltou para o soalho e caminhou vagarosamente para a lareira. Sabriel ficou observando, seu olho treinado notando que a sombra de Mogget não era sempre a de um gato.

Uma batida na porta interrompeu seu estudo do gato, o som agudo fazendo Sabriel pular nervosamente, os pelos em sua nuca se arrepiaram em alarme.

— É apenas um dos criados — Mogget disse, num tom indulgente. — Enviados da Ordem, e de um nível bem inferior. Sempre deixam o leite queimar.

Sabriel ignorou-o e mandou o criado entrar. Sua voz tremeu e ela percebeu que os nervos abalados e a fraqueza ficariam com ela ainda por algum tempo.

A porta se abriu silenciosamente e uma figura baixa, envolta num manto, entrou. Era semelhante ao guardião do portão superior, encapuzada e sem um rosto visível, mas o hábito era de uma cor creme pálida em vez de negro. Trazia uma camisola simples de algodão dobrada num braço, uma grossa toalha no outro e suas mãos tecidas pela Ordem seguravam um longo manto de lã e um par de chinelos. Sem uma palavra, foi até a ponta da cama e depositou as roupas aos pés de Sabriel. Depois, atravessou o aposento em direção a uma bacia de porcelana disposta num suporte com filigranas de prata, acima de uma área coberta do piso à esquerda da lareira. Ali, girou uma roda de bronze e água quente vaporosa espirrou e gorgolejou de um tubo na parede, trazendo consigo um cheiro forte de alguma coisa sulfurosa e desagradável. Sabriel franziu o nariz.

— Fontes de água quente — comentou Mogget. — Você não sentirá o cheiro daqui a pouco. Seu pai sempre dizia que ter permanente água quente em casa compensava suportar o cheiro. Ou foi seu avô quem disse isso? Ou alguma tataratia? Ah, memória...

O criado permaneceu imóvel enquanto a bacia se enchia, depois girou a roda para interromper o jorro quando a água transbordou e se derramou no chão, perto de Mogget — que deu um pulo para trás e se afastou furtivamente, mantendo uma distância cautelosa do enviado da Ordem. Tal como um gato verdadeiro, Sabriel pensou. Talvez a forma imposta forjasse o comportamento também, ao longo dos anos – ou séculos. Ela gostava de gatos. Na escola, havia um deles, um felino rechonchudo cor de geleia de laranja que atendia pelo nome de Biscoitinho. Sabriel pensou no modo como ele dormia no parapeito da janela do quarto da monitora e depois se descobriu pensando sobre a escola em geral, e no que suas amigas estariam fazendo. Suas pálpebras baixaram quando imaginou a classe de etiqueta e a professora falando monotonamente sobre bandejas de prata...

Um tinido agudo despertou-a com outro sobressalto, provocando punhaladas de dor ainda mais fundas nos seus músculos cansados. O enviado da Ordem havia batido na roda de bronze com o atiçador de brasas da lareira. Estava obviamente impaciente para que ela tomasse seu banho.

— A água está esfriando — explicou Mogget, saltando para cima da cama novamente. — E eles servirão o jantar em meia hora.

— Eles? — perguntou Sabriel, sentando-se e estendendo a mão para apanhar os chinelos e a toalha, preparando-se para sair da cama e entrar neles.

— Os próprios — disse Mogget, sinalizando com a cabeça na direção do enviado, que havia se afastado da bacia e estava agora segurando uma barra de sabão.

Sabriel se arrastou até a bacia, com a toalha enrolada firmemente em seu corpo, e cuidadosamente tocou a água. Estava deliciosamente quente, mas antes que ela pudesse fazer qualquer coisa com ela, o enviado deu um passo adiante, tomou-lhe a toalha e virou a bacia toda sobre a sua cabeça.

Sabriel soltou um grito, mas antes que ela pudesse fazer outra coisa, o enviado havia recolocado a bacia, girado a roda para obter mais água quente e a estava ensaboando, prestando particular atenção à sua cabeça, como se quisesse passar sabão nos olhos de Sabriel, ou suspeitasse de uma infestação de piolhos.

– O que você está fazendo? – Sabriel protestou, enquanto as mãos estranhamente frias do enviado esfregavam as suas costas e depois, sem interesse, seus seios e seu estômago. – Pare com isso! Sou capaz de tomar banho sozinha, obrigada!

Mas as técnicas da srta. Prionte para lidar com empregados domésticos não pareciam funcionar com enviados domésticos. Ele continuou esfregando e, de vez em quando, lançando água quente sobre Sabriel.

– Como faço para pará-lo? – perguntou confusamente para Mogget, enquanto mais água cascateava por sobre sua cabeça e o enviado começava a esfregar regiões mais baixas.

– Você não pode – respondeu Mogget, que parecia se divertir muito com o espetáculo. – Este aí é particularmente recalcitrante.

– O que você... ai!... pare com isso! O que você quer dizer com *este aí*?

– Há enviados de muitos tipos neste lugar – disse Mogget. – Todo Abhorsen parece ter criado os seus. Provavelmente porque ficam iguais a este aí depois de centenas de anos. Privilegiados criados de família, que sempre pensam que sabem mais que todo mundo. Praticamente humanos, da pior forma possível.

O enviado parou com sua esfregação por tempo suficiente para sacudir um pouco de água na direção de Mogget, que pulou do lado errado e gritou de infelicidade quando ela o atingiu. Bem antes que outra bacia cheia de água caísse sobre Sabriel, ela viu o gato se atirar sob a cama, sua cauda separando as cobertas.

— Já chega, obrigada! — pronunciou ela, quando o último jorro de água parou de cair por uma grade na área coberta. De qualquer modo, o enviado havia provavelmente terminado, pensou Sabriel, já que parara de banhá-la e começava a enxugá-la com uma toalha. Ela tirou a toalha de suas mãos e tentou terminar o serviço sozinha, mas o enviado contra-atacou penteando seu cabelo, provocando outra briga. Finalmente, sem escolha, Sabriel deu de ombros na camisola e no manto e se submeteu a uma manicure e a um vigoroso escovar dos cabelos.

Ela estava admirando o pequenino e repetitivo tema da chave prateada no manto negro no espelho que ficava antes de um dos postigos das janelas, quando soou um gongo em algum ponto da casa e o criado-enviado abriu a porta. Um segundo depois, Mogget passou correndo, com um grito que Sabriel pensou significar um "Jantar!". Ela saiu, mais tranquilizada, e o enviado fechava a porta atrás dela.

O jantar era na sala principal da casa. Um longo, suntuoso aposento que ocupava metade do andar térreo, dominado pela janela de vitral que ia do piso ao teto na ponta acidental. A janela mostrava uma cena da construção do Muro e, como muitas outras coisas no interior da casa, era pesadamente impregnada de Magia da Ordem. Talvez não houvesse nenhum vidro verdadeiro nela, Sabriel pensava, enquanto observava a luz do sol da noitinha brincar ao redor das figuras de trabalhadores que estavam construindo o Muro. Tal como nos enviados, se alguém olhasse de perto o bastante, poderia ver pequeninos sinais da Ordem criando os desenhos. Era difícil ver através da janela, mas a julgar pelo sol, era quase noite. Sabriel percebeu que devia ter dormido um dia todo, ou talvez até dois.

Uma mesa quase tão longa quanto a sala se estendia diante dela – uma mesa brilhantemente polida, feita com alguma madeira lustrosa e leve, pesadamente ocupada com saleiros de prata, candelabros e garrafas de aspecto um tanto fantástico e louça coberta. Mas apenas dois lugares estavam completamente arrumados, com uma pletora de facas, garfos, colheres e outros instrumentos que Sabriel só reconhecia de algumas obscuras ilustrações que havia no seu livro didático de etiqueta. Ela nunca vira um canudinho de ouro para sugar o interior de uma romã, por exemplo.

Um lugar ficava diante de uma cadeira de espaldar alto à cabeceira da mesa e o outro era à esquerda deste, em frente a um banquinho almofadado. Sabriel ficou pensando qual seria o seu, até que Mogget saltou para cima do banquinho e disse:

— Venha logo! Eles não vão servir você até que tenha se sentado.

"Eles" eram mais enviados. Meia dúzia ao todo, incluindo o tirano vestido de cor creme que fora ao quarto. Eram todos basicamente o mesmo; humanos na forma, mas encapuzados ou velados. Só as suas mãos eram visíveis e estas eram quase transparentes, como se os sinais da Ordem tivessem sido ligeiramente delineados em mãos postiças extraídas de pedras lunares. Os enviados ficaram agrupados junto a uma porta – a porta da cozinha, pois Sabriel viu fogos por trás deles e sentiu o cheiro penetrante de comida – e olharam fixamente para ela. Era meio enervante não poder ver os olhos de ninguém.

— Sim, é ela — Mogget disse causticamente. — Sua nova patroa. Agora, vamos jantar.

Nenhum dos enviados se moveu, até que Sabriel deu um passo à frente. Deram um passo à frente também, e todos se abaixaram num joelho só ou no que fosse aquilo em que se apoiavam sob os mantos que chegavam até o chão. Cada um estendeu sua pálida mão direita, os sinais da Ordem percorrendo trilhas luminosas em torno de suas palmas e dedos.

Sabriel olhou-os fixamente por um momento, mas era claro que eles ofereciam seus serviços, ou lealdade, e esperavam que ela fizesse alguma coisa em troca. Ela caminhou até eles e suavemente pressionou cada mão levantada como sinal de reciprocidade, sentindo os feitiços da Ordem que as tornavam inteiras. Mogget havia falado a verdade, pois alguns dos feitiços eram velhos, muito mais velhos do que Sabriel pudesse imaginar.

— Agradeço a vocês — disse ela lentamente. — Em consideração ao meu pai, e pela gentileza que me demonstraram.

Isso pareceu apropriado ou suficiente para que as coisas prosseguissem. Os enviados se ergueram, fizeram uma reverência e foram cuidar de seu trabalho. Aquele que vestia hábito de cor creme puxou a cadeira de Sabriel e colocou um guardanapo na mesa enquanto ela se sentava. Era de um linho preto enrugado, pontilhado por pequeninas chaves prateadas, um milagre da arte do bordado. Mogget, Sabriel reparou, ficara com um simples guardanapo branco, com sinais de manchas antigas.

— Tive que comer na cozinha nas últimas duas semanas — Mogget disse acidamente, enquanto dois enviados vindos da cozinha se aproximavam, carregando pratos que anunciaram a sua chegada com um odor torturante de temperos e comida quente.

— Espero que tenha sido bom para você — Sabriel respondeu animadamente, tomando um grande gole de vinho. Era um vinho branco seco com toque de fruta, embora Sabriel não houvesse desenvolvido um paladar para saber se era bom ou simplesmente indiferente. Era certamente bebível. Suas primeiras maiores experiências com álcool eram de vários anos atrás, entronizadas na memória como ocasiões significativas compartilhadas com duas de suas amigas mais íntimas. Nenhuma das três conseguiu sequer beber conhaque novamente, mas Sabriel havia começado a gostar de vinho nas refeições. — De qualquer modo, como você sabia que eu vinha? — Sabriel perguntou. — Eu mesma não sabia, até que... até que papai enviou sua mensagem.

O gato não respondeu de imediato, sua atenção voltada para o prato de peixe que o enviado havia acabado de pôr na mesa — um pequeno peixe quase circular, com os olhos vivos e as escamas brilhantes dos recém-pescados. Sabriel comeu-os também, mas os seus tinham sido grelhados, com um tomate, alho e molho de manjericão.

— Já servi dez vezes tantos de seus antepassados quantos são os anos que você tem — Mogget respondeu por fim. — E embora meus poderes estejam minguando com a maré do tempo, sempre sei quando um Abhorsen cai e outro toma seu lugar.

Sabriel engoliu seu último gole, todo o sabor se esvaindo, e pôs de lado seu garfo. Ela tomou um gole de vinho para limpar a garganta, mas ele parecia ter se transformado em vinagre, fazendo-a tossir.

— O que você quer dizer com cair? O que é que você sabe? O que aconteceu a papai?

Mogget ergueu os olhos para Sabriel, olhos semicobertos, sustentando seu olhar firmemente como nenhum gato conseguiria.

— Ele está morto, Sabriel. Mesmo que não tenha passado o Último Portal, não voltará à vida nunca mais. Isto é...

— Não — interrompeu Sabriel. — Ele não pode estar! Ele é um necromante... ele não pode estar morto...

— Foi por isso que ele mandou a espada e os sinos para você, assim como sua tia enviou-os para ele, em seu tempo — Mogget continuou, ignorando o desabafo de Sabriel. — E ele não era um necromante, ele era Abhorsen.

— Eu não entendo — Sabriel sussurrou. Ela não conseguia mais encarar os olhos de Mogget. — Eu não sei... eu não sei o suficiente. Sobre nada. O Reino Antigo, Magia da Ordem, até meu próprio pai. Por que você diz seu nome como se fosse um título?

— É um título. Ele era o Abhorsen. Agora você é.

Sabriel digeriu isso em silêncio, olhando fixo para os redemoinhos de peixe e molho em seu prato, as escamas prateadas e o tomate vermelho misturando-se num desenho borrado de espadas e fogo. A mesa virou um borrão também, e também o aposento além, e ela se sentiu tentando chegar à fronteira com a Morte. Porém, por mais que tentasse, não poderia atravessá-la. Ela a sentia, mas não havia meio de cruzá-la, em qualquer direção — a casa de Abhorsen era muito bem protegida. Mas sentiu alguma coisa na fronteira. Coisas inimigas se emboscavam ali, esperando que ela atravessasse, mas havia também o mais tênue fio de alguma coisa familiar, como o cheiro de um perfume de mulher que acabou de sair de um aposento, ou o bafejo de um tabaco específico de cachimbo perto de uma curva. Sabriel focalizou sua atenção nisso e se lançou mais uma vez na barreira que a separava da Morte.

Apenas para ricochetear de volta à Vida, quando garras penetrantes espetaram o seu braço. Seus olhos se arregalaram, piscando para afastar flocos de gelo, para ver Mogget, o pelo eriçado, uma pata pronta para atacar novamente.

— *Tola!* — silvou ele. — Você é a única que pode romper as proteções desta casa e eles esperam que você faça isso!

Sabriel olhou fixamente para o gato furioso, sem vê-lo, engolindo uma penetrante e orgulhosa réplica ao perceber a verdade nas palavras de Mogget. Lá, havia espíritos mortos esperando e provavelmente o Mordente atravessaria também — e ela os teria enfrentado sozinha e sem armas.

— Sinto muito — murmurou ela, baixando sua cabeça para duas mãos congeladas. Ela não se sentia tão estúpida assim desde que queimara uma das roseiras da diretora com um descontrolado feitiço da Ordem, quase perdendo a jardineira mais antiga e amada da escola. Ela havia chorado, então, mas era mais velha agora, e podia manter suas lágrimas contidas. — Papai não está realmente morto — disse ela, depois de um momento. — Eu senti a sua presença, embora ele esteja preso além de muitos portais. Eu poderia trazê-lo de volta.

— Você não deve — disse Mogget firmemente, e sua voz agora parecia carregar todo o peso dos séculos. — Você é

Abhorsen e deve pôr os Mortos para repousar. Seu caminho está escolhido.

— Eu posso trilhar um caminho diferente — Sabriel respondeu firmemente, erguendo a cabeça.

Mogget pareceu prestes a protestar outra vez, e então se pôs a rir — uma risada sarcástica — e saltou de volta a seu banquinho.

— Faça como achar melhor — disse ele. — Por que devo contradizer você? Não sou nada além de um escravo, destinado ao trabalho. Por que eu choraria se Abhorsen fosse derrotada pelo mal? Seu pai é que amaldiçoaria você, e sua mãe também, e os Mortos, que ficariam bem contentes.

— Eu não acho que ele esteja morto — Sabriel disse, claros rubores de emoção reprimida em seus pomos pálidos, o gelo derretendo, escorrendo pelo seu rosto. — Seu espírito parecia vivo. Ele está preso no reino da Morte, eu acho, mas seu corpo vive. Eu ainda seria injuriada se o trouxesse de volta, então?

— Não — disse Mogget, novamente calmo. — Mas ele enviou a espada e os sinos. Você está apenas desejando que ele viva.

— Eu sinto isso — Sabriel disse com simplicidade. — E preciso descobrir se minha sensação corresponde à verdade.

— Pode ser assim, embora seja estranho. — Mogget parecia estar dizendo a si mesmo, sua voz um suave meio-ronrom. — Eu fiquei estúpido. Esta coleira me estrangula, sufoca minha inteligência...

— Ajude-me, Mogget — Sabriel subitamente implorou, aproximando-se para tocar a cabeça do gato com sua mão, coçando-o sob a coleira. — Eu preciso saber... eu preciso saber tanta coisa!

Mogget ronronou de prazer com a coçadinha, mas quando Sabriel se encostou nele, sentiu o débil repique do pequenino Saraneth interferir no ronrom e foi lembrada de que Mogget não era um gato, mas uma criatura da Magia Livre. Por um momento, Sabriel se pôs a pensar em quais seriam as verdadeiras forma e natureza de Mogget.

— Eu sou o criado de Abhorsen — Mogget disse por fim. — E você é Abhorsen, por isso devo ajudá-la. Mas você deve me prometer que não despertará seu pai se seu corpo estiver morto. Juro, ele não gostaria disso.

— Não posso prometer. Mas não agirei sem refletir muito. E ouvirei você, se estiver ao meu lado.

— Eu bem que imaginei — Mogget disse, afastando a sua cabeça da mão de Sabriel. — É verdade que você é tristemente ignorante ou prometeria com uma resolução. Seu pai nunca deveria ter mandado você para o outro lado do Muro.

— Por que ele mandou? — perguntou Sabriel, seu coração subitamente dando pulos com a pergunta que havia estado com ela em todos os seus dias de escola, uma pergunta que Abhorsen sempre descartara sorrindo com uma única palavra: "Necessidade."

— Ele tinha medo — respondeu Mogget voltando a sua atenção para o peixe outra vez. — Você estava mais segura na Terra dos Ancestrais.

— De que ele tinha medo?

— Coma seu peixe — respondeu Mogget, quando dois enviados saídos da cozinha apareceram, carregando o que era obviamente o próximo prato. — Conversaremos mais tarde. Lá no estúdio.

## capítulo nove

Velhos lampiões de latão que ardiam com Magia da Ordem no lugar do óleo iluminavam o estúdio. Sem fumaça, silenciosos e eternos, ofereciam uma luz tão boa quanto as lâmpadas elétricas da Terra dos Ancestrais.

Livros se enfileiravam pelas paredes, seguindo as curvas da torre ao redor, exceto pelo ponto onde o degrau emergia, e a escada levava para o observatório lá em cima.

Uma mesa de pau-brasil ficava no meio do aposento, as pernas escamadas e com olhos brilhantes de maldade, com chamas ornamentais que saíam das bocas de cabeças de dragões que agarravam cada canto do topo. Um tinteiro, canetas, papéis e um par de compassos de mapa de bronze se estendiam na mesa. Cadeiras do mesmo pau-brasil cercavam-na, o espaldar acolchoado em negro com uma variação do tema da chave prateada.

A mesa era uma das poucas coisas de que Sabriel se lembrava de suas visitas de infância. "Escrivaninha do dragão", seu pai a chamava, e ela se enroscava em torno de uma daquelas pernas de dragão, a cabeça não alcançando o lado de baixo da mesa.

Sabriel passou a mão sobre a lisa, fria madeira, sentindo tanto a lembrança quanto a sensação atual, depois suspirou, puxou uma cadeira e tirou os três livros que enfiara sob o braço. Dois, ela pôs juntos, perto dela; o outro ela empurrou para o centro da mesa. Este terceiro livro vinha do singular estojo de vidro que ficava entre as prateleiras e agora jazia como um predador inativo, talvez adormecido, talvez esperando para dar o bote. Sua lombada era de couro verde-claro, e os sinais da Ordem ardiam nas fivelas de prata que o mantinham fechado. O *Livro dos Mortos*.

Os outros dois livros eram, em comparação a esse, normais. Ambos eram de feitiços da Magia da Ordem, oferecendo uma lista de sinal após sinal e de como poderiam ser usados. Sabriel nem mesmo reconheceu a maior parte dos sinais depois do capítulo quatro no primeiro livro. Havia doze capítulos em cada volume.

Sem sombra de dúvida, havia muitos outros livros que poderiam ser úteis, Sabriel pensou, mas ela ainda se sentia cansada e trêmula demais para baixá-los. Ela planejara conversar com Mogget, e depois estudar por uma ou duas horas, antes de voltar para a cama. Até mesmo quatro ou cinco horas de vigília pareciam demais depois de seu martírio, e a perda de consciência em que o sono implicava subitamente parecia muito atraente.

Mogget, como se tivesse ouvido Sabriel pensando nele, apareceu no topo da escada e caminhou devagar para se estatelar num banquinho bem almofadado.

— Vejo que você encontrou *esse* livro — disse ele, a cauda batendo para trás e para frente enquanto falava. — Tome cuidado para não lê-lo demais.

— Eu já o li, de qualquer modo — respondeu Sabriel, lacônica.

— Talvez — observou o gato. — Mas ele não é sempre o mesmo livro. Como eu, ele é várias coisas, não uma só.

Sabriel deu de ombros, como se para mostrar que sabia tudo sobre o livro. Mas isso era apenas bravata — no íntimo Sabriel estava com medo do *Livro dos Mortos*. Ela abrira caminho por todos os capítulos, sob a orientação de seu pai, mas sua memória normalmente excelente guardava apenas páginas selecionadas deste tomo. Se ele mudava seus conteúdos também... — Ela pensou e reprimiu um calafrio, dizendo a si mesma que sabia tudo que era necessário.

— Meu primeiro passo deve ser encontrar o corpo do meu pai — disse ela. — Que é em que preciso de sua ajuda, Mogget.

— Eu não sei onde foi que ele encontrou seu fim — Mogget declarou, com decisão. Bocejou e começou a lamber suas patas.

Sabriel franziu o cenho e descobriu-se puxando os seus lábios, uma característica que ela deplorava no impopular professor de história de sua escola, que frequentemente ficava com os "lábios cerrados" por raiva ou exasperação.

— Diga-me apenas quando foi a última vez que o viu e quais eram seus planos, então.

— Por que você não lê seu diário? — sugeriu Mogget, numa momentânea interrupção de sua auto-higiene.

— Onde está ele? — perguntou Sabriel, excitada. Um diário seria tremendamente útil.

— Ele provavelmente o levou junto — respondeu Mogget. — Eu não o vi.

— Eu achei que você tinha que me ajudar! — Sabriel disse, outra ruga se formando em sua testa, reforçando os "lábios cerrados". — Por favor, responda à minha pergunta.

— Três semanas atrás — Mogget resmungou indistintamente, a boca meio abafada no pelo de seu estômago, a língua rosada se alternando entre as palavras e a auto-higiene. — Um mensageiro veio de Belisaere pedindo a ajuda de seu pai. Alguma coisa morta, alguma coisa que podia passar pelos guardiões, estava caçando-os. Abhorsen... quero dizer o Abhorsen anterior, senhora... suspeitou que havia mais do que isso na coisa, sendo Belisaere o que era. Mas ele foi.

— Belisaere. O nome é familiar... é uma cidadezinha?

— Uma cidade grande. Uma capital. Ou ao menos era, quando ainda havia um reino.

— Era?

Mogget interrompeu seu banho e olhou diretamente para ela, os olhos se estreitando até virarem fendas enrugadas.

— O que eles lhe ensinaram naquela escola? Não tem havido rei ou rainha há duzentos anos, e nem mesmo um regente há vinte. É por isso que o reino afunda dia após dia, numa escuridão da qual ninguém vai despertar...

— A Ordem... — Sabriel balbuciou, mas Mogget interrompeu-a com um gemido de escárnio.

— A Ordem está caindo aos pedaços — miou ele. — Sem um governante. As Pedras da Ordem quebraram-se uma após outra com sangue, uma das Grandes Ordens se defor... defor... deformou...

— O que você quer dizer com uma das Grandes Ordens? — Sabriel o interrompeu por sua vez. Ela nunca ouvira falar de tal coisa. Não pela primeira vez, também ficou pensando no que teria aprendido na escola, e em por que seu pai havia se mantido tão calado sobre a situação do Reino Antigo.

Mas Mogget estava em silêncio, como se as coisas que já dissera tivessem fechado a sua boca. Por um momento, ele pareceu estar tentando formar palavras, mas nada saiu de sua pequena boca vermelha. Finalmente, desistiu.

— Não posso lhe dizer. É parte de meu aprisionamento, maldito seja! Basta dizer que o mundo todo desliza para o mal e muitos estão ajudando neste deslizar.

— E outros resistem a ele — disse Sabriel. — Como meu pai. Como eu.

— Depende do que você faz — Mogget disse, como se duvidasse que alguém tão patentemente inútil como Sabriel fosse fazer muita diferença. — Não que eu me importe...

O som do alçapão se abrindo acima de suas cabeças interrompeu o gato no meio de sua fala. Sabriel ficou tensa, olhando para o alto para ver o que estava vindo pela escada, e depois recomeçou a respirar ao perceber que era apenas outro enviado da Ordem, o hábito negro caindo pesadamente sobre os degraus da escada enquanto descia. Este, igual aos guardas do corredor do rochedo — mas diferente dos outros criados da Casa —, trazia a chave prateada engalanada em seu peito e nas costas. Ele fez uma mesura para Sabriel e apontou para o alto.

Com uma sensação de presságio, Sabriel notou que ele queria que ela olhasse alguma coisa lá do observatório. Relutantemente, ela empurrou sua cadeira de volta e foi até a escada. Uma corrente de ar frio estava soprando pelo alçapão aberto, trazendo consigo o frio do gelo que vinha das distâncias do rio acima. Sabriel teve um arrepio quando suas mãos tocaram os frios degraus de metal.

Saindo no observatório, o arrepio passou, pois o aposento estava ainda iluminado pela última luz vermelha do sol poente, dando uma ilusão de calor e fazendo-a olhar de esguelha. Ela não tinha lembrança desse aposento, por isso foi com deleite que viu que ele tinha uma parede toda de vidro, ou alguma coisa parecida. As vigas expostas do telhado vermelho se apoiavam em paredes transparentes, tão inteligentemente encaixadas que o teto era como um trabalho de arte, completado com o insignificante registro de chaminé que reduzia sua perfeição em um nível mais humano.

Um grande telescópio de vidro e bronze reluzente dominava o observatório, erguendo-se triunfante num tripé de madeira escura e ferro ainda mais escuro. Um alto banco de observador ficava próximo a ele e a um atril, que tinha um mapa estelar ainda deitado sobre ele. Um tapete grosso, dos que convidam a enfiar o dedão sorrateiramente, se estendia sobre tudo, tapete que era também um mapa dos céus, mostrando muitas constelações diferentes e coloridas, e planetas giratórios, entretecidos em lã espessa e tingidos de cores intensas.

O enviado, que havia seguido Sabriel, dirigiu-se à parede sul e apontou para fora, na direção da margem do rio no extremo sul, a mão pálida traçada pela Ordem apontando diretamente para o lugar onde Sabriel havia emergido depois da fuga subterrânea do Mordente.

Sabriel olhou para onde ele apontou, protegendo seu olho direito do sol que se punha a oeste. Seu olhar atravessou os brancos topos do rio e foi atraído pelo ressalto, a despeito de um acovardamento interior quanto àquilo que ali veria.

Como ela temia, o Mordente ainda estava lá. Mas, com o que ela veio achar que era a visão de sua morte, Sabriel sentiu que estava inerte, figurando temporariamente apenas como uma estátua desagradável, um primeiro plano para outras formas mais ativas que se alvoroçavam em alguma atividade obscura ao fundo.

Sabriel olhou um pouco mais fixamente, e depois foi até o telescópio, se desviando por um triz de Mogget, que aparecera de algum modo no chão. Sabriel ficou pensando em como ele teria subido a escada, e depois pôs o pensamento de lado quando se concentrou no que estava acontecendo lá fora.

Desassistida, ela não tinha certeza do que as formas em torno do Mordente eram, mas elas se ressaltaram nítidas através do telescópio, captadas tão de perto que sentia que poderia de algum modo dar um passo à frente e apanhá-las.

Eram homens e mulheres – pessoas vivas, que respiravam. Cada uma delas estava algemada à perna de um parceiro por uma corrente de ferro e elas se arrastavam nesses pares sob a presença dominadora do Mordente. Havia um grande número delas saindo do corredor, carregando baldes de couro muito pesados ou longos pedaços de madeira, levando-os ao longo do ressalto e descendo os degraus para o rio. Depois, voltavam em fila, os baldes vazios, a madeira deixada para trás.

Sabriel baixou um pouco o telescópio e quase rosnou em exasperação e raiva ao ver a cena à margem do rio. Mais escravos vivos estavam martelando caixas compridas extraídas da madeira, e estas caixas eram preenchidas com a terra que vinha dos baldes. Quando cada caixa ficava cheia, era empurrada para servir de ponte no vão entre a margem e as pedras e encaixada no lugar por escravos que martelavam grandes pregos de ferro na pedra.

Esta parte da operação em particular estava sendo orientada por alguma coisa que se movia furtivamente junto ao rio, a meio caminho dos degraus. Um borrão cor da noite mais escura em forma de homem, uma silhueta móvel. Um Ajudante Sombrio de algum necromante ou algum espírito morto voluntário que desprezava o uso de um corpo.

Quando Sabriel olhou, a última das quatro caixas foi introduzida na primeira pedra da passagem, pregada no lugar, e depois acorrentada aos três sujeitos adjacentes. Um escravo, firmando a corrente, se desequilibrou e caiu de cabeça na água, seu companheiro de corrente seguindo-o um segundo depois. Seus gritos, se aconteceram, foram sufocados pelo rugido da cachoeira com tanta certeza quanto as águas da queda carregaram seus corpos. Poucos segundos depois, Sabriel sentiu suas vidas sendo tragadas.

Os outros escravos à margem do rio pararam de trabalhar por um momento, ou por estarem chocados com a perda súbita, ou por terem ficado momentaneamente com mais medo do rio do que de seus senhores. Mas o Ajudante Sombrio nos degraus se moveu na direção deles, suas pernas parecendo melado, correndo encosta abaixo, incumbindo-se ele mesmo de encaixar a pedra. Fez um gesto para que os escravos mais próximos caminhassem sobre as caixas cheias de terra até a pedra da passagem. Eles obedeceram e acabaram despencando, tristemente amontoados no meio do jorro das águas.

O Ajudante Sombrio então hesitou, mas o Mordente no ressalto lá em cima pareceu se agitar e sacudiu para frente um pouco, por isso a abominação soturna cuidadosamente foi pisando nas caixas — e caminhou até a passagem de pedras, não sofrendo dano algum com a água corrente.

— Terra de cemitério — comentou Mogget, que obviamente não precisava fazer uso do telescópio. — Recolhida em carroças pelos aldeões de Qyrre e da cidade de Roble. Fico pensando se terão o bastante para cruzar todas as pedras.

— Terra de cemitério — repetiu Sabriel sombriamente, observando um novo turno de escravos chegando com baldes e mais madeira. — Eu tinha me esquecido que ela conseguia anular a água corrente. Pensei... pensei que estaria segura aqui, por uns tempos.

— Bem, você está — disse Mogget. — Levará no mínimo até amanhã para que a ponte fique completa, podendo chegar até um par de horas perto do meio-dia, quando os Mortos terão que se esconder se não estiver nublado. Mas a coisa demonstra planejamento e isso significa que há um líder. Ainda assim, todo Abhorsen tem inimigos. Pode ser apenas um pequeno necromante com um cérebro mais dotado para a estratégia do que a maioria.

— Eu exterminei uma coisa morta no monte Crista Rachada — Sabriel disse lentamente, pensando alto. — Ele disse que se vingaria e falou que contaria aos Servidores de Kerrigor. Você conhece esse nome?

— Eu o conheço — cuspiu Mogget, a cauda bem erguida estremecendo. — Mas não posso falar dele, exceto para dizer que é um dos Mortos Maiores e o inimigo mais terrível de seu pai. Não me diga que está vivo novamente!

— Eu não sei — respondeu Sabriel, baixando os olhos para o gato, cujo corpo parecia retorcido, como se estivesse num conflito entre ordem e resistência. – Por que você não pode me contar mais? É o aprisionamento?

– Uma... perversão do... do... sim – Mogget resmungou com esforço. Embora seus olhos verdes parecessem ficar mais luminosos e ferozes com a raiva por sua própria fraca explicação, ele não conseguiu dizer mais que isso.

– Um mistério dentro do outro... – observou Sabriel pensativamente. Havia pouca dúvida de que algum poder maligno estava trabalhando contra ela, desde o momento em que cruzara o Muro, ou mesmo antes disso, se o desaparecimento de seu pai fosse alguma coisa em que se basear.

Ela olhou pelo telescópio novamente e pensou seriamente em diminuir o ritmo de trabalho quando a última luz se apagou, embora ao mesmo tempo sentisse uma pontada de simpatia pelas pobres pessoas que os Mortos haviam escravizado. Muitos provavelmente congelariam até a morte ou morreriam de exaustão, só para serem trazidos de volta como Ajudantes de baixa inteligência. Só aqueles que haviam caído sobre a cachoeira escapariam a esse destino. Realmente, o Reino Antigo era um lugar terrível, onde nem a morte significava um fim para a escravidão e o desespero.

– Haverá outra saída? – perguntou ela, girando o telescópio em cerca de 180 graus para olhar para a margem do extremo norte. Havia pedras de pisar naquela direção, também, e outra porta no alto do banco fluvial, mas também havia lá formas escuras apinhadas no ressalto junto à porta. Quatro ou cinco Ajudantes Sombrios, número grande demais para Sabriel enfrentar sozinha. – Não parece que haja – respondeu a si mesma soturnamente. – E quanto às defesas, então? Os enviados podem lutar?

— Os enviados não precisam lutar — respondeu Mogget. — Pois há outra defesa, embora seja mais ou menos incômoda. E há outra saída, embora você provavelmente não vá gostar dela.

O enviado próximo a ela fez um sinal de assentimento e com seu braço a mímica de alguma coisa que parecia uma cobra coleando pela grama.

— O que é isso? — perguntou Sabriel, lutando contra uma súbita ânsia de romper numa gargalhada histérica. — A defesa ou a saída?

— A defesa — respondeu Mogget. — O próprio rio. Pode ser invocado a se erguer quase até a altura dos muros da ilha, quatro vezes a sua altura acima das pedras da passagem. Ninguém pode passar por tal inundação, até que ela baixe, em questão de semanas.

— Se for assim, como eu sairei? — perguntou Sabriel. — Eu não posso esperar semanas!

— Uma de suas ancestrais construiu um aparelho de voar. Uma Asa de Papel, ela o chamava. Você pode usá-la, decolando por sobre a cachoeira.

— Oh — disse Sabriel, numa voz sumida.

— Se você realmente deseja elevar o rio — Mogget continuou, como se ele não houvesse percebido o súbito silêncio de Sabriel —, então devemos começar o ritual imediatamente. A inundação vem da água derretida e as montanhas estão a muitas léguas corrente acima. Se invocarmos as águas agora, a inundação estará entre nós amanhã pela noitinha.

## capítulo dez

A chegada das águas da inundação foi prenunciada por grandes pedaços de gelo que vieram golpeando a ponte de madeira feita de caixas de terra de cemitério, como icebergs transportados por tempestades, socando navios ancorados. O gelo se despedaçou, a madeira lascou; era um rufar de tambor constante que transmitia um alarme, anunciando a grande onda que viria após o gelo batedor.

Ajudantes Sombrios e escravos vivos saíram correndo de volta da ponte-caixão de defunto, os corpos obscurecidos dos Mortos perdendo a forma quando eles corriam, de tal modo que ficavam parecidos com longas, grossas lombrigas de crepe negro, contorcendo-se e escorregando sobre pedras e caixas, jogando escravos humanos de lado sem compaixão, desesperados para escapar à destruição que vinha rugindo pelo rio.

Sabriel, olhando da torre, sentiu as pessoas morrendo, engolindo convulsivamente quando sentia seus últimos suspiros gorgolejando, sugando água em vez de ar. Alguns deles, pelo menos dois pares, tinham se atirado deliberadamente no rio, escolhendo uma morte decisiva, preferível ao risco da servidão eterna. A maioria havia sido derrubada, empurrada ou simplesmente espantada pelos Mortos.

A onda frontal do dilúvio veio prontamente após o gelo, e chegou berrando, um rugido mais alto e mais feroz que o profundo bramido da cachoeira. Sabriel o ouviu por vários segundos antes que a onda contornasse a última curva do rio e depois, repentinamente, era como se estivesse em cima dela. Uma enorme muralha de água vertical, com pedaços de gelo em sua crista, como ameias de mármore e todos os detritos de seiscentos quilômetros se banhando em seu corpo lamacento. Parecia gigantesco, imensamente mais alto que os muros da ilha, ainda mais alto que a torre de onde Sabriel olhava fixamente, chocada com o poder que havia desencadeado, um poder que dificilmente teria sonhado ser possível quando o invocara na noite anterior.

Tinha sido uma invocação bem simples. Mogget a levara para o porão e depois a conduzira para baixo por uma escada sinuosa e estreita que ia ficando mais e mais fria à medida que desciam. Finalmente, chegaram a uma estranha gruta, onde pingentes de gelo se penduravam e o hálito de Sabriel formava nuvens brancas, mas já não era mais frio, ou talvez fosse tão frio que ela já nem mais o sentisse. Um bloco de puro gelo azul se erguia sobre um pedestal de pedra, os dois pintados com sinais da Ordem, sinais estranhos e belos. Depois, seguindo as instruções de Mogget, ela simplesmente colocou sua mão no gelo e disse: "Abhorsen presta seu tributo ao Clayr e requisita a dádiva das águas." Foi tudo. Eles subiram os degraus de volta, um enviado fechou a porta do porão atrás deles, e outro trouxe a Sabriel uma camisola e uma xícara de chocolate quente.

Mas aquela simples cerimônia havia invocado uma coisa que parecia totalmente fora de controle. Sabriel olhava a onda correndo sobre eles, tentando acalmar-se, mas sua respiração arfava tão rapidamente que seu estômago revirou. No momento em que a onda bateu, ela gritou e se escondeu sob o telescópio.

A torre inteira tremeu, as pedras bramiram ao se moverem, e, por um momento, até o som da cachoeira ficou perdido num estrondo que soou como se a ilha houvesse sido toda nivelada pelo primeiro choque da onda.

Porém, depois de uns segundos, o chão parou de tremer e o estrondo da inundação baixou para um rugido controlado, como um bêbado gritalhão que houvesse ficado consciente de ter atraído companhia. Sabriel ergueu-se até o tripé e abriu os olhos.

Os muros haviam contido a onda, e embora agora ela já houvesse passado, o rio ainda rugia a pouco mais que um palmo abaixo das proteções da ilha e estava quase da altura das portas dos túneis em cada margem. Não havia sinal das pedras da passagem, da ponte-caixão, dos Mortos ou de quaisquer pessoas — só uma torrente marrom veloz e ampla carregando detritos de toda espécie. Árvores, arbustos, partes de construções, animais de criação, pedaços de gelo — a enchente reclamara para si tributos de todas as margens por centenas de quilômetros.

Sabriel olhou para essa prova de destruição e contabilizou interiormente o número de aldeões que tinham morrido nas caixas de terra de cemitério. Quem saberia quantas outras vidas tinham sido perdidas ou quantos meios de sustento ameaçados, rio acima? Uma parte dela tentava racionalizar seu uso da enchente, dizendo-lhe que fora obrigada a fazer isso a fim de continuar a luta contra os Mortos. Outra parte dizia que ela havia invocado o dilúvio só para salvar a própria pele.

Mogget não tinha tempo para tal introspecção, lamento ou para pontadas de remorso. Ele deixou-a ficar observando, perplexa, por não mais que um minuto, antes de avançar devagar e, silenciosa e delicadamente, enfiar suas garras no pé esticado de Sabriel.

— Oh! O que você fez...

— Não há tempo a perder com contemplação turística — Mogget disse. — Os enviados estão preparando a Asa de Papel na parede que fica no extremo leste. E seus trajes e equipamento estão prontos já faz pelo menos uma hora.

— Eu tenho tudo... — Sabriel balbuciou, e depois se lembrou de que sua mochila e esquis haviam ficado no fundo do túnel da entrada, provavelmente como uma pilha de cinzas queimadas pelo Mordente.

— Os enviados têm tudo de que você precisa e mais alguma coisa desnecessária, se bem os conheço. Você pode se vestir, arrumar as malas e voar para Belisaere. Se bem entendi, você pretende ir para Belisaere?

— Sim — respondeu Sabriel laconicamente. Ela detectara um tom de presunção na voz de Mogget.

— Você sabe como chegar lá?

Sabriel fez silêncio. Mogget já sabia que a resposta seria "não". Daí a presunção.

— Você tem um... como dizer... mapa?

Sabriel balançou a cabeça, cerrando os punhos, resistindo à ânsia de avançar e espancar Mogget, ou talvez dar um puxão exemplar em sua cauda. Ela havia procurado no estúdio e perguntado a vários dos enviados, mas o único mapa na casa parecia ser o estelar encontrado na torre. O mapa sobre o qual coronel Horyse tinha lhe falado devia estar ainda com Abhorsen. Com papai, Sabriel pensou, subitamente confusa com as identidades de ambos. Se agora ela era Abhorsen, quem era seu pai? Teria ele alguma vez tido um nome que perdera ao assumir a responsabilidade de ser Abhorsen? Tudo que parecia ser tão seguro e sólido em sua vida até dias atrás estava agora desmoronando. Ela nem mesmo sabia quem era realmente, e os problemas pareciam atacá-la por todos os lados — até um suposto criado de Abhorsen como Mogget parecia oferecer mais danos do que utilidade.

— Você tem alguma coisa positiva para dizer, qualquer coisa que possa ser de verdadeira ajuda? — Sabriel perguntou asperamente.

Mogget bocejou, mostrando uma língua rosada que parecia conter a própria essência do desprezo.

— Bem, sim. Certamente. Eu conheço o caminho, por isso é melhor que eu acompanhe você.

— Me acompanhar? — Sabriel perguntou, autenticamente surpresa. Ela afrouxou os punhos, abaixou-se, e fez cócegas entre as orelhas do gato, até que ele se esquivou.

— Alguém tem que cuidar de você — Mogget acrescentou. — Ao menos até que você se torne uma verdadeira Abhorsen.

— Obrigada — disse Sabriel. — Acho que é o que devo dizer. Mas ainda assim eu gostaria de ter um mapa. Já que você conhece o país tão bem, seria possível, digamos, descrevê-lo para que eu possa fazer o desenho de um mapa ou algo assim?

Mogget tossiu, como se uma bola de pelos houvesse se alojado subitamente em sua garganta, e lançou sua cabeça para trás um pouco.

— Você? Fazer o desenho de um mapa? Se você precisa de um, acho que seria melhor que eu mesmo me encarregasse disso. Venha ao estúdio e pegue um tinteiro e um papel.

— Desde que eu consiga um mapa útil, não me importa quem vá desenhá-lo — Sabriel observou, ao descer a escada de costas. Ela ergueu sua cabeça para ver como Mogget descia, mas havia apenas o alçapão aberto. Um miado sarcástico sob seus pés proclamou que Mogget mais uma vez havia conseguido atravessar os aposentos sem meios de apoio visíveis.

— Tinta e papel. — O gato a lembrou, pulando sobre a escrivaninha do dragão. — O papel grosso. O lado liso para cima. Não é preciso arranjar uma pena.

Sabriel seguiu as instruções de Mogget, depois observou com uma condescendência resignada que mudou rapidamente para surpresa quando ele se curvou sobre o quadrado de papel, sua estranha sombra caindo sobre este como um manto escuro sobre a areia, a língua rosada pendurada em concentração. Mogget pareceu refletir por um momento, e depois uma unha de marfim brilhante se projetou de uma pata branca. Delicadamente, ele molhou a unha no tinteiro e começou a desenhar. Primeiro, um contorno grosseiro, em velozes, audaciosos traços; o traçado dos mais destacados aspectos geográficos. A seguir, o delicado processo de acrescentar os locais importantes, cada um deles nomeado com fina escrita aracnídea. Por fim, Mogget assinalou a Casa de Abhorsen com uma pequena ilustração, antes de recuar para admirar seu trabalho manual e lamber a tinta de sua pata. Sabriel esperou alguns segundos para ter certeza de que ele havia acabado, e depois lançou areia seca sobre o papel, seus olhos tentando absorver todos os detalhes, atenta em captar a configuração do Reino Antigo.

— Você pode olhar para ele mais tarde — Mogget disse depois de uns minutinhos, quando sua pata estava limpa, mas Sabriel estava ainda curvada sobre a mesa, com o nariz próximo ao mapa. — Estamos com pressa. É melhor você ir vestir-se, para começar. Tente mesmo ser rápida.

— Tentarei. — Sabriel sorriu, ainda olhando para o mapa. — Obrigada, Mogget.

Os enviados tinham colocado uma grande pilha de roupas e equipamentos no quarto de Sabriel, e quatro deles estavam à disposição para ajudá-la a pegar e organizar tudo. Ela mal havia entrado no quarto quando eles se puseram a despir seu vestido e a tirar seus chinelos. Ela mal conseguiu tirar sua própria roupa de baixo antes que as fantasmagóricas mãos traçadas pela Ordem se pusessem a lhe fazer cócegas dos dois lados. Alguns segundos depois, já estava conformada, quando enfiaram pela sua cabeça uma delicada roupa de baixo em tecido parecido com algodão e um par de ceroulas estofadas pelas pernas. A seguir, veio uma camisa de linho, e depois uma túnica de pele de corça e calções de couro maleável, reforçados com coisas semelhantes a placas segmentadas nas coxas, joelhos e canelas, sem mencionar um assento pesadamente almofadado, certamente projetado para cavalgadas.

Uma breve pausa se seguiu, tranquilizando Sabriel com a ideia de que a coisa se acabara, mas os enviados tinham ficado apenas arrumando a camada subsequente para ajuste imediato. Dois deles enfiaram seus braços numa longa capa de armadura afivelada dos dois lados, enquanto os outros dois desamarravam um par de botas cardadas e esperavam.

A capa de armadura não se parecia com nada que Sabriel houvesse usado anteriormente, incluindo a cota de malha que usara nas aulas de artes marciais na escola. Era longa como uma cota, com pantalonas até seus joelhos e mangas em forma de rabos de andorinhas em seus punhos, mas parecia ser inteiramente feita de pequeninas placas sobrepostas, muito parecidas a escamas de peixes. Elas também não eram de metal, mas de alguma espécie de cerâmica, ou até mesmo de pedra. Mais leves que o aço, mas claramente muito fortes, tal como um enviado demonstrara golpeando-as com um punhal, arrancando faíscas sem deixar um só arranhão.

Sabriel achou que as botas completavam o conjunto, mas enquanto os cordões eram amarrados por um par de enviados, o outro par estava em ação por trás dela. Um enviado ergueu o que pareceu ser um turbante com listras prateadas, mas Sabriel, puxando-o para pouco acima de suas sobrancelhas, descobriu que era um elmo envolto em pano, feito do mesmo material que a capa de armadura.

O outro enviado agitou um manto de um reluzente azul profundo, polvilhado com chaves prateadas bordadas que refletiam a luz em todas as direções. Ele ondulou o manto de trás para frente por um momento, depois o lançou sobre a cabeça de Sabriel e ajustou as dobras com um movimento experiente. Sabriel passou a mão por sobre sua extensão sedosa e discretamente tentou rompê-lo num canto, mas, a despeito de toda a sua aparente fragilidade, ele não se rasgava de modo algum.

Ao fim de tudo, vieram o cinturão da espada e a correia de sinos. Os enviados os trouxeram, mas não fizeram tentativa de colocá-los nela. Sabriel ajustou-os sozinha, arrumando cuidadosamente os sinos e a bainha, sentindo o peso familiar — os sinos cruzados em seu peito e a espada equilibrada em sua cintura. Virou-se para o espelho e olhou para o seu reflexo, ficando ao mesmo tempo satisfeita e perturbada com o que viu. Ela parecia competente, profissional, uma viajante que saberia se virar sozinha. Ao mesmo tempo, parecia-se menos com Sabriel e mais com alguém chamada Abhorsen, com maiúsculas e tudo.

Ela teria olhado mais, porém os enviados puxaram suas mangas e fizeram-na olhar na direção da cama. Uma mochila de couro estava aberta sobre ela, e, enquanto Sabriel ficou olhando, os enviados encheram-na com suas velhas roupas restantes, incluindo a jaqueta de oleado de seu pai, roupas de baixo de reserva, túnicas e calças, carne seca e biscoitos, uma garrafa de água e vários pequenas sacolas cheias de coisas úteis, cada uma meticulosamente aberta e mostrada a ela: telescópio, fósforos de enxofre, acendedor mecânico, ervas medicinais, linha e anzóis de pescar, um equipamento de costura e um grande número de outros pequenos itens essenciais. Os três livros da biblioteca e o mapa foram colocados dentro de sacolas de oleado, e depois num bolso externo.

Mochila nas costas, Sabriel tentou alguns exercícios básicos e ficou aliviada ao descobrir que a armadura não a restringia demais — na verdade, mal a incomodava, embora a mochila não fosse uma coisa que ela gostaria de levar para uma luta. Ela conseguia até mesmo tocar os dedões do pé, e assim fez, várias vezes, antes de se erguer e aprumar para agradecer aos enviados.

Eles já haviam desaparecido. No lugar deles, o que ela via era Mogget, vindo altiva e misteriosamente do meio do quarto em sua direção.

— Bem, estou pronta — disse Sabriel.

Mogget não respondeu, mas acomodou-se a seus pés e fez um movimento que parecia indicar seguramente que estava por vomitar. Sabriel recuou, enojada, e depois parou, quando um pequeno objeto metálico caiu da boca do gato e rolou pelo chão.

— Quase me esqueci — disse Mogget. — Você precisará disso se eu for acompanhá-la.

— O que é isso? — perguntou Sabriel, abaixando-se para pegar um anel: um pequeno anel prateado, com um rubi incrustado entre duas garras prateadas que se projetavam do aro.

— Velharia — respondeu Mogget enigmaticamente. — Você saberá se precisar usá-lo. Coloque-o.

Sabriel olhou-o bem de perto, segurando-o entre dois dedos ao mirá-lo de viés na direção da luz. Dava a sensação, e a impressão, de ser completamente comum. Não havia sinais da Ordem na pedra ou no aro; parecia não conter emanações ou aura. Ela o colocou.

Ele lhe deu uma sensação de frio ao entrar em seu dedo, e depois de calor, e de repente ela estava caindo, caindo no infinito, num vácuo que não tinha fim nem princípio. Tudo desaparecera, toda a luz, toda a substância. Depois os sinais da Ordem explodiram todos ao seu redor e ela sentiu-se agarrada por eles, que detinham sua queda de cabeça para baixo no nada e aceleravam o seu retorno, fazendo-a voltar a seu corpo, voltar ao mundo da Vida e da Morte.

— Magia Livre — disse Sabriel, baixando os olhos para o anel que reluzia em seu dedo. — Magia Livre, ligada à Ordem. Eu não compreendo.

— Você saberá se precisar usá-lo — Mogget repetiu, quase como se esta fosse uma lição a ser aprendida maquinalmente. Depois, com sua voz normal, disse: — Não se preocupe com isso até lá. Venha, a Asa de Papel está pronta.

## capítulo onze

A Asa de Papel estava colocada numa plataforma improvisada de tábuas de pinho recém-serradas, trepidando na direção do muro ao extremo leste. Seis enviados se juntavam em torno do aparelho, preparando-o para o voo. Sabriel ergueu o olhar para ela enquanto subia a escada, com uma sensação desagradável crescendo dentro de si. Ela havia esperado alguma coisa parecida com a aeronave que havia começado a ficar comum na Terra dos Ancestrais, como o biplano que havia apresentado acrobacias no último Dia Aberto do colégio Wyverley. Alguma coisa com duas asas, engrenagem e um propulsor, embora houvesse suposto uma máquina mágica em vez de uma mecânica.

Mas a Asa de Papel não se parecia em nada com um aeroplano da Terra dos Ancestrais. Ele lembrava mais uma canoa com asas de falcão e uma cauda. Em inspeção mais próxima, Sabriel viu que a fuselagem central fora provavelmente baseada numa canoa. Era afilada em cada ponta e tinha um buraco no centro para servir de cabina. As asas brotavam de cada lado dessa espécie de canoa — longas asas jogadas para trás que pareciam muito frágeis. A cauda em formato de cunha não parecia muito melhor.

Sabriel subiu os últimos degraus com expectativas desanimadoras. O material de construção e também o nome do aparelho agora estavam claros — a coisa toda fora feita com muitas folhas de papel, coladas com algum tipo de laminado. Pintado de azul-claro, com faixas prateadas em torno da fuselagem e listras prateadas ao longo da asa e da cauda, tinha aparência bela e decorativa e não tão segura para voar. Só os olhos amarelos de falcão pintados em sua proa pontuda sugeriam sua capacidade de voo.

Sabriel olhou para a Asa de Papel novamente e depois para a cachoeira lá longe. Agora, avolumada pelas águas da enchente, a cachoeira parecia até mais assustadora do que o habitual. As águas espirravam por dezenas de metros acima de sua boca — uma névoa trovejante que a Asa de Papel teria que sobrevoar antes de alcançar o céu aberto além. Sabriel nem sabia se ela era impermeável.

— Quantas vezes esta... coisa... já voou? — perguntou, nervosamente. Intelectualmente, aceitara que logo estaria sentada no aparelho, para ser lançada na direção das águas que ribombavam, mas seu subconsciente e seu estômago pareciam ávidos por ficar firmemente presos ao chão.

— Muitas vezes — respondeu Mogget, pulando com facilidade da plataforma para a cabina. Sua voz ecoou ali por um momento, até que ele subiu pela parte de trás, o rosto peludo apoiado na borda. — A Abhorsen que a construiu uma vez voou com ela até o mar e voltou numa só tarde. Mas ela era uma grande bruxa do tempo e sabia trabalhar com os ventos. Eu não suponho...

— Não — disse Sabriel, informada sobre mais uma lacuna em sua educação. Ela sabia que a magia do vento consistia em sinais da Ordem largamente assoviados, mas era tudo. — Não. Eu não sei...

— Bem — continuou Mogget, depois de uma parada para pensar —, a Asa de Papel possui de fato alguns feitiços elementares para dominar o vento. Mas você terá que chamá-los assoviando. Você sabe assoviar, creio?

Sabriel o ignorou. Todos os necromantes tinham que ser musicais, tinham que ser capazes de assoviar, cantarolar, cantar. Se fossem apanhados pela Morte sem sinos ou outros instrumentos mágicos, seus talentos vocais eram uma arma de último recurso.

Um enviado veio e pegou a sua mochila, ajudando-a a carregá-la, e depois a guardou na parte traseira da cabine. Outro pegou o braço de Sabriel e dirigiu-o para o que parecia ser uma meia-rede de couro estendida na cabine — obviamente, o assento do piloto. Tampouco parecia particularmente segura, mas Sabriel forçou-se a entrar nela, depois de colocar sua espada embainhada nas mãos de mais outro enviado.

Surpreendentemente, seus pés não atravessaram o piso de papel laminado. O material até pareceu sólido de uma maneira tranquilizadora e, depois de um minuto de aperto, contorção e ajuste, o assento em forma de rede ficou muito confortável. A espada e a bainha deslizaram para o receptáculo ao seu lado e Mogget assumiu uma posição no topo das correias que seguravam a sua mochila, bem atrás de seus ombros, pois o assento fez com que ela se reclinasse tanto que quase ficou deitada.

Da nova altura de seu olho, Sabriel viu um pequeno espelho oval de vidro prateado, fixado bem abaixo da borda da cabine. Ele reluzia ao sol da tarde que caía e ela o sentiu ressoar com a Magia da Ordem. Alguma coisa acima do espelho advertiu-a a bafejar sobre ele, seu hálito quente nublando o vidro. Ele permaneceu enevoado por um momento, depois um sinal da Ordem lentamente apareceu, como se um dedo fantasmagórico houvesse sido traçado no espelho nublado.

Sabriel estudou-o cuidadosamente, assimilando seu sentido e efeito. Ele lhe anunciou os sinais que viriam; sinais para provocar os ventos ascendentes, para descer com prontidão, para invocar o vento de todos os cantos da bússola. Havia outros sinais para lidar com a Asa de Papel e, quando Sabriel os assimilou, viu que o aparelho todo estava traçado com as linhas da Magia da Ordem, impregnado de feitiços. A Abhorsen que o construíra trabalhara longamente e com amor para criar uma coisa que era mais parecida com um pássaro mágico que com um avião.

O tempo passou e o último sinal se apagou. O espelho se clareou para voltar a ser uma placa de vidro prateado brilhando ao sol. Sabriel sentou-se, silenciosamente, fixando os sinais da Ordem em sua memória, maravilhando-se com o poder e a habilidade que haviam forjado a Asa de Papel e pensado neste método de instrução. Talvez um dia ela também tivesse a maestria para criar uma coisa como essa.

— A Abhorsen que fez isso — Sabriel perguntou. — Quem era ela? Quero dizer, em relação a mim?

— Uma prima — ronronou Mogget, perto de seu ouvido. — Prima de sua tetravó. A última de sua linhagem. Não teve filhos.

Talvez a Asa de Papel fosse sua filha, Sabriel pensou, passando a mão sobre a macia superfície da fuselagem, sentindo os sinais da Ordem latentes na estrutura. Sentiu-se bastante melhor em relação a seu voo iminente.

— Melhor nos apressarmos — Mogget continuou. — Daqui a pouco vai escurecer. Você guardou bem os sinais?

— Sim — respondeu Sabriel firmemente. Ela se virou para os enviados, que estavam agora enfileirados entre as asas, ancorando a Asa de Papel até que chegasse a hora de ela decolar. Sabriel ficou pensando em quantas vezes eles haviam cumprido essa tarefa e para quantos Abhorsens.

— Obrigada — disse ela a eles. — Por todo o seu cuidado e gentileza. Adeus.

Com essa última palavra, ela se recostou no assento em forma de rede, agarrou a borda da cabine com as duas mãos e assoviou as notas do vento ascendente, visualizando a série necessária de sinais da Ordem em sua mente, deixando-a cair dentro de sua garganta e em seus lábios, e ser expelida no ar.

Seu assovio soou claro e verdadeiro, e um vento se ergueu por trás em obediência a ele, ficando cada vez mais forte conforme Sabriel exalava. Depois, com um novo sopro, ela mudou para um vivo e alegre trinado. Como um pássaro feliz em seu voo, os sinais da Ordem fluíram de seus lábios fechados para a própria Asa de Papel. Com este assoviar, a pintura azul e prateada pareceu se vivificar, dançando até a fuselagem, se espalhando pelas asas, uma reluzente e lustrosa plumagem.

O aparelho todo balançou e tremeu, subitamente flexível e ansioso por decolar.

O alegre trinado terminou com uma nota simples, longa e clara, e com um sinal da Ordem que brilhou como o sol. Ele dançou na proa da Asa de Papel e se afundou no laminado. Um segundo depois, os olhos amarelos piscaram, ficaram ferozes e orgulhosos, erguendo os olhos para o céu à sua frente.

Os enviados agora lutavam, incapazes de segurar a Asa de Papel. O vento ascendente ficou ainda mais forte, dando arrancos na plumagem prata e azul, lançando-a para frente. Sabriel sentiu a tensão da Asa de Papel, o poder contido em suas asas, o contentamento daquele momento derradeiro em que a liberdade é assegurada.

— Podem soltar! — gritou ela, e os enviados consentiram, a Asa de Papel saltou para os braços do vento, para longe e para o alto, chapinhando no espirro da cachoeira como se ele não fosse mais que o jorro de uma nascente, voando para o céu e o amplo vale além.

Era silencioso e frio, a trezentos metros ou mais acima do vale. A Asa de Papel se elevou facilmente, o vento firme atrás dela, e acima o céu estava claro, exceto pela presença de alguns fiapos de nuvens dos mais apagados. Sabriel se reclinou em seu assento em formato de rede, relaxando, repassando os sinais da Ordem que aprendera várias vezes em sua mente, assegurando-se de que os tinha memorizado direitinho. Sentia-se livre e de certa forma limpa, como se os perigos dos últimos dias fossem mero detrito, varrido para longe pelo vento sucessivo.

— Vire mais ao norte — pronunciou subitamente a voz de Mogget atrás dela, perturbando sua disposição desplicente. — Você se lembra do mapa?

— Sim — respondeu Sabriel. — Devemos seguir o rio? O Ratterlin, como é chamado, não é? Ele corre para norte-noroeste na maior parte do tempo.

Mogget não respondeu de imediato, embora Sabriel tivesse ouvido seu ofego ronronante bem próximo. Parecia estar refletindo. Finalmente, disse:

— Por que não? Podemos também segui-lo até o mar. Ele desemboca num delta lá, e assim acharemos uma ilha para acampar hoje à noite.

— Por que não continuar simplesmente voando? — perguntou Sabriel alegremente. — Poderíamos chegar a Belisaere amanhã à noite, se eu invocasse os ventos mais fortes.

— A Asa de Papel não gosta de voar à noite — disse Mogget, laconicamente. — Sem mencionar que você quase certamente perderia o controle dos ventos mais fortes. É bem mais difícil do que parece a princípio. E a Asa de Papel também é muito visível, de qualquer modo. Você não tem bom-senso, Abhorsen?

— Chame-me de Sabriel — respondeu ela, também laconicamente. — Meu pai é Abhorsen.

— Como quiser, mestra — disse Mogget. O "mestra" soou extremamente sarcástico.

A hora seguinte se passou num silêncio hostil, mas Sabriel, por seu lado, logo perdeu sua raiva envolvida com a novidade de voar. Ela amou o tamanho das coisas, ver os pequeninos campos e as florestas em retalhos lá embaixo, a tira escura do rio, as pequeninas construções fortuitas. Tudo era tão pequeno e parecia tão perfeito, visto de longe.

Depois, o sol começou a se pôr e, embora a difusão vermelha de sua luz esmaecida tornasse a perspectiva aérea ainda mais bela, Sabriel sentiu que a Asa de Papel tinha o desejo de descer, sentiu os olhos amarelos focalizando a terra verde em vez do céu azul. À medida que as sombras aumentavam, Sabriel sentiu o mesmo desejo e começou a olhar do mesmo modo.

O rio já estava se partindo nas miríades de cursos de água e córregos que formavam o pantanoso Delta do Ratterlin, e lá longe, Sabriel conseguia ver o volume escuro do mar. Havia muitas ilhas no delta, algumas delas tão grandes quanto campos de futebol cobertos com árvores e arbustos, outras não maiores que duas braçadas de lama. Sabriel escolheu uma das de tamanho médio, um diamante achatado coberto de grama baixa e amarela, a poucos quilômetros à frente, e assoviou para que o vento baixasse.

O vento foi diminuindo gradualmente com seu assovio e a Asa de Papel começou a descer, derivando ocasionalmente para este ou aquele lado pelo controle do vento exercido por Sabriel ou por alguma inclinação própria da asa. Seus olhos amarelos e os olhos castanho-escuros de Sabriel estavam fixados no chão lá embaixo. Só Mogget, por ser Mogget, olhava para trás deles e para o alto.

Mesmo assim, ele não viu os perseguidores até que eles saíssem girando do sol, então seu gritinho de lamento serviu só como uma breve advertência, prolongada apenas na medida exata para que Sabriel se virasse e visse as centenas de formas que se moviam velozmente na direção deles. Instintivamente, ela conjurou os sinais da Ordem em sua mente, boca franzida, assoviando o vento para recuar, virando-os para o norte.

— Corvos sanguinários! — silvou Mogget quando as formas que batiam asas viram sua manobra e se viraram para perseguir a presa subitamente avivada.

— Sim — gritou Sabriel, embora ela não estivesse certa de por que respondera. Sua atenção estava toda fixa nos corvos sanguinários, tentando calcular se eles iriam interceptá-los ou não. Ela já sentia o vento testando os limites de seu controle, como Mogget havia profetizado, e fustigá-lo para que os levasse com mais força poderia ter consequências desagradáveis. Mas ela também percebia a presença dos corvos sanguinários, sentia a mistura de Morte e Magia Livre que dera vida às suas formas apodrecidas e esqueléticas.

Corvos sanguinários não duravam muito ao sol e ao vento — esses deviam ter sido feitos na noite anterior. Um necromante havia capturado corvos comuns, matando-os com ritual e cerimônia, antes de instilar nos corpos o espírito abatido e fragmentado de alguma mulher ou homem morto. Agora, eles eram verdadeiros pássaros carniceiros, guiados por uma inteligência única, ainda que estúpida. Voavam por força da Magia Livre e matavam devido à força numérica.

A despeito da presteza de Sabriel em invocar o vento, o bando estava se aproximando rapidamente. Mergulhavam do alto e mantinham sua velocidade, o vento arrancando penas e carne pútrida de seus ossos tecidos por feitiçaria.

Por um momento, Sabriel pensou em virar a Asa de Papel para mergulhar bem no centro dessa grande praga de corvos, como um anjo vingador, armado com espada e sinos. Mas havia simplesmente corvos demais para combater, particularmente de uma aeronave voando a várias centenas de metros acima do chão. Um golpe muito voluntarioso de espada poderia significar uma queda fatal – se os corvos sanguinários não a matassem na descida.

– Tenho que convocar um vento mais potente! – gritou ela para Mogget, que estava sentado bem em cima de sua mochila, o pelo ouriçado, gritando coisas desafiadoras para os corvos. Eles estavam muito próximos agora, voando numa formação estranhamente exata: duas longas linhas, como braços estendidos para arrebatar do céu a Asa de Papel fugitiva. Muito pouco de sua plumagem que uma vez fora negra havia sobrevivido ao seu mergulho veloz, ossos brancos brilhando visíveis à luz derradeira do sol. Mas seus bicos ainda eram lustrosamente negros e brilhantemente pontiagudos, e Sabriel conseguia ver agora os lampejos avermelhados do espírito morto fragmentado nas órbitas ocas de seus olhos.

Mogget não respondeu. Possivelmente, nem a tinha ouvido devido à confusão de seu próprio grito e dos crocitos dos corvos sanguinários quando estes ultrapassaram os últimos poucos metros para atacar, um estranho som oco, tão morto quanto a sua carne.

Por um segundo de pânico, Sabriel sentiu seus lábios secos incapazes de franzir, então os umedeceu e o assovio saiu, lento e errático. Os sinais da Ordem pareceram desajeitados e difíceis em sua mente, como se ela estivesse tentando empurrar um peso muito grande em cilindros malfeitos – e depois, com um derradeiro esforço, eles vieram facilmente, fluindo em suas notas assoviadas.

Diferente de suas invocações iniciais, que tinham sido graduais, este vento veio com a velocidade de uma porta que bate com força, levantando a Asa de Papel e desviando-a para frente como uma onda gigantesca erguendo um frágil barquinho. De repente, estavam indo tão rápido que Sabriel mal podia discernir o chão lá embaixo e as ilhas individuais do delta mergulhados no borrão contínuo do movimento.

Olhos fechados como fendas protetoras, ela esticou o pescoço, o vento golpeando seu rosto como um tapa maldoso. Os corvos sanguinários perseguidores estavam por todo o céu agora, a formação dispersa, como pequenas manchas negras contra o crepúsculo vermelho e roxo. Batiam as asas inutilmente, tentando juntar-se em bandos outra vez, mas a Asa de Papel já estava a quilômetros de distância. Não havia chance de eles os alcançarem.

Sabriel deixou escapar um suspiro de alívio, porém misturado com novas ansiedades. O vento estava carregando-os num ritmo temerário, começava a desviar para o norte, o que não devia fazer. Sabriel conseguia ver as primeiras estrelas piscando agora, e eles estavam definitivamente guinando para a Fivela.

Foi um esforço invocar os sinais da Ordem novamente e assoviar o feitiço para abrandar o vento, e virá-lo para o leste, mas Sabriel conseguiu lançá-lo. Porém, o feitiço falhou – o vento ficou mais forte, e ainda mais veloz, até que eles foram adernando em direção à Fivela, direto para o norte.

Sabriel, agachada na cabine, os olhos e o nariz escorrendo e o rosto gelado, tentou novamente, usando toda a sua força de vontade para obrigar os sinais da Ordem a agirem sobre o vento. Mesmo para ela, seu assovio soou débil, e os sinais da Ordem mais uma vez desapareceram no que agora havia se transformado numa tormenta. Sabriel percebeu que havia perdido totalmente o controle.

Na verdade, foi quase como se o feitiço tivesse obtido o efeito oposto, pois o vento aumentou em violência, atirando a Asa de Papel numa grande espiral, como uma bola lançada num círculo de gigantes, cada um mais alto que o outro. Sabriel ficou mais zonza, e ainda mais gelada, e sua respiração vinha rápida e rasa, tentando captar ar suficiente para mantê-la viva. Tentou acalmar os ventos novamente, mas não obteve ar para assoviar e os sinais da Ordem fugiram de sua mente, até que tudo que pôde fazer foi se agarrar desesperadamente às correias do assento em formato de rede enquanto a Asa de Papel fazia o melhor que podia para enfrentar a tempestade.

Então, sem aviso, o vento cessou sua dança ascensional. Simplesmente despencou, e com ela a Asa de Papel. Sabriel caiu de ponta-cabeça, as correias subitamente esticadas, e Mogget quase rasgou a mochila em seus esforços para ficar unido à aeronave. Sacolejada por essa nova posição, Sabriel sentiu sua exaustão se apagar. Tentou assoviar para chamar o vento ascendente, mas isso estava demasiado fora de seu alcance. A Asa de Papel parecia incapaz de deter sua queda de cabeça para baixo. Ela caiu, a ponta se inclinando mais e mais para frente até que foram mergulhando quase verticalmente, como um martelo se precipitando para a bigorna do chão lá embaixo.

Foi uma longa queda. Sabriel gritou uma vez, e depois tentou injetar na Asa de Papel alguma das suas forças encontradas em meio ao medo. Mas os sinais entraram em seu assovio sem produzir efeito, exceto por uma faísca dourada que iluminou fugazmente seu rosto branco enregelado pelo vento. O sol desaparecera completamente e a massa escura do chão abaixo se parecia demais com o rio cinzento da Morte – o rio que seus espíritos atravessariam dentro de poucos minutos, para nunca mais retornar à luz cálida da Vida.

— Solte minha coleira — miou uma voz no ouvido de Sabriel, seguida pela curiosa sensação de Mogget enfiando as garras em sua armadura enquanto subia em seu colo. — Solte minha coleira!

Sabriel olhou para ele, para o chão, para a coleira. Sentiu-se estúpida, carente de oxigênio, incapaz de decidir. A coleira era parte de um aprisionamento antigo, uma terrível guardiã de poder tremendo. Seria usada apenas para conter um mal indizível ou uma força incontrolável.

— Confie em mim! — uivou Mogget. — Solte minha coleira e lembre-se do anel!

Sabriel engoliu em seco, fechou seus olhos, mexeu desajeitadamente com a coleira e rezou para estar fazendo a coisa certa. "Pai, perdoe-me", ela pensou, mas não era apenas a seu pai que se dirigia, mas a todos os Abhorsens que lhe haviam precedido — especialmente àquele que fizera a coleira há tanto tempo.

Surpreendentemente para um feitiço tão antigo, ela sentiu pouco mais que um formigamento quando a coleira foi se soltando. Então, ela se abriu e subitamente ficou pesada, como um cordão de chumbo ou uma corrente de presidiário. Sabriel quase a deixou cair, mas ela ficou leve novamente, e depois insubstancial. Quando Sabriel abriu seus olhos, a coleira havia simplesmente deixado de existir.

Mogget ficou imóvel, em seu colo, e inalterado — depois, ele pareceu brilhar com uma luz interior e se expandir, até que as suas bordas se esfiaparam e a luz aumentou cada vez mais.

Dentro de poucos segundos, não havia mais vestígio algum do formato de gato, só um borrão brilhante demais para ser encarado. Ele pareceu hesitar por um momento, e Sabriel sentiu a atenção dele oscilar entre a agressão contra ela e alguma luta interior. Quase voltou ao formato de gato novamente, e depois de repente se partiu em quatro setas de um branco brilhante. Uma brilhou em frente, outra atrás, e duas pareceram deslizar para as asas.

Então, a Asa de Papel toda reluziu com o feroz brilho branco, e abruptamente interrompeu seu mergulho de cabeça para baixo e se elevou. Sabriel foi lançada para frente com violência, o corpo refreado pelas correias, mas seu nariz quase bateu no espelho prateado, os músculos do seu pescoço se esticando ao máximo no impossível esforço de manter a cabeça imóvel.

Apesar dessa melhora repentina, estavam ainda despencando. Sabriel, com as mãos apertadas por trás de seu pescoço violentamente dolorido, viu o chão subindo velozmente para encher o horizonte. As copas das árvores apareceram lá embaixo, a Asa de Papel, impregnada de luz estranha, apenas se movendo rapidamente pelos galhos mais altos com um som parecido ao de granizo em telhado de lata. Depois, caíram novamente, escumando a poucos metros sobre algo que se parecia com um campo aberto, mas ainda em velocidade grande demais para que aterrissassem sem destruição total.

Mogget, ou o que quer que fosse aquilo em que Mogget se transformara, brecou a Asa de Papel novamente, numa série de paradas trêmulas que acrescentaram arranhões aos arranhões. Pela primeira vez, Sabriel sentiu o incrível alívio de perceber que sobreviveriam. Mais um esforço para brecar e a Asa de Papel baixaria com segurança, para derrapar um pouco na longa relva macia do campo.

Mogget brecou, e Sabriel se animou quando a Asa de Papel suavemente estendeu sua barriga na relva e deslizou para o que devia ter sido uma perfeita aterrissagem. Mas o ânimo logo se transformou num grito de alarme, quando a grama se interrompeu para revelar a boca de um enorme buraco negro bem no meio da trilha.

Baixa demais para se elevar, e agora lenta demais para planar sobre um buraco a pelo menos quarenta e cinco metros à frente, a Asa de Papel atingiu a borda, despencou e foi caindo em espirais em direção ao fundo, a centenas de metros abaixo.

## capítulo doze

Sabriel recobrou a consciência lentamente, seu cérebro se remexendo confusamente à procura de conexões com seus sentidos. A audição veio em primeiro lugar, mas isso apenas revelou sua respiração penosa e o rangido de sua armadura quando ela lutou para sentar-se. Nesse momento, a visão a confundiu e ela entrou em pânico, temendo a cegueira, até que a memória lhe voltou. Era noite e ela estava no fundo de um sumidouro – um grande poço circular perfurado no chão pela natureza ou por obra humana. Pelo breve vislumbre que dele tivera quando caíam, imaginava que tivesse facilmente quarenta e cinco metros de diâmetro e noventa metros de profundidade. A luz do dia provavelmente iluminaria suas escuras profundezas, mas a luz das estrelas era insuficiente.

A dor veio a seguir, colada à memória. Mil dores e ferimentos, mas nenhum dano sério. Sabriel retorceu os dedos dos pés e das mãos, flexionou os músculos dos braços, costas e pernas. Todos lhe doíam, mas tudo parecia estar funcionando.

Ela lembrou-se vagamente dos últimos segundos antes do impacto — Mogget, ou a força branca, retardando a velocidade antes de eles sofrerem a batida —, mas o real instante da colisão podia nunca ter existido, pois dele ela não conseguia se lembrar. Estado de choque, ela pensou consigo mesma, de um modo abstrato, quase como se estivesse diagnosticando outra pessoa.

Seu pensamento seguinte veio algum tempo depois e, com ele, a percepção de que ela devia ter perdido a consciência novamente. Com este despertar, ela sentiu-se um pouco mais lúcida, sua mente captando alguma ligeira brisa capaz de arrancá-la das depressões mentais. Trabalhando com o tato, ela soltou as correias e apalpou atrás de si à procura da mochila. Em seu estado atual, até um simples feitiço da Ordem para fazer luz estava fora de questão, mas havia velas no lugar, e também fósforos, ou o acendedor mecânico.

Quando o fósforo foi aceso, o coração de Sabriel afundou. No pequeno e bruxuleante globo de luz amarela, ela viu que apenas a parte central da cabine da Asa de Papel sobrevivera — o triste cadáver azul e prata de uma criação que fora maravilhosa. Suas asas pousavam rasgadas e encolhidas debaixo dela, e a seção inteira da proa jazia a alguns metros de distância, completamente esbulhada. Um olho fitava um rasgo circular de céu lá no alto, mas não era mais feroz e vívido. Só tinta amarela e papel laminado.

Sabriel olhou fixamente para a destruição, o remorso e a dor em seus ossos, até que o fósforo queimou seus dedos. Ela riscou outro, e depois acendeu uma vela, expandindo tanto a sua luz quanto o campo de visão.

Mais fragmentos da Asa de Papel estavam espalhados sobre uma área larga, aberta e plana. Gemendo com o esforço para motivar músculos feridos, Sabriel se alavancou para fora da cabine a fim de olhar o chão mais de perto.

Revelou-se que a área achatada fora feita pelo homem: lajes, cuidadosamente estendidas. A grama havia crescido por muito tempo entre as pedras e líquenes sobre ela, por isso era claramente um trabalho não recente. Sabriel sentou-se nas lajes frias e pensou por que alguém teria tido tal trabalho no fundo de um sumidouro.

Pensar nisso pareceu dar uma reanimada em seu espírito aturdido, e ela começou a refletir sobre outras coisas. Onde, por exemplo, estava a força que uma vez fora Mogget? E o que era ela? Isso a fez lembrar-se de apanhar a sua espada e verificar os sinos.

Seu elmo em forma de turbante havia girado em sua cabeça e estava quase de trás para frente. Lentamente, ela o recolocou no lugar, sentindo cada mínimo movimento de recolocação por toda a extensão de seu pescoço muito rijo.

Equilibrando sua primeira vela sobre o pavimento numa poça de cera fria, ela puxou sua mochila e suas armas para fora das ruínas, e acendeu mais duas velas. Pôs uma perto da primeira e levou a outra para iluminar seu caminho, caminhando em torno da Asa de Papel destruída, procurando algum sinal de Mogget. Na desmembrada proa do aparelho, ela delicadamente tocou os olhos, desejando poder fechá-los.

— Sinto muito — sussurrou ela. — Talvez eu seja capaz de fazer uma nova Asa de Papel algum dia. Será necessário haver outra, para levar adiante seu nome.

— Ficando sentimental, Abhorsen? — disse uma voz em algum lugar atrás dela, uma voz que lutava para ao mesmo tempo soar como a de Mogget e para não se parecer com ela de modo algum. Era mais alta, mais áspera, menos humana, e cada palavra parecia estalejar, como os geradores elétricos que ela usava nas aulas de ciência no colégio Wyverley.

— Onde você está? — perguntou Sabriel, virando-se rapidamente. A voz havia soado próxima, mas não havia nada visível dentro da esfera da luz da vela. Ela ergueu sua própria vela e transferiu-a para a mão esquerda.

— Aqui — disse a voz com um risinho abafado, e Sabriel viu linhas de fogo branco saírem por baixo da fuselagem arruinada, linhas que, ao fluírem, iluminavam o papel laminado de tal modo que, dentro de um segundo, a Asa de Papel estava ardendo ferozmente, chamas de um vermelho-amarelado dançando sob a espessa fumaça branca, obscurecendo totalmente o que quer que houvesse emergido debaixo do aparelho destruído.

Nenhuma impressão de morte a repuxou, mas Sabriel quase conseguiu sentir o cheiro da Magia Livre: penetrante, antinatural, enervante, contaminando o cheiro denso da fumaça natural. Então, viu as linhas do fogo branco novamente, escoando-se, convergindo, misturando-se, juntando-se — e uma flamejante criatura de um branco-azulado surgiu da pira funeral da Asa de Papel.

Sabriel não podia olhar para ela diretamente, mas do canto de seus olhos protegidos pelos braços, ela viu alguma coisa de forma humana, mais alta que ela e magra, quase esquálida. Não tinha pernas, e trazia o torso e a cabeça equilibrados sobre uma coluna de energia que se retorcia e fazia redemoinhos.

— Livre, mas falta cobrar o preço em sangue — disse a criatura, adiantando-se. Todo traço da voz de Mogget havia sumido, submergido numa ameaça crepitante e contundente.

Sabriel não tinha dúvida sobre o significado de um preço em sangue e sobre quem deveria pagá-lo. Convocando todas as suas energias restantes, ela invocou três sinais da Ordem para a dianteira de sua mente, e arremessou-os na direção da coisa, gritando seus nomes.

— Anet! Calew! Ferhan!

Os sinais tornaram-se lâminas prateadas ao saírem de suas mãos, mente e voz, relampejando pelo ar mais velozes do que qualquer punhal lançado, e atravessaram a figura brilhante bem pelo meio, aparentemente sem causar efeito algum.

A criatura riu, numa sequência de sons altos e baixos como um cão uivando de dor, e preguiçosamente deslizou para frente. Seu movimento lânguido parecia declarar que ela não teria mais trabalho para descartar-se de Sabriel do que tivera para incendiar a Asa de Papel.

Sabriel sacou sua espada e recuou, decidida a não entrar em pânico como fizera quando fora encarada pelo Mordente. Sua cabeça moveu-se rapidamente para trás e para frente, esquecida da dor na nuca, observando o chão atrás dela e assinalando seu oponente. Seus pensamentos disparavam, considerando as opções. Talvez usar um dos sinos, mas isso significaria deixar cair uma vela. Ela poderia contar com a presença flamejante da criatura para iluminar seu caminho?

Quase como se pudesse ler seus pensamentos, a coisa subitamente começou a perder o seu brilho, sugando a escuridão para o seu corpo em redemoinho como uma esponja absorvendo tinta. Dentro de poucos segundos, Sabriel mal podia distingui-la – uma silhueta aterrorizante, iluminada por trás pelo brilho alaranjado da Asa de Papel em chamas.

Desesperadamente, Sabriel tentou lembrar-se do que conhecia em matéria dos elementais e criações da Magia Livre. Seu pai raramente os mencionava e a magistrada Greenwood pesquisara o assunto apenas ligeiramente. Sabriel conhecia os feitiços de aprisionamento para dois seres menos semelhantes da Magia Livre, mas a criatura diante dela não era nem Margrue nem Stilken.

– Continue pensando, Abhorsen. – A criatura riu, avançando novamente. – É uma pena que sua cabeça não funcione muito bem.

– Você salvou-a para sempre de seu mau funcionamento – Sabriel respondeu cautelosamente. A criatura havia brecado a Asa de Papel, afinal, por isso talvez houvesse alguma bondade em alguma parte dela, algum vestígio de Mogget, se isso ainda pudesse emergir dali.

– Sentimentalismo – respondeu a criatura, ainda deslizando para frente em silêncio. Ela riu novamente e um braço escuro como uma gavinha subitamente se projetou, lançando-se pelo espaço entre elas para golpear Sabriel no rosto. – Só uma lembrança, que agora já está purgada – acrescentou a criatura, enquanto Sabriel recuou trôpega ao seu segundo ataque, a espada golpeando em defesa. Diferente dos dardos prateados de feitiço, a lâmina traçada pela Ordem atingiu a carne antinatural da criatura, mas não teve outro efeito que não fazer tremer o braço de Sabriel.

Seu nariz estava sangrando também, um fluxo quente e salgado, fazendo os seus lábios desgastados pelo vento arderem. Ela tentou ignorar isso, usando a dor do que era provavelmente um nariz quebrado para fazer sua mente voltar a uma velocidade operacional plena.

— Lembranças, sim, muitas lembranças — continuou a criatura. Estava cercando-a agora, empurrando-a por trás do mesmo jeito que haviam chegado, na direção do fogo decrescente da Asa de Papel. Ele se apagaria por completo dentro em breve e aí só restaria a escuridão, pois a vela de Sabriel era agora um torrão de cera derretida, caindo negligentemente de sua mão.

— Milênios de servidão, Abhorsen. Escravizado por trapaça, por traição... cativo numa repulsiva forma carnal fixa... mas haverá uma punição por isso, uma lenta punição — nada rápida, nem um pouquinho rápida!

Uma gavinha se lançou, dessa vez mais baixa, tentando fazê-la tropeçar. Sabriel saltou sobre ela, a lâmina estendida, arremetendo-se para o peito da criatura. Mas a criatura trepidou para um lado, expelindo braços extras quando ela tentou saltar para trás, apanhando-a no meio do salto, fazendo-a aproximar-se.

Puxando para si o braço que portava a espada, a criatura aumentou seu aperto, até que ela ficou junto ao seu peito, seu rosto a apenas um dedo da carne que fervia e se movia constantemente, como se um bilhão de pequenos insetos zumbissem sob a membrana de escuridão total.

Outro braço agarrou o seu elmo por trás, forçando-a a erguer os olhos, até que ela viu a cabeça da criatura bem acima dela. Uma criatura da mais primária anatomia, seus olhos eram como o sumidouro, poços profundos sem fundo aparente. Não tinha nariz, mas uma boca que dividia a horrível face em duas, uma boca ligeiramente partida para revelar o fulgor branco e azulado que havia usado inicialmente como carne.

Toda a Magia da Ordem fugira da mente de Sabriel. Sua espada estava presa, os sinos também, e se não estivessem, ela não saberia como usá-los apropriadamente contra coisas não mortas. De qualquer modo, repassou-os mentalmente num frenético, relampejante inventário de tudo que lhe pudesse servir de auxílio.

Foi então que sua mente cansada, coagida, lembrou-se do anel. Estava em sua mão esquerda, como fria prata em seu dedo indicador.

Mas ela não sabia o que fazer com ele — e a cabeça da criatura estava se inclinando na direção da sua, seu pescoço se esticando de uma maneira absurdamente longa, até tornar-se semelhante a uma cabeça de serpente se elevando sobre ela, a boca se abrindo ainda mais, ficando ainda mais luminosa, chiando com faíscas de um branco ardente que caíam sobre seu elmo e seu rosto, queimando sua roupa e sua pele, deixando pequenas cicatrizes semelhantes a tatuagens. O anel pareceu se afrouxar em seu dedo. Sabriel instintivamente curvou sua mão e o anel ficou ainda mais frouxo, deslizando de seu dedo, expandindo-se, crescendo, até que, sem olhar, Sabriel sentiu que segurava um arco tão grande quanto ou maior que a delgada cabeça da criatura. E ela subitamente soube o que fazer.

— Primeiro, o arrancar de um olho — disse a coisa, com um bafo tão quente quanto as faíscas que caíam, chamuscando o rosto de Sabriel com queimaduras solares instantâneas.

A criatura tombou a cabeça para um lado e abriu a boca ainda mais, a mandíbula inferior se deslocando.

Sabriel lançou um último olhar cauteloso, fechou seus olhos com força contra o terrível clarão, e atirou o arco prateado no ar, e saltou, sobre o pescoço da coisa.

Por um segundo, quando o calor aumentou e ela sentiu uma terrível dor ardente sobre seus olhos, pensou que havia falhado. Depois, o arco foi arrebatado com violência de sua mão e ela foi atirada para longe, jogada fora como os peixinhos rejeitados por um pescador raivoso.

Sobre a fria laje novamente, ela abriu os olhos, o esquerdo enevoado, dolorido e nadando em lágrimas – mas ainda ali e funcionando.

Ela enfiara o arco de prata pela cabeça da criatura e ele agora estava descendo por aquele longo pescoço sinuoso. O arco encolhia novamente à medida que ia descendo, imune às tentativas desesperadas que a criatura fazia para livrar-se dele. Esta agora dispunha de seis ou sete mãos, que brotavam diretamente de seus ombros, todas se contorcendo, tentando forçar os dedos sob o arco. Mas o metal parecia inimigo da substância da criatura, como uma frigideira quente o é dos dedos humanos, pois os dedos recuavam e dançavam em torno dele, mas não conseguiam segurá-lo por mais que um segundo.

A escuridão que a manchava estava também refluindo, escoando por seu suporte desgastado e retorcido, deixando uma brancura brilhante como rastro. Ainda assim, a criatura lutava com o anel, as mãos flamejantes brotando e voltando a brotar, o corpo se contorcendo e revirando, até mesmo corcoveando, como se pudesse desmontar dele como um cavaleiro de seu cavalo.

Finalmente, a criatura desistiu e se virou na direção de Sabriel, gritando e crepitando. Dois longos braços saltaram de dentro dela, estendendo-se para o corpo estatelado de Sabriel, as garras se projetando de suas mãos, riscando a pedra com grandes ranhuras enquanto arranhavam em sua direção, como aranhas lançando-se sobre a sua presa – só para errar por um metro ou mais.

– Não! – uivou a coisa, e todo o seu corpo contorcido e retorcido guinou para a frente, os braços assassinos estendidos ao máximo. De novo, as garras falharam, quando Sabriel rastejou, rolou e jogou-se para longe.

Então, o arco de metal se contraiu mais uma vez e um terrível grito de angústia, raiva e desespero saiu do próprio centro da coisa de um branco flamejante. Seus braços subitamente se encolheram em seu torso. A cabeça caiu sobre os ombros e o corpo todo se afundou numa borbulha amorfa de branco reluzente, com uma única e ainda grande faixa prateada contornando o meio, o rubi reluzindo como uma gota de sangue.

Sabriel olhou fixo para ela, incapaz de olhar para o lado ou de fazer qualquer outra coisa, até mesmo debelar o escorrimento de seu nariz ferido, que agora cobria metade de seu rosto e queixo, sua boca grudada com sangue seco e coagulado. Parecia-lhe que alguma coisa fora deixada por fazer, alguma coisa que ela tinha que providenciar.

Rastejando nervosamente para mais perto, ela viu que agora havia sinais no anel. Sinais da Ordem que lhe diziam o que devia fazer. Exausta, ela se pôs de joelhos e remexeu com a correia dos sinos. O Saraneth estava pesado, quase além de suas forças, mas conseguiu fazê-lo soar e a voz profunda e coercitiva ressoou pelo sumidouro, parecendo perfurar a brilhante massa contornada de prata.

O anel murmurou em resposta ao sino e expeliu uma gota em forma de pera de seu próprio metal, que se esfriou para tornar-se um Saraneth em miniatura. Ao mesmo tempo, o anel mudou de cor e consistência. A cor de rubi pareceu vibrar e um vermelho difuso se espalhou pela faixa prateada. Esta era agora fosca e comum, não mais prateada, mas uma coleira de couro vermelho, com um sino prateado em miniatura.

Com esta mudança, a massa branca estremeceu e brilhou com intensidade outra vez, até que Sabriel teve que proteger seus olhos uma vez mais. Quando as sombras se juntaram novamente, ela olhou para trás, e lá estava Mogget, trazendo ao pescoço sua coleira de couro vermelha, sentado e parecendo prestes a vomitar uma bola de pelos.

Não era uma bola de pelos, mas um anel prateado, o rubi refletindo a luz interior de Mogget. Ele rolou para Sabriel, tilintando por sobre a pedra. Ela o apanhou e colocou-o de volta em seu dedo.

O brilho de Mogget se apagou e a Asa de Papel queimada era agora apenas um monte de brasas esmaecidas, tristes lembranças e cinzas. A escuridão retornou, cobrindo Sabriel, envolvendo-a com todas as suas feridas e medos. Ela sentou-se, silenciosa, sem sequer pensar.

Um pouco depois, ela sentiu um macio nariz de gato sobre suas mãos cruzadas, e uma vela, saindo umedecida da boca de Mogget.

— Seu nariz ainda está sangrando — disse uma voz familiar e didática. — Acenda a vela, aperte seu nariz e arranje uns cobertores para a gente dormir. Está ficando frio.

— Seja bem-vindo, Mogget — sussurrou Sabriel.

## capítulo treze

Nem Sabriel nem Mogget mencionaram os acontecimentos da noite anterior ao despertarem. Sabriel, banhando seu nariz gravemente inchado num punhado de água tirado de seu cantil, descobriu que não queria particularmente lembrar-se de um pesadelo estando em vigília, e Mogget fazia silêncio, de um modo arrependido. A despeito do que acontecera depois, libertando seu *alter ego*, ou fosse aquilo o que fosse, o gato os salvara de uma destruição certa pelo vento.

Como ela esperara, a aurora trouxera alguma luz ao sumidouro, e conforme o dia avançava, este atingira algo próximo a uma penumbra. Sabriel podia interpretar e ver as coisas de perto bem claramente, mas elas desapareciam numa obscuridade indistinta a uma distância de vinte ou trinta metros.

Não que o sumidouro fosse muito maior que isso – talvez uns noventa metros de diâmetro, não os quarenta e cinco metros que ela primeiro imaginara quando caiu. O chão todo era pavimentado, com um dreno circular no meio, e havia várias entradas de túneis nas paredes de pedra – túneis que

Sabriel sabia que teria de finalmente penetrar, porque não havia água no sumidouro. Parecia haver pouca possibilidade de que chovesse, também. O sumidouro era frio, mas em nenhuma parte tão frio quanto o platô próximo à casa de Abhorsen. O clima era amenizado pela proximidade com o oceano e uma altitude que poderia ser ao nível do mar ou abaixo, pois à luz do dia Sabriel viu que o sumidouro tinha pelo menos noventa metros de profundidade.

Ainda assim, com meio cantil de água gorgolejante ao seu lado, Sabriel estava bastante satisfeita por sentar-se desajeitada sobre sua mochila ligeiramente chamuscada, aplicar cremes de ervas em seus machucados e um cataplasma de folhas malcheirosas de tamaril para sua estranha queimadura de sol. Seu nariz foi um caso diferente quando precisou tratá-lo. Não estava quebrado, mas simplesmente medonho, inchado e impregnado de sangue seco, que doeu demais para limpar completamente.

Mogget, depois de mais ou menos uma hora de silêncio embaraçado, saiu vagarosamente em exploração, recusando a oferta que ela lhe fez de bolos duros e carne seca para o desjejum. Ela esperava que ele encontrasse um rato ou algo igualmente apetitoso, em vez daquilo. De certo modo, ficou bastante satisfeita por ele ter desaparecido. A lembrança do monstro da Magia Livre que jazia dentro do pequeno gato branco ainda era perturbadora.

Mesmo assim, quando o sol havia se erguido para se transformar num pequeno disco cercado pela circunferência maior da borda do sumidouro, ela começou a pensar por que ele não teria voltado. Fazendo força para erguer-se, coxeou na direção do túnel que ele havia escolhido, usando sua espada como uma bengala para caminhar, e gemendo baixinho quando cada ferimento a lembrava de sua localização.

Naturalmente, bem quando estava acendendo uma vela na entrada do túnel, Mogget reapareceu atrás dela.

— Procurando por mim? — miou ele inocentemente.

— Por quem mais? — respondeu Sabriel. — Você achou alguma coisa? Alguma coisa útil, quero dizer. Água, por exemplo.

— Útil? — refletiu Mogget, esfregando seu queixo por trás de suas pernas dianteiras estendidas. — Talvez. Interessante, com certeza. Água? Sim.

— A que distância daqui? — perguntou Sabriel, totalmente consciente de sua mobilidade limitada pelos ferimentos. — E o que *interessante* significa? Perigoso?

— Não fica longe, indo por este túnel — respondeu Mogget. — Há certo perigo para chegar lá, um alçapão e outras coisinhas supérfluas, mas nada que vá machucar você. Quanto à parte interessante, você terá que descobrir por si mesma, Abhorsen.

— Sabriel — disse ela automaticamente, enquanto tentava pensar no que viria. Precisaria de pelo menos dois dias de repouso, mas não mais do que isso. Cada dia que desperdiçasse antes de encontrar o corpo carnal de seu pai poderia significar tragédia. Ela simplesmente tinha que encontrá-lo logo. Um Mordente, Ajudantes Sombrios, corvos sanguinários... agora era claro demais que algum inimigo terrível estava armado tanto contra o pai quanto contra a filha. Esse inimigo aprisionara seu pai, por isso devia ser um necromante poderoso, ou alguma criatura dos Mortos Maiores. Talvez fosse esse tal Kerrigor...

— Vou pegar minha mochila — decidiu ela, recuando com dificuldade, Mogget deslizou para frente e para trás em seu caminho como um gatinho, quase tropeçando nela e derrubando-a, mas sempre se afastando a tempo. Sabriel atribuía isso à inexplicável *gatidade* e não comentava.

Como Mogget jurara, o túnel não era comprido, e seus degraus bem-feitos e o chão marcado davam passagem fácil, exceto pela parte onde Sabriel teve que seguir o pequeno gato escrupulosamente pelas pedras, para evitar algum buraco inteligentemente encoberto. Sem a orientação de Mogget, Sabriel sabia que teria caído.

Havia proteções mágicas também. Feitiços antigos e nocivos pousavam como mariposas pelos cantos do túnel, esperando para voar sobre ela, para cercá-la e sufocá-la com força — mas alguma coisa restringiu sua primeira reação e eles se fixaram novamente. Umas poucas vezes, Sabriel sentiu um toque fantasmagórico, como uma mão se estendendo para esfregar o sinal da Ordem em sua testa, e quase no fim do túnel, ela viu dois enviados guardiões derretendo-se na rocha, as pontas de suas alabardas reluzindo à luz de sua vela antes que se fundissem na pedra.

— Para onde vamos? — sussurrou ela, quando a porta em frente a eles se abriu rangendo, sem meios visíveis de propulsão.

— Para outro sumidouro — Mogget disse, displicentemente. — É onde o Primeiro sangue... er...

Ele engasgou, silvou e depois, meio sem graça, refez a sua sentença com um comentário:

— É interessante.

— O que você quer dizer... — Sabriel balbuciou, mas caiu em silêncio ao passarem pela porta, a força mágica subitamente puxando seu cabelo, sua mão, seu manto sobre a armadura, o cabo de sua espada. O pelo de Mogget se eriçou ao máximo e sua coleira girou por vontade própria, até que os sinais de aprisionamento da Ordem ficaram erguidos e claramente legíveis, brilhantes contra o couro.

Depois saíram, erguendo-se no fundo de outro sumidouro, num crepúsculo prematuro, pois o sol ainda passava pelo horizonte circunscrito da borda.

Este sumidouro era mais amplo que o primeiro — talvez tivesse um quilômetro e meio de largura, e mais profundo, cento e oitenta a duzentos metros, por assim dizer. A despeito de seu tamanho, todo o vasto buraco era protegido do ar que vinha lá de cima por uma rede reluzente e fina como teia de aranha, que parecia se fundir à parede da borda, localizada a um quarto do caminho da descida para a superfície. A luz do dia a havia revelado, mas, ainda assim, Sabriel teve que usar seu telescópio para ver claramente a delicada tessitura em formato de diamante. Parecia frágil, mas a presença de vários cadáveres de pássaros indicava considerável força. Sabriel supôs que os infelizes pássaros haviam mergulhado sobre a rede, os olhos gulosamente atentos a algum alimento lá embaixo.

No sumidouro propriamente dito, havia considerável, ainda que monótona, vegetação — constituída em maior parte por árvores mirradas e arbustos malformados. Mas Sabriel prestou pouca atenção às árvores, pois em meio a cada um desses esporádicos trechos de vegetação, havia áreas pavimentadas — e em cada uma dessas áreas pavimentadas pousava um navio.

Catorze escaleres de tombadilhos abertos e um mastro só, as velas negras, armadas para captar um vento não existente, remos projetados para lutar contra uma onda imaginária. Hasteavam muitas bandeiras e estandartes, todos afrouxados contra o mastro e o cordame, mas Sabriel não precisou vê-los desfraldados para saber a estranha carga que essas naus deviam transportar. Ela ouvira falar desse lugar, como toda criança das partes ao extremo norte da Terra dos Ancestrais próximas ao Reino Antigo. Centenas de histórias de tesouro, aventura e romance haviam sido tecidas em torno desse estranho porto.

— Navios funerários — disse Sabriel. — Navios reais.

Ela teve confirmação posterior de que eram realmente isso, pois havia feitiços de aprisionamento traçados no próprio barro que seus pés raspavam na entrada do túnel, feitiços de morte decisiva que só podiam ter sido lançados por um Abhorsen. Nenhum necromante jamais provocaria algum dos velhos governantes do Reino Antigo.

— O famoso cemitério dos Primeiros... rerre... reis e rainhas do Reino Antigo — pronunciou Mogget, depois de alguma dificuldade. Ele dançou em torno dos pés de Sabriel, e depois se ergueu em suas pernas traseiras e fez gestos expansivos, como um empresário de circo num traje de pelos brancos. Finalmente, pulou para cima das árvores. — Venha, há uma fonte, fonte, fonte! — cantou ele alegremente, enquanto saltava para cima e para baixo ao ritmo de suas palavras.

Sabriel seguiu-o num passo mais lento, balançando a cabeça e pensando no que teria acontecido para deixar Mogget tão alegre. Ela se sentia ferida, cansada e deprimida, abalada pelo monstro da Magia Livre e triste pela Asa de Papel.

Passaram perto de dois dos navios a caminho da fonte. Mogget conduziu-a numa alegre dança em torno de ambos, numa louca circum-navegação de contorções, saltos e pulos, mas as laterais eram muito altas para olhar o interior e ela não sentia vontade de subir por um remo. Deteve-se, na verdade, para olhar as figuras de proa – homens imponentes, um na casa dos quarenta, outro um pouco mais velho. Ambos eram barbudos, tinham os mesmos olhos imperiosos, e usavam armaduras parecidas com a de Sabriel, pesadamente engrinaldadas com medalhões, correntes e outras decorações. Cada um deles trazia uma espada em sua mão direita e um rolo de pergaminho desenrolado, que se fechava em si mesmo à sua esquerda – a representação heráldica da Ordem.

O terceiro navio era diferente. Parecia menor e menos enfeitado, com um mastro nu desprovido de velas negras. Nenhum remo se projetava de suas laterais, e quando Sabriel chegou à fonte que jazia sob a sua popa, viu suturas descoladas entre as tábuas e percebeu que era incompleto.

Curiosa, ela deixou a sua mochila perto da pequena poça de água borbulhante e caminhou em torno, na direção da proa. Esta era diferente também, pois a figura de proa era a de um homem jovem – um homem jovem nu, esculpido nos mínimos detalhes.

Sabriel ficou um pouco ruborizada, pois era uma semelhança total, como se um homem jovem houvesse sido transposto de carne para madeira, e sua única experiência anterior com homens nus foi por meio de perfis clínicos em livros didáticos de biologia. Seus músculos eram avantajados e bem-formados, seu cabelo, curto e de uma firme ondulação em sua cabeça. Ele não era exatamente bonito, mas tampouco era desagradável. Suas mãos, bem torneadas e elegantes, estavam parcialmente erguidas, como se para protegê-lo de algum mal.

Os detalhes se estendiam até um pênis circuncidado, que Sabriel olhou de relance de um modo envergonhado, antes de voltar a olhar para seu rosto. Era um rosto responsável, com a expressão chocada de alguém que fora traído e acabara de se dar conta disso. Havia medo ali também, e algo parecido a ódio. Ele parecia mais que raivoso. Sua expressão a perturbou, pois parecia humana demais para ser apenas o resultado de uma habilidade para esculpir, não importasse quão talentosa esta habilidade fosse.

— Parecido demais com a vida — murmurou Sabriel, afastando-se da figura de proa, a mão baixando para o cabo de sua espada, os sentidos mágicos se alarmando, farejando alguma armadilha ou trapaça.

Não havia nenhuma armadilha, mas Sabriel sentiu realmente alguma coisa na figura ou em torno dela. Uma sensação parecida àquela de um morto ressuscitado, mas não a mesma — uma sensação fugaz que ela não conseguiu localizar.

Sabriel tentou identificá-la, ao olhar para a figura novamente, examinando-a cuidadosamente por todos os ângulos. O corpo do homem era um problema intelectual agora, por isso ela o observava sem embaraço, estudando seus dedos, unhas e pele, notando com que perfeição haviam sido esculpidos, perfeição esta que chegava ao registro das pequeninas cicatrizes em suas mãos, produtos da prática de esgrima e punhal. Havia também a vaga marca de um sinal batismal da Ordem em sua testa e o pálido traço de veias em suas pálpebras.

Essa inspeção levou-a a ter certeza do que havia detectado, mas ela hesitou quanto à ação a ser tomada e saiu à procura de Mogget. Não que ela pusesse muita fé em conselhos e respostas daquele tipo, dada sua atual propensão a comportar-se como um gatinho perfeitamente tolo — embora isso talvez fosse uma reação à breve experiência de ter sido um monstro da Magia Livre novamente, coisa que podia não ter acontecido por milênios. A forma de gato era provavelmente um alívio bem-vindo.

Na verdade, conselho algum pôde ser obtido de Mogget. Sabriel encontrou-o dormindo num campo de flores perto da fonte, sua cauda e suas patas macias se retorcendo sob efeito de algum sonho com ratos dançarinos. Sabriel olhou para as flores de um amarelo-palha, cheirou uma, coçou Mogget atrás das orelhas, e depois voltou à figura de proa. As flores eram erva-de-gato, o que explicava o ânimo anterior de Mogget e sua atual sonolência. Ela teria que tirar conclusões por si mesma.

— Então... — disse ela, dirigindo-se à figura de proa como um advogado a um tribunal. — Você é a vítima de algum feitiço da Magia Livre e de trapaça necromântica. Seu espírito não jaz nem na Vida nem na Morte, mas em algum lugar intermediário. Eu poderia entrar na Morte e encontrá-lo na fronteira, mas talvez encontrasse um monte de problemas também. Problemas com os quais não posso lidar na minha atual condição patética. Então, o que posso fazer? O que papai, Abhorsen... ou qualquer Abhorsen, faria em meu lugar?

Ela refletiu sobre isso por algum tempo, andando para frente e para trás, os ferimentos temporariamente esquecidos. A última pergunta parecia tornar claro seu dever. Sabriel sentia que certamente seu pai libertaria o homem. Era isso que ele fazia, era para isso que vivia. O dever de um Abhorsen era remediar a necromancia antinatural e a feitiçaria da Magia Livre.

Ela não pensou mais do que isso, talvez devido ao imprudente inalar da erva-de-gato. Nem mesmo levou em conta que seu pai teria provavelmente esperado até que ele ficasse no ponto certo – talvez até o dia seguinte. Afinal, esse jovem devia ter sido encarcerado há muitos anos, seu corpo físico transformado em madeira, e seu espírito de alguma forma preso pela Morte. Alguns dias não fariam diferença para ele. Um Abhorsen não tinha que imediatamente assumir qualquer dever que se apresentasse à sua frente...

Mas, pela primeira vez desde que cruzara o Muro, Sabriel sentia que havia ali um problema bem delineado para ela resolver. Uma injustiça a ser reparada e que envolveria pouco mais que alguns minutos bem na fronteira com a Morte.

Algum ligeiro senso de cautela permanecia nela, por isso foi apanhar Mogget, colocando o gato junto aos pés da figura de proa. Em hipótese otimista, ele despertaria se algum perigo físico os ameaçasse – não que isso fosse provável, devido às proteções e guardas no sumidouro. Havia até barreiras que tornariam difícil entrar na Morte, e mais do que difícil para alguma coisa morta segui-la de volta à vida. Tudo considerado, parecia o lugar perfeito para se empreender um resgate modesto.

Mais uma vez, ela examinou os sinos, passando suas mãos sobre a madeira lisa das alças, sentindo suas vozes lá dentro, esperando ansiosamente pela libertação. Desta vez, foi Ranna que ela tirou de seu estojo de couro. Era o menos perceptível dos sinos, já que sua própria natureza era a de tranquilizar os ouvintes, distraindo-os para levá-los ao sono e à desatenção.

Pensamentos secundários roçaram-na como pontas de dúvida, mas ela os ignorou. Sentia-se confiante, preparada para o que seria um pequeno passeio pelo reino da Morte, amplamente salvaguardado pelas proteções desta necrópole imperial. Com a espada em uma das mãos, e um sino em outra, ela entrou na Morte.

O frio e também a correnteza a atingiram, mas ela permaneceu onde estava, ainda sentindo o calor da Vida às suas costas. Esta era a verdadeira interface entre os dois reinos, de onde ela normalmente se jogaria para frente. Desta vez, plantou seus pés contra a correnteza e usou seu contínuo contato ligeiro com a Vida como uma âncora para prender a sua própria vida contra as águas da Morte.

Tudo parecia silencioso, exceto pelo constante gorgolejar da água sobre seus pés e o distante ribombar do Primeiro Portal. Nada se agitava, nenhum vulto assomava na luz cinzenta. Cautelosamente, Sabriel usou seu senso dos Mortos para sentir alguma coisa que podia estar se movendo furtivamente, para sentir a ligeira faísca do espírito prisioneiro, mas vivo, do homem jovem. De costas para a Vida, ela estava fisicamente próxima a ele, por isso tinha que ficar perto de seu espírito por ali.

Havia alguma coisa, mas parecia mais mergulhada na Morte do que Sabriel esperava. Tentou vê-la, apertando os olhos para penetrar na curiosa cor cinza que tornava a distância impossível de avaliar, mas nada era visível. O que quer que estivesse por ali, vagueava furtivamente sob a superfície da água.

Sabriel hesitou, depois caminhou na direção da coisa, sentindo cuidadosamente seu caminho, certificando-se de cada passo, protegendo-se da correnteza que procurava agarrá-la. Havia definitivamente alguma coisa esquisita por ali. Ela conseguia senti-la bem fortemente — devia ser o espírito aprisionado. Ela ignorou a pequena voz no fundo de sua mente que sugeria que a coisa era uma criatura morta ferozmente tortuosa, forte o bastante para conseguir resistir à velocidade do rio...

No entanto, quando ela estava a uns passos de recuo do que quer que aquilo fosse, deixou Ranna soar — um abafado, sonolento repique que carregava a sensação de um bocejo, um suspiro, uma cabeça caindo para diante, com os olhos pesados — um chamado para o sono.

Se houvesse uma coisa morta por ali, Sabriel raciocinou, ela estaria inativa. Pôs sua espada e seu sino de lado, moveu-se para frente pouco a pouco para tomar uma boa posição e estendeu as mãos para dentro da água.

Suas mãos tocaram alguma coisa tão fria e dura como o gelo, alguma coisa totalmente não identificável. Ela titubeou, depois estendeu as mãos novamente, até que estas descobriram uma coisa que era claramente um ombro. Ela seguiu-o, subindo até uma cabeça, e traçou as feições. Às vezes um espírito portava pouca relação com o corpo físico, e às vezes espíritos vivos ficavam deformados se passavam tempo longo demais no mundo da Morte, mas este era claramente da figura de proa. Vivia também de algum modo encaixado e protegido da Morte, tal como o corpo vivo estava preservado na madeira.

Sabriel agarrou a forma espiritual sob os braços e puxou. Esta emergiu da água como uma baleia assassina, de um branco pálido e rija como uma estátua. Sabriel caiu para trás e o rio, sempre voraz, envolveu suas pernas com ondas traiçoeiras, mas ela conseguiu se levantar antes que ele a arrastasse para o fundo.

Mudando um pouco sua posição, Sabriel começou a puxar a forma espiritual de volta à Vida. Foi um trabalho penoso, muito mais difícil do que ela esperara. A correnteza parecia muito mais forte neste lado do Primeiro Portal e o espírito cristalizado – ou o que quer que ele fosse – era muito, muito mais pesado do que qualquer espírito deveria ser.

Com quase toda a sua concentração posta em permanecer ereta e rumar para a direção certa, Sabriel não percebeu a súbita cessação de ruído que assinalou a passagem de alguma coisa pelo Primeiro Portal. Mas ela havia aprendido a ficar atenta nos últimos dias, e seus medos conscientes haviam se burilado em cautela subconsciente.

Ela ouviu, e escutando com cuidado, captou o suave chapinhar de alguma coisa que meio vadeava, meio rastejava, movendo-se tão silenciosamente quanto podia contra a correnteza. Movendo-se na direção dela. Alguma coisa morta tinha esperanças de pegá-la desprevenida.

Obviamente, algum alarme ou chamado havia vazado para além do Primeiro Portal e o que quer que estivesse em seu encalço viera em resposta a ele. Amaldiçoando-se interiormente pela estupidez, Sabriel baixou os olhos para a sua carga espiritual. Realmente, ela acabara de ver uma linha negra muito fina, como um fio de algodão, correndo do braço dele para dentro da água – e dali para as mais profundas e mais escuras regiões da Morte. Não um fio controlador, mas um fio que faria algum adepto distante saber que o espírito havia sido removido. Felizmente, ter feito Ranna soar fizera a mensagem se retardar, mas ela estava perto da Vida o bastante...

Ela aumentou um pouco a sua velocidade, mas não demais, fingindo que não havia notado o caçador. O que quer que ele fosse parecia bem relutante em se aproximar dela.

Sabriel apressou seu passo um pouco mais, a adrenalina e a ansiedade alimentando sua força. Se a coisa a alcançasse, ela teria que abandonar o espírito – e ele seria carregado para longe, perdido para sempre. Qualquer que houvesse sido a magia que preservara seu espírito vivo aqui na fronteira não poderia possivelmente prevalecer, se ele ultrapassasse o Primeiro Portal. Se isso acontecesse, Sabriel pensou, ela teria precipitado um assassinato em vez de um resgate.

Quatro passos para a Vida – e depois três. A coisa estava se aproximando agora – Sabriel a via, abaixada na água, ainda rastejante, mas agora mais rápida. Era obviamente um habitante do Terceiro ou de algum Portal mais avançado, pois ela não conseguia identificar o que já fora. Agora parecia um cruzamento entre um porco e uma lombriga segmentada, e se movia numa série de avanços rápidos e meneios sinuosos.

Dois passos. Sabriel mudou sua posição novamente, envolvendo o peito do espírito com seu braço esquerdo numa volta completa e equilibrando o peso em seu quadril, liberando seu braço direito, mas ainda não conseguia sacar a espada ou desembaraçar os sinos.

A coisa suína começou a grunhir e silvar, desatando num galope veloz e mergulhador, suas longas presas de crostas amarelas surfando pela água, seu longo corpo ondulando por trás.

Sabriel recuou, virou e jogou-se com sua carga preciosa de ponta-cabeça para a Vida, usando toda a sua vontade para ultrapassar as guardas no sumidouro. Por um instante, pareceu que seriam rejeitados, e depois, como um alfinete furando uma tira de borracha, conseguiram atravessar.

Um guincho esganiçado a seguiu, mas não houve nada além disso. Sabriel descobriu-se de cara contra o chão, as mãos vazias, cristais de gelo se esmigalhando ruidosamente enquanto caíam de seu corpo congelado. Virando a cabeça, deparou-se com o olhar de Mogget. Ele olhou fixo para ela, depois fechou os olhos e afastou-se para dormir.

Sabriel rolou e se ergueu, muito, muito devagar. Sentiu todas as suas dores voltarem e se pôs a pensar por que teria sido tão impulsiva em desempenhar atos de bravura e resgate. Ainda assim, conseguira fazer alguma coisa. O espírito estava de volta ao lugar a que pertencia, de volta à Vida.

Ou assim ela achava, até que viu a figura de proa. Esta não havia mudado em nada em termos de aparência externa, embora Sabriel pudesse agora sentir o espírito vivo nela. Intrigada, tocou seu rosto imóvel, os dedos roçando as fibras da madeira.

– Um beijo – disse Mogget, sonolentamente. – Na verdade, basta dar um sopro. Mas você tem que começar a beijar alguém algum dia, suponho.

Sabriel olhou-o, pensando se esse não seria o mais recente sintoma de loucura provocado pela erva-de-gato. Mas ele parecia bastante sóbrio e sério.

– Um sopro? – perguntou ela. Ela não queria beijar nenhum homem de madeira. Ele parecia bonito o bastante, mas poderia não corresponder à aparência. Um beijo parecia coisa muito prematura. Ele poderia lembrar-se disso e fazer suposições. – Assim? – Ela tomou fôlego profundo, aproximou-se, exalando a poucos centímetros de seu nariz e boca, e depois recuou para ver o que aconteceria, se é que algo aconteceria.

E nada aconteceu.

— Erva-de-gato! — exclamou Sabriel, olhando para Mogget. — Você não deve...

Um pequeno som a interrompeu. Um pequeno som sibilante que não provinha nem dela nem de Mogget. A figura de proa estava respirando, o ar assoviando por entre os lábios esculpidos em madeira como a emissão de um antigo fole em desuso.

A respiração foi aumentando, e com ela, a cor começou a fluir pela escultura, a madeira fosca abrindo caminho para o brilho da carne. Ele tossiu e o peito esculpido ficou flexível, subitamente se erguendo e baixando quando começou a arfar como um velocista recobrando as forças.

Seus olhos se abriram e encontraram os de Sabriel. Belos olhos cinzentos, mas aturdidos e desfocados. Ele não parecia vê-la. Seus dedos se apertavam e desapertavam, e seus pés se arrastavam, como se ele estivesse correndo sem sair do lugar. Finalmente, suas costas se soltaram do casco do navio. Ele deu um passo à frente e caiu nos braços de Sabriel.

Ela o pôs depressa no chão, toda consciente de que estava abraçando um homem jovem nu — em circunstâncias consideravelmente diferentes dos vários cenários que imaginara com suas amigas na escola ou de que ouvira falar pelas bocas das mais experientes e mais privilegiadas garotas do período diurno.

— Obrigado — disse ele, quase como um bêbado, as palavras terrivelmente indistintas. Ele pareceu olhá-la fixamente, ou olhar para o manto de sua armadura, pela primeira vez, e acrescentou: — Abhorsen.

Depois, afastou-se para dormir, a boca se erguendo nos cantos, a carranca se dissolvendo. Ele parecia mais jovem do que quando era uma figura de expressão fixa na proa.

Sabriel baixou os olhos sobre ele, tentando ignorar os curiosos sentimentos de afeto que lhe brotaram de algum lugar. Sentimentos parecidos com aqueles que a tinham feito trazer o coelho de Jacinth de volta à vida.

— Acho melhor providenciar um cobertor para ele — disse ela relutantemente, enquanto refletia sobre o que podia ter-lhe entrado nos miolos para acrescentar mais esta complicação às suas já confusas e difíceis circunstâncias. Supôs que teria que levá-lo à segurança e à civilização, ao menos, se alguma coisa assim pudesse ser encontrada.

— Eu posso arranjar um cobertor se você quiser continuar de olhos grudados nele — Mogget disse maliciosamente, enroscando-se em torno de seus tornozelos numa pavana sensual.

Sabriel percebeu que estava realmente olhando fixo e desviou o olhar.

— Não. Eu vou buscá-lo. E minha outra camisa, eu suponho. Os calções devem servir para ele com um pouco de ajuste, acho... Devemos ter a mesma altura. Mantenha a vigilância, Mogget. Voltarei num minuto.

Mogget observou-a se afastar coxeando, e depois se virou para o homem adormecido. Silenciosamente, caminhou sobre ele e roçou o sinal da Ordem na testa do homem com sua língua rosa. O sinal reluziu, mas Mogget hesitou, até que ele voltou ao estado anterior.

— Vamos ver isso — murmurou Mogget, sentindo o sabor de sua própria língua ao enrolá-la de volta para si. Parecia um tanto surpreso e mais que raivoso. Sentiu o gosto do sinal outra vez e depois balançou a cabeça com desgosto, o Saraneth em miniatura de seu colar fez soar um pequenino repique que não era de celebração.

## capítulo catorze

Uma névoa cinzenta subindo em espirais, enroscando-se nele como uma trepadeira, apoderando-se de seus braços e pernas, imobilizando-o, estrangulando-o, sem misericórdia. Tão firmemente ela crescera sobre seu corpo que não havia possibilidade de fuga, tão apertada era que seus músculos não podiam se flexionar sob a pele, que suas pálpebras não podiam piscar. E não havia nada a ver senão manchas de um cinzento ainda mais escuro, cruzando sua visão como uma espuma agitada pelo vento sobre uma poça fétida.

Então, subitamente, uma feroz luz vermelha, uma dor explodindo por toda parte, subindo como foguete dos dedos do pé ao cérebro e depois voltando. Não mais manchas cinzentas, mas cores borradas, lentamente entrando em foco. Uma mulher, voltando seus olhos para ele, uma mulher jovem, armada e protegida, seu rosto... machucado. Não, não uma mulher. O Abhorsen, pois ela usava o brasão e os sinos. Mas ela era jovem demais, não o Abhorsen que ele conhecia ou alguém da família...

— Obrigado — dissera ele, as palavras saindo como um rato que tentasse rastejar para fora de uma despensa empoeirada. — Abhorsen.

Depois ele desfaleceu, seu corpo correndo alegremente para acolher o sono real, a verdadeira inconsciência e o repouso restaurador da sanidade.

Despertou sob um cobertor e sentiu um pânico momentâneo quando a lã cinzenta grossa fez pressão sobre sua boca e seus olhos. Lutou com ele, jogou-o para trás com um grito sufocado, e relaxou quando sentiu o ar fresco em seu rosto e a turva luz do dia filtrando-se lá de cima. Olhou para o alto e viu pelo matiz avermelhado que devia ser pouco mais que o alvorecer. O sumidouro o intrigou por alguns segundos – desorientado, sentiu-se zonzo e estúpido, até que olhou para os altos mastros ao redor, as velas negras e o interminável navio próximo.

— Cova Santa — murmurou para si mesmo, franzindo o cenho. Ele se lembrava agora. Mas o que estava fazendo ali? Completamente nu sob um tosco cobertor de acampamento?

Sentou-se e balançou a cabeça. Era dor pura e suas têmporas estavam latejando, semelhante ao efeito de golpes de aríete de uma séria ressaca. Mas ele estava certo de que não havia bebido. A última coisa de que se lembrava era de estar descendo degraus. Rogir lhe pedira que... não... a última era a fugaz imagem de um rosto pálido, preocupado, manchado de sangue e ferido, o cabelo negro caindo de uma franja sob seu capacete. Um manto de armadura azul-marinho, com o brasão de estrelas prateadas. O Abhorsen.

— Ela está tomando banho na fonte — disse uma voz suave, interrompendo sua recordação vacilante. — Ela se levantou antes do sol. O asseio é uma coisa maravilhosa.

A voz não parecia pertencer a ninguém visível, até que o homem olhou para o navio próximo. Havia um buraco grande e irregular na proa, onde a figura devia estar, e um gato branco estava enroscado nele, observando-o com um olhar insolitamente penetrante e esverdeado.

— O que é você? — disse o homem, seus olhos cautelosamente relanceando de lado a lado, procurando por uma arma. Uma pilha de roupas era a única coisa que havia por perto, contendo uma camisa, calças e alguma roupa de baixo, mas estava embaixo de uma pedra grande. Sua mão se moveu furtivamente na direção da pedra.

— Não fique alarmado — disse o gato. — Não sou nada além de um guardião de Abhorsen. Meu nome é Mogget. Por enquanto.

A mão do homem se fechou sobre a pedra, mas ele não a ergueu. As lembranças estavam deslizando lentamente de volta à sua mente entorpecida, atraídas como fibras de ferro por um ímã. Havia lembranças de vários Abhorsens em meio a elas — lembranças que lhe davam uma sugestão do que essa criatura felina era.

— Você era maior quando nos vimos na última vez — arriscou ele, testando sua capacidade de adivinhação.

— Nós já nos conhecemos? — respondeu Mogget, bocejando. — Pobre de mim. Não consigo lembrar. Qual era seu nome?

Uma boa pergunta, pensou o homem. Ele não conseguia lembrar-se. Ele sabia quem era, em termos gerais, mas seu nome lhe fugia. Apesar disso, outros nomes e alguns lampejos de memória relativos ao que ele pensava ser seu passado recente lhe brotaram facilmente. Ele grunhia e fazia caretas quando eles lhe vinham à memória, e apertava seus pulsos com dor e raiva.

— Nome incomum — comentou Mogget. — Parece mais o nome de um urso, esse grunhido. Você se importa se eu lhe chamar Pedra de Toque?

— O quê! — exclamou o homem, afrontado. — Isso é o nome de um bobo! Como ousa...

— Não é adequado? — interrompeu Mogget friamente. — Você se lembra do que fez?

O homem ficou mudo, então, pois subitamente se lembrara, embora não soubesse por que o fizera ou que consequências aquilo tivera. Ele também se lembrou de que, já que este era o caso, não havia utilidade em tentar lembrar seu nome. Ele já não servia para usá-lo.

— Sim, eu me lembro. Você pode me chamar de Pedra de Toque. Mas eu devo chamá-lo de...

Ele sufocou, pareceu surpreso e depois tentou novamente.

— Você não vai conseguir pronunciá-lo — Mogget disse. — Um feitiço ligado à corrupção de... mas eu não posso dizê-lo, nem contar a ninguém a natureza dele ou como desfazê-lo. Você tampouco será capaz de falar sobre ele, e pode haver outros efeitos. Certamente, ele me afetou.

— Entendo — respondeu Pedra de Toque, soturnamente. Ele não tentou pronunciar o nome novamente. — Diga-me, quem governa o reino?

— Ninguém — disse Mogget.

— Uma regência, então. Isso porque talvez...

— Não. Não há regência. Ninguém reina. Ninguém governa. Houve uma regência no princípio, mas ela decaiu... com a ajuda recebida.

— O que você quer dizer com *no princípio*? — perguntou Pedra de Toque. — O que exatamente aconteceu? Onde eu estive?

— A regência durou cento e oitenta anos — Mogget proclamou. — A anarquia deteve o poder pelos últimos vinte, moderada pelo que alguns adeptos da lealdade sobreviventes podiam fazer. E você, meu rapaz, tem enfeitado a frente deste navio como uma lasca de madeira nos últimos duzentos anos.

— E a família?

— Toda morta e além do Último Portal, exceto um, que deveria estar morto. Você sabe a quem me refiro.

Por um momento, esta notícia pareceu fazer Pedra de Toque retornar à sua condição de madeira. Ele sentou-se gelado, apenas um ligeiro movimento de seu peito provando que a vida prosseguia. Depois, lágrimas começaram a brotar de seus olhos, e sua cabeça caiu lentamente de encontro a suas mãos viradas para o alto.

Mogget o observou sem simpatia, até que as costas do jovem cessaram seus arquejos e os ásperos gritos de angústia vindos de seu interior entre soluços ficaram mais calmos.

— Não adianta ficar chorando por isso — disse o gato asperamente. — Um monte de gente morreu tentando consertar as coisas. Quatro Abhorsens caíram apenas neste século, tentando lidar com os Mortos, as pedras quebradas e o... o problema original. Meu atual Abhorsen com certeza não ficará prostrado, chorando até acabar. Seja útil e ajude-a.

— Eu posso? — perguntou Pedra de Toque tristemente, enxugando o rosto com o cobertor.

— Por que não? — Mogget riu com desdém. — Vista-se, para começar. Há algumas coisas a bordo para você também. Espadas e congêneres.

— Mas eu não sei manejar armas imperiais...

— Faça o que lhe foi mandado — Mogget disse firmemente. — Imagine-se como a espada juramentada de Abhorsen, se isso faz com que se sinta melhor, embora nesta presente era você vá descobrir que o bom-senso é mais importante que a honra.

— Muito bem — murmurou Pedra de Toque, humildemente. Ele se levantou e vestiu as roupas de baixo e a camisa, mas não conseguiu fazer as calças passarem por suas coxas pesadamente musculosas.

— Há um saiote e perneiras numa das arcas aqui atrás — disse Mogget, depois de observar Pedra de Toque andando aos pulos numa perna só, a outra presa num couro apertado demais.

Pedra de Toque assentiu, despiu-se das calças e subiu pelo buraco, tomando cuidado para ficar tão longe de Mogget quanto possível. A meio caminho da escalada, parou, os braços apoiados em cada lado do vão.

— Você não vai contar a ela? — perguntou.

— Contar a quem? Contar o quê?

— Abhorsen. Por favor, farei tudo que puder para ajudar. Mas não foi intencional. Minha parte, quero dizer. Por favor, não conte a ela...

— Poupe-me de suas súplicas — disse Mogget, num tom de desgosto. — Eu não posso contar a ela. Você não pode contar a ela. A corrupção é ampla e o feitiço quase indiscriminado. Vá depressa, ela voltará logo. Contarei o resto de nossa atual saga enquanto você se veste.

Sabriel retornou da fonte sentindo-se mais saudável, limpa e feliz. Ela dormira bem e o banho matinal havia purificado seu sangue. Todos os ferimentos, inchaços e a queimadura solar haviam respondido bem aos tratamentos com ervas. Tudo considerado, ela sentia-se oitenta por cento normal, mais ou menos dez por cento funcional, e ansiava por ter alguma companhia no desjejum que não fosse o sardônico Mogget. Não que ele não tivesse suas utilidades, tais como vigiar seres humanos inconscientes ou adormecidos. Ele também assegurara a ela que havia testado o sinal da Ordem no homem-figura-de-proa, descobrindo que ele não fora inclinado pela Magia Livre ou pela necromancia.

Ela esperava que o homem ainda estivesse dormindo, por isso sentiu um vago arrepio de surpresa e ansiedade quando viu uma figura de pé junto à proa do navio, olhando para o outro lado. Por um segundo, sua mão deu um puxão em sua espada, e depois viu Mogget por perto, precariamente inclinado no parapeito do navio.

Ela se aproximou nervosamente, sua curiosidade moderada pela necessidade de ser prudente com estranhos. Ele parecia vestido de forma diferente. Parecia mais velho e de certo modo intimidante, particularmente por parecer ter desprezado as roupas comuns que ela lhe oferecera em troca de um saiote vermelho com listras douradas, combinando com perneiras douradas de listras vermelhas, que desapareciam dentro de botas altas de pele de corça castanho-avermelhada. Apesar disso, usava a sua camisa, e se preparava para vestir um gibão de couro vermelho. Este tinha mangas destacáveis e com cordões, que pareciam estar lhe proporcionando alguns problemas. Duas espadas se estendiam em bainhas de três quartos perto de seus pés, as pontas de punhais se projetando brilhantes a dez centímetros fora do couro. Um amplo cinturão com os ganchos apropriados circundava sua cintura.

— Malditos sejam esses cordões! — disse ele, quando ela estava a quase dez passos de distância. Uma voz bonita, bastante profunda, mas no momento frustrada e encolerizada ao máximo.

— Bom-dia — disse Sabriel.

Ele girou, deixando cair as mangas, quase se agachando até suas espadas, antes de se recuperar para transformar o movimento numa mesura, que culminava numa descida até o joelho.

— Bom-dia, senhora — disse ele energicamente, a cabeça inclinada, cuidadosamente evitando seu olhar. Ela notou que ele havia encontrado alguns brincos, grandes argolas douradas desajeitadamente enfiadas em lóbulos furados, pois estavam sangrando. Fora isso, tudo que ela conseguiu ver foi o topo de sua cabeça de cabelos anelados.

— Eu não sou "senhora" — disse Sabriel, pensando em qual dos princípios de etiqueta da srta. Prionte poderia se aplicar a esta situação. — Meu nome é Sabriel.

— Sabriel? Mas você é o Abhorsen — disse o homem lentamente. Ele não parecia muito brilhante, Sabriel pensou, com expectativas desanimadoras. Talvez fosse haver muito pouca conversa no desjejum, afinal.

— Não, meu pai é o Abhorsen — disse ela, lançando um olhar severo para Mogget, alertando-o para não interferir. — Eu sou uma espécie de substituta. É um pouquinho complicado, por isso explicarei depois. Qual é seu nome?

Ele hesitou e depois resmungou:

— Eu não consigo lembrar, senhora. Por favor, chame-me... chame-me de Pedra de Toque.

— Pedra de Toque? — perguntou Sabriel. Isso soou familiar, mas não conseguiu localizá-lo por um momento. — Pedra de Toque? Mas isso é o nome de um palhaço, o nome de um bobo. Por que chamar-se assim?

— É o que eu sou — disse ele apagadamente, sem inflexão.

— Bem, eu tenho que chamá-lo de alguma coisa — Sabriel continuou. — Pedra de Toque. Você sabe, há uma tradição de tolos sábios, então talvez nem seja tão ruim. Suponho que você pensa que é um tolo porque ficou aprisionado como uma figura de proa... e no reino da Morte, naturalmente.

— Na Morte! — exclamou Pedra de Toque. Ele se voltou e seus olhos cinzentos encontraram os de Sabriel. Surpreendentemente, ele tinha um olhar claro e inteligente. Talvez haja alguma esperança para ele, afinal de contas, ela pensou, quando explicou:

— Seu espírito estava de algum modo preservado além da fronteira da Morte e seu corpo preservado como a figura de proa de madeira. Tanto a necromancia quanto a Magia Livre deviam estar envolvidas nisso. Magia muito poderosa, nos dois casos. Estou curiosa pela maneira como foi usada em você.

Pedra de Toque olhou para longe novamente e Sabriel sentiu certa falsidade ou embaraço. Achou que a explicação posterior seria uma meia verdade, na melhor das hipóteses.

— Eu não me lembro muito bem — disse ele, lentamente. — Embora as coisas estejam voltando aos poucos. Eu sou... eu era... um guarda. Da Guarda Imperial. Houve alguma espécie de ataque à rainha... uma emboscada no... no patamar da escadaria. Lembro-me de ter lutado, com a espada e a Magia da Ordem... éramos todos Magos da Ordem, toda a guarda. Achei que estávamos seguros, mas houve traição... depois... eu estava aqui. Não sei como.

Sabriel ouviu cuidadosamente, pensando em quanto do que ele dissera era verdadeiro. Era provável que sua memória estivesse danificada, mas ele era possivelmente um guarda real. Talvez ele houvesse formado um diamante de proteção... o que podia ter sido a razão de seus inimigos poderem apenas aprisioná-lo, não matá-lo. Porém, certamente eles podiam ter esperado até que o diamante falhasse. Por que usar o bizarro método do aprisionamento? E, mais importante, como a figura de proa conseguira ser colocada neste mais protegido dos lugares?

Ela arquivou todas estas perguntas para investigação posterior, pois outro pensamento lhe ocorreu. Se ele era realmente um guarda real, a rainha que ele protegera devia ter sido morta e enterrada havia pelo menos duzentos anos e, com ela, todos e tudo que ele conhecera.

— Você foi um prisioneiro por longo tempo — disse ela amavelmente, incerta quanto à maneira de apresentar a informação. — Você... quero dizer, você... bem, o que eu quero dizer é que foi um tempo muito longo...

— Duzentos anos — sussurrou Pedra de Toque. — Seu servidor me contou.

— Sua família...

— Não tenho nenhuma — disse ele. Sua expressão era rígida, tão imóvel quanto a madeira esculpida do dia anterior. Cuidadosamente, estendeu a mão e sacou uma de suas espadas, oferecendo-a a Sabriel pelo cabo. — Eu a servirei, senhora, para lutar contra os inimigos do reino.

Sabriel não pegou a espada, embora sua argumentação a tivesse feito estender a mão pensativamente. Mas um pensamento momentâneo fechou sua palma aberta e seu braço caiu de lado. Ela olhou para Mogget, que estava observando os procedimentos com interesse descarado.

— O que você contou a ele, Mogget? — perguntou ela, a suspeita impregnando suas palavras.

— Contei sobre o estado do reino, de um modo geral — respondeu o gato. — Eventos recentes. Nossa queda neste lugar, mais ou menos. Seu dever de remediar a situação, como um Abhorsen.

— O Mordente? Ajudantes Sombrios? Corvos sanguinários? O adepto dos Mortos, seja ele quem for?

— Não especificamente — disse Mogget, animadamente. — Eu achei que ele poderia supor isso mesmo.

— Como pode ver — Sabriel disse, mais para raivosa —, meu "servidor" não foi totalmente honesto com você. Fui criada do outro lado do Muro, na Terra dos Ancestrais, por isso tenho uma ideia muito vaga do que está acontecendo. Há lacunas enormes no meu conhecimento do Reino Antigo, incluindo tudo da geografia, passando pela história, até a Magia da Ordem. Enfrentei alguns inimigos horrendos, provavelmente sob a direção global de um dos Mortos Maiores, um adepto da necromancia. E não vim para salvar o reino, mas apenas para encontrar meu pai, o Abhorsen verdadeiro. Por isso, não quero seu juramento ou serviço ou qualquer coisa parecida, particularmente porque acabamos de nos conhecer. Ficarei feliz se você nos acompanhar até a cercania mais próxima de civilização, mas não tenho nenhuma ideia do que farei depois disso. E, por favor, lembre-se que meu nome é Sabriel. Não senhora. Não Abhorsen. Agora, acho que é hora do desjejum.

Tendo dito isso, ela caminhou altivamente até a sua mochila, e começou a tirar dela alguma comida e uma pequena panela. Pedra de Toque ficou olhando-a fixamente por um momento, depois voltou à sua realidade, juntou suas espadas, vestiu o gibão sem mangas, amarrou as mangas ao seu cinturão e debandou para o grupo de árvores mais próximo.

Mogget seguiu-o até lá e ficou olhando-o pegar galhos secos e gravetos para fazer uma fogueira.

— Ela realmente cresceu na Terra dos Ancestrais — disse o gato. — Ela não percebe que recusar seu juramento é um insulto. E isso revela bastante sobre a ignorância dela. Esta é uma das razões pelas quais precisa da sua ajuda.

— Eu não consigo me lembrar de muita coisa — disse Pedra de Toque, partindo um galho em dois com considerável ferocidade. — Exceto de meu passado mais recente. Tudo o mais é como um sonho. Não tenho certeza se é real ou não, aprendido ou imaginado. E eu não fui insultado. Meu juramento não tem muito valor.

— Mas você vai ajudá-la — disse Mogget. Não era uma pergunta.

— Não — disse Pedra de Toque. — Ajuda é para iguais. Eu vou servi-la. É só para isso que sou bom.

Como Sabriel temia, houve pouca conversa durante o desjejum. Mogget saiu à procura de sua própria comida, e Sabriel e Pedra de Toque ficaram atrapalhados com uma única panela e uma única colher, por isso se revezaram no uso delas para comer metade do cozido. Mesmo aceitando esta dificuldade, Pedra de Toque estava incomunicável. Sabriel começou a fazer um monte de perguntas, mas como sua resposta padrão era "Sinto muito, não consigo lembrar", ela depressa desistiu.

— Eu suponho que você não lembre como sair deste sumidouro — perguntou ela exasperada, depois de um intervalo particularmente longo de silêncio. Mesmo para ela, isso soava como uma monitora se dirigindo a uma estudante malcomportada de doze anos.

— Não, sinto muito... — Pedra de Toque balbuciou automaticamente, e o canto de sua boca se ergueu com um momentâneo espasmo de prazer. — Espere! Sim, eu me lembro sim! Há uma escadaria oculta, ao norte do navio do rei Janeurl... oh, eu não consigo lembrar qual dos navios esse é...

— Há somente quatro navios perto da borda norte — Sabriel refletiu. — Ele não será muito difícil de achar. Como está sua memória para outra geografia... a do reino, por exemplo?

— Não tenho certeza — respondeu Pedra de Toque, prudentemente, baixando sua cabeça outra vez. Sabriel olhou para ele e tomou fôlego profundo para acalmar as contorções de raiva semelhantes às de uma enguia que lentamente ficavam cada vez maiores dentro dela. Ela conseguia desculpar sua memória falha. Afinal, isso era devido ao encarceramento mágico. Mas a maneira servil que a acompanhava parecia uma afetação. Ele era como um mau ator interpretando o mordomo, ou, melhor dizendo, como um não ator tentando incorporar um mordomo o melhor possível. Mas por quê?

— Mogget me traçou um mapa — disse ela, conversando tanto para acalmar-se quanto para obter alguma comunicação verdadeira. — Mas como ele aparentemente deixou a casa de Abhorsen somente por uns poucos fins de semana durante os últimos mil anos, até lembranças de duzentos anos...

Sabriel se interrompeu e mordeu os lábios, subitamente consciente de que sua irritação com ele a havia tornado malévola. Ele a olhou quando ela parou de falar, mas seu rosto não demonstrava nenhuma reação. Ainda poderia muito bem passar por um rosto esculpido em madeira.

– O que eu quero dizer é que... – Sabriel prosseguiu cuidadosamente – seria de muita ajuda se você pudesse me orientar quanto à melhor rota para Belisaere, e me dizer quais são os pontos de referência e lugares importantes no caminho.

Ela tirou o mapa do bolso especial na mochila e removeu o oleado protetor. Pedra de Toque pegou uma ponta enquanto ela o desenrolava e segurou seus dois cantos com pedras, enquanto Sabriel segurava os dela com o estojo do telescópio.

– Eu acho que nós estamos mais ou menos aqui – disse ela, fazendo com seu dedo um traçado que partia da casa de Abhorsen, seguindo o voo da Asa de Papel desde lá até um ponto um pouco ao norte do Delta do Ratterlin.

– Não – disse Pedra de Toque, parecendo decidido pela primeira vez, seu dedo apunhalando um ponto no mapa que ficava uns três centímetros ao norte do dedo de Sabriel. – Aqui onde estamos é Cova Santa. Está a apenas dez léguas da costa e na mesma latitude do Monte Anarson.

– Muito bom! – exclamou Sabriel, sorrindo, sua raiva se dissipando. – Você se lembra mesmo. Agora, qual é a melhor rota para Belisaere e a que distância fica?

– Eu não conheço as condições atuais, senho... Sabriel – Pedra de Toque respondeu. Sua voz ficou mais suave, mais submissa. – Pelo que Mogget diz, o reino se encontra num estado de anarquia. Cidadezinhas e aldeias podem não existir mais. Haverá bandidos, os Mortos, Magia Livre à solta, criaturas decaídas...

— Ignorando tudo isso, qual caminho você normalmente escolheria? — Sabriel perguntou.

— Partindo de Nestowe, a aldeia de pescadores aqui — Pedra de Toque disse, apontando para a costa ao leste de Cova Santa. — Iríamos para o norte passando por Shoreway, trocando de cavalos em postos de muda. Quatro dias até Callibe, um dia de descanso lá. Depois, pegaríamos a estrada do interior subindo para o Desfiladeiro de Oncet, seis dias contados até Aunden. Um dia de descanso em Aunden, e depois mais quatro dias para chegar a Orchyre. Dali, seria um dia de travessia em barca, ou dois dias a cavalo, até o Portão Ocidental de Belisaere.

— Mesmo sem os dias de descanso, isso daria dezoito dias a cavalo, no mínimo seis semanas de caminhada. É longo demais. Há algum outro caminho?

— Um navio, ou barco, partindo de Nestowe — interrompeu Mogget, erguendo-se altivamente por trás de Sabriel, para colocar sua pata firmemente sobre o mapa. — Se pudermos achar um e se algum de vocês puder conduzi-lo.

## capítulo quinze

A escadaria ficava ao norte do navio situado no meio dos quatro. Oculta tanto por magia quanto por artifício, parecia pouco mais que um trecho particularmente úmido da rocha calcária apodrecida que formava a parede do sumidouro, mas era possível atravessá-la, pois era realmente uma porta aberta com degraus subindo sinuosos logo após.

Eles decidiriam subir esses degraus na manhã seguinte, depois de mais um dia de descanso. Sabriel estava ansiosa por seguir adiante, pois sentia que o perigo que cercava seu pai podia estar apenas aumentando, mas era realista o bastante para avaliar sua própria necessidade de um tempo de recuperação. Pedra de Toque provavelmente também precisava de descanso, ela pensou. Tentou tirar mais informação dele com lisonjas enquanto procuravam pelos degraus, mas ele estava claramente relutante até em abrir a boca, e quando o fez, Sabriel achou suas humildes desculpas ainda mais irritantes. Depois que a porta foi encontrada, ela desistiu totalmente e sentou-se na relva junto à fonte, lendo os livros sobre Magia da Ordem de seu pai. O *Livro dos Mortos* permaneceu envolto pelo oleado. Mesmo assim, ela sentia sua presença, incubando em sua mochila...

Pedra de Toque ficou no extremo oposto do navio, perto da proa, executando uma série de exercícios de esgrima com suas espadas gêmeas, e alguns alongamentos e acrobacias menores. Mogget olhava-o da vegetação rasteira, os olhos verdes reluzindo, como se estivessem atentos a algum rato.

O almoço foi um fracasso em matéria de culinária e conversação. Tiras de carne seca, guarnecidas com agrião colhido das margens da fonte, e respostas monossilábicas de Pedra de Toque. Ele até voltou a dizer "senhora", a despeito dos pedidos repetidos de Sabriel para que usasse seu nome. Mogget não ajudava chamando-a de Abhorsen. Depois do almoço, cada um retornou às suas respectivas atividades. Sabriel voltou a seu livro, Pedra de Toque a seus exercícios e Mogget a seu posto de observação.

O jantar não foi nada que alguém esperasse com ansiedade. Sabriel tentou conversar com Mogget, mas ele parecia estar infectado pela atitude reticente de Pedra de Toque, embora não por seu servilismo. Assim que acabaram de comer, cada um deixou os carvões revolvidos da fogueira de acampamento – Pedra de Toque para o oeste, Mogget para o norte e Sabriel para o leste – e foi dormir no pedaço de chão mais confortável que poderia encontrar.

Sabriel acordou uma vez durante a noite. Sem levantar-se, viu que a fogueira havia sido reavivada e que Pedra de Toque estava sentado junto a ela, olhando fixamente para as chamas, seus olhos refletindo a luz de um vermelho-dourado que cabriolava. Seu rosto parecia abatido, quase doentio.

— Você está bem? — Sabriel perguntou baixinho, apoiando-se num cotovelo.

Pedra de Toque teve um sobressalto, recuou desequilibrado e quase caiu em cheio. Ao menos por uma vez, não parecia um criado aborrecido.

— Não muito. Lembro-me do que não queria e esqueço-me do que deveria lembrar-me. Perdoe-me.

Sabriel não respondeu. Ele dissera as duas últimas palavras para a fogueira, não para ela.

— Por favor, volte a dormir, senhora — Pedra de Toque continuou, retornando a seu papel servil. — Eu vou despertá-la pela manhã.

Sabriel abriu a boca para dizer alguma coisa ofensiva sobre a arrogância da humildade fingida, e depois fechou-a e afundou-se sob seu cobertor novamente. Concentre-se apenas no resgate de seu pai, ela dizia a si mesma. Esta é a única coisa importante. Salvar Abhorsen. Não se preocupe com os problemas de Pedra de Toque ou com a estranha natureza de Mogget. Salvar Abhorsen. Salvar Abhorsen. Salvar Abhorsen. Salvar Abhors... salvar...

— Acorde! — Mogget disse, bem ao pé de seu ouvido. Ela rolou, ignorando-o, mas ele transpôs sua cabeça com um salto e repetiu no outro ouvido. — Acorde!

— Já acordei — resmungou Sabriel. Ela sentou-se envolta no cobertor, sentindo o friozinho da pré-aurora em seu rosto e nas mãos. Estava ainda extremamente escuro, exceto pela luz desigual da fogueira e pelos fraquíssimos sinais da luz da aurora no alto do sumidouro. Pedra de Toque já estava fazendo o cozido. Ele também se lavara e se barbeara... usando uma espada, a julgar pelos talhos e cortes em seu queixo e pescoço.

— Bom-dia — disse ele. — Isto vai ficar pronto em cinco minutos, senhora.

Sabriel gemeu ao ouvir a palavra outra vez, pegou a sua camisa e as calças, e saiu cambaleando à procura de um arbusto apropriado a caminho da fonte, um trôpego esboço de ser humano enrolado num cobertor.

A água gelada da fonte completou o processo de despertar sem delicadeza, Sabriel se expondo a ela e ao ar mais quente nas margens por não mais que os dez segundos que levava para molhar-se sob a camisa, lavar-se e vestir-se novamente. Limpa, desperta e vestida, ela retornou à fogueira do acampamento e comeu sua porção do cozido. Depois, Pedra de Toque comeu, enquanto Sabriel se aprontou com a armadura, a espada e os sinos. Mogget estava deitado junto ao fogo, aquecendo sua barriga de pelos brancos. Não pela primeira vez, Sabriel pensou se ele teria realmente alguma necessidade de comer. Obviamente, gostava de comida, mas parecia comer mais por diversão que por sustento.

Pedra de Toque continuava sendo um criado depois do desjejum, limpando a panela e a colher, apagando o fogo e guardando tudo. Mas, quando ele estava prestes a colocar a mochila em suas costas, Sabriel o deteve.

— Não, Pedra de Toque. A mochila é minha. Eu a carrego, obrigada.

Ele hesitou, então a entregou a ela e a teria ajudado a colocá-la, mas Sabriel enfiara os braços nas correias e a mochila balançou para frente antes que ele pudesse pegá-la.

Meia hora depois, talvez a um terço do caminho de subida pela estreita escadaria de pedra entalhada, Sabriel se arrependeu de sua decisão de levar a mochila. Ela ainda não estava totalmente recuperada da colisão da Asa de Papel, e a escadaria era muito íngreme e tão estreita que tinha dificuldade para transpor as curvas espiraladas. A mochila parecia ficar espremida na parede externa ou interna, não importando qual caminho ela tomasse.

— Talvez a gente deva carregar a mochila em revezamento — disse ela relutantemente, quando pararam numa espécie de alcova para recuperar o fôlego. Pedra de Toque, que fazia o papel de guia, concordou e desceu alguns degraus para pegar a mochila. — Eu vou na frente, então — Sabriel acrescentou, flexionando suas costas e ombros, estremecendo ligeiramente com a camada de suor produzida pela mochila em suas costas, sentindo-se viscosa sob a armadura, a túnica, a camisa e a camiseta. Ela tirou a sua vela do suporte e subiu.

— Não — disse Pedra de Toque, bloqueando seu caminho. — Há guardas e guardiões nesta escadaria. Eu conheço as palavras e sinais para passar por eles. Você é o Abhorsen, por isso eles podem deixá-la passar, mas eu não tenho certeza disso.

— Sua memória deve estar voltando — Sabriel comentou, ligeiramente irritada por ser impedida. — Diga-me, esta escadaria é aquela que você mencionou quando disse que a rainha fora emboscada?

— Não — Pedra de Toque respondeu desenxabido. Ele hesitou, e depois acrescentou: — Essa escada era em Belisaere.

Dito isso, virou-se e continuou a subir os degraus. Sabriel seguiu, com Mogget em seus calcanhares. Agora que ela não estava oprimida pelo peso, sentia-se mais alerta. Observando Pedra de Toque, viu-o parar de vez em quando e murmurar algumas palavras em voz baixa. O tempo todo pairava sobre o lugar o débil toque, leve como pluma, da Magia da Ordem. Magia sutil, mais inteligente que no túnel abaixo. Mais difícil de detectar e provavelmente mais letal, Sabriel pensou. Agora que sabia que ela estava ali, também captou a vaga sensação da Morte. Esta escadaria testemunhara mortes por assassinato havia muito, muito tempo.

Finalmente, chegaram a uma grande câmara, com uma passagem de portas duplas num dos lados. A luz a penetrava por um grande número de pequenos buracos circulares no telhado, ou como Sabriel logo viu, por uma rótula encoberta que uma vez fora aberta para o ar e o céu.

— Aquela é a porta de saída — disse Pedra de Toque, desnecessariamente. Ele apagou sua vela, pegou a de Sabriel, agora pouco mais que um toco de cera, e colocou as duas num bolso costurado na frente do saiote. Sabriel pensou em fazer uma piada com a cera quente e seu potencial de dano, mas pensou melhor. Pedra de Toque não era do tipo brincalhão.

— Como ela se abre? — perguntou Sabriel, apontando a porta. Ela não conseguia ver maçaneta, cadeado ou chave alguma. Ou quaisquer dobradiças, por falar nisso.

Pedra de Toque ficou em silêncio, os olhos desfocados e arregalados, e depois riu, um risinho amargo.

— Eu não me lembro! Subir toda a escada, dizer todas as palavras e fazer todos os sinais... e agora, tudo inútil! Inútil!

— Ao menos você nos fez subir os degraus — Sabriel salientou, assustada com a violência de seu autodesprezo. — Eu ainda estaria sentada junto à fonte, vendo-a borbulhar, se você não tivesse nos acompanhado.

— Você teria encontrado a saída — Pedra de Toque murmurou. — Ou Mogget a acharia. Madeira! Sim, é isso que eu mereço ser...

— Pedra de Toque — interveio Mogget, silvando. — Cale a boca. Você está aqui para servir, lembra-se?

— Sim — respondeu Pedra de Toque, visivelmente reduzindo o seu ofegar, recompondo o seu rosto. — Sinto muito, Mogget. Senhora.

— Por favor, por favor, só Sabriel — disse ela, exausta. — Eu acabei de sair da escola... tenho só dezoito anos! Chamar-me de *senhora* soa ridículo.

— Sabriel — Pedra de Toque disse de modo experimental. — Eu tentarei me lembrar. "Senhora" é um hábito... faz-me lembrar de meu lugar no mundo. É mais fácil para mim...

— Eu não me importo com o que é mais fácil para você! — Sabriel respondeu asperamente. — Não me chame de *senhora* e pare de agir como um imbecil! Seja apenas você mesmo. Comporte-se normalmente. Eu não preciso de um valete, eu preciso de um... amigo útil.

— Muito bem, Sabriel — Pedra de Toque disse, com ênfase cuidadosa. Ele estava furioso agora, mas ao menos era uma melhora com relação ao servil, Sabriel pensou.

— Agora — disse ela ao sorridente Mogget. — Você tem alguma ideia do que fazer com essa porta?

— Só uma — respondeu Mogget, deslizando entre as pernas dela e subindo em direção à linha fina que demarcava a divisão entre as duas folhas da porta. — Empurrem. Um de cada lado.

— Empurrar?

— Por que não? — disse Pedra de Toque, dando de ombros. Ele assumiu uma posição, e fez força contra o lado esquerdo da porta, as palmas das mãos encostadas na madeira reforçada com metal. Sabriel hesitou, depois fez o mesmo contra o lado direito.

— Um, dois, três, empurrar! — proclamou Mogget.

Sabriel empurrou ao ouvir o "três" e Pedra de Toque ao ouvir o "empurrar", por isso seus esforços combinados levaram vários segundos para se sincronizarem. Então, as folhas se abriram lenta e estrepitosamente, a luz do sol entrando por uma barra clara, subindo do chão ao teto, partículas de poeira dançando em sua progressão.

— Sensação estranha — disse Pedra de Toque, a madeira cantando baixinho sob suas mãos como cordas de alaúde tangidas.

— Ouço vozes — exclamou Sabriel ao mesmo tempo, seus ouvidos cheios de palavras entreouvidas, risadas, cantos distantes.

— Prevejo problemas — sussurrou Mogget, tão suavemente que suas palavras se perderam.

Depois, as portas se abriram. Eles entraram, protegendo os olhos contra o sol, sentindo a brisa fria penetrar em sua pele, o odor fresco de pinheiros limpando de suas narinas a poeira do subterrâneo. Mogget espirrou rapidamente três vezes e correu de um lado para outro num círculo fechado. As portas se fecharam atrás deles, tão silenciosa e inexplicavelmente como tinham sido abertas.

Estavam numa pequena clareira no meio de uma floresta de pinheiros ou numa plantação, pois as árvores eram regularmente espaçadas. As portas atrás deles ficavam ao lado de um outeiro baixo de turfa e arbustos mirrados. Agulhas de pinheiro forravam o chão, pinhas apontavam a cada passo, como caveiras reviradas em algum antigo campo de batalha.

— A floresta da Vigia — disse Pedra de Toque. Ele respirou fundo várias vezes, olhou para o céu e suspirou. — Estamos no inverno, eu acho. Ou no começo da primavera?

— Inverno — respondeu Sabriel. — Estava nevando bem fortemente, lá para trás do Muro. Parece estar bem mais ameno aqui.

— A maior parte do Muro, dos Rochedos Longos e da Casa de Abhorsen fica no platô do extremo sul ou dele faz parte — Mogget explicou. — O platô está entre trezentos e seiscentos metros acima da planície costeira. Na verdade, a área em torno de Nestowe, para onde estamos indo, fica em sua maior parte abaixo do nível do mar e foi recuperada.

— Sim — disse Pedra de Toque. — Eu me lembro. O Dique Longo, os canais suspensos, as bombas de ar para erguer a água...

— Vocês dois estão muito informativos, para variar — observou Sabriel. — Poderia um dos dois se dignar a me dizer alguma coisa que eu realmente queira saber, como o que são as Grandes Ordens?

— Eu não posso — Mogget e Pedra de Toque falaram juntos. Depois, Pedra de Toque continuou, vacilante: — Há um feitiço... uma interdição em nós. Mas alguém que não seja um Mago da Ordem, ou ligado de outro modo à Ordem, pode ser capaz de falar. Uma criança, talvez, batizada com o sinal da Ordem, mas não desenvolvida em termos de poder.

— Você é mais inteligente do que eu pensava — comentou Mogget. — Não que isso signifique muito.

— Uma criança — disse Sabriel. — Por que uma criança saberia?

— Se você tivesse tido uma educação apropriada, saberia também — disse Mogget. — Um desperdício de prata, essa sua escola.

— Talvez — concordou Sabriel. — Mas agora que conheço mais do Reino Antigo, suspeito que ter frequentado a escola na Terra dos Ancestrais salvou a minha vida. Mas basta com isso. Que caminho pegaremos agora?

Pedra de Toque olhou para o céu, azul sobre a clareira, escuro onde os pinheiros se fechavam. O sol estava apenas visível sobre as árvores, talvez atrasado em uma hora de seu zênite ao meio-dia. Pedra de Toque olhou dele para as sombras das árvores, e depois apontou:

— Para o leste. Deve haver lá uma série de Pedras da Ordem, levando daqui até o limite no extremo leste da floresta da Vigia. Este lugar é pesadamente protegido com magia. Há... ou havia... muitas pedras.

As pedras ainda estavam lá, e depois da primeira, alguma espécie de rastro de animal que vagueou de uma pedra a outra. Era frio sob os pinheiros, mas agradável, a constante presença das Pedras da Ordem dava uma sensação tranquilizadora para Sabriel e Pedra de Toque, que conseguiam senti-las como faróis num mar de árvores.

Havia sete pedras ao todo e nenhuma delas estava quebrada, embora Sabriel sentisse uma estocada de tensão nervosa toda vez que deixavam o âmbito de uma delas e se moviam para outra, um quadro nítido sempre lampejando em sua cabeça — a pedra partida e manchada de sangue do monte Crista Rachada.

A última pedra se erguia bem à beira do pinheiral, no topo de um penhasco de granito de vinte e cinco a trinta e cinco metros de altura, assinalando o limite do extremo leste e o fim das elevações.

Eles se aproximaram da pedra e olharam para longe, para a enorme extensão de mar azul-cinzento, coroada de branco, inquieta, sempre rolando para a praia. Abaixo deles, avistaram os planos e afundados campos de Nestowe, mantidos por uma cadeia de canais, bombas e diques erguidos. A aldeia propriamente dita situava-se a mais ou menos um quilômetro e duzentos metros de distância, no alto de outro penhasco de granito, o porto do outro lado vedado à visão.

— Os campos estão inundados — disse Pedra de Toque, num tom intrigado, como se não pudesse acreditar no que estava vendo.

Sabriel seguiu seu olhar e viu que o que tomara por alguma plantação era na verdade aluvião e água, assentando-se tepidamente onde o alimento antes crescia. Moinhos de vento, energia para as bombas, permaneciam silenciosos, cataventos em forma de trevos ainda mantinham-se no topo das torres armadas, muito embora uma brisa sobrecarregada de sal soprasse do mar.

— Mas as bombas eram enfeitiçadas pela Ordem! — Pedra de Toque exclamou. — Para obedecer ao ar, para trabalhar sem problemas...

— Não há gente nos campos, ninguém neste lado da aldeia — Mogget acrescentou, seus olhos mais penetrantes que o telescópio que havia na mochila de Sabriel.

— A Pedra da Ordem de Nestowe deve estar quebrada — disse Sabriel, boca franzida, frio na voz. — E eu sinto um mau cheiro na brisa. Há Mortos na aldeia.

— Um barco seria o meio mais rápido para chegar a Belisaere e tenho razoável confiança em meu velejar — observou Pedra de Toque. — Mas, se os Mortos estão lá, não deveríamos...?

— Desceremos e pegaremos um barco — Sabriel anunciou firmemente. — Enquanto o sol estiver no céu.

## capítulo dezesseis

Havia uma trilha pavimentada que cruzava os campos inundados, mas estava submersa até os tornozelos, com ocasionais afundamentos sorrateiros até a altura das coxas. Só os drenos dos canais se erguiam bem acima da água, e todos eles levavam para o leste, não na direção da aldeia, por isso Sabriel e Pedra de Toque foram forçados a vadear pela trilha. Mogget, naturalmente, foi de montaria, sua forma esguia pendurada no pescoço de Sabriel como uma pele branca de raposa.

Água e lama, misturadas com uma trilha incerta, faziam com que a caminhada fosse lenta. Levou uma hora para cobrir menos de um quilômetro e meio, por isso a tarde já avançara mais do que Sabriel teria desejado quando eles finalmente saíram da água, subindo pelas bordas do monte rochoso da aldeia. Ao menos o céu está claro, Sabriel pensou, relanceando um olhar para o alto. O sol de inverno não estava particularmente quente e não podia ser descrito como flamejante, mas certamente impediria os afins aos Mortos Maiores de se aventurarem fora de casa.

Apesar disso, subiram cuidadosamente para a aldeia, espadas afrouxadas, Sabriel com uma mão sobre os sinos. A trilha serpenteava numa série de degraus esculpidos na rocha, reforçados aqui e ali com tijolos e argamassa. A aldeia se aninhava apropriadamente no topo do penhasco — cerca de trinta confortáveis bangalôs de tijolo, com telhados de madeira, alguns pintados com cores vivas, outros apagados, e outros simplesmente cinzentos e desgastados pelas intempéries.

Estava completamente silenciosa, exceto pelas estranhas rajadas de vento ou o grito queixoso de alguma gaivota que deslizasse pelo ar. Sabriel e Pedra de Toque aproximaram-se juntos, caminhando quase ombro a ombro pelo que passava por ser uma rua central, as espadas desembainhadas agora, os olhos relanceando por sobre as portas fechadas e janelas tapadas. Ambos se sentiam inquietos, nervosos — uma sensação desagradável, formigante e arrepiante que lhes subia pela espinha até a nuca, chegando ao sinal da Ordem na testa. Sabriel também sentia a presença de coisas mortas. De Mortos Maiores, escondendo-se da luz do sol, movendo-se furtivamente em algum ponto próximo, numa casa ou num porão.

No fim da rua principal, no ponto mais alto do penhasco, uma Pedra da Ordem se erguia num trecho de gramado cuidadosamente inclinado. Metade da pedra havia sido aparada, pedaços quebrados e caídos, cacos negros sobre turfa verde. Um corpo jazia em frente à pedra, mãos e pés atados, o corte de fora a fora na garganta um claro sinal de onde o sangue viera — o sangue para o sacrifício que quebrara a pedra.

Sabriel se ajoelhou junto ao corpo, os olhos desviados da pedra quebrada. Esta fora arruinada só recentemente, ela sentiu, mas a porta para os Mortos já estava escancarada. Quase podia sentir o frio das correntezas além, chegando até as cercanias da pedra, sugando calor e vida do ar. Coisas vagavam furtivamente por ali também, ela sabia, bem junto à fronteira. Ela sentia sua fome de vida, sua impaciência para que a noite caísse.

Tal como esperava, o cadáver era de um Mago da Ordem, morto havia não mais que três ou quatro dias. Mas ela não esperava que a pessoa morta fosse uma mulher. Ombros largos e uma compleição musculosa haviam-na enganado por um momento, mas lá estava uma mulher de meia-idade diante dela, os olhos fechados, a garganta cortada, o cabelo castanho curto empastado de sal marinho e sangue.

— A curandeira da aldeia — disse Mogget, apontando com o nariz para um bracelete em seu pulso. Sabriel empurrou as amarras das cordas de lado para olhar melhor. O bracelete era de bronze com sinais da Ordem marchetados de pedra verde. Sinais mortos agora, pois o sangue secara sobre o bronze, e não havia pulsação na pele sob o metal.

— Ela foi morta há três ou quatro dias — proclamou Sabriel. — A pedra foi quebrada ao mesmo tempo.

Pedra de Toque voltou os olhos para ela e concordou soturnamente, e depois recomeçou a observar as casas do lado oposto. Suas espadas pendiam frouxas em suas mãos, mas Sabriel notou que seu corpo todo estava tenso, como um brinquedo de mola comprimido, pronto para saltar.

— Quem quer que seja... o que quer que seja... que a tenha matado e quebrado a pedra não escravizou seu espírito — Sabriel acrescentou baixinho, como se pensasse consigo mesma. — Por que será?

Nem Mogget nem Pedra de Toque responderam. Por um momento, Sabriel pensou em interrogar a própria mulher, mas seu desejo impetuoso de viagens para o interior da Morte havia saudavelmente arrefecido pela recente experiência. Em vez disso, cortou as amarras e ajeitou-a o melhor que pôde, terminando por deixá-la numa espécie de posição fetal de sono.

— Não sei seu nome, curandeira — Sabriel sussurrou. — Mas espero que você rapidamente ultrapasse o Último Portal. Adeus.

Ela recuou e traçou os sinais da Ordem que simbolizavam pira funeral sobre o cadáver, sussurrando os nomes dos sinais ao fazê-lo. Porém, seus dedos se remexeram, atrapalhados, e as palavras desapareceram. A influência maléfica da pedra quebrada fazia pressão sobre ela, como um lutador prendendo seus pulsos, comprimindo seu queixo. O suor gotejava em sua testa e a dor se espalhava por seus membros, suas mãos tremiam devido ao esforço, sua língua desajeitada, parecia inchada na boca subitamente seca.

Então sentiu a ajuda chegando, a força entrando nela, reforçando os sinais, firmando suas mãos, limpando a sua voz. Completou a litania e uma faísca explodiu sobre a mulher, tornou-se uma chama retorcida, depois cresceu para tornar-se uma feroz labareda de um branco ardente que percorreu a extensão do seu corpo, consumindo-o totalmente, para deixar apenas cinzas, carga leve para os ventos marítimos.

A força extra vinha da mão de Pedra de Toque, sua palma aberta ligeiramente pousada em seu ombro. Quando ela se endireitou, o toque se perdeu. Quando Sabriel se virou, Pedra de Toque estava acabando de sacar a espada de sua mão direita, os olhos fixos nas casas — como se não tivesse nada a ver com a ajuda prestada.

— Obrigada — disse Sabriel. Pedra de Toque era um poderoso Mago da Ordem, talvez tão forte quanto ela. Isso a surpreendeu, embora ela não conseguisse saber por quê. Ele não fizera segredo de ser um Mago da Ordem, ela só supusera que ele devia saber apenas um pouquinho dos sinais e feitiços mais relacionados a lutas. Pequenos truques mágicos.

— Devemos nos apressar — disse Mogget, vagueando para trás e para frente por agitação, evitando cuidadosamente os fragmentos da pedra quebrada. — Achar um barco e lançar-nos ao mar antes que a noite caia.

— O porto é por ali — acrescentou Pedra de Toque rapidamente, apontando com a espada. Tanto ele quanto o gato pareciam muito ansiosos por deixar a área em torno da pedra quebrada, pensou Sabriel. Mas ela também estava assim. Mesmo à luz clara do dia, a pedra parecia obscurecer a cor em torno dela. O gramado já estava mais amarelo que verde, e até as sombras pareciam mais densas e mais abundantes do que deveriam ser. Ela estremeceu, lembrando-se de Crista Rachada e da coisa chamada Thralk.

O porto ficava no lado extremo norte do penhasco, ao qual se chegava subindo outra série de degraus no monte rochoso, ou, em caso de carga, por meio de um dos guindastes de pernas curtas que se alinhavam à beira do penhasco. Longos desembarcadouros de madeira se lançavam na água azul-esverdeada, protegidos a sota-vento por uma ilha rochosa, uma irmã menor do penhasco da aldeia. Um longo quebra-mar de enormes blocos de pedra juntava a ilha e a praia, completando a proteção do porto contra o vento e as ondas.

Não havia barcos atracados no porto, amarrados aos desembarcadouros, nem junto ao muro portuário. Nem mesmo um escaler, erguido para conserto. Sabriel parou nos degraus, olhando para baixo, a mente temporariamente vazia de projetos. Ela apenas observou o revolver do mar em torno do amontoado de cracas nos desembarcadouros; as sombras que se moviam no azul, acusando a presença de peixinhos que aprendiam a sua especialidade. Mogget sentou-se junto a seus pés, farejando o ar, silencioso. Pedra de Toque ficou numa posição mais elevada, atrás dela, vigiando a retaguarda.

– E agora? – perguntou Sabriel, indicando genericamente o porto vazio lá embaixo, o seu braço se movendo com o mesmo ritmo da onda, em seu perpétuo declive sobre a madeira e a pedra.

– Há pessoas na ilha – Mogget disse, os olhos se fendendo contra o vento. – E barcos atracados entre os dois afloramentos de rocha a sudoeste.

Sabriel olhou, mas não viu nada, até que tirou o telescópio da mochila nas costas de Pedra de Toque. Ele ficou completamente imóvel enquanto ela esquadrinhava ao redor, tão silencioso quanto a aldeia vazia. Bancando a madeira novamente, Sabriel pensou, mas ela realmente não se importava. Ele estava sendo prestativo, sem metaforicamente erguer o topete a todo momento.

Pelo telescópio, ela viu que Mogget tinha razão. Havia vários barcos parcialmente ocultos entre dois esporões de rocha, e alguns ligeiros sinais de habitação: um vislumbre de um varal, ondulando no canto de uma rocha alta; a momentânea visão de movimento entre duas das seis ou sete construções de madeira que se aninhavam no lado sudoeste da ilha.

Dirigindo seus olhos para o quebra-mar, Sabriel seguiu a sua extensão. Como ela de certo modo esperava, havia um vão bem no meio dele, onde o mar se precipitava com considerável força. Uma pilha de madeira no lado do quebra-mar próximo à ilha indicava que ali havia existido uma ponte, hoje removida.

— Parece que os moradores da aldeia fugiram para a ilha — disse ela, baixando o telescópio. — Há um vão no quebra-mar, para manter a água correndo entre a ilha e a praia. Uma defesa ideal contra os Mortos. Eu acho que nem um Mordente se atreveria a cruzar a água profunda da maré...

— Vamos embora, então — resmungou Pedra de Toque. Ele parecia outra vez nervoso, excitado. Sabriel olhou para ele, e depois para cima de sua cabeça, e viu por que ele estava assim. Nuvens vinham rolando do lado sudeste, por trás da aldeia — nuvens escuras, carregadas de chuva. O ar estava calmo, mas agora que havia visto as nuvens, Sabriel reconhecia que era a calma que antecede a chuva pesada. O sol não iria protegê-los por muito tempo mais, e a noite viria antes do esperado.

Sem precipitação, ela desceu os degraus, na direção do porto, e depois caminhou ao longo do quebra-mar. Pedra de Toque seguiu-a mais lentamente, virando-se a cada um dos degraus para vigiar a retaguarda. Mogget fez o mesmo, seu pequeno rosto de gato continuamente olhando para trás, perscrutando as casas.

Atrás deles, os postigos se abriram ligeiramente e olhos descarnados observaram da segurança das sombras, acompanharam o trio marchando para o quebra-mar, ainda banhado pela áspera luz do dia, flanqueado por ondas de água terrível que se moviam rapidamente. Dentes apodrecidos e corroídos trituraram e rangeram nas bocas esqueléticas. Bem recuadas das janelas, sombras mais escuras que aquelas jamais lançadas pela luz se retorceram de frustração, de raiva e de medo. Todas conheciam quem acabara de passar.

Uma dessas sombras, selecionada ao acaso e coagida por seus pares, desistira da existência na Vida com um grito silencioso, desaparecendo no interior da Morte. O mestre das sombras estava a muitos, muitos quilômetros de distância e o meio mais rápido de chegar a ele era a Morte. Naturalmente, com a mensagem entregue, o mensageiro caiu nos Portais para a total extinção. Mas o mestre não se importava com isso.

O vão no quebra-mar provou ter pelo menos quatro metros e meio de largura e a água dava o dobro da altura de Sabriel, o mar se encapelava com uma dura agressividade. Era também protegido por arqueiros que ficavam na ilha, como descobriram quando uma flecha atingiu as pedras em frente a eles e caiu rápido dentro do mar.

Imediatamente, Pedra de Toque se colocou à frente de Sabriel e ela sentiu o fluxo da Magia da Ordem vindo de sua direção, suas espadas delineando um grande círculo no ar em frente a ambos. Linhas fosforescentes seguiram o rastro das espadas, até que um círculo brilhante pairou no ar.

Quatro flechas vindas da ilha. Uma, atingindo o círculo, simplesmente desapareceu. As outras três falharam completamente, atingindo as pedras ou o mar.

— Proteção contra flechas — disse Pedra de Toque, ofegante. — Efetivo, mas difícil de sustentar. Devemos recuar?

— Ainda não — respondeu Sabriel. Ela sentia os Mortos se agitando na aldeia por trás deles e conseguia ver os arqueiros agora. Havia quatro deles, dois pares, cada um atrás de uma das grandes pedras ressaltadas que assinalavam o ponto de junção entre o quebra-mar e a ilha. Pareciam jovens, nervosos, e já haviam provado ser uma pequena ameaça. — Parem! — gritou Sabriel. — Nós somos amigos!

Não houve resposta, mas os arqueiros não dispararam suas flechas apontadas.

— Qual é o título que se dá ao líder da aldeia, quero dizer, habitualmente? Como são chamados? — Sabriel sussurrou apressadamente para Pedra de Toque, mais uma vez desejando saber mais sobre o Reino Antigo e seus costumes.

— No meu tempo... — Pedra de Toque respondeu lentamente, suas espadas retraçando a proteção contra flechas, sua atenção voltada mais para isso — ... no meu tempo era Ancião, para esse tipo de aldeia.

— Queremos falar com seu Ancião! — gritou Sabriel. Ela apontou para a fachada de nuvens que avançava por trás dela, e acrescentou: — Antes que a escuridão caia!

— Esperem! — Veio a resposta, e um dos arqueiros se afastou correndo das pedras, subindo na direção das construções. Mais de perto, Sabriel percebeu que eram provavelmente casas de barcos ou algo parecido.

O arqueiro retornou em poucos minutos, um homem idoso cambaleando sobre as rochas atrás dele. Os outros três arqueiros, vendo-o, baixaram seus arcos e recolocaram as setas nas aljavas. Pedra de Toque, ao ver isso, cessou de manter a proteção contra flechas. Ela pairou no ar por um momento e depois se dissipou, deixando um arco-íris fugaz.

O Ancião era assim denominado por boas razões, justificando o título, eles viram, quando veio coxeando ao longo do quebra-mar. Os longos cabelos brancos sopravam como frágeis teias de aranha em torno de sua magra face enrugada e ele se movia com a intenção deliberada dos muito idosos. Parecia destemido, talvez possuído pela coragem desinteressada de alguém já próximo à morte.

— Quem são vocês? — perguntou ele, quando chegou ao vão, ficando acima das águas turbulentas tal como algum profeta de lenda, seu manto de alaranjado intenso se agitando em torno dele, soprado pelo vento que se erguia. — O que vocês querem?

Sabriel abriu a boca para responder, mas Pedra de Toque já havia começado a falar. Bem alto.

— Eu sou Pedra de Toque, espadachim juramentado a serviço de Abhorsen, que está diante de você. Flechas são sua maneira de dar boas-vindas a gente como nós?

O idoso ficou em silêncio por um momento, seus olhos penetrantes focalizados em Sabriel, como se ele pudesse desmascarar qualquer falsidade ou ilusão só pelo olhar. Sabriel sustentou seu olhar, mas do canto de sua boca ela sussurrou para Pedra de Toque:

— O que o faz pensar que pode falar por mim? Uma aproximação amigável não seria melhor? E desde quando você é meu juramentado...?

Ela parou, quando o homem limpou a garganta para falar e cuspiu na água. Por um momento, ela pensou que isso fosse sua resposta, mas como nem os arqueiros nem Pedra de Toque reagiram, era obviamente coisa sem importância.

— Estes são tempos ruins — disse o Ancião. — Fomos forçados a deixar nossas lareiras em troca de barracões de defumação, calor e conforto em detrimento de ventos marítimos e fedor de peixe. Muitas das pessoas de Nestowe estão mortas... ou coisa pior. Estranhos e viajantes são raros em tempos assim e não são sempre aquilo que aparentam ser.

— Eu sou o Abhorsen — disse Sabriel relutantemente. — Inimigo dos Mortos.

— Eu me lembro — respondeu o idoso lentamente. — Abhorsen veio aqui quando eu era jovem. Veio destruir as assombrações que o mercador de especiarias trouxe, que a Ordem o amaldiçoe. Abhorsen. Eu me lembro dessa capa que você está usando, azul como o mar profundo, com as chaves de prata. Havia também uma espada...

Ele calou-se, em expectativa. Sabriel ficou em silêncio, esperando que ele prosseguisse.

— Ele quer ver a espada — Pedra de Toque disse, a voz desenxabida, depois do silêncio por demais prolongado.

— Oh — respondeu Sabriel, ruborizando.

Era completamente óbvio. Cuidadosamente, como se para não alarmar os arqueiros, ela sacou a espada, erguendo-a em direção ao sol para que os sinais da Ordem pudessem ser claramente vistos, dançarinos de prata sobre a lâmina.

— Sim — suspirou o Ancião, os velhos ombros pendendo com alívio. — Esta é a espada. Enfeitiçada pela Ordem. Ela é o Abhorsen.

Ele se virou e titubeou na direção dos arqueiros, a voz desgastada crescendo para se transformar na saudação do fantasma de algum pescador sobre as águas.

— Venham, vocês quatro. Rápido com a ponte. Temos visitas! Ajuda, finalmente!

Sabriel lançou um olhar de relance para Pedra de Toque, erguendo suas sobrancelhas para as implicações das duas últimas palavras do homem. Surpreendentemente, Pedra de Toque encarou seu olhar e sustentou-o.

— É tradicional para alguém de alta posição, tal como você, ser anunciado por seu espadachim juramentado — disse ele baixinho. — E o único meio aceitável de eu viajar com você é esse. Do contrário, as pessoas vão supor que somos, na melhor hipótese, amantes ilícitos. Ter seu nome associado ao meu de tal maneira rebaixaria você perante a maior parte dos olhares. Compreende?

— Ah — respondeu Sabriel, engolindo seco, sentindo o rubor do embaraço voltar e se espalhar de seu rosto a seu pescoço. Aquilo se parecia bastante com receber uma das mais severas repreensões sociais da srta. Prionte. Ela não tinha nem pensado que aparência isso teria, os dois viajando juntos. Certamente, na Terra dos Ancestrais, seria considerado vergonhoso, mas ali era o Reino Antigo, onde as coisas eram diferentes. Mas só algumas coisas, ao que parecia.

— Lição duzentos e sete — murmurou Mogget de algum lugar próximo a seus pés. — Três entre dez. Eu estou pensando se eles não terão algum bacalhauzinho recém-pescado? Eu gostaria de um pequenino, ainda se mexendo...

— Fique quieto! — interrompeu Sabriel. — Melhor você fingir ser um gato normal, por enquanto.

— Muito bem, senhora. Abhorsen — Mogget respondeu, afastando-se com um andar altivo para o outro lado de Pedra de Toque.

Sabriel estava quase respondendo ofensivamente quando ela viu a mais débil das curvas no canto da boca de Pedra de Toque. Pedra de Toque? Sorrindo? Surpresa, ela tropeçou na resposta incisiva em sua língua, depois a esqueceu totalmente, enquanto os quatro arqueiros se esforçavam para erguer uma tábua sobre o vão, a ponta batendo na pedra com uma pancada alarmante.

— Por favor, atravessem depressa — disse o Ancião, enquanto os homens firmavam a tábua. — Há muitas criaturas decaídas na aldeia agora e temo que o dia esteja quase terminando.

Confirmando as suas palavras, uma nuvem sombria caiu sobre eles enquanto ele falava, e o cheiro fresco de chuva grossa misturou-se com o cheiro úmido e salgado do mar. Sem precipitação, Sabriel passou depressa por sobre a tábua, Mogget atrás dela, e Pedra de Toque cuidando da retaguarda.

## capítulo dezessete

Todos os sobreviventes de Nestowe estavam reunidos no maior de todos os barracos de defumação de peixe, excetuando o turno de arqueiros do momento que vigiava o quebra-mar. Eles eram cento e vinte e seis aldeões na semana anterior — agora, eram apenas trinta e um.

— Havia trinta e dois até a manhã de hoje. — O Ancião disse a Sabriel, enquanto lhe estendia uma xícara de vinho passável e uma posta de peixe seco no topo de um pedaço de pão muito duro, muito rançoso. — Pensávamos que estávamos a salvo quando chegamos à ilha, mas o filho de Monjer Stowart foi encontrado hoje logo após a aurora, sugado até ressecar como palha de milho. Quando o tocamos, era como se ele fosse... papel queimado, que ainda conserva a sua forma... nós o tocamos e ele se desmanchou em flocos de... alguma coisa parecida com cinzas.

Sabriel olhava ao redor enquanto o homem falava, notando os muitos lampiões, velas e círios improvisados que forneciam tanto a luz quanto a esfumaçada atmosfera recendendo a peixe do barraco. Os sobreviventes formavam um grupo muito heterogêneo — homens, mulheres e crianças, desde os muito jovens até o próprio Ancião. Sua única característica em comum era o medo que atormentava seus rostos, o medo que transparecia em seus nervosos movimentos abruptos.

— Nós achamos que um deles está aqui — disse uma mulher, sua voz há muito situada além do medo, raiando pelo fatalismo. Ela estava sozinha, acompanhada pelo vazio espaço da tragédia. Sabriel imaginou que ela havia perdido a família. Maridos, filhos, talvez pais e irmãos também, porque não tinha mais que quarenta anos. — Ele vai levar-nos, um por um — prosseguiu a mulher, secamente, sua voz enchendo o barraco com certeza fatalista. Em torno dela, as pessoas se misturavam, contraindo-se, sem olhar para ela, como se fitar seus olhos fosse aceitar suas palavras. A maioria olhava para Sabriel e ela via a esperança em seus olhos. Não fé cega ou completa confiança, mas a esperança de um apostador que espera que um novo cavalo possa mudar uma série de derrotas.

— O Abhorsen que veio aqui quando eu era jovem — continuou o Ancião, e Sabriel viu que, em sua idade, era lembrança apenas sua, entre todos os aldeões. — Esse Abhorsen me revelou que seu propósito era eliminar os Mortos. Ele nos salvou das assombrações que chegaram com a caravana do mercador. Ainda é a mesma coisa, senhora? Abhorsen vai nos salvar dos Mortos?

Sabriel refletiu por um momento, seu pensamento vagueando pelas páginas do *Livro dos Mortos*, sentindo-o agitar-se na mochila que se estendia a seus pés. Seus pensamentos se desviaram para o seu pai, para a iminente viagem a Belisaere e para a maneira com a qual os Mortos pareciam estar armados contra ela por alguma mente controladora.

— Vou garantir que esta ilha fique livre dos Mortos — disse ela por fim, falando claramente para que todos pudessem ouvi-la. — Mas não posso libertar a aldeia em terra firme. Há um mal maior em atividade no reino, o mesmo mal que quebrou sua Pedra da Ordem, e eu preciso encontrá-lo e derrotá-lo tão logo seja possível. Quando isso estiver feito, eu retornarei, espero que com mais ajuda, e tanto a aldeia quanto a Pedra da Ordem serão restaurados.

— Nós entendemos — respondeu o Ancião. Ele parecia entristecido, mas filosófico. Ele prosseguiu, falando mais a seu povo que a Sabriel. — Podemos sobreviver aqui. Há a nascente e os peixes. Temos barcos. Se Callibe não caiu em poder dos Mortos, podemos manter intercâmbio, para obter legumes e outras coisas.

— Vocês terão que continuar vigiando o quebra-mar — Pedra de Toque disse. Ele se erguia atrás da cadeira de Sabriel, a própria encarnação de um severo guarda-costas. — Os Mortos, ou seus escravos vivos, podem tentar enchê-la com pedras ou improvisar uma ponte. Eles podem atravessar a água corrente levantando pontes de caixa de terra de cemitério.

— Então, estamos sitiados — disse um homem à frente da massa de aldeões. — Mas e quanto à presença dessa coisa Morta que já está aqui na ilha, dando caça a nós? Como você vai encontrá-la?

O silêncio caiu quando o questionador falou, pois esta era a única resposta que todos queriam ouvir. A chuva soou alto no telhado na ausência de fala humana, chuva firme, como vinha caindo desde a noitinha. Os Mortos não gostavam da chuva, Sabriel pensou inconsequentemente, enquanto refletia sobre a pergunta. A chuva não destruía, mas feria e irritava os Mortos. Onde quer que a coisa Morta se escondesse na ilha, devia ser ao abrigo da chuva.

Este pensamento fez com que se erguesse. Trinta e um pares de olhos a observavam, mal piscando, a despeito da fumaça farta dos muitos lampiões, velas e círios. Pedra de Toque observava os aldeões; Mogget, uma posta de peixe; Sabriel fechou seus olhos, procurando exteriormente com outros sentidos, tentando sentir a presença do morto.

Estava ali – uma débil, oculta emanação, como um bafejo de alguma coisa apodrecida difícil de localizar. Sabriel se concentrou nela, seguiu-a e descobriu-a, bem ali no barraco. O Morto estava se escondendo de algum modo entre os aldeões.

Ela abriu seus olhos lentamente, olhando diretamente para o ponto onde seus sentidos lhe diziam que a criatura morta se emboscava. Viu um pescador, de meia-idade, seu rosto marcado pelo sal avermelhado sob o cabelo branqueado pelo sol. Ele não parecia diferente dos outros ao redor dele, esperando com atenção sua resposta, mas havia alguma coisa decididamente Morta nele ou em suas proximidades. Ele estava usando uma capa de embarcação, o que parecia estranho, já que o barraco de defumação estava encalorado devido aos seres humanos ali comprimidos e às muitas luzes.

– Digam-me – disse Sabriel. – Alguém entre vocês trouxe uma grande caixa consigo ao mudar para a ilha? Uma coisa, digamos, quadrada, da envergadura de um braço ou maior? Devia estar pesada... trazendo terra de cemitério.

Murmúrios e indagações responderam a esta pergunta, grupos próximos se viravam uns para os outros, com pequenos desabrochamentos de medo e desconfiança. Enquanto conversavam, Sabriel caminhou entre eles, preparando a sua espada sub-repticiamente, dando sinal a Pedra de Toque para que ficasse por perto. Ele a seguiu, os olhos relanceando sobre os pequenos grupos de aldeões. Mogget, lançando um breve olhar para o alto do lugar onde comia seu peixe, se esticou e se moveu preguiçosa e altivamente junto aos calcanhares de Pedra de Toque, depois de um feroz olhar de advertência para os dois gatos que estavam de olho na cabeça e na cauda de seu repasto, já comidas pela metade.

Com cuidado para não espantar sua presa, Sabriel foi caminhando em zigue-zague pelo barraco, ouvindo os aldeões com estudada atenção, embora o pescador louro nunca lhe saísse do canto do olho. Ele estava envolvido profundamente em discussão com outro homem, que parecia estar ficando mais e mais desconfiado a cada segundo.

Mais próxima agora, Sabriel teve certeza de que o pescador era um vassalo dos Mortos. Tecnicamente, ele ainda estava vivo, mas o espírito morto havia suprimido a sua vontade, entrando em sua carne como algum sombrio manipulador de cordões, usando seu corpo como uma marionete. Alguma coisa altamente desagradável devia estar meio enfiada em suas costas, sob a capa de embarcação. Mordauts, eles se chamavam. Uma página inteira do *Livro dos Mortos* era dedicada a esses espíritos parasitas. Gostavam de manter um hospedeiro básico vivo, escapulindo à noite para saciar sua fome de outras presas vivas — como crianças, por exemplo.

— Tenho certeza de que vi você com uma caixa desse tipo, Patar — disse o pescador desconfiado. — Jall Stowart o ajudou a trazê-la até a praia. Ei, Jall!

Ele gritou isso por fim, virando-se para olhar para outra pessoa no aposento. Neste instante, Patar, o possuído pelo morto, entrou em ação, socando-o com os dois braços, jogando-o de lado, correndo para a porta com a silenciosa ferocidade de um aríete.

Mas Sabriel esperava por isso. Ela se pôs em frente a ele, espada em punho, sua mão esquerda sacando Ranna, o doce indutor de sono, da correia. Ela ainda esperava salvar o homem ao subjugar o Mordaut.

Patar se deteve e se virou pela metade, mas Pedra de Toque estava atrás dele, as espadas gêmeas brilhando estranhamente com sinais cambiantes da Ordem e chamas de prata. Sabriel olhou as lâminas com surpresa, não sabia que eram enfeitiçadas. Devia ter perguntado há mais tempo, percebeu.

Então, Ranna ficou à vontade em sua mão, mas o Mordaut não esperou pela cantiga de ninar inevitável. Patar subitamente gritou e ficou rígido, o vermelho desaparecendo de seu rosto para ser substituído pelo cinza. Depois, sua carne se encolheu e caiu em pedaços, e até seus ossos se esfarelaram em flocos impregnados de cinzas quando o Mordaut sugou toda a vida que nele havia num instante voraz. Recém-alimentado e fortalecido, o morto se evadiu da capa caída, uma poça de escuridão esborrachada. Tomou forma conforme foi se movendo, tornando-se uma grande e repulsivamente alongada espécie de rato. Mais veloz que qualquer rato verdadeiro, precipitou-se num buraco na parede e escapou!

Sabriel avançou, sua lâmina arrancando lascas das tábuas do assoalho, não acertando a forma sombria por um triz.

Pedra de Toque não falhou. A espada de sua mão direita partiu a criatura bem atrás da cabeça, a lâmina manejada na mão esquerda empalando sua sinuosa seção intermediária. Presa ao assoalho, a criatura se retorcia e curvava, o estofo de sombras se esquivando às lâminas. Tentava refazer seu corpo, escapando à armadilha.

Rapidamente, Sabriel pisou nela, o Ranna soando em sua mão, uma nota doce e lânguida ecoando pelo barraco.

Antes que os ecos morressem, o Mordaut cessou de se retorcer. Com a forma perdida pela metade pelo exercício de se esquivar às espadas, ele jazia como um pedaço de fígado carbonizado, estremecendo no assoalho, ainda empalado.

Sabriel recolocou Ranna em seu lugar e sacou o ansioso Saraneth. Sua voz poderosa ressooou, o som tecendo uma rede de dominação sobre a criatura repugnante. O Mordaut não fez esforço algum para resistir, nem para mover a boca para lamentar seu fim. Sabriel sentiu-o sucumbir à sua vontade, por meio de Saraneth.

Ela pôs o sino de volta na correia, mas hesitou quando sua mão caiu sobre Kibeth. O Adormecedor e o Dominador tinham feito bem o seu trabalho, mas o Expulsor tinha às vezes suas próprias ideias, e estava se agitando de modo suspeito sob a sua mão. Melhor esperar um momento, para acalmar-se, Sabriel pensou, tirando sua mão da correia. Embainhou sua espada e olhou ao redor do barraco. Para sua surpresa, todos, exceto Pedra de Toque e Mogget, estavam dormindo. Eles haviam apenas captado os ecos de Ranna, que em teoria não deviam ser suficientes. Naturalmente, Ranna podia ser complicado também, mas sua complicação estava longe de ser causadora de problemas.

— Isto é um Mordaut — disse ela a Pedra de Toque, que estava abafando um esboço de bocejo. — Um espírito fraco, catalogado como um dos Mortos Menores. Gosta de montar nos vivos, coabitando o corpo até certa parte, controlando-o, e lentamente sorvendo o espírito. Isso os torna difíceis de localizar.

— O que faremos com ele agora? — perguntou Pedra de Toque, relanceando um olhar sobre o trêmulo torrão de sombra com repugnância. Ele claramente não podia ser retalhado, consumido pelo fogo ou por qualquer outra coisa em que pudesse pensar.

— Vou bani-lo, mandá-lo de volta para morrer uma morte verdadeira — respondeu Sabriel. Lentamente, ela sacou Kibeth, usando as duas mãos. Ainda se sentia inquieta, pois o sino estava se retorcendo sob o aperto de sua mão, tentando soar a seu próprio modo, um som que a faria caminhar para o interior da Morte.

Ela apertou-o com mais força e produziu o som ortodoxo para trás e para frente, formando um número oito, como seu pai lhe ensinara. A voz de Kibeth ressoou, cantando uma canção alegre, uma jiga saltitante que quase fez os pés de Sabriel saltarem a seu ritmo, até que ela se forçou a ficar absolutamente imóvel.

O Mordaut não tinha vontade tão livre. Por um momento, Pedra de Toque pensou que ele estava indo embora, a forma sombria subitamente saltando para o alto, a carne irreal deslizando e subindo por suas lâminas e quase chegando às cruzetas do cabo. Depois, ele deslizou para baixo outra vez — e desapareceu. De volta ao reino da Morte, para sacudir e girar na correnteza, uivando e gritando com o que ainda lhe restasse de voz, a caminho do Último Portal.

— Obrigada — Sabriel disse a Pedra de Toque. Ela baixou os olhos para suas duas espadas, ainda profundamente incrustadas no assoalho. Não estavam mais ardendo em chamas prateadas, mas ela viu os sinais da Ordem movendo-se pelas lâminas.

— Eu não tinha percebido que suas espadas eram enfeitiçadas — continuou ela. — Embora eu esteja feliz por elas serem.

A surpresa deixou o rosto de Pedra de Toque confuso.

— Eu pensei que você sabia — disse ele. — Eu as peguei no navio da rainha. Eram as espadas de um campeão real. Eu não queria trazê-las, mas Mogget disse que você...

Ele parou no meio da frase, quando Sabriel soltou um suspiro sentido.

— Bem, seja lá como for... — continuou ele. — A lenda diz que o Construtor do Muro as fabricou, ao mesmo tempo em que ele... ou ela, eu suponho... fez a sua.

— A minha? — perguntou Sabriel, sua mão tocando levemente o bronze desgastado da guarda. Ela nunca pensara em quem fizera a espada; ela simplesmente existia. "Fui feita para Abhorsen, para eliminar os já Mortos", a inscrição dizia, quando dizia alguma coisa lúcida de todo. Então, deve ter sido forjada há muito tempo, no passado remoto, quando o Muro foi erguido. Mogget saberia, ela pensou. Mogget provavelmente não iria, nem poderia, lhe contar, mas saberia. — Acho que é melhor nós despertarmos todo mundo. — Sabriel disse, dispensando a especulação sobre espadas no presente imediato.

— Há mais Mortos? — perguntou Pedra de Toque, grunhindo ao puxar as espadas do assoalho.

— Eu acho que não — respondeu Sabriel. — Esse Mordaut era muito inteligente, pois ele mal sugava o espírito do pobre... Patar... por isso sua presença era disfarçada pela vida do homem. Deve ter vindo à ilha naquela caixa de terra de cemitério, tendo inculcado instruções no pobre homem antes que deixassem a terra firme. Eu duvido que quaisquer outros tenham feito o mesmo. Não posso sentir nenhum aqui por perto, pelo menos. Acho que devo examinar as outras construções e dar uma volta pela ilha, só para ter certeza.

— Agora? — perguntou Pedra de Toque.

— Agora — confirmou Sabriel. — Mas vamos despertar todos primeiro e organizar algumas pessoas para carregar luzes para nós. Também seria melhor conversarmos com o Ancião sobre um barco para amanhã de manhã.

— E um grande suprimento de peixe — acrescentou Mogget, que escapulira de volta ao bacalhau meio-comido, sua voz penetrante pairando sobre o pesado zumbido dos pescadores que roncavam.

Não havia Mortos na ilha, embora os arqueiros relatassem ter visto luzes estranhas se movendo na aldeia, durante breves intervalos na chuva. Ouviram movimento no quebra-mar também, e lançaram flechas de fogo sobre as pedras, mas não viram nada antes que as rudes setas envoltas em trapos empapados de óleo fossem disparadas.

Sabriel avançou por sobre o quebra-mar e ficou perto do vão marítimo, sua capa de oleado negligentemente dobrada sobre os ombros, derramando água de chuva sobre o chão e pelo seu pescoço abaixo. Não conseguia ver nada através da chuva e da escuridão, mas sentia a presença dos Mortos. Havia mais do que ela farejara no início, ou eles teriam ficado mais fortes. Então, com uma sensação nauseante, percebeu que essa força pertencia a uma única criatura, que só agora emergia dentre os Mortos, usando a pedra quebrada como um portal. Um instante depois, ela reconheceu sua presença peculiar.

O Mordente a tinha encontrado.

— Pedra de Toque — chamou ela, lutando para manter os tremores longe de sua voz. — Você consegue conduzir um barco à noite?

— Sim — respondeu Pedra de Toque, sua voz novamente impessoal, o rosto escurecido na noite chuvosa, a luz do lampião dos aldeões atrás dele iluminando apenas suas costas e seus pés. Ele hesitou, como se não devesse oferecer uma opinião, e depois acrescentou: — Mas seria muito mais perigoso. Eu não conheço esse litoral e a noite está muito escura.

— Mogget consegue enxergar no escuro — disse Sabriel baixinho, aproximando-se de Pedra de Toque para que os aldeões não pudessem ouvi-la. — Temos que partir imediatamente — sussurrou ela, enquanto fingia arrumar seu oleado. — Um Mordente chegou. O mesmo que me perseguiu anteriormente.

— E quanto às pessoas daqui? — perguntou Pedra de Toque, tão suavemente que o som da chuva quase varreu suas palavras para longe. Porém, em sua voz havia uma leve reprovação sob o tom de negociante.

— O Mordente está atrás de mim — murmurou Sabriel. Ela conseguia senti-lo movendo-se pela pedra, farejando o ar, fazendo uso de seus sentidos sobrenaturais para localizá-la. — Ele pode sentir minha presença, como eu sinto a dele. Quando eu partir, ele me seguirá.

— Se ficarmos até de manhã — respondeu Pedra de Toque num sussurro —, não estaremos em segurança? Você disse que nem um Mordente poderia cruzar este vão.

— Eu disse que *achava* — vacilou Sabriel. — Ele ficou mais forte. Eu não posso ter certeza...

— Aquela coisa lá no barraco, o Mordaut, não foi muito difícil de destruir — sussurrou Pedra de Toque, com a confiança proveniente da ignorância em sua voz. — Esse Mordente é muito pior?

— Muito — respondeu Sabriel laconicamente.

O Mordente tinha parado de se mover. A chuva parecia estar amortecendo tanto seus sentidos quanto seu desejo de achá-la e matá-la. Sabriel olhou para o meio da escuridão inutilmente, tentando perscrutar além das cortinas de chuva, para obter a prova fornecida pela visão, bem como pelos seus sentidos de necromante.

— Riemer — disse ela, agora em voz alta, chamando o aldeão que estava cuidando dos lampiões. Ele se adiantou rapidamente, o cabelo alaranjado claro emplastrado em sua cabeça redonda, a água da chuva gotejando de uma testa alta para catapultar-se da ponta de seu nariz gorducho.

"Riemer, faça com que os arqueiros mantenham vigilância muito atenta. Diga a eles para atirar em qualquer coisa que se aproxime do quebra-mar. Não há nada de vivo lá agora, somente os Mortos. Precisamos voltar e conversar com seu Ancião."

Caminharam de volta em silêncio, exceto pelo chapinhar das botas em poças de água suja e o aplauso de dedos firmes da chuva. Pelo menos metade da atenção de Sabriel se voltava para o Mordente, uma presença maligna, provocadora de dor de estômago, do outro lado da água escura. Ela se perguntava o que ele estaria esperando. Esperando que a chuva parasse ou esperando pelo agora banido Mordaut para atacar pelo lado de dentro. Fossem quais fossem as razões, a espera lhes proporcionava um pouco mais de tempo para pegar um barco e guiá-lo para longe. E talvez houvesse sempre a possibilidade de que ele não pudesse cruzar o vão do quebra-mar.

— A que horas a maré vai baixar? — perguntou ela a Riemer, quando um novo pensamento lhe ocorreu.

— Ah, quase uma antes da aurora — respondeu o pescador. — Por volta das seis, se minha opinião valer.

O Ancião despertou irritado de seu segundo sono. Estava magoado por eles terem que partir no meio da noite, embora Sabriel sentisse que pelo menos metade de sua relutância se devesse à necessidade que tinham de um barco. Os aldeões tinham apenas cinco de resto. Os outros haviam submergido no porto, afundados e quebrados pelas pedras arremessadas pelos Mortos, ansiosos por deter a fuga de suas presas vivas.

— Sinto muito — Sabriel disse novamente. — Mas temos que ter um barco e precisamos dele agora. Há uma terrível criatura morta na aldeia. Ela rastreia como um cão de caça e o rastro que ela está seguindo é o meu. Se eu ficar, ela tentará vir para cá e, na maré, poderá cruzar o vão no quebra-mar. Se eu me for, ela me seguirá.

— Muito bem — concordou o Ancião teimosamente. — Vocês purificaram a ilha para nós; um barco é coisa pouca. Riemer vai prepará-lo com comida e água. Riemer! O Abhorsen ficará com o barco de Landalin. Providencie para que fique abastecido e bom para navegar. Pegue as velas com o Jaled, se as de Landalin estiverem curtas ou apodrecidas.

— Obrigada — disse Sabriel. O cansaço e o peso da consciência pesavam sobre ela. Consciência de seus inimigos, como uma escuridão que sempre nublasse a borda de sua visão. — Nós partiremos agora. Deixo com vocês meus melhores desejos e votos de segurança.

— Possa a Ordem nos preservar a todos — acrescentou Pedra de Toque, fazendo uma reverência para o idoso. O Ancião fez uma reverência como resposta, uma figura curva, solene, tão menor do que sua sombra que se elevava no muro atrás dela.

Sabriel se virou para partir, mas uma longa fila de aldeões estava se formando no caminho que conduzia à porta. Todos queriam se curvar ou fazer mesura diante deles, para murmurar tímidos obrigados e adeuses. Sabriel os aceitou com embaraço e culpa, lembrando-se de Patar. Verdade que ela expulsara o morto, mas outra vida havia sido perdida durante o processo. Seu pai não teria sido tão desajeitado...

A penúltima pessoa na fila era uma garotinha, o cabelo negro amarrado em duas tranças, cada uma de um lado de sua cabeça. Vê-la fez Sabriel lembrar-se de uma coisa que Pedra de Toque havia dito. Ela se deteve e tomou as mãos da garota nas suas.

— Qual é seu nome, pequenina? — perguntou ela, sorrindo. Uma sensação de *déjà vu* passou por ela quando os pequenos dedos encontraram os seus... a lembrança de uma assustada garotinha de primeiro ano estendendo as mãos de modo hesitante para as alunas mais velhas que seriam suas guias durante o primeiro dia no colégio Wyverley. Sabriel experimentava os dois lados, neste momento.

— Aline — disse a garota, devolvendo o sorriso. Seus olhos eram claros e vívidos, jovens demais para serem obscurecidos pelo assustado desespero que nublava o olhar dos adultos. Uma boa escolha, Sabriel pensou.

— Agora, diga-me o que você aprendeu em suas lições sobre a Grande Ordem — Sabriel disse, adotando o tom familiar, maternal e geralmente irrelevante empregado pela inspetora da escola que aparecia em todas as classes de Wyverley duas vezes ao ano.

— Eu conheço a rima... — respondeu Aline um pouco indecisa, franzindo a pequena testa. — Devo cantá-la, como fazemos na aula?

Sabriel fez que sim.

— Nós dançamos em torno da pedra também — Aline acrescentou, confiante. Ela se aprumou, pôs um pé à frente e escondeu as mãos para prendê-las às suas costas.

*Cinco Grandes Ordens unem a nação*
*todas bem juntinhas, mão na mão*
*Uma naqueles que são coroados*
*Duas nos que mantêm os Mortos guardados*
*Pedra e massa a Três e a Cinco são*
*E da água gelada a Quatro tem visão*

— Obrigada, Aline — Sabriel disse. — Isso foi muito bonito.

Ela despenteou o cabelo da menina e se apressou com os adeuses finais, subitamente ansiosa por se afastar da fumaça e do cheiro de peixe, partindo para o ar limpo e chuvoso onde poderia pensar livremente.

— Então, agora você sabe — sussurrou Mogget, pulando para seus braços para escapar das poças de água. — Eu ainda não posso lhe contar, mas você sabe que uma está em seu sangue.

— A de número dois — respondeu Sabriel de modo distante. — Duas para aqueles que *mantêm os Mortos guardados.* Então, qual é a... ah... eu também não posso falar disso!

Mas ela refletiu sobre as perguntas que gostaria de fazer, quando Pedra de Toque ajudou-a a subir a bordo da pequena embarcação pesqueira que se estendia bem perto da minúscula praia coberta de conchas que servia à ilha como um porto.

Uma das Grandes Ordens repousava em sangue real. A segunda repousava no de Abhorsen. O que eram a três e a cinco, e a quatro que tudo era capaz de ver na água gelada? Ela tinha certeza de que muitas respostas poderiam ser encontradas em Belisaere. Seu pai provavelmente poderia responder ainda mais, pois muitas coisas que estavam ligadas à Vida eram decifradas na Morte. E havia o enviado de sua mãe, para aquele terceiro e final questionamento nesses sete anos.

Pedra de Toque empurrou o barco, subiu a bordo e pegou os remos. Mogget saltou dos braços de Sabriel e assumiu uma posição perto da proa, servindo como um vigia dotado de visão noturna, ao mesmo tempo em que zombava de Pedra de Toque.

Lá atrás, em terra, o Mordente subitamente uivou, um grito longo e penetrante que ecoou longamente sobre as águas, enregelando os corações tanto no barco quanto na ilha.

— Vire mais a estibordo — disse Mogget, no silêncio que se seguiu assim que o grito se apagou. — Precisamos de mais espaço no mar.

Pedra de Toque obedeceu prontamente.

## capítulo dezoito

Pela manhã do sexto dia longe de Nestowe, Sabriel estava profundamente cansada da vida náutica. Eles tinham velejado praticamente sem parar por todos aqueles dias, parando em terra ao meio-dia para beber água fresca e apenas quando fazia sol. As noites eram passadas sob a vela ou, quando a exaustão dominava Pedra de Toque, atados por uma âncora, o insone Mogget mantendo vigia. Felizmente, o tempo fora ameno.

Tinham sido cinco dias relativamente sem acontecimentos. Dois dias de Nestowe a Ponto Barbado, uma península desagradável cujos únicos aspectos interessantes eram uma praia repleta de areia e um riacho claro. Desprovida de vida, também não tinha Mortos. Ali, pela primeira vez, Sabriel não sentiu mais o Mordente em seu encalço. Um bom e forte vento sudeste os havia impulsionado, rumando para o norte em ritmo veloz demais para seguir.

Três dias de Ponto Barbado até a ilha de Ilgard, onde os seus penhascos rochosos erguiam-se abruptamente do mar, uma morada cinzenta e cheia de manchas, abrigo para dezenas de milhares de aves marinhas. Passaram por ela à tardinha, sua vela esticada a ponto de explodir, o casco feito de escórias de carvão se inclinando bem para seguir, a proa deixando emergir uma coluna de espirro que salgava bocas, olhos e corpos.

Levou metade de um dia para irem de Ilgard à Embocadura de Belis, aquele apertado estreito que conduzia ao Mar de Saere. Mas ali o velejar se complicava, por isso passaram a noite ancorados longe de Ilgard, para esperar a luz do dia.

— Há uma barragem de correntes na Embocadura de Belis — explicou Pedra de Toque, enquanto erguia a vela e Sabriel içava a âncora por sobre a proa. O sol estava se erguendo por trás dele, mas não havia ainda ultrapassado a linha do Mar, por isso ele não era mais que uma vaga sombra na popa. — Foi construída para manter piratas e congêneres afastados do Mar de Saere. Você não acreditaria no tamanho que ela tem. Não posso nem imaginar como foi forjada ou estendida.

— Será que ainda está lá? — Sabriel perguntou cautelosamente, não querendo bloquear a disposição estranhamente loquaz de Pedra de Toque.

— Tenho certeza que sim — respondeu Pedra de Toque. — Veremos as torres nas praias da frente primeiro. Posto da Curva, ao sul, e Gancho da Barragem, ao norte.

— Nomes não muito imaginativos — comentou Sabriel, incapaz de deixá-lo falar sem interrupção. Era um prazer tão grande conversar! Pedra de Toque havia recaído no seu estado de incomunicabilidade pela maior parte da viagem, embora tivesse realmente uma boa desculpa: manejar o barco pesqueiro dezoito horas por dia, mesmo com tempo bom, não deixava muita disposição para conversa.

— São nomeados pela função — respondeu Pedra de Toque. — O que faz sentido.

— Quem decide se deve deixar as embarcações passarem pela corrente? — perguntou Sabriel. Ela já estava pensando prospectivamente, refletindo sobre Belisaere. Seria ela como Nestowe, uma cidade abandonada, repleta de Mortos?

— Ah — disse Pedra de Toque. — Eu não havia pensado nisso. No meu tempo, havia um chefe real da Barragem, com uma força de guardas e um esquadrão de pequenos navios de piquetes. Se, tal como disse Mogget, a cidade caiu na anarquia...

— Deve haver também pessoas trabalhando para (ou em aliança com) os Mortos — acrescentou Sabriel pensativamente. — Assim, mesmo que cruzemos a Barragem na luz do dia, pode haver problemas. Eu acho melhor virar ao avesso o manto da armadura e esconder o envoltório de meu capacete.

— E quanto aos sinos? — perguntou Pedra de Toque. Ele se lançou à frente dela para apertar mais a escota principal, a mão esquerda cutucando ligeiramente o leme para tirar vantagem da mudança nos ventos. — Eles são bem evidentes, para dizer o mínimo.

— Eu vou parecer exatamente uma necromante — Sabriel respondeu. — Uma salgada e suja necromante.

— Eu não sei — disse Pedra de Toque, que não conseguiu perceber que Sabriel estava brincando. — Nenhum necromante poderia entrar na cidade, ou ficaria vivo, no...

— No seu tempo — interrompeu Mogget, de seu posto favorito na proa. — Mas isso está acontecendo hoje e tenho certeza que necromantes e coisas piores não são visões incomuns em Belisaere.

— Usarei uma capa — Sabriel começou a dizer.

— Se é assim que deseja — Pedra de Toque disse, ao mesmo tempo. Ele duvidava claramente do gato. Belisaere era a capital imperial, uma cidade enorme, habitada por pelo menos cinquenta mil pessoas. Pedra de Toque não conseguia imaginá-la abatida, decaída e nas mãos dos Mortos. A despeito de seus próprios medos íntimos e de seus conhecimentos secretos, ele não podia deixar de acreditar que a Belisaere em direção da qual navegavam seria pouco diferente das imagens de duzentos anos guardadas em sua memória.

A crença sofreu um golpe quando as torres da Embocadura de Belis ficaram visíveis acima da linha azul do horizonte, nas praias do outro lado do estreito. A princípio, as torres eram não mais que manchas escuras que foram ficando mais altas à medida que o vento e as ondas carregavam o barco em sua direção. Através de seu telescópio, Sabriel viu que eram feitas de uma bela pedra rósea que devia no passado ter sido magnífica. Agora, estavam em grande parte escurecidas pelo fogo; sua majestade desaparecera. O Posto da Curva havia perdido três de seus sete andares; o Gancho da Barragem se erguia tão alto como sempre, mas a luz do dia entrava por seus vãos, revelando o seu interior como uma ruína estripada. Não havia sinal algum de guarnição, coletor de impostos, mula de sarilho ou qualquer coisa viva.

A grande corrente da Barragem ainda se estendia por sobre o estreito. Enormes aros de ferro, cada um tão longo quanto um barco de pesca, se erguiam da água esverdeados e sujos de cracas, e subiam na direção das torres. Lampejos da Barragem podiam ser vistos no meio da Embocadura, quando a maré baixava e certa extensão de corrente brilhava lustrosa e verde pelas ondas, como algum monstro emboscado nas profundezas.

— Temos que ir margeando a torre do Posto da Curva, remover o mastro da carlinga e remar por baixo da corrente onde ela se ergue — Pedra de Toque declarou, depois de analisar a corrente pelo telescópio por vários minutos, tentando calcular se ela havia se afundado o suficiente para permitir sua passagem. Mas, mesmo com seu barco de calado relativamente baixo, seria arriscado demais e eles não ousavam esperar pela maré alta, quando a tarde fosse escurecendo. Em alguma ocasião no passado, talvez quando as torres foram abandonadas, a corrente havia sido içada com sarilho à sua tensão máxima. Os engenheiros que a tinham feito deviam ter ficado satisfeitos, pois não havia nenhum deslizamento visível.

"Mogget, vá até a proa e mantenha vigília sobre tudo que aparecer na água. Sabriel, faça o favor de vigiar a praia e a torre, para nos proteger contra um ataque."

Sabriel concordou, satisfeita que a incumbência de Pedra de Toque como capitão de sua pequena embarcação tivesse feito muito para remover as bobagens servis de seu comportamento e torná-lo mais parecido com uma pessoa normal. Mogget, por seu lado, pulou para a proa sem protestar, a despeito das águas que espirravam de vez em quando sobre sua cabeça quando eles cortavam diagonalmente pelas ondas — na direção do pequeno triângulo de oportunidade entre praia, mar e corrente.

Eles se aproximaram até onde puderam ousar antes de retirar o mastro da carlinga. As vagas haviam diminuído, pois a Embocadura de Belis era bem protegida pelos dois braços de terra, mas a maré havia virado e uma correnteza começava a correr do oceano para o Mar de Saere. Assim, mesmo sem mastro e vela, foram rapidamente levados na direção da corrente, Pedra de Toque remando com todas as suas forças só para se manter na direção da proa. Depois de um momento, isso ficou claramente impossível, por isso Sabriel pegou um dos remos e eles remaram juntos, com Mogget miando aos gritos as direções que deveriam tomar.

A todo momento, assim que era atingida em cheio por uma pancada, tendo as costas quase niveladas com os bancos de remadores, Sabriel dava uma olhadinha por trás de seu ombro. Eles rumavam para a passagem estreita, entre a alta mas despedaçada muralha marítima do Posto da Curva, e a enorme corrente que se erguia do veloz fluxo marítimo numa faixa de espuma branca. Ela ouvia o gemido melancólico dos aros da corrente, como um coro de leões-marinhos feridos. Mesmo aquela gigantesca corrente se movia ao capricho do mar.

— Um pouco mais a bombordo — miou Mogget. Pedra de Toque recuou seu remo por um momento, e depois o gato pulou para baixo, gritando. — Puxem os remos pra dentro e abaixem-se!

Os remos chacoalhavam e espirravam água, Sabriel e Pedra de Toque simplesmente deitados, com Mogget no meio deles. O barco sacudia e mergulhava, e o gemido da corrente soava próximo e terrível. Sabriel, num momento, olhava para o claro céu azul lá em cima e, no outro, não via nada senão ferro verde estriado de ervas daninhas sobre sua cabeça. Quando as ondas ergueram o barco, ela podia ter estendido os braços e tocado a grande barragem de corrente da Embocadura de Belis.

Daí a pouco, haviam passado, Pedra de Toque ainda estava impulsionando seu remo e Mogget movia-se para a proa. Sabriel queria estender-se lá, ficar só olhando para o céu, mas a desmoronada muralha marítima do Posto da Curva não estava mais que a uma distância do comprimento de um remo. Ela voltou a sentar-se e retomou sua tarefa de remar.

A água mudava de cor no mar de Saere. Sabriel passou a sua mão por ela, maravilhando-se com seu claro brilho azul-turquesa. A despeito de toda a cor, era incrivelmente transparente. A água era muito profunda, mas ela conseguia ir com os olhos até o fundo das primeiras três ou quatro braças, vendo pequenos peixes dançarem sob as bolhas no rastro do barco.

Ela sentiu-se relaxada, momentaneamente despreocupada, todos os problemas que estavam à sua frente ou que haviam ficado para trás temporariamente esquecidos na distraída contemplação da clara água azul-esverdeada. Não havia a presença da Morte ali, nem a constante preocupação com as muitas portas da Morte. Até a Magia da Ordem estava dissipada no mar. Por alguns minutos, ela esqueceu-se da Magia da Ordem e de Mogget. Até seu pai desapareceu de seus pensamentos. Havia apenas a cor do mar e o frescor dele em suas mãos.

— Logo poderemos ver a cidade — Pedra de Toque disse, interrompendo seu feriado mental. — Se as torres ainda estiverem em pé.

Sabriel fez um sinal de assentimento pensativo e lentamente tirou a mão da água, como se estivesse se separando de uma amiga querida.

— Deve ser difícil para você — disse ela, quase que para si mesma, sem esperar que ele realmente respondesse. — Duzentos anos se passaram, e o reino foi caindo lentamente em ruínas enquanto você dormia.

— Eu não imaginava isso realmente, até que vi Nestowe e depois as torres da Embocadura de Belis — respondeu Pedra de Toque. — Agora, estou temeroso até por uma grande cidade que eu nunca imaginei que pudesse realmente mudar.

— Não é imaginação — disse Mogget severamente. — Não é ficar pensando no que virá. É uma falha de seu caráter. Uma falha fatal.

— Mogget — disse Sabriel indignada, furiosa com o gato por estar destruindo outra possível conversa. — Por que você é tão grosseiro com o Pedra de Toque?

Mogget silvou e o pelo se eriçou em suas costas.

— Eu sou preciso, não grosseiro — replicou ele asperamente, dando as costas para eles com desprezo estudado. — E ele merece isso.

— Eu estou enjoada disso! — proclamou Sabriel. — Pedra de Toque, o que Mogget sabe que eu não sei?

Pedra de Toque estava em silêncio, com os nós dos dedos esbranquiçados sobre o leme, os olhos focalizados no horizonte, como se já pudesse avistar as torres de Belisaere.

— Você terá que acabar me contando isso — disse Sabriel, um tom de monitora entrando em sua voz. — Não pode ser tão mau assim, pode?

Pedra de Toque umedeceu os lábios, hesitou e depois falou.

— Foi estupidez, e não maldade, da minha parte, senhora. Há duzentos anos, quando a última rainha ainda reinava... eu acho... sei que sou parcialmente responsável pela derrocada do reino, o fim da linha real.

— O quê! — exclamou Sabriel. — Como você poderia ser?

— Eu sou — continuou Pedra de Toque tristemente, suas mãos tremendo tanto que o leme se movia, dando ao barco um louco curso em zigue-zague. — Havia um... isto é...

Ele parou, deu um longo suspiro, endireitou-se um pouco e continuou, como se estivesse fazendo um relato a um oficial superior.

— Eu não sei quanto eu posso lhe contar, porque a coisa envolve as Grandes Ordens. Por onde começo? Pela rainha, suponho. Ela tinha quatro filhos. Seu filho mais velho, Rogir, era um amigo de infância meu. Ele era sempre o líder, em todas as brincadeiras. Ele tinha as ideias, nós as seguíamos. Mais tarde, quando estávamos crescendo, suas ideias começaram a ficar mais estranhas, menos bonitas. Nós nos separamos. Eu fui para a Guarda, ele perseguiu seus próprios interesses. Agora eu sei que esses interesses deviam incluir a Magia Livre e a necromancia, mas nunca suspeitei disso na época. Eu devia ter suspeitado, bem sei, mas ele era reservado e em geral distante.

"Próximo ao fim... quero dizer, alguns meses antes que a coisa acontecesse... bem, Rogir estivera ausente por vários anos. Ele voltou, bem antes do Festival do Meio do Inverno. Fiquei feliz por vê-lo, pois ele parecia igual ao que fora quando menino. Ele havia perdido o interesse pelas bizarrices que o tinham atraído. Passamos muito tempo juntos outra vez, caçando com falcões, cavalgando, bebendo e dançando.

"Então, num certo fim de tarde — de uma tarde fria, clara, quando o pôr do sol surgia —, eu estava a serviço, protegendo a rainha e suas damas de honra. Elas estavam jogando Cranaque. Rogir foi até ela e lhe pediu para que o acompanhasse na descida até o lugar onde as Grandes Pedras estão... ei, estou conseguindo falar do assunto!"

— Sim — interrompeu Mogget. Ele parecia cansado, como um gato de beco que já sofrera mais de um pontapé. — O mar lava todas as coisas, por uns momentos. Conseguimos falar das Grandes Ordens, ao menos momentaneamente. Eu havia esquecido que as coisas eram assim.

— Continue — disse Sabriel, empolgada. — Vamos tirar proveito disso enquanto pudermos. As Grandes Pedras seriam a pedra e a massa da rima, a Terceira e a Quinta Grande Ordens?

— Sim — respondeu Pedra de Toque de maneira distante, como se recitasse uma lição —, com o Muro. As pessoas, ou fossem lá o que fossem os criadores das Grandes Ordens, colocaram três em descendências e duas em construções físicas: o Muro e as Grandes Pedras. Todas as pedras menores extraem seu poder de uma ou de outra.

"As Grandes Pedras... Rogir veio e disse que havia alguma coisa, alguma coisa que a rainha deveria conferir. Ele era seu filho, mas ela não levou em grande consideração o seu conhecimento, nem acreditou nele quando o ouviu falar do problema com as Pedras. Ela era uma Maga da Ordem e não sentia nada de errado. Além disso, estava ganhando no jogo de Cranaque, por isso disse a ele para esperar até a manhã seguinte. Rogir se virou para mim, pediu-me para interceder, e eu, que a Ordem me proteja, fiz isso. Eu acreditava em Rogir. Eu confiava nele e minha confiança convenceu a rainha. Por fim, ela concordou. Nesse momento, o sol já havia se posto. Com Rogir, comigo mesmo, três guardas e duas damas de companhia, descemos mais e mais para o reservatório onde as Grandes Pedras ficavam."

A voz de Pedra de Toque se apagou num sussurro quando ele prosseguiu, e ficou rouca.

— Tudo estava terrivelmente errado lá embaixo, mas era coisa que Rogir fizera, não que ele descobrira. Há lá seis Grandes Pedras e duas estavam acabando de se quebrar, quebradas com o sangue de suas próprias irmãs, sacrificadas pelos lacaios da Magia Livre de Rogir quando nos aproximamos. Eu testemunhei seus derradeiros segundos, a esperança apagada em seus olhos embaçados, enquanto a barca da rainha vinha flutuando pelas águas. Eu senti o choque das Pedras se quebrando e lembro-me de Rogir, erguendo-se por trás da rainha, um punhal serrilhado atingindo rapidamente a sua garganta. Ele trazia uma taça, uma taça de ouro, uma das que pertenciam à própria rainha, para colher o sangue, mas eu fui lento demais, lento demais...

— Então, a história que você me contou lá na Cova Santa não era verdadeira — sussurrou Sabriel, enquanto a voz de Pedra de Toque falhava e se apagava, e as lágrimas rolavam por seu rosto. — A rainha não sobreviveu...

— Não — murmurou Pedra de Toque. — Mas eu não tinha a intenção de mentir. Tudo estava era embaralhado em minha cabeça.

— O que aconteceu?

— Os outros dois guardas eram homens de Rogir — prosseguiu Pedra de Toque, sua voz embargada de lágrimas, amortecida pela dor. — Eles me atacaram, mas Vlare, uma das damas de companhia, jogou-se sobre eles. Eu fiquei furioso, frenético. Matei os dois guardas. Rogir havia pulado da barca e estava vadeando em direção às pedras, em torno da terceira pedra, a próxima a ser quebrada. Eu não o poderia alcançar a tempo, sabia. Lancei minha espada. Ela voou diretamente e tocou no alvo, atingindo-o bem acima do coração. Ele gritou, o eco ressoou, e ele se virou em minha direção! Transfixado por minha espada, mas ainda capaz de caminhar, ergueu aquela vil taça de sangue, como se me oferecesse um drinque.

"'Você pode dilacerar este corpo', disse ele, enquanto caminhava. 'Rasgue-o, rasgue-o como se fosse roupa malfeita. Mas eu não morrerei.'

"Ele se aproximou de mim à distância de um braço e eu só consegui olhar fixo para seu rosto, olhar para o mal que se alojava sob aquelas feições familiares... e depois surgiram uma luz branca ofuscante, o som de sinos... sinos como os seus, Sabriel... e vozes, vozes ásperas... Rogir se lançou para trás, a taça caiu, o sangue flutuou por sobre a água como óleo. Virei-me, vi guardas nos degraus; uma ardente coluna espiralada de fogo branco; um homem com uma espada e os sinos... depois, desmaiei ou fui golpeado até ficar inconsciente. Quando voltei a mim, estava na Cova Santa, vendo seu rosto. Eu não sei como cheguei lá, quem me pôs lá... Ainda só consigo lembrar de tudo em fragmentos e retalhos."

— Você devia ter me contado — disse Sabriel, tentando pôr em sua voz tanta compaixão quanto podia. — Mas talvez a coisa tivesse que esperar até que o mar a livrasse do feitiço de aprisionamento. Diga-me, o homem com a espada e os sinos era o Abhorsen?

— Não sei — respondeu Pedra de Toque. — Provavelmente.

— Com quase toda certeza, eu diria — acrescentou Sabriel. Ela olhou para Mogget, pensando naquela coluna espiralada de fogo branco. — Você estava lá também, não estava, Mogget? Aprisionado, em sua outra forma.

— Sim, eu estava lá — disse o gato. — Acompanhando o Abhorsen daqueles tempos. Um Mago da Ordem muito poderoso e um mestre dos sinos, mas um pouco bom demais de coração para lidar com patifarias. Tive problemas terríveis para conduzi-lo a Belisaere e, no fim, não chegamos a tempo suficiente para salvar a rainha ou as suas filhas.

— O que aconteceu? — sussurrou Pedra de Toque. — O que aconteceu?

— Rogir já havia se transformado num dos Mortos quando voltou a Belisaere — disse Mogget enfastiadamente, como se estivesse contando uma lorota a um bando de camaradas de cabeça dura. — Mas só um Abhorsen poderia ter notado isso e ele não estava lá. O corpo real de Rogir estava escondido em algum outro lugar... *está* em algum outro lugar, ainda... e ele usava um artefato da Magia Livre como forma física.

"Em algum ponto no meio do trajeto de seus estudos, ele barganhou a Vida real pelo poder e, como todos os Mortos, precisava se apoderar da Vida o tempo todo para ficar fora do reino da Morte. Mas a Ordem fez com que isso se tornasse difícil para ele, por toda parte do reino. Por isso, decidiu quebrar a Ordem. Poderia ter se limitado a quebrar algumas das pedras menores, em algum ponto distante, mas isso lhe daria apenas um pequeno território de caça, e o Abhorsen logo o abateria. Por isso, decidiu quebrar as Grandes Pedras e, para tal, precisava de sangue real — o sangue de sua própria família.

Ou sangue de Abhorsen, ou de Clayr, é claro, mas isso seria muito mais difícil de conseguir.

"Por ser o filho da rainha, inteligente e muito poderoso, quase atingiu as suas finalidades. Duas das seis Grandes Pedras foram quebradas. A rainha e suas filhas foram mortas. Abhorsen interveio um pouco tarde demais. Na verdade, ele conseguiu de fato conduzi-lo às profundezas da Morte, mas já que seu corpo verdadeiro nunca foi encontrado, Rogir continuou a existir. Mesmo lá do reino da Morte, ele tem supervisionado a dissolução do reino – um reino sem uma família real, com uma das Grandes Ordens mutilada, corrompendo e enfraquecendo todas as outras. Ele não foi realmente derrotado naquela noite, no reservatório. Foi apenas detido e, por duzentos anos, tem tentado retornar, tentado reingressar na Vida..."

– Ele foi bem-sucedido, não foi? – interrompeu Sabriel. – Ele é a coisa chamada Kerrigor, aquela contra a qual os Abhorsens vem lutando há muitas gerações, tentando confiná-la no reino da Morte. Ele é aquele que voltou, o Morto Maior que assassinou a patrulha perto de Crista Rachada, o mestre do Mordente.

– Eu não sei – respondeu Mogget. – Seu pai pensava assim.

– É ele sim – disse Pedra de Toque, de um modo distante. – Kerrigor era o apelido de Rogir na infância. Eu o inventei, no dia em que brigamos na lama. Seu nome de batismo completo era Rogirek.

– Ele ou seus servidores devem ter atraído meu pai para Belisaere assim que emergiram da Morte. – Sabriel pensou alto. – O que me pergunto é por que ele terá voltado à Vida tão perto do Muro?

— Seu corpo deve estar perto do Muro. Ele tinha que ficar próximo a este — Mogget disse. — Você devia saber disso. Para renovar o feitiço maior que o impede de passar para além do Último Portal.

— Sim — respondeu Sabriel, lembrando as passagens do *Livro dos Mortos*. Ela estremeceu, mas disfarçou o tremor antes que se transformasse num espasmo soluçante. Por dentro, sentia-se gritando, chorando. Queria fugir de volta para a Terra dos Ancestrais, cruzar o Muro, deixar os Mortos e a magia para trás, ir tão longe quanto possível em direção ao sul. Mas sufocou essas vontades e disse: — Um Abhorsen derrotou-o uma vez. Posso fazer isso novamente. Porém, primeiro, temos que achar o corpo do meu pai.

Por um momento reinou o silêncio, exceto pelo vento que batia na vela e o zunido surdo do cordame. Pedra de Toque esfregou os olhos com a mão e olhou para Mogget.

— Há uma coisa que eu gostaria de perguntar. Quem pôs meu espírito no reino da Morte e transformou meu corpo numa figura de proa?

— Eu nunca soube o que aconteceu com você — respondeu Mogget. Seus olhos verdes encararam o olhar de Pedra de Toque e não foi o gato que piscou. — Mas deve ter sido Abhorsen. Você estava demente quando nós o tiramos do reservatório. Fora levado à loucura, provavelmente devido à quebra das Grandes Pedras. Não tinha memória, não tinha nada. Parece que duzentos anos não são tempo suficiente de repouso para efetuar uma cura. Ele deve ter visto alguma coisa em você... ou o Clayr viu alguma coisa no gelo... ah, era difícil dizer. Devemos estar nos aproximando da cidade e a influência do mar diminui. O feitiço recomeça a agir...

— Não, Mogget! — exclamou Sabriel. — Eu quero saber, eu preciso saber quem é você. Qual é a sua ligação com as Grandes...

Sua voz se travou em sua garganta e um sobressaltado gargarejo foi a única coisa que lhe saiu.

— Tarde demais — disse Mogget. Ele começou a limpar seu pelo, a língua rosada se lançando, a cor viva contra a pelagem branca.

Sabriel suspirou e lançou um olhar para o mar azul-turquesa, depois o ergueu para o sol, um disco amarelo num campo de azul com listras brancas. Um vento leve enfunou a vela acima dela, embaraçando seu cabelo na passagem. Gaivotas voavam nele lá no alto, fazendo com sua irmandade uma massa de gritos lancinantes, alimentando-se de um cardume de peixes, a prata aguda explodindo próximo à superfície.

Tudo estava vivo, repleto da alegria de viver. Até o travo de sal em sua pele, o fedor de peixe e seu próprio corpo sujo estavam de certo modo saborosos e vívidos. Longe, muito longe do passado sombrio de Pedra de Toque, jaziam a ameaça de Rogir/Kerrigor e o gelado cinza da Morte.

— Teremos que ter muito cuidado — Sabriel disse por fim — e esperar que... o que foi que você disse ao Ancião de Nestowe, Pedra de Toque?

Ele soube imediatamente o que ela queria dizer.

— Esperar que a Ordem nos preserve a todos.

## capítulo dezenove

Sabriel havia contado com que Belisaere fosse uma cidade em ruínas, vazia de vida, mas não foi assim. No momento em que avistaram suas torres e os muros verdadeiramente impressionantes que cercavam a península na qual a cidade se erguia, viram também barcos pesqueiros do tamanho daquele em que iam. De dentro deles, as pessoas pescavam — pessoas normais, amigáveis, que acenaram e gritaram quando eles passaram. Sua simples saudação revelava como as coisas andavam em Belisaere. "Bom sol e água favorável" não era a saudação típica nos tempos de Pedra de Toque.

Chegava-se ao porto principal da cidade pelo lado oeste. Um amplo canal flutuante corria entre duas volumosas fortificações, levando a um vasto lago, facilmente tão grande quanto vinte ou trinta campos de esporte. Desembarcadouros ocupavam três lados do lago, mas a maior parte deles estava deserta. Ao norte e ao sul, entrepostos apodreciam atrás dos desembarcadouros, paredes quebradas e telhados esburacados testemunhavam o longo abandono.

Só a doca ao extremo leste parecia animada. Não havia nenhuma das grandes embarcações comerciais dos dias passados, mas muitas pequenas embarcações costeiras, carregando e descarregando. Guindastes balançavam para lá e para cá. Estivadores se curvavam junto a pacotes ao lado das pranchas de desembarque, e criancinhas mergulhavam e nadavam por entre os barcos. Nenhum entreposto se erguia por trás desses desembarcadouros — em seu lugar, havia centenas de barracas de topos abertos, pouco mais que armações decoradas com cores vivas que delineavam um trecho de espaço, com mesas para as mercadorias e tamboretes para os vendedores e fregueses selecionados. Parecia não haver escassez de fregueses em geral, Sabriel notou, quando Pedra de Toque conduziu o barco para um ancoradouro vago. Gente enxameava por toda parte, correndo de lá para cá como se seu tempo fosse tristemente limitado.

Pedra de Toque deixou a escota principal folgar e pegou o vento bem a tempo de eles desviarem e deslizarem num ângulo oblíquo para dentro das defesas, que se enfileiravam no desembarcadouro. Sabriel lançou uma corda, mas antes que pudesse saltar em terra e prendê-la a um cabeço, um moleque de rua fez isso para ela.

— Um centavo pelo nó — gritou ele, a voz aguda atravessando a algazarra da multidão. — Um centavo pelo nó, senhora?

Sabriel sorriu, com esforço, e atirou uma pratinha para o garoto. Ele pegou-a, abriu um sorriso e desapareceu na torrente da multidão que se movia pela doca. O sorriso de Sabriel se apagou. Ela sentia muitos, muitos Mortos ali... ou não precisamente ali, contudo, além, na parte elevada da cidade. Belisaere era construída sobre quatro montes baixos, que cercavam um vale central, que se estendia aberto para o mar neste porto. Até onde seus sentidos conseguiam perceber, somente o vale estava livre dos Mortos – por que, não sabia. Os montes, que compunham pelo menos dois terços da área urbana, estavam infestados por eles.

Esta parte da cidade, por outro lado, podia ser definida como verdadeiramente infestada pela vida. Sabriel havia esquecido como uma cidade podia ser barulhenta. Mesmo na Terra dos Ancestrais, ela raramente visitara qualquer coisa maior que Bain, uma pequena cidade de não mais que dez mil pessoas. Naturalmente, Belisaere não era uma cidade grande pelos padrões da Terra dos Ancestrais e não tinha os ônibus e carros particulares estridentes que vinham aumentando os seus ruídos nos últimos dez anos, mas Belisaere compensava isso com as multidões. Gente correndo, discutindo, gritando, vendendo, comprando, cantando...

– Era assim antigamente? – gritou ela para Pedra de Toque, quando eles subiam no desembarcadouro, certificando-se de que estavam com todas as suas posses.

– Na verdade, não – respondeu Pedra de Toque. – O Lago estava normalmente cheio, com navios maiores, e havia entrepostos aqui, não um mercado. Era mais silencioso também, e as pessoas eram menos apressadas.

Pararam à beira de uma doca, olhando para a torrente de gente e de mercadorias, ouvindo o tumulto e aspirando todos os novos odores da cidade, que vinham tomar o lugar do frescor da brisa marítima. Comida no fogo, fumaça de madeira, incenso, óleo, o ocasional bafejo repugnante do que podia apenas ser esgoto...

— Era também bem mais limpo — acrescentou Pedra de Toque. — Olha, eu acho que é melhor acharmos uma taberna ou estalagem. Algum lugar onde passar a noite.

— Sim — respondeu Sabriel. Ela relutava em entrar na maré humana. Não havia Mortos entre eles, até onde podia sentir, mas deviam ter alguma espécie de ajuste ou acordo com os Mortos e isso para ela fedia mais que esgoto.

Pedra de Toque pegou pelo ombro um garoto que passava enquanto Sabriel continuava a cheirar a multidão, franzindo o nariz. Conversaram juntos por um momento, um centavo de prata mudou de mãos, e depois o garoto penetrou na torrente humana, seguido por Pedra de Toque. Ele olhou para trás, viu Sabriel olhando distraidamente e agarrou-a pela mão, arrastando consigo tanto ela quanto o preguiçoso Mogget, que fazia sua pose de pelo de raposa.

Era a primeira vez que Sabriel o tocava depois que ele revivera, e ela ficou surpresa pelo choque que isso lhe causou. Certamente, sua mente estava distraída e fora um agarrar repentino... a mão parecia maior do que deveria ser, e interessante com seus calos e textura. Rapidamente, ela tirou sua mão dali e concentrou-se em segui-lo com o garoto, avançando sinuosamente na direção principal tomada pela multidão.

Foram andando pelo meio do mercado aberto, por uma rua de pequenas barracas — obviamente, a rua dos peixes e carne de aves. A extremidade do porto se agitava com caixas e caixas de peixe recém-pescado, ainda com os olhos claros e se contorcendo. Os vendedores gritavam seus preços ou suas pechinchas, e os compradores bradavam ofertas ou proclamavam seu espanto com os preços. Cestos, sacolas e caixas mudavam de mãos, as vazias para serem preenchidas com peixe e lagosta, lula ou marisco. Moedas passavam de mão em mão ou, de vez em quando, bolsas inteiras despejavam seus conteúdos brilhantes nos bolsinhos dos cinturões dos mercadores.

Na direção da outra extremidade, o mercado ficava um pouco mais silencioso. As bancas ali ostentavam gaiolas sobre gaiolas de frangos, mas a venda era mais lenta e muitos dos frangos pareciam velhos e mirrados. Sabriel, vendo um perito estripador decapitar série após série de frangos e deixá-los cair sem cabeça numa caixa, concentrou-se em interromper a aturdida e confusa experiência da morte das aves.

Além do mercado, havia uma ampla faixa de chão vazio. Fora obviamente desocupado de modo intencional, primeiro com fogo, depois com picareta, pá e vergalhão. Sabriel ficou se perguntando por quê, até que viu o aqueduto que corria mais adiante, em paralelo a essa tira de terra desolada. O povo da cidade que vivia no vale não tinha um acordo com os Mortos — sua parte da cidade estava limitada por aquedutos, e os Mortos não podiam passar sob a água corrente da mesma maneira como não podiam andar sobre ela.

O chão desocupado era uma precaução que permitia aos aquedutos ficarem protegidos — e, confirmando isso, Sabriel viu uma patrulha de arqueiros marchando em seu topo, seus vultos que se moviam regularmente formando silhuetas e bonecos sombrios que se destacavam contra o céu. O garoto estava conduzindo-os em direção a um arco, que se erguia de duas das três fileiras do aqueduto, e havia mais arqueiros lá. Pequenos arcos faziam linha de cada lado, sustentando o canal principal do aqueduto, mas estes eram pesadamente cobertos com moitas de espinheiros, para impedir a entrada não autorizada dos vivos, enquanto a água corrente mais acima repelia os Mortos.

Sabriel fechou sua capa de embarcação com força quando passaram sob o arco, mas os guardas não lhe prestaram nenhuma atenção além daquela requerida para extorquir um centavo de prata de Pedra de Toque. Pareciam soldados muito de terceira — ou mesmo quarta — classe, que eram provavelmente mais guardas e sentinelas do que qualquer outra coisa. Nenhum carregava o sinal da Ordem ou trazia qualquer traço da Magia Livre.

Depois do aqueduto, as ruas avançavam caoticamente de uma praça desigualmente pavimentada, completada por uma fonte esquisita — a água jorrava das orelhas de uma estátua, a estátua de um homem coroado de modo impressionante.

— Rei Anstyr, o Terceiro — disse Pedra de Toque, apontando para a fonte. — Ele tinha um estranho senso de humor, sob todos os pontos de vista. Estou feliz pela fonte estar ainda aqui.

— Para onde estamos indo? — perguntou Sabriel. Ela se sentia melhor agora que sabia que os cidadãos não estavam aliados aos Mortos.

— Este garoto disse que conhece uma boa taberna — respondeu Pedra de Toque, apontando para o moleque de rua maltrapilho que sorria fora do alcance do sempre-esperado soco.

— Emblema dos Três Limões — disse o garoto. — A melhor da cidade, senhor, senhora.

Ele tinha acabado de dar as costas para eles para seguir em frente quando um estridente e mal tocado sino soou de algum ponto na direção do porto. Badalou três vezes, o som fazendo com que os pombos fugissem ruidosamente da praça.

— O que é isso? — perguntou Sabriel. O garoto olhou para ela, boquiaberto. — O sino.

— Pôr do sol — respondeu, assim que entendeu o que ela estava perguntando. Disse isso como se declarasse o mais ofuscante dos óbvios. — É cedo, calculo. Deve ser alguma nuvem se aproximando ou algo assim.

— Todos se recolhem quando soa o sino do pôr do sol? — perguntou Sabriel.

— Claro — riu desdenhosamente o garoto. — Se não, as assombrações ou os fantasmas te pegam.

— Entendo — respondeu Sabriel. — Siga em frente.

Surpreendentemente, o Emblema dos Três Limões era uma taberna muito agradável. Um edifício caiado de quatro andares, dava de frente para uma praça menor a mais ou menos cento e oitenta metros da praça da fonte do rei Anstyr. Havia três enormes limoeiros no meio da praça, carregados de folhas de aroma agradável e copiosas quantidades de fruta, a despeito da estação. A Magia da Ordem, pensou Sabriel, e, para confirmar, lá estava uma Pedra da Ordem oculta entre as árvores, e também certo número de antigos feitiços de fertilidade, calor e generosidade. Sabriel aspirou o ar perfumado de limão com satisfação, grata por seu quarto ter uma janela que dava para a praça.

Atrás dela, uma empregada estava enchendo uma banheira de lata com água quente. Vários grandes baldes já haviam sido despejados — este seria o último. Sabriel fechou a janela e se aproximou para olhar para a água ainda fumegante com ansiedade.

— Isso é tudo, senhora? — perguntou a empregada, quase fazendo uma mesura.

— Sim, obrigada — respondeu Sabriel. A empregada contornou a porta e saiu, e Sabriel colocou a tranca, despindo-se de sua capa, e depois da armadura e das peças de roupa malcheirosas, suadas e impregnadas de sal que haviam praticamente grudado nela depois de quase uma semana no mar. Nua, ela pousou sua espada sobre a borda da banheira — bem ao seu alcance — e então se afundou com satisfação na água, pegando o pedaço de sabão com cheiro de limão para começar a remover a sujeira e o suor incrustados.

Através da parede, ouviu a voz de um homem — Pedra de Toque. Depois ouviu a água gorgolejando, e aquela empregada soltando risadinhas. Sabriel parou de se ensaboar e se concentrou no som. Era difícil de escutar, mas houve mais uma risadinha, uma profunda, indistinta voz masculina, e depois uma ruidosa pancada na água. Como se dois corpos, mais do que um, tivessem entrado na banheira.

Houve um silêncio momentâneo, e depois soaram mais pancadas na água, arfadas, risadinhas — aquilo seria Pedra de Toque dando risadas? Em seguida, uma série de breves gemidos agudos. Gemidos de mulher. Sabriel ficou ruborizada e rangeu seus dentes ao mesmo tempo, e depois rapidamente enfiou sua cabeça na água para não ouvir, deixando apenas seu nariz e boca expostos. Sob a água, tudo estava silencioso, exceto pelo monótono ribombar de seu coração, ecoando em seus ouvidos inundados.

Por que isso era importante? Ela não pensava em Pedra de Toque daquele modo. Sexo era a última coisa que a preocupava. Era apenas mais uma complicação, com controle de natalidade, confusão e emoções. Havia problemas o suficiente. Concentrar-se no planejamento. Pensar no futuro. A coisa só acontecia porque Pedra de Toque era o primeiro homem jovem que ela conhecera fora da escola, isso era tudo. Não era nada de sua conta. Ela nem mesmo sabia seu nome verdadeiro...

Um surdo ruído de tapinha na borda da banheira fez com que erguesse sua cabeça da água, bem a tempo de ouvir um gemido autossatisfeito, masculino e prolongado do outro lado da parede. Estava para enfiar sua cabeça sob a água novamente, quando o nariz rosado de Mogget apareceu na borda. Então, sentou-se, a água cascateando por seu rosto, escondendo as lágrimas que ela disse a si mesma que não estavam ali. Raivosamente, cruzou os braços sobre os seios e disse:

— O que você quer?

— Eu só pensei que você gostaria de saber que o quarto de Pedra de Toque é por ali — disse Mogget, indicando o quarto silencioso em frente àquele em que estava o casal barulhento. — Ele não tem uma banheira, por isso ele gostaria de saber se pode usar a sua quando você acabar o banho. Está esperando lá embaixo enquanto isso, procurando saber as notícias locais.

— Oh! — respondeu Sabriel. Ela olhou para o quarto distante e silencioso e depois voltou o olhar para a parede próxima, onde os ruídos humanos estavam agora largamente perdidos em meio aos gemidos das molas de camas. — Bem, diga a ele que não vou me demorar.

Vinte minutos mais tarde, uma Sabriel limpa, vestida com uma saia emprestada, tornada incongruente por seu cinturão de espadas (a correia de sinos jazia sob a sua cama, com Mogget dormindo sobre ela), se arrastava em chinelos ao longo do refeitório grandemente vazio, e dava um tapinha nas costas do salgado e sujo Pedra de Toque, fazendo-o derramar sua cerveja.

— Sua vez de tomar banho — Sabriel disse alegremente. — Meu espadachim fedorento. Acabei de me recarregar. A propósito, Mogget está no quarto. Espero que você não se importe.

— Por que me importaria? — perguntou Pedra de Toque, intrigado tanto por suas maneiras quanto pela questão. — Eu só quero ficar limpo, isso é tudo.

— Bom — respondeu Sabriel, obscuramente. — Verei se o jantar pode ser servido em seu quarto, para que possamos planejar enquanto comemos.

No fim, o planejamento não durou muito, nem foi lento para deprimir o que era por outro lado uma ocasião relativamente festiva. Estavam temporariamente a salvo, limpos, bem alimentados e capazes de esquecer problemas passados e temores futuros por um pequeno intervalo.

Porém, assim que o último prato — um ensopado de lula, com alho, cevada, abóbora amarela e vinagre de estragão — foi esvaziado, o presente retornou, completo em suas preocupações e dores.

— Eu acho que o ponto mais provável para encontrar o corpo de meu pai será... naquele lugar onde a Rainha foi assassinada — Sabriel disse lentamente. — O reservatório. Onde ele fica, a propósito?

— Sob a Colina do Palácio — respondeu Pedra de Toque. — Há vários caminhos diferentes para entrar. Todos ficam além deste vale protegido pelo aqueduto.

— Você provavelmente está certa quanto ao seu pai — Mogget comentou de seu ninho de cobertores no meio da cama de Pedra de Toque. — Mas é também o lugar mais perigoso para a gente ir. A Magia da Ordem estará grandemente desvirtuada, incluindo vários aprisionamentos, e há uma chance de que nosso inimigo...

— Kerrigor — interrompeu Sabriel. — Mas ele pode não estar lá. Mesmo se ele estiver, poderemos nos mover sorrateiramente...

— Poderemos nos mover pelas bordas — disse Pedra de Toque. — O reservatório é enorme e há centenas de colunas. Mas atravessar fará barulho e a água é muito parada, o som se espalha. E as seis... você sabe... estão bem no centro.

— Se eu puder encontrar meu pai e trazer seu espírito de volta ao seu corpo — disse Sabriel teimosamente —, então, poderemos negociar com quem quer que nos confronte. Esta é a prioridade. Meu pai. Tudo o mais é apenas uma complicação que virá como consequência.

— Ou que virá em precedência — disse Mogget. — Então, entendo que seu plano principal é a gente se mover sorrateiramente, indo tão longe quanto possível, encontrar o corpo de seu pai, que numa hipótese otimista será transportado para algum lugar seguro, e então ver o que acontece?

— Iremos no meio de um dia claro e ensolarado — Sabriel balbuciou.

— Fica embaixo da terra — interrompeu Mogget.

— Então, teremos a luz do sol para onde recuar — Sabriel continuou, num tom sufocado.

— E há nesgas de luz — acrescentou Pedra de Toque. — Ao meio-dia, há uma espécie de crepúsculo embaçado por lá, com retalhos de sol débil na água.

— Então, encontraremos o corpo de papai, o traremos para um lugar seguro, aqui — disse Sabriel. — E... tiraremos as coisas de lá.

— Me parece um plano terrivelmente brilhante — resmungou Mogget. — Genial, em matéria de simplicidade...

— Pode pensar em outra coisa? — respondeu asperamente Sabriel. — Eu tentei e não consigo. Eu desejaria poder ir para casa na Terra dos Ancestrais e esquecer a coisa toda, mas, então, nunca mais veria papai e os Mortos simplesmente devorariam tudo que é vivo em todo este reino apodrecido. Talvez não funcione, mas ao menos tentarei alguma coisa, como o Abhorsen que supostamente sou e você sempre me diz que não sou!

O silêncio foi a resposta a este dito espirituoso. Pedra de Toque olhou para longe, embaraçado. Mogget olhou para ela, bocejou e deu de ombros.

— Do jeito que as coisas são, não posso pensar em mais nada. Fui ficando estúpido com a passagem dos milênios. Mais estúpido até do que os Abhorsens a quem sirvo.

— Acho que é um plano tão bom quanto qualquer outro — Pedra de Toque disse inesperadamente. Ele hesitou, e depois acrescentou: — Embora eu esteja com medo.

— Eu também estou com medo — sussurrou Sabriel. — Mas, se amanhã for um dia de sol, iremos para lá.

— Sim — disse Pedra de Toque. — Antes que fiquemos com medo demais.

## capítulo vinte

Sair da parte segura e protegida pelo aqueduto de Belisaere provou-se mais difícil do que entrar nela, particularmente pegando o caminho pela passagem em arco a extremo norte, que levava a uma rua de casas sem donos havia muito tempo abandonada, o que fazia o trajeto se curvar sinuosamente para o alto em direção aos montes a extremo norte da cidade.

Havia seis guardas na passagem em arco e pareciam consideravelmente mais atentos e eficientes que aqueles que guardavam a passagem que partia das docas. Havia também um grupo de outras pessoas à frente de Sabriel e Pedra de Toque esperando liberação. Nove homens, todos com os sinais de violência escritos nas feições, nos modos com que falavam e se moviam. Todos estavam armados, levando desde punhais a machados de lâminas largas. A maioria deles carregava arcos curtos, profundamente curvados, pendurados nas costas.

— Quem são estas pessoas? — Sabriel perguntou a Pedra de Toque. — Por que elas estão indo para a parte da cidade que pertence aos Mortos?

— Carniceiros — respondeu Pedra de Toque. — Algumas das pessoas com quem conversei na noite passada me falaram deles. Partes da cidade foram abandonadas para os Mortos muito rapidamente, por isso ainda há muitos espólios a serem pilhados. Um negócio arriscado, penso eu...

Sabriel concordou pensativamente e voltou a olhar para os homens, a maior parte dos quais estava sentada ou agachada no muro do aqueduto. Alguns lhe responderam com um olhar meio desconfiado. Por um momento, ela pensou que tinham visto os sinos sob a sua capa e a reconhecido como uma necromante, e então percebeu que ela e Pedra de Toque provavelmente deviam parecer carniceiros rivais. Afinal, quem mais iria querer deixar a proteção da água corrente? Ela se sentiu um tanto parecida com uma carniceira obstinada. Mesmo recém-lavadas e esfregadas, suas roupas e armadura não eram os itens mais agradáveis de usar. Estavam também ainda um pouco úmidas, e a capa de embarcação que a cobria estava na fronteira entre encharcada e úmida, porque não havia sido pendurada apropriadamente depois da lavagem. Pelo lado positivo, tudo trazia o cheiro do limão, pois o pessoal da lavanderia da taberna Emblema dos Três Limões usava sabão com esse perfume.

Sabriel pensou que os carniceiros estivessem esperando pelos guardas, mas era óbvio que esperavam por outra coisa, que de repente avistaram por trás dela. Os homens sentados ou acocorados se ergueram, resmungando e praguejando, e se arrastaram juntos para alguma coisa que lembrava uma fila.

Sabriel olhou para trás a fim de ver o que eles tinham observado e gelou. Pois na direção do arco vinham dois homens e quase vinte crianças: crianças de todas as idades entre seis e dezesseis anos. Os homens tinham a mesma aparência dos outros carniceiros e carregavam longos chicotes de quatro pontas. As crianças estavam algemadas nos tornozelos, as algemas presas a uma longa corrente central. Um homem segurava a corrente, conduzindo as crianças pelo meio da estrada. O outro seguia atrás, percorrendo negligentemente o ar sobre os pequenos corpos com seu chicote, as quatro línguas de vez em quando lambendo uma orelha no topo de uma pequena cabeça.

— Ouvi falar disso também — murmurou Pedra de Toque, movendo-se para mais perto de Sabriel, as mãos caindo sobre os cabos de suas espadas. — Mas pensei que fosse uma história de bêbado. Os carniceiros usam crianças, escravos, como chamarizes ou iscas, para os Mortos. Deixam-nas numa área, para afastarem os Mortos do lugar que pretendem pilhar.

— Isto é... repugnante! — exclamou Sabriel. — Imoral! Eles são escravagistas, não carniceiros! Temos que detê-los!

Ela avançou, a mente já formando um feitiço da Ordem para cegar e confundir os carniceiros, mas uma dor aguda no pescoço a deteve. Mogget, montado em seus ombros, havia enterrado as unhas bem abaixo de seu queixo. O sangue escorreu em traços finos, enquanto ele silvava em seu ouvido.

— Espere! Há nove carniceiros e seis guardas, com mais gente chegando. Que proveito terão essas crianças, e todas as outras que podem vir, se você for morta? São os Mortos que estão na raiz deste mal e o trabalho do Abhorsen é com os Mortos.

Sabriel ficou imóvel, tremendo, lágrimas de raiva e ansiedade se empoçando no canto de seus olhos. Mas ela não atacou. Ficou apenas ali parada, olhando para as crianças. Pareciam resignadas ao seu destino, silenciosas, sem esperança. Elas nem mesmo se inquietavam em suas correntes, permaneciam imóveis, as cabeças baixas, até que os carniceiros açoitaram-nas para que voltassem a andar e elas romperam num desalentado arrastar de pés em direção à passagem em arco.

Logo, estavam além dela, rumando para o alto da rua arruinada, a turma de carniceiros caminhando lentamente atrás delas. O sol brilhou claro na rua de paralelepípedos e refletiu nas armaduras e armas – e, por um breve momento, na cabeça loura de um menininho. Depois, elas desapareceram, virando à direita, tomando o caminho em direção ao Monte do Moedeiro Falso.

Sabriel, Pedra de Toque e Mogget seguiram depois de dez minutos de negociação com os guardas. A princípio, o líder, um homenzarrão numa couraça de couro manchada de molho de tomate, quis ver uma "licença oficial de carniceiro", mas isto foi logo transformado num pedido de suborno. Depois, foi simplesmente uma questão de barganha, chegando ao preço final de três centavos de prata por Sabriel, três por Pedra de Toque e um pelo gato. Estranho cálculo, Sabriel pensou, mas ficou feliz por Mogget ter permanecido em silêncio, não expressando a opinião de que estava sendo desvalorizado.

Passados o aqueduto e a tranquilizadora barreira de água corrente, Sabriel sentiu a imediata presença dos Mortos. Estavam todos por ali, nas casas arruinadas, em porões e esgotos, emboscados em algum lugar que a luz não atingia. Adormecidos, enquanto o sol brilhava, esperando a noite chegar.

Em muitos aspectos, os Mortos de Belisaere eram contrapartidas diretas dos carniceiros. Ocultos à luz do dia, pegavam o que podiam à noite. Havia muitos, muitos mortos em Belisaere, mas eram fracos, covardes e invejosos. O seu apetite em massa era enorme, mas o suprimento de vítimas tristemente limitado. Toda manhã testemunhava uma grande quantidade deles perdendo sua ligação com a Vida, para recaírem na Morte. No entanto, surgiam sempre mais outros...

— Há milhares de mortos aqui — Sabriel disse, os olhos dardejando de um lado para outro. — Eles são fracos, na maior parte, mas são tantos!

— Vamos direto para o reservatório? — Pedra de Toque perguntou. Havia uma pergunta não formulada ali, Sabriel sabia. Eles deveriam, ou poderiam, salvar as crianças primeiro?

Ela olhou para o céu e o sol antes de dar a resposta. Eles contavam com mais quatro horas de sol forte, se as nuvens não interferissem. De qualquer modo, pouco tempo. Supondo que pudessem derrotar os carniceiros, poderiam partir à procura do pai de Sabriel até a manhã seguinte? Dia após dia, parecia menos provável que seu espírito e seu corpo pudessem ser trazidos juntos. Sem ele, não poderiam vencer Kerrigor, e ele tinha que ser derrotado para que tivessem alguma esperança de consertar as pedras da Grande Ordem e banir os Mortos do Reino...

— Iremos direto para o reservatório — disse Sabriel, pesadamente, tentando apagar um súbito fragmento de sua memória visual: a luz do sol na cabeça daquele menininho, os pés que se arrastavam com dificuldade...

— Talvez nós... talvez nós possamos resgatar as crianças no caminho de volta.

Pedra de Toque seguiu na frente com confiança, mantendo-se no meio das ruas, onde o sol estava claro. Por quase uma hora, eles foram andando a passos firmes por ruas vazias e desertas, tendo como único som os cravos de suas botas nos paralelepípedos. Não havia pássaros ou animais. Nem mesmo insetos. Só ruína e decadência.

Finalmente, chegaram a um parque com cercas de ferro que se estendia em torno da base da Colina do Palácio. No topo da colina, escurecidas e chamuscadas, cascas de pedra e madeira desmoronada eram tudo que havia restado do Palácio Real.

— O último Regente incendiou-o — disse Mogget, quando todos os três pararam para olhar para o alto. — Há cerca de uns vinte anos. O edifício estava ficando infestado pelos Mortos, a despeito de todas os guardas e as proteções que vários Abhorsens visitantes haviam colocado. Dizem que o Regente enlouqueceu e tentou pôr fogo neles.

— O que aconteceu com ele? — Sabriel perguntou.

— Ela, na verdade — respondeu Mogget. — Ela morreu no incêndio, ou os Mortos a levaram embora. E isso marcou o fim de qualquer tentativa de governar o reino.

— Era um belo edifício — Pedra de Toque relembrou. — Tinha-se uma vista panorâmica de todo Saere. Tinha forros altos, e um sistema inteligente de respiradouros e frestas para captar a luz e a brisa do mar. Sempre havia música e dança em alguma parte do Palácio, e jantar de Alto Verão no jardim da cobertura, com milhares de pequenas velas acesas...

Ele suspirou e apontou para um buraco na cerca do parque.

— Podemos entrar por aqui também. Há uma entrada para o reservatório numa das cavernas ornamentais do parque. É só descer cinquenta degraus para chegar à água, melhor que os cento e cinquenta que teríamos a partir do próprio Palácio.

— Cento e cinquenta e seis — disse Mogget. — Se me lembro bem.

Pedra de Toque deu de ombros e atravessou o buraco, pulando para a grama primaveril do parque. Não havia ninguém nem nada à vista, mas ele sacou suas espadas mesmo assim. Havia grandes árvores por perto e, por consequência, sombras.

Sabriel o seguiu, Mogget pulando de seus ombros para vagar lá pela frente e farejar o ar. Havia Mortos vagando pelo lugar, mas nenhum nas proximidades. O parque era aberto demais à luz do sol.

As cavernas ornamentais ficavam a apenas cinco minutos de caminhada, depois de um fétido laguinho que uma vez ostentara dez estátuas de tritões barbados que jorravam água. Agora, as bocas dos tritões estavam entupidas de folhas apodrecidas e o laguinho quase solidificado de tão coberto por lodo amarelo-esverdeado.

Havia três entradas de cavernas, lado a lado. Pedra de Toque conduziu-os para a entrada central maior. Degraus de mármore levavam em descida pelos primeiros metros e pilares de mármore sustentavam o teto da entrada.

— Ela avança apenas cerca de quarenta passos para dentro da colina — explicou Pedra de Toque, quando acenderam suas velas na entrada, os fósforos de enxofre acrescentando seu próprio mau cheiro asqueroso ao ar desagradavelmente úmido da caverna. — Foram construídos para piqueniques no alto verão. Há uma porta por trás desta aqui. Deve estar trancada, mas pode se abrir a um feitiço da Ordem. Os degraus estão bem atrás, e são bem retos, mas não há passagens de luz. E o lugar é estreito.

— Irei na frente, então — disse Sabriel, com uma firmeza que traía a fraqueza em suas pernas e o tumulto em seu estômago. — Não consigo sentir a presença de nenhum morto, mas eles podem estar lá...

— Muito bem — disse Pedra de Toque, depois de uma hesitação momentânea.

— Você não precisa vir, como sabe — disse Sabriel repentinamente, quando estavam em frente à caverna, as velas bruxuleando ridiculamente à luz do sol. Ela de repente se sentira medonhamente responsável por ele. Ele parecia assustado, muito mais branco do que deveria ser, quase tão pálido quanto um necromante sugado pela Morte. Vira coisas terríveis no reservatório, coisas que uma vez o tinham levado à loucura, e que, a despeito de sua autoincriminação, Sabriel não acreditava que fossem culpa sua. Não era seu pai que estava ali. Ele não era um Abhorsen.

— Eu tenho que ir — Pedra de Toque respondeu. Mordeu seu lábio inferior nervosamente. — Preciso ir. Eu nunca me libertarei de minhas lembranças de outro modo. Tenho que fazer alguma coisa, criar novas lembranças, lembranças melhores. Eu preciso... buscar a redenção. Além do mais, ainda sou um membro da Guarda Real. É o meu dever.

— Então, que seja — disse Sabriel. — De qualquer modo, estou feliz por você estar aqui.

— Estou também, de um modo estranho — disse Pedra de Toque e quase, mas não completamente, sorriu.

— Eu não — interrompeu Mogget, decididamente. — Vamos fazer isso logo. Estamos desperdiçando a luz do sol.

A porta estava trancada, mas se abriu facilmente sob efeito do feitiço de Sabriel, os simples símbolos da Ordem para destrancar e abrir fluindo de sua mente diretamente para o dedo indicador, que estava pousado sobre a fechadura. Contudo, embora o feitiço fosse bem-sucedido, fora difícil de lançar. Mesmo ali, as pedras quebradas da Grande Ordem exerciam uma influência que despedaçava a Magia da Ordem.

A luz débil das velas revelou úmidos, quebradiços degraus, que conduziam diretamente para baixo. Sem curvas ou voltas, só uma escadaria reta levando para a escuridão.

Sabriel foi pisando cuidadosamente, sentindo a pedra mole se quebrar sob suas botas pesadas, por isso teve que manter seus calcanhares bem recuados a cada degrau. Isso colaborava para que o avanço fosse lento, com Pedra de Toque bem atrás dela, a luz de sua vela projetando a sombra de Sabriel nos degraus logo à frente, por isso ela se via alongada e distorcida, deslizando para dentro do escuro que havia além da área iluminada.

Ela sentiu o cheiro do reservatório antes de vê-lo, em algum ponto próximo ao trigésimo nono degrau. Um cheiro gelado e úmido que penetrou em seu nariz e pulmões, e inundou-a com a impressão de uma fria dilatação.

Depois, os degraus terminaram à beira de uma vasta sala retangular — uma câmara gigante onde as colunas de pedra se erguiam como uma floresta para sustentar um teto a dezoito metros acima de sua cabeça, e o chão diante dela não era pedra, mas água tão fria e imóvel quanto pedra. Em torno das paredes, pálidas setas de luz solar jorravam em contraponto às colunas de sustentáculo, projetando discos de luz na água. Elas faziam da borda do reservatório um complexo estudo de luz e sombra, mas o centro permanecia desconhecido, envolto em pesada escuridão.

Sabriel sentiu Pedra de Toque tocar seu ombro, e depois ouviu o seu sussurro.

— É fundo até a cintura. Entre e deslize tão silenciosamente quanto possível. Aqui... eu levarei sua vela.

Sabriel concordou, passou a vela, embainhou sua espada, e sentou-se no último degrau, antes de lentamente ir entrando na água.

Era fria, mas não insuportável. A despeito do cuidado de Sabriel, pequenas ondulações se espalharam de seu corpo, prateando a água escura, e houve um espadanar muito débil. Seus pés tocaram o fundo e ela reprimiu um gritinho apenas pela metade. Não devido ao frio, mas devido à súbita consciência das duas pedras quebradas da Grande Ordem. Ela a atingiu como o ataque violento de congestão gástrica, trazendo câimbras no estômago, suor repentino e tontura. Fortemente inclinada, ela agarrou o degrau, até que as primeiras dores decresceram para uma dor entorpecida. Foi muito pior do que no caso das pedras menores, quebradas em Crista Rachada e Nestowe.

— O que é isso? — sussurrou Pedra de Toque.

— Ah... as pedras quebradas — Sabriel murmurou. Tomou fôlego profundo, desejando expulsar para longe a dor e o desconforto. — Eu posso suportar. Tenha cuidado quando você entrar.

Ela sacou sua espada e pegou a vela de volta das mãos de Pedra de Toque, que se preparou para entrar na água. Mesmo advertido, ela o viu vacilar quando seus pés tocaram o fundo e o suor irrompeu em fios na sua testa, refletindo as ondulações que se espalharam de seu corpo ao entrar.

Sabriel esperava que Mogget pulasse em seu ombro, devido à sua aparente aversão a Pedra de Toque, mas ele a surpreendeu, saltando para o homem. Pedra de Toque ficou obviamente alarmado também, mas recobrou-se bem. Mogget pendurou-se em torno de seu pescoço e miou suavemente.

— Fiquem às margens, se puderem. A corrupção... a quebra... terá efeitos ainda mais desagradáveis perto do centro.

Sabriel ergueu sua espada em assentimento e foi em frente, seguindo a parede esquerda, tentando quebrar a tensão da superfície da água o menos possível. Mas o espadanar baixinho do vadear dos dois parecia muito ruidoso, ecoando e se espalhando para cima e para fora da cisterna, aumentando o único barulho existente ali — o gotejamento regular de água, caindo ruidosamente do teto, ou mais tranquilamente escorrendo pelas colunas.

Ela não sentia a presença de nenhum Morto, mas não estava certa sobre o quanto isso poderia ser resultante das pedras quebradas. Elas faziam seu coração doer, como um ruído constante muito alto. Seu estômago estava comprimido; sua boca estava cheia do gosto acre de bílis.

Eles tinham acabado de chegar ao lado noroeste, ficando diretamente embaixo de uma das setas de luz, quando esta subitamente se apagou e o reservatório ficou escuro num instante, exceto pelo pequenino, suave brilho das velas.

— Uma nuvem — sussurrou Pedra de Toque. — Ela vai passar.

Eles prenderam a respiração, olhando para o alto, para o pequeno contorno de luz acima, e foram recompensados quando a luz do sol voltou a se derramar. Aliviados, recomeçaram a vadear, seguindo a longa parede nordeste. Mas foi um alívio fugaz. Outra nuvem cruzou o sol, em algum ponto daquele ar fresco tão lá no alto, e a escuridão retornou. Mais nuvens se seguiram, até que houve apenas breves momentos de luz entremeados por longos intervalos de total escuridão.

O reservatório parecia mais frio sem o sol, mesmo um sol diluído pela passagem subterrânea através de frestas. Sabriel sentiu o frio então, acompanhado pelo repentino e irracional temor de que tivessem permanecido ali tempo demais e acabassem emergindo numa noite cheia de Mortos ansiosos e famintos de vida. Pedra de Toque sentiu a friagem também, ainda mais amarga por suas lembranças de duzentos anos atrás, quando vadeara a mesma água, e vira a rainha e suas duas filhas sacrificadas, e as Grandes Pedras quebradas. Houvera sangue na água, então, e ele ainda o via – um momento ímpar congelado no tempo que nunca sairia de sua cabeça.

A despeito destes medos, era a escuridão que os ajudava. Sabriel viu um brilho, uma débil luminescência a distância pelo seu lado direito, em algum ponto em direção ao centro. Protegendo seus olhos da labareda da vela, ela apontou-a para Pedra de Toque.

— Há alguma coisa ali – ele concordou, a voz tão baixa que Sabriel mal a ouviu. — Mas está a, no mínimo, quarenta passos em direção ao centro.

Sabriel não respondeu. Ela sentira alguma coisa vindo daquela luz débil, alguma coisa parecida à ligeira sensação que lhe passava pela nuca, aflorada sempre que seu pai a visitava na escola. Afastando-se da parede, ela avançou pela água, deixando para trás uma linha de ondulações em V. Pedra de Toque olhou novamente, e depois seguiu, lutando contra a náusea que se erguia dentro dele, vindo em ondas como doses repetidas de um vomitório. Ele estava zonzo também, e não conseguia sentir com precisão os seus pés.

Avançaram cerca de trinta passos, a dor e a náusea ficando cada vez piores. Daí, Sabriel de repente parou, Pedra de Toque erguendo sua espada e sua vela, os olhos tentando localizar um ataque. Mas não havia inimigo presente. A luz luminosa vinha de um diamante de proteção, os quatro sinais cardeais brilhando sob a água, as linhas de energia faiscando entre eles.

No meio do diamante, uma figura em forma de homem se erguia, as mãos vazias esticadas, como se no passado ele houvesse segurado armas. O congelamento enregelara suas roupas e seu rosto, obscurecendo suas feições, e o gelo cingia a água em torno de seu tronco. Mas Sabriel não teve dúvidas sobre quem ele era.

— Papai — sussurrou ela, o sussurro ecoou pela água escura, juntando-se aos débeis sons do gotejamento constante.

## capítulo vinte e um

— O diamante está completo — disse Pedra de Toque. — Não conseguiremos movê-lo.

— Sim, eu sei — Sabriel respondeu. O alívio que havia se erguido dentro dela à visão de seu pai estava refluindo, dando lugar à náusea causada pelas pedras quebradas. — Eu acho... eu acho que terei que entrar no reino da Morte a partir daqui e apanhar seu espírito de volta.

— O quê! — exclamou Pedra de Toque. Depois, mais baixinho, quando os ecos ressoaram: — Aqui?

— Se lançarmos nosso próprio diamante de proteção... — Sabriel continuou, pensando alto. — Um bem grande, em torno de nós dois e do diamante de papai, isso manterá a maior parte dos perigos a distância.

— A maior parte dos perigos — Pedra de Toque disse soturnamente, olhando ao redor, tentando perscrutar os exíguos limites do pequeno círculo de luz propiciado pela vela. — Ele também nos prenderá aqui, mesmo se pudermos lançá-lo tão perto das pedras quebradas. Eu sei que não conseguiria fazê-lo sozinho, neste ponto.

— Devemos juntar nossas forças. Então, se você e Mogget mantiverem vigilância enquanto eu estiver no reino da Morte, conseguiremos.

— O que você acha, Mogget? — perguntou Pedra de Toque, virando a cabeça, para que seu rosto roçasse o pequeno animal em seu ombro.

— Eu tenho meus próprios problemas — resmungou Mogget. — E acho que isso é provavelmente uma armadilha. Mas já que estamos aqui e o... Abhorsen Emérito, digamos... parece mesmo estar vivo, suponho que não haja outra coisa a fazer.

— Eu não gosto disso — sussurrou Pedra de Toque. Só o fato de estar perto das pedras quebradas exauria a maior parte de sua energia. Sabriel entrar no reino da Morte parecia loucura, desafiar o destino. Quem sabia o que podia estar emboscado por lá, próximo ao portal aberto pelas pedras quebradas fácil de atravessar? Por falar nisso, quem sabia o que se ocultava dentro ou em torno do reservatório?

Sabriel não respondeu. Ela se aproximou do diamante de proteção de seu pai, estudando os sinais cardeais sob a água. Pedra de Toque seguiu-a, relutante, forçando suas pernas a se moverem em passos curtos, minimizando o barulho e a ondulação deixados em seu rastro.

Sabriel apagou sua vela, enfiou-a em seu cinturão e depois estendeu sua mão aberta.

— Ponha sua espada de lado e dê-me sua mão — disse ela, num tom que não convidava à conversa ou à discussão. Pedra de Toque hesitou, sua mão esquerda segurava apenas uma vela e ele não queria que suas duas espadas ficassem embainhadas. Depois, obedeceu. A mão de Sabriel estava fria, mais fria que a água. Instintivamente, ele apertou-a com um pouco mais de força, para lhe dar um pouco de seu calor. – Mogget, mantenha vigilância – Sabriel instruiu.

Ela fechou seus olhos e começou a visualizar o Sinal Leste, a primeira das quatro proteções cardeais. Pedra de Toque deu uma rápida olhada ao redor, e depois também fechou seus olhos, atraído pela força da invocação de Sabriel.

A dor invadiu sua mão e seu braço, quando ele juntou sua vontade à de Sabriel. O sinal parecia borrado e impossível de focalizar em sua cabeça. As pontadas que já haviam atormentado seus pés subiram por seus joelhos, enchendo-o de dores reumáticas. Mas ele repeliu a dor, afunilando sua consciência numa só finalidade: a criação de um diamante de proteção.

Finalmente, o Sinal Leste fluiu pela lâmina de Sabriel abaixo e deitou raiz no chão do reservatório. Sem abrir seus olhos, o duo mudou de posição para encarar o sul e o próximo sinal.

Isto foi ainda mais difícil e ambos estavam suando e tremendo quando o sinal finalmente começou sua luminosa existência. A mão de Sabriel estava quente e febril agora, e a carne de Pedra de Toque ricocheteava violentamente entre o calor que fazia suar e o frio que fazia tremer. Uma terrível onda de náusea o atingiu e ele teria vomitado, mas Sabriel agarrou sua mão, como um falcão agarra a sua presa, e emprestou-lhe força. Ele tossiu com uma ânsia de vômito seca, e depois se recuperou.

O Sinal Oeste foi simplesmente uma prova de resistência. Sabriel perdeu a concentração por um momento, e assim Pedra de Toque teve que segurar o sinal sozinho por alguns segundos, o esforço o fez sentir-se zonzo do modo mais desagradável possível, o mundo girando dentro de sua cabeça, totalmente fora de controle. Depois, Sabriel forçou-se novamente e o Sinal Oeste floresceu sob a água. O Sinal Norte, então, levou-os ao desespero. Lutaram com ele pelo que pareceram horas, mas eram apenas segundos, até que o sinal quase escapou deles, sem ser lançado. Contudo, nesse momento Sabriel dispendeu toda a força de seu desejo de libertar seu pai e Pedra de Toque pressionou com o peso de duzentos anos de culpa e de dor.

O Sinal Norte rolou luminosamente espada abaixo e cresceu em brilho, num brilho que foi embaçado pela água. Linhas de fogo da Ordem correram dele para o Sinal Leste, do Sinal Leste para o Sinal Sul e para o Sinal Oeste, e voltaram para recomeçar. O diamante estava completo.

Imediatamente, eles sentiram uma diminuição da terrível presença das pedras quebradas. A dor de cabeça de alta intensidade de Sabriel arrefeceu. A sensação de normalidade retornou às pernas e aos pés de Pedra de Toque. Mogget se agitou e se esticou, o primeiro movimento significativo que fazia desde que tomara posição em torno do pescoço de Pedra de Toque.

— Uma boa formação — Sabriel disse baixinho, olhando para os sinais através dos olhos quase fechados de cansaço. — Melhor que a última que fiz.

— Eu não sei como a fizemos — murmurou Pedra de Toque, baixando os olhos fixamente para as linhas do fogo da Ordem. De repente, ficou consciente de que ainda estava segurando a mão de Sabriel e que estava se abaixando como um idoso apanhador de lenha sob um peso opressivo. Ele se ergueu e se aprumou de repente, soltando a mão dela como se fosse a cabeça dentada de uma cobra.

Ela olhou para ele, um pouco sobressaltada, e ele se descobriu olhando para o reflexo da chama de sua vela nos olhos escuros dela. Quase como se fosse pela primeira vez, ele realmente olhou para ela. Viu o cansaço que havia ali, e as incipientes rugas de preocupação, e o modo como sua boca parecia um pouco triste em suas bordas. Seu nariz ainda estava inchado e havia ferimentos amarelando em seus pômulos. Ela era bela também e Pedra de Toque percebeu que havia pensado nela apenas em termos de seu ofício, como um Abhorsen. Não como uma mulher de modo algum...

— É melhor eu ir embora — disse Sabriel, repentinamente embaraçada com o olhar fixo de Pedra de Toque. Sua mão esquerda pousou na correia de sinos, os dedos tateando as tiras que prendiam Saraneth.

— Deixe-me ajudá-la — disse Pedra de Toque. Ele se aproximou, remexendo com o couro rijo, as mãos enfraquecidas pelo esforço empenhado no lançamento do diamante de proteção, sua cabeça curvada sobre os sinos. Sabriel baixou o olhar para seu cabelo e ficou estranhamente tentada a beijar o centro exato, uma pequenina parte que marcava o epicentro de onde os cachos de um marrom-escuro se irradiavam. Mas não o fez.

A tira foi desamarrada e Pedra de Toque deu um passo para trás. Sabriel sacou Saraneth, silenciando-o cuidadosamente.

— Provavelmente, não será uma longa espera para vocês — disse ela. — O tempo se move estranhamente no reino da Morte. Se... se eu não estiver de volta dentro de duas horas, então provavelmente... provavelmente terei sido aprisionada também, e você e Mogget devem partir...

— Estarei esperando — respondeu Pedra de Toque firmemente. — Quem sabe que horas são aqui, afinal?

— E eu esperarei, ao que tudo indica — acrescentou Mogget. — A menos que queira ir embora nadando. O que não é do meu feitio. Que a Ordem esteja com você, Sabriel.

— E com você também — disse Sabriel. Ela olhou em torno da escura extensão do reservatório. Ela ainda não conseguia sentir a presença de nenhum dos Mortos por ali. No entanto...

— Precisaremos que ele fique conosco — Mogget replicou acidamente. — De um modo ou de outro.

— Eu espero que não — sussurrou Sabriel. Ela examinou a bolsa no seu cinto vasculhando as coisinhas que havia preparado anteriormente no Emblema dos Três Limões, depois virou o rosto para o Sinal Norte e começou a erguer sua espada, dando início a seus preparos para entrar na Morte.

Subitamente, Pedra de Toque foi andando ruidosamente na água e beijou-a rapidamente no rosto — um desajeitado beijinho de lábios secos que quase pegou na borda de seu elmo e não em seu rosto.

— Para dar sorte — Pedra de Toque disse nervosamente. — Sabriel.

Ela sorriu e balançou a cabeça afirmativamente duas vezes, depois olhou de volta para o norte. Seus olhos se focalizaram em alguma coisa que não estava lá e ondas de ar frio se encapelaram de sua forma imóvel. Um segundo depois, cristais de gelo começaram a cair em pedaços de seu cabelo e a escorrer em linhas pela espada e pelos sinos.

Pedra de Toque ficou olhando bem de perto, até que ficou frio demais, e então ele se afastou para o vórtice a extremo sul do diamante. Sacando uma espada, virou-se para o outro lado, segurando sua vela no alto, e começou a vadear em torno das linhas internas do fogo da Ordem, como se estivesse ainda patrulhando as ameias de um castelo. Mogget observou também, empoleirado em seu ombro, seus olhos verdes iluminados com sua própria luminescência interna. Os dois se viravam a todo momento para fitar Sabriel.

A travessia para o reino da Morte foi facilitada — até demais — pela presença das pedras quebradas. Sabriel as sentia próximas de si, como dois portões escancarados que proclamavam ingresso livre na Vida para qualquer Morto das proximidades. Felizmente, os outros efeitos das pedras — como o mal-estar nauseante — desapareciam na Morte. Havia apenas o frio e o puxão do rio.

Sabriel avançou imediatamente, examinando cuidadosamente a extensão cinzenta diante dela. As coisas se moviam à margem de sua vista. Ela ouvia movimento nas águas frias. Mas nada veio em sua direção, nada a atacou, exceto o constante retorcer e agarrar da correnteza.

Ela chegou ao Primeiro Portal, parando bem depois da parede de névoa que se estendia tão longe quanto podia ver pelos dois lados. O rio rugia depois daquela névoa, cachoeiras turbulentas avançavam para o Segundo Distrito e prosseguiam para o Segundo Portal.

Lembrando-se de páginas do *Livro dos Mortos*, Sabriel proferiu palavras de poder. A Magia Livre, que fez a sua boca tremer quando ela falou, fez seus dentes rangerem, queimando sua língua com energia pura.

O véu de névoa se rompeu, revelando uma série de cachoeiras que pareciam rolar para uma interminável escuridão. Sabriel proferiu mais algumas palavras e gesticulou à direita e à esquerda com sua espada. Uma trilha surgiu, partindo a cachoeira ao meio como um dedo que cortasse manteiga. Sabriel avançou para dentro dela e se pôs a descer, as águas batendo nos dois lados inofensivamente. Atrás dela, a névoa se fechou e, quando seu calcanhar mais recuado se ergueu para dar o passo seguinte, a trilha desapareceu.

O Segundo Distrito era mais perigoso que o Primeiro. Havia buracos profundos, bem como a onipresente correnteza. A luz era pior também. Não a escuridão total prometida no fim das cachoeiras, mas havia uma característica diferente em sua cor cinzenta. Um efeito embaçador, que tornava difícil ver além daquilo que podia ser tocado.

Sabriel prosseguiu cuidadosamente, usando a sua espada para sondar o terreno à frente. Havia um caminho aberto, ela sabia, um trajeto mapeado e diagramado por muitos necromantes e não poucos Abhorsens, mas ela não confiava em sua memória para avançar rápido e com segurança.

Constantemente, seus sentidos procuravam pelo espírito de seu pai. Ele estava em algum ponto do reino da Morte, ela tinha certeza disso. Havia sempre um sinal muito débil de sua presença, uma lembrança que perdurava. Mas não estava tão próxima à Vida. Ela teria que continuar.

O Segundo Portal era essencialmente um buraco enorme, com pelo menos cento e oitenta metros de extensão, dentro do qual o rio se precipitava como água de pia num ralo. Diferente de um ralo normal, era estranhamente silencioso, e com a luz escassa, era fácil para um desatento cair de sua borda. Sabriel ficou particularmente cuidadosa com esse Portal – ela aprendera a perceber a sensação de seu repuxo em suas canelas quando menina. Parou bem atrás quando o repuxo veio e tentou manter os olhos fixos no redemoinho silenciosamente furioso.

Um vago som esborrachado atrás dela fez com que se virasse, ceifando o ar com a espada em seu braço todo estendido, formando um grande círculo de aço enfeitiçado pela Ordem. Ela atingiu a carne do espírito morto, as faíscas voaram, um grito de raiva e dor enchendo o silêncio. Quase pulou para trás, ao ouvir aquele grito, mas se manteve firme no chão. O Segundo Portal estava perto demais.

A coisa que ela atingira recuou, sua cabeça dependurada num pescoço quase cortado. Era humanoide no formato, ao menos a princípio, mas tinha braços que roçavam abaixo dos joelhos, entrando no rio. Sua cabeça, agora pesadamente tombada num dos ombros, era mais comprida do que ampla ou alta e possuía uma boca com várias fileiras de dentes. Nas cavidades dos olhos possuía carvões flamejantes, uma característica dos Mortos profundos que vinham de além do Quinto Portal.

A coisa mostrou seus dentes rosnando e ergueu seus longos dedos magros como espetos da água para apalpar e endireitar a sua cabeça, tentando acomodá-la por trás no topo do pescoço claramente fendido.

Sabriel golpeou novamente, e a cabeça e uma mão voaram, caindo com ruído no rio. Rolaram na superfície por um momento, a cabeça uivando, os olhos flamejando de ódio pela água afora. Depois, foram sugados, afundando no torvelinho do Segundo Portal.

O corpo sem cabeça ficou onde estava por um segundo, e então começou a andar cuidadosamente para um lado, a mão que restara tateando em frente a ele. Sabriel olhou-o cuidadosamente, deliberando se devia usar Saraneth para prendê-lo à sua vontade, e depois Kibeth para mandá-lo a caminho da morte final. Mas usar os sinos alertaria tudo que estava morto, pelo menos entre ali e o Primeiro e o Terceiro Portais — e ela não desejava isso.

A coisa decapitada deu outro passo e caiu de lado num buraco profundo. Ficou ali arranhando, os longos braços se debatendo na água, mas não pôde dar impulso para o alto e para fora. Só foi bem-sucedida em entrar na força bruta da correnteza, que a arrebatou e a arremessou para dentro do redemoinho do Portal.

Mais uma vez, Sabriel recitou palavras de poder da Magia Livre, palavras impressas em sua mente desde muito tempo pelo *Livro dos Mortos*. As palavras fluíram dela, cobrindo seus lábios de bolhas, como um estranho calor neste lugar de frio devorador.

Com as palavras, as águas do Segundo Portal ficaram mais lentas e silenciosas. O vórtice do redemoinho se abriu numa longa trilha em espiral, que descia sinuosamente. Sabriel, examinando alguns últimos buracos junto à borda, cuidadosamente pisou nesta trilha e começou a descer. Atrás e acima dela, as águas começaram a redemoinhar novamente.

A trilha em espiral parecia longa, mas a Sabriel pareceu apenas questão de minutos para que ela passasse pela própria base do redemoinho e entrasse no Terceiro Distrito.

Este era um lugar complicado. A água era rasa ali, batendo apenas no tornozelo, e um pouco mais quente. A luz era melhor também — ainda cinzenta, mas podia-se ver muito mais longe. Até a ubíqua correnteza não era mais que um pouquinho de comichão em seus pés.

Mas o Terceiro Distrito tinha ondas. Pela primeira vez, Sabriel começou a correr, arrancando o mais rápido possível na direção do Terceiro Portal, apenas visível a distância. Era como o Primeiro Portal — uma cachoeira oculta por uma muralha de névoa.

Atrás dela, Sabriel ouvia o estrondo trovejante que anunciava a onda, que havia sido mantida para trás pelo mesmo feitiço que lhe permitira passar pelo redemoinho. Com a onda vinham esganiçados brados, berros e gritos. Havia claramente muitos Mortos ao redor, mas Sabriel não lhes concedera um só pensamento. Nada ou ninguém poderia resistir às ondas do Terceiro Distrito. Simplesmente corria-se tão velozmente quanto possível, na esperança de alcançar o Portal seguinte — não importando qual caminho se toma.

O trovão e o estrondo cresceram em volume, e um por um os vários brados e gritos foram submergidos pelo som maior. Sabriel não olhou, apenas correu com mais velocidade. Olhar para trás seria perder uma fração de um segundo, e isso poderia ser o bastante para a onda alcançá-la, erguê-la e arremessá-la pelo meio do Terceiro Portal, como um atordoado destroço de naufrágio na correnteza além...

Pedra de Toque fixou os olhos para além do vórtice a extremo sul, escutando. Ele tinha ouvido alguma coisa, tinha certeza disso, uma coisa além do constante gotejamento. Uma coisa ligeiramente mais barulhenta, uma coisa lenta, tentando ser sub-reptícia. Percebeu que Mogget a ouvira também, pela súbita tensão das patas do gato em seu ombro.

— Você consegue ver alguma coisa? — sussurrou ele, perscrutando a escuridão. As nuvens ainda estavam bloqueando as luzes das frestas de sol, embora ele achasse que os intervalos de luz do sol estivessem ficando mais longos. Porém, em todo caso, estavam longe demais da borda para se beneficiar de um súbito retorno do sol.

— Sim — sussurrou Mogget. — Os Mortos. Muitos deles, fazendo fila a partir da principal escada do extremo sul. Estão se enfileirando de cada um dos lados da porta, junto às paredes do reservatório.

Pedra de Toque olhou para Sabriel, agora coberta de gelo, como uma estátua de inverno. Sentiu vontade de balançar seu ombro, gritando por socorro...

— Que tipo de Mortos eles são? — perguntou. Ele não sabia muito sobre os Mortos, exceto que os Ajudantes Sombrios eram os piores da variedade normal, e os Mordentes, como aquele que seguira Sabriel, eram os piores de todos. Exceto por aquilo em que Rogir se transformara. Kerrigor, o adepto dos Mortos...

— Ajudantes — murmurou Mogget. — São todos Ajudantes, e uns tipos bem putrefatos. Só de andar já vão caindo aos pedaços.

Pedra de Toque olhou fixo novamente, tentando por mera força de vontade ver alguma coisa, mas não havia nada, exceto escuridão. Ele conseguia ouvi-los, mesmo assim, vadeando, esborrachando pela água parada. Estagnada demais para seu gosto. De repente, ele se pôs a imaginar se o reservatório teria um buraco ou um bujão de drenagem. Depois, pôs isso de lado como uma ideia ridícula. Qualquer bujão ou tampa de drenagem há muito tempo teria se fechado devido à ferrugem.

— O que eles estão fazendo? — sussurrou ansiosamente, manuseando sua espada, inclinando o cabo para este ou aquele lado. Sua mão esquerda parecia segurar a vela firmemente, mas a pequena chama bruxuleava, clara prova dos pequeninos tremores que percorriam seu braço.

— Apenas se alinhando junto às paredes, em fileiras — Mogget sussurrou em resposta. — Estranho, é quase como se fossem uma guarda de honra...

— Que a Ordem nos proteja — gemeu Pedra de Toque, com um peso de absoluto horror e terrível pressentimento em sua garganta. — Rogir... Kerrigor. Ele deve estar aqui... e ele está chegando...

## capítulo vinte e dois

Sabriel chegou ao Terceiro Portal bem à frente da onda, murmurando um feitiço da Magia Livre enquanto corria, sentindo-o emanar de sua boca e subir, enchendo suas narinas com fumigações picantes. O feitiço dividiu as névoas e Sabriel passou pelo vão, a onda batendo inofensivamente contra ela, despejando sua carga de Mortos na cachoeira além. Esperou um momento mais, até que a trilha surgisse, e depois seguiu em frente, rumo ao Quarto Distrito.

Esta era uma área relativamente fácil de atravessar. A correnteza era forte novamente, mas previsível. Havia poucos Mortos, porque a maioria estava aturdida e carregada pela onda do Terceiro Distrito. Sabriel andava rapidamente, usando a força de sua vontade para suprimir o frio invasor e as mãos agarradoras da correnteza. Ela conseguia sentir o espírito de seu pai agora, bem próximo, como se ele estivesse em um quarto de uma grande casa e ela em outro — rastreando-o pelos vagos sons da moradia. Ele podia estar ali, no Quarto Distrito, ou além do Quarto Portal, no Quinto Distrito.

Ela apressou um pouco seu passo outra vez, ansiosa por encontrá-lo, conversar com ele, libertá-lo. Ela sabia que tudo ficaria bem assim que seu papai fosse libertado...

Mas ele não estava no Quarto Distrito. Sabriel chegou ao Quarto Portal sem sentir nenhuma intensificação de sua presença. Este Portal era outra cachoeira, ou coisa assim, mas não estava envolto em nevoeiro. Parecia com a fácil queda de água de um açude, de pouco mais que meio metro de altura. Mas Sabriel sabia que, se alguém se aproximasse da borda, havia nela força mais que suficiente para puxar o mais poderoso dos espíritos para as profundezas.

Ela parou num ponto bem afastado e estava para lançar o feitiço que evocaria sua trilha, quando uma sensação de zombaria por trás de sua cabeça fez com que parasse e olhasse ao redor.

A cachoeira se estendeu o máximo que podia pelos dois lados e Sabriel sabia que, se fosse tola o bastante para tentar caminhar por toda a sua extensão, seria uma viagem sem fim. Talvez a cachoreira no fim fizesse uma volta para si mesma, mas como não havia pontos de referência, estrelas ou nada mais para fixar a posição de alguém, nunca se saberia. Ninguém nunca caminhara por toda a largura do interior de um Distrito ou Portal. Para que serviria? Todos entravam na Morte ou saíam dela. Não pelos lados, exceto na fronteira com a Vida, por onde caminhar em paralelo alterava o ponto de onde se sairia. Mas isso era útil apenas para formas espirituais ou para seres raros como o Mordente, que levavam suas formas físicas consigo mesmos.

Contudo, Sabriel sentia uma pressão para caminhar junto ao Portal, virar-se em seus calcanhares e seguir a linha da cachoeira. Era uma pressão inidentificável e isso a deixava inquieta. Havia no reino da Morte outras coisas além dos Mortos — seres inexplicáveis da Magia Livre, estranhas criações e forças incompreensíveis. Esta pressão — este apelo — podia proceder de uma delas.

Ela hesitou, refletindo sobre a coisa, e depois se arremeteu em direção à água, seguindo avante na linha paralela à cachoeira. Poderia ser alguma convocação da Magia Livre ou poderia ser alguma ligação com o espírito de seu pai.

— Eles estão descendo pelas escadarias leste e oeste também — disse Mogget. — Mais Ajudantes.

— E quanto ao sul, por onde viemos? — perguntou Pedra de Toque, olhando nervosamente de um lado para outro, os ouvidos se esforçando para escutar todos os sons, ouvindo os Mortos vadeando a água para sair do reservatório e formar suas estranhas filas regimentais.

— Ainda não — respondeu Mogget. — A escadaria termina na luz do sol, lembra-se? Eles teriam que atravessar o parque.

— Não deve haver muita luz do sol — murmurou Pedra de Toque, olhando para as frestas de luz. Um pouco de sol passava por elas, pesadamente filtrado pelas nuvens, mas não era suficiente para causar qualquer aflição nos Mortos ou erguer seu ânimo. — Quando... quando você acha que ele chegará? — perguntou Pedra de Toque. Mogget não precisava perguntar quem "ele" era.

— Logo — respondeu o gato, num tom displicente. — Eu sempre disse que isso era uma armadilha.

— Então, como vamos sair disso? — perguntou Pedra de Toque, tentando manter sua voz firme. Interiormente, lutava com forte desejo de abandonar o diamante de proteção e fugir para a escadaria a extremo sul, jogando água pelo reservatório como um cavalo em disparada, não se importando com o barulho que faria. Mas lá estava Sabriel congelada, imóvel...

— Não tenho certeza de que conseguiremos — disse Mogget, com um olhar de esguelha para as duas estátuas contornadas de gelo nas proximidades. — Isso depende de Sabriel e seu pai.

— Que podemos fazer?

— Defender-nos se formos atacados, eu suponho — falou Mogget arrastadamente, como se declarasse o óbvio para uma criança cansativa. — Ter esperanças. Rezar à Ordem para que Kerrigor não chegue antes de Sabriel retornar.

— E se ele chegar? — perguntou Pedra de Toque, fixando os olhos estalados na escuridão. — E se ele chegar?

Mas Mogget tinha feito silêncio. Tudo que Pedra de Toque conseguia ouvir era o arrastar dos pés, o vadear e o barulho na água dos Mortos à medida que lentamente iam se aproximando, como ratos famintos que rastejassem para o jantar de um bêbado adormecido.

Sabriel não tinha ideia da distância que percorrera antes de encontrá-lo. A mesma sensação de zombaria incitou-a a parar, a olhar para a própria cachoeira, e lá estava ele. Abhorsen. Papai. De algum modo aprisionado dentro do próprio Portal, e por isso só sua cabeça era visível acima da água do fluxo veloz da correnteza.

— Papai! — gritou Sabriel, mas ela resistiu ao impulso de correr em sua direção. A princípio, ela pensou que ele estava inconsciente de sua presença, depois uma ligeira piscadela de um olho mostrou a percepção consciente. Ele piscou outra vez e moveu suas pálpebras para a direita, várias vezes.

Sabriel seguiu seu olhar e viu algo alto e sombrio se lançar pela cachoeira, os braços se erguendo para sair do Portal. Ela deu um passo à frente, espada e sino preparados, e depois hesitou. Era um humanoide morto, muito parecido em forma e tamanho àquele que havia trazido os sinos e a espada ao colégio Wyverley. Ela voltou a olhar para seu pai e ele piscou de novo, o canto de sua boca se erguendo muito levemente — quase um sorriso.

Ela deu um passo para trás, ainda cautelosa. Havia sempre a possibilidade de que o espírito acorrentado à cachoeira fosse meramente um imitador de seu pai ou, mesmo se fosse ele próprio, que estivesse sob a influência de algum poder.

A criatura morta finalmente conseguiu saltar para fora, os músculos dispostos de um modo diferente do humano, visivelmente entesados nos antebraços. Ficou na borda por um momento, a cabeça volumosa procurando de um lado para outro, e depois se moveu pesadamente em direção a Sabriel com aquele modo de andar rolando que lhe era familiar. A vários passos de distância dela — fora do alcance da espada —, a criatura parou e apontou para a sua boca. Seu queixo subiu e desceu, mas nenhum som foi emitido de sua boca vermelha e carnuda. Um fio negro saía de suas costas, descendo para as águas correntes do Portal.

Sabriel refletiu por um momento, e depois pôs Saraneth de volta em seu lugar, sacando o Dyrim. Ela armou seu pulso para fazer o sino soar, hesitou — pois tocar o Dyrim iria alertar todos os Mortos ao redor — e depois deixou-o cair. O Dyrim soou, doce e claro, várias notas saindo daquele repique singular, misturando-se como muitas conversas entreouvidas numa multidão.

Sabriel tocou o sino novamente antes que os ecos morressem, numa série de ligeiras contorções do pulso, movendo o som na direção da criatura morta, trançando-o com os ecos do primeiro repique. O som pareceu envolver o monstro, circulando em torno de sua cabeça e de sua boca emudecida.

Os ecos se apagaram. Sabriel recolocou o Dyrim em seu lugar rapidamente, antes que pudesse tentar soar conforme sua própria vontade, e sacou Ranna. O Adormecedor poderia subjugar um grande número de Mortos imediatamente e ela temia que muitos afluíssem ao som dos sinos. Esperariam encontrar provavelmente um necromante tolo e semiexperiente, mas mesmo assim, seriam perigosos. Ranna se contorcia em sua mão, ansiosamente, como uma criança que acordaria a um toque seu.

A boca da criatura se moveu novamente e agora tinha uma língua, uma horrível massa pastosa de carne branca que se retorcia como uma lesma. Mas funcionava. A coisa fez vários sons de gorgolejo e engoliu, e depois falou com a voz de Abhorsen.

— Sabriel! Eu tanto esperei quanto temi que você viesse.

— Papai... — balbuciou Sabriel, olhando mais para seu espírito aprisionado que para a criatura. — Papai...

Ela não resistiu e começou a chorar. Tinha vindo a esta distância, passado por tantos problemas, só para encontrá-lo aprisionado, aprisionado muito além de sua capacidade de libertá-lo. Ela nem mesmo sabia que era possível aprisionar alguém dentro de um Portal!

— Sabriel! Silêncio, filha! Não temos tempo para lágrimas. Onde está o seu corpo físico?

— No reservatório — fungou Sabriel. — Perto do seu. Dentro de um diamante de proteção.

— E os Mortos? Kerrigor?

— Não havia sinal deles por lá, mas Kerrigor está em algum lugar na Vida. Eu não sei onde.

— Sim, eu sabia que ele havia emergido — murmurou Abhorsen, usando a boca da coisa. — Temo que esteja perto do reservatório. Devemos nos mover rapidamente. Sabriel, você sabe como mover dois sinos ao mesmo tempo? Mosrael e Kibeth?

— Dois sinos? — perguntou Sabriel, intrigada. O despertador e o expulsor? Ao mesmo tempo? Ela nem mesmo nunca ouvira falar que era possível, ou teria ouvido?

— Pense — disse a criatura governada por Abhorsen. — Lembre-se. *O Livro dos Mortos.*

Lentamente, o livro voltou, as páginas flutuando pela memória consciente, como folhas de uma árvore sacudida. Os sinos podiam ser soados aos pares, ou mesmo em combinações maiores, se necromantes em número suficiente se juntassem para brandi-los. Mas os riscos eram muito maiores...

— Sim — disse Sabriel, lentamente. — Eu me lembro. Mosrael e Kibeth. Eles libertarão o senhor?

A resposta demorou a vir.

— Sim. Por certo tempo. Suficiente, espero, para fazer o que deve ser feito. Rápido, agora.

Sabriel concordou, tentando não pensar sobre o que ele acabara de dizer. Subconscientemente, ela sempre soubera que o espírito de Abhorsen estivera por tempo muito longo separado de seu corpo, e afundado demais no reino da Morte. Ele não poderia nunca reviver, na verdade. Conscientemente, ela escolhera proteger sua mente desta verdade.

Ela embainhou sua espada, recolocou Ranna no lugar, e sacou Mosrael e Kibeth. Sinos perigosos, os dois, e mais ainda em combinação do que sozinhos. Ela silenciou sua mente, esvaziando-se de todo pensamento e emoção, concentrando-se unicamente nos sinos. Então, tocou-os.

Mosrael, ela balançou num círculo de três quartos acima de sua cabeça; Kibeth, balançou numa representação reversa do número oito. O alarme estridente juntou-se à jiga dançante, fundindo-se num tom dissonante, desagradável, mas cheio de energia. Sabriel descobriu-se caminhando na direção da cachoeira, a despeito de todos os seus esforços para permanecer imóvel. Uma força parecida com o domínio de um gigante demente movia as suas pernas, curvava seus joelhos, fazia-a seguir adiante.

Ao mesmo tempo, seu pai estava emergindo da cachoeira do Quarto Portal. Sua cabeça se libertou primeiro e ele dobrou o pescoço, depois sacudiu os ombros, ergueu os braços sobre a cabeça e se esticou. Mas Sabriel ainda ia em frente, até que chegou a dois passos da borda e pôde baixar o olhar para dentro das águas que giravam em remoinhos, o som dos sinos enchendo seus ouvidos, forçando-a a avançar.

Então, Abhorsen ficou livre e saltou para frente, lançando suas mãos sobre os bocais dos sinos, agarrando os badalos com suas mãos pálidas, fazendo-os ficarem repentinamente mudos. O silêncio se fez, e pai e filha se abraçaram no Quarto Portal.

— Muito bom — disse Abhorsen, sua voz profunda e familiar, proporcionando calor e conforto como um brinquedo de infância favorito. — Uma vez aprisionado, mandar os sinos e a espada foi tudo que pude fazer. Agora, temo que tenhamos que nos apressar, voltar à Vida, antes que Kerrigor possa completar seu plano. Dê-me Saraneth, por enquanto... não, você leva a espada e Ranna, eu acho. Venha!

Ele tomou a frente do caminho de volta, andando velozmente. Sabriel grudou em seus calcanhares, as perguntas explodindo dentro dela. Continuou olhando para ele, observando as feições familiares, o modo como seu cabelo ficava desarrumado por trás, a barba espetada aparecendo em seu queixo e costeletas. Ele usava o mesmo tipo de roupa que ela, completada pelo manto de armadura com chaves prateadas. Ele não era tão alto como ela se lembrava.

— Papai! — exclamou ela, tentando falar, tentando ficar emparelhada com ele e exercer vigilância, tudo ao mesmo tempo. — O que está acontecendo? Qual é o plano de Kerrigor? Eu não entendo. Por que não fui trazida para cá, para que eu soubesse das coisas?

— Para cá? — perguntou Abhorsen, sem diminuir a marcha. — Para a Morte?

— Você sabe o que eu quero dizer — protestou Sabriel. — O Reino Antigo! Por que eu... quer dizer, eu devo ser o único Abhorsen que não tem nenhuma ideia de como tudo funciona! Por quê? Por quê?

— Não há uma resposta simples — respondeu Abhorsen olhando para trás. — Mas eu enviei você para a Terra dos

Ancestrais por duas principais razões. A primeira era mantê-la a salvo. Eu já tinha perdido a sua mãe e a única maneira de deixá-la segura no Reino Antigo era ou mantê-la comigo ou sempre em nossa casa, praticamente como prisioneira. Eu não poderia mantê-la comigo, porque as coisas estavam ficando cada vez piores desde a morte do Regente, dois anos antes de você nascer. A segunda razão foi porque o Clayr me aconselhou a fazer assim. Disseram que nós precisávamos de alguém... ou precisaremos de alguém... eles não são bons em lidar com o tempo... que conheça a Terra dos Ancestrais. Eu não sabia por que naquela época, mas suspeito que saiba agora.

— Por quê? — perguntou Sabriel.

— O corpo de Kerrigor — respondeu Abhorsen. — Ou de Rogir, para chamá-lo pelo seu verdadeiro nome. Ele nunca foi morto realmente porque seu corpo se encontra protegido pela Magia Livre, em algum lugar na Vida. É como uma âncora que sempre o traz de volta. Todos os Abhorsens desde a quebra das Grandes Pedras têm procurado por esse corpo, mas nenhum de nós... e isto me inclui... nunca o achou, porque nunca suspeitamos que estivesse na Terra dos Ancestrais. Obviamente, em algum lugar próximo ao Muro. O Clayr o terá localizado a esta altura, porque Kerrigor deve ter ido para ele quando emergiu na Vida. Certo, você quer fazer o feitiço ou deverei eu mesmo fazê-lo?

Eles tinham alcançado o Terceiro Portal. Ele não esperou por sua resposta, mas imediatamente pronunciou as palavras. Sabriel sentiu-se estranha ao ouvi-las, mais que ao falá-las — curiosamente distante, como um observador muito alheio.

Degraus se ergueram diante deles, atravessando a cachoeira e a névoa. Abhorsen foi pulando-os de dois em dois, demonstrando surpreendente energia. Sabriel o seguia o melhor que podia. Ela sentia o cansaço em seus ossos agora, uma prostração que ia para além dos músculos exaustos.

— Pronta para correr? — perguntou Abhorsen. Ele pegou em seu cotovelo quando deixaram os degraus e entraram nos nevoeiros repartidos, um gesto curiosamente formal que a fez lembrar-se de quando era uma garotinha, exigindo ser apropriadamente escoltada quando eles levavam uma cesta de piquenique numa das visitações corpóreas de seu pai à escola.

Correram atrás da onda, com as mãos dentro dos sinos, cada vez mais rápidos, até que Sabriel achou que suas pernas se travariam e ela cairia de pernas para o ar, girando sem parar, e finalmente ficaria detida num emaranhado barulhento de espada e sinos.

Mas ela conseguira seguir em frente de algum modo, com Abhorsen entoando o feitiço que abria a base do Segundo Portal, para que pudessem subir pelo redemoinho de água.

— Como eu estava dizendo — continuou Abhorsen, pulando esses degraus de dois em dois de uma vez só também, falando tão rapidamente quanto subia. — Kerrigor provavelmente não seria nunca um assunto com que se pudesse lidar até que um Abhorsen encontrasse o corpo. Todos nós o expulsamos por várias vezes, fazendo-o recuar até a distância do Sétimo Portal, mas isso era apenas adiar o problema. Ele foi ficando cada vez mais forte enquanto as Pedras da Ordem menores se quebravam e o reino se deteriorava, e nós ficamos mais fracos.

— Nós quem? — perguntou Sabriel. Toda essa informação vinha rápido demais, particularmente levando-se em conta que os dois estavam correndo.

— A linha de sucessão da Grande Ordem — respondeu Abhorsen. — Que, para todas as intenções e propósitos, significa os Abhorsens e o Clayr, desde que a linha de sucessão real se encontra em extinção. E há, naturalmente, o remanescente dos Construtores de Muros, uma espécie de criação deixada de lado depois que eles puseram seus poderes no Muro e nas Grandes Pedras.

Ele deixou a borda do redemoinho de água e entrou confiantemente no Segundo Portal, Sabriel em seus calcanhares. Diferente do avanço travado e tateante que ela fazia, Abhorsen praticamente avançava a meio trote, obviamente seguindo uma rota familiar. Como ele podia fazê-lo, sem pontos de referência ou quaisquer indicações óbvias, Sabriel não tinha ideia. Talvez, quando houvesse passado trinta anos anormais atravessando o reino da Morte, ela viesse a achar isso fácil.

— Assim — prosseguiu Abhorsen —, nós finalmente temos a oportunidade de acabar com Kerrigor de uma vez por todas. O Clayr vai conduzi-la até o corpo dele, você o destruirá, e então banirá a forma espiritual de Kerrigor, que ficará seriamente enfraquecida. Depois disso, você pode tirar o Príncipe Real sobrevivente de seu estado de suspensão, e com a ajuda do Construtor de Muro remanescente, consertar as pedras da Grande Ordem...

— O Príncipe Real sobrevivente? — perguntou Sabriel, com uma sensação de conhecimento não procurado se formando nela. — Ele não estava... suspenso como uma figura de proa na Cova Santa... com seu espírito no reino da Morte?

— Um filho bastardo, na verdade, e provavelmente louco — disse Abhorsen, sem realmente ouvir. — Mas ele tem o sangue.

O quê? Oh, sim, sim, ele está... você disse *estava*... você quer dizer que...

— Sim — disse Sabriel num tom melancólico. — Ele se chama Pedra de Toque. E está esperando no reservatório. Perto das Pedras. Com Mogget.

Abhorsen parou pela primeira vez, claramente jogado para trás.

— Todos os nossos planos vão por água abaixo — disse ele sombriamente, suspirando. — Kerrigor me atraiu ao reservatório para usar meu sangue para quebrar uma Pedra Grande, mas eu consegui me proteger, por isso ele se contentou com me aprisionar na Morte. Ele achou que você seria atraída pelo meu corpo e que poderia usar seu sangue, mas eu não estava tão aprisionado, com tanta segurança quanto ele pensava, e planejei uma reviravolta. Mas, agora, se o príncipe está lá, ele tem outra fonte de sangue para quebrar a Grande Ordem...

— Ele está no diamante de proteção — disse Sabriel, subitamente temendo pela vida de Pedra de Toque.

— Isso pode não ser suficiente — respondeu Abhorsen soturnamente. — Kerrigor fica mais forte a cada dia que passa na Vida, tirando sua força de gente viva, e se alimentando das Pedras quebradas. Ele logo será capaz de quebrar até as mais fortes defesas da Magia da Ordem. Ele deve estar forte o bastante no momento. Mas fale-me do companheiro do príncipe. Quem é Mogget?

— Mogget? — repetiu Sabriel, novamente surpresa. — Mas eu o conheci em sua casa! Ele é uma criatura da Magia Livre... ou algo assim... usando uma forma de gato branco, com uma coleira vermelha que carrega um Saraneth em miniatura.

— Mogget — disse Abhorsen, como se tentasse manter sua boca em torno de um bocado duro de engolir. — Este é o remanescente dos Construtores de Muro, ou sua derradeira criação, ou seu filho... ninguém sabe, possivelmente nem ele mesmo. Eu me pergunto é por que ele teria assumido a forma de um gato. Ele sempre foi um ano albino serviçal para mim e praticamente nunca deixou a casa. Suponho que ele deva ser alguma espécie de proteção para o príncipe. Nós temos que correr.

— Pensei que estivéssemos correndo! — replicou Sabriel asperamente, quando ele disparou novamente. Ela não queria ser geniosa, mas esta não era a sua ideia de uma reaproximação afetuosa de pai e filha. Ele mal parecia notá-la, exceto como um repositório para numerosas revelações e como um instrumento para lidar com Kerrigor.

Abhorsen de repente parou e estreitou-a num rápido abraço de um braço só. Seu aperto era firme, mas Sabriel sentiu outra realidade ali, como se seu braço fosse uma sombra, temporariamente nascida da luz, mas destinada a desaparecer quando a noite chegasse.

— Eu não tenho sido um pai ideal, bem sei — Abhorsen falou baixinho. — Nenhum de nós nunca é. Quando nos tornamos o Abhorsen, perdemos muita coisa. A responsabilidade por muitas pessoas sobre as responsabilidades pessoais. Dificuldades e inimigos vão nos tirando a brandura. Nossos horizontes se estreitam. Você é minha filha e eu sempre a amei. Mas, agora, eu vivo outra vez por só um pouquinho de tempo... umas cem centenas de batidas do coração, não mais... e devo vencer uma batalha contra um inimigo terrível. Nossos papéis agora, que por força temos que representar, não são de pai e filha, mas de um velho Abhorsen abrindo caminho para um novo. Mas, além disso, sempre haverá o meu amor.

— Umas cem centenas de batidas do coração... — sussurrou Sabriel, lágrimas rolando pelo seu rosto. Delicadamente, ela retirou-se de seus braços e eles seguiram em frente juntos, em direção ao Primeiro Portal, ao Primeiro Distrito, à Vida e, depois, ao reservatório.

## capítulo vinte e três

Pedra de Toque conseguia ver os Mortos agora e não tinha dificuldade para ouvi-los. Eles estavam cantando e batendo palmas, as mãos apodrecidas se chocando num ritmo firme e lento que arrepiava todos os pelos de sua nuca. Um ruído macabro, sons penosos de ossos contra ossos ou dos baques líquidos da carne decomposta e gelatinosa. O cântico era ainda pior, pois pouquíssimos dentre eles tinham bocas funcionais. Pedra de Toque, que nunca vira ou ouvira um naufrágio, agora sabia qual era o som de mil marinheiros afundando, todos de uma vez só, no mar silencioso.

As filas dos mortos haviam marchado em direção ao lugar onde Pedra de Toque estava, formando uma grande massa de sombra ondulante, espalhada como um fungo sufocante em torno das colunas. Pedra de Toque não conseguiu discernir o que estavam fazendo, até que Mogget, com sua visão noturna, explicou.

— Eles estão se alinhando em duas filas, para fazer um corredor — sussurrou o pequeno gato, embora a necessidade de silêncio tivesse acabado havia muito tempo. — Um corredor de Ajudantes Mortos, rumando pela escadaria do extremo norte em nossa direção.

— Você consegue ver a entrada da escadaria? — perguntou Pedra de Toque. Ele não tinha mais medo, agora que conseguia ver e cheirar os cadáveres putrefatos e fedorentos alinhados numa caricatura de desfile militar. Eu devia ter morrido neste reservatório há muito tempo, pensou. Houve apenas um adiamento de duzentos anos...

— Sim, consigo — continuou Mogget, seus olhos verdes como uma chama faiscante. — Uma besta alta entrou, a carne fervendo com chamas imundas. Um Mordente. Está se agachando na água, olhando para trás como um cão olha para seu dono. O nevoeiro está rolando escada abaixo atrás dele... um truque da Magia Livre, esse. Eu me pergunto: por que ele teria tal ânsia de impressionar?

— Rogir sempre foi exibido — Pedra de Toque declarou, como se estivesse num jantar festivo fazendo um comentário sobre alguém. — Ele queria todo mundo olhando para ele. Não é diferente como Kerrigor, não é diferente depois de morto.

— Oh, mas ele é sim — disse Mogget. — Muito diferente. Ele sabe que você está aqui e o nevoeiro é por vaidade. Ele deve ter se apressado ao fazer o corpo que está usando agora. Um homem vaidoso, mesmo quando morto, não gostaria que este corpo fosse olhado.

Pedra de Toque engoliu em seco, tentando não pensar naquilo. Pensou se não poderia disparar do diamante, atirar suas espadas como flechas dentro daquele nevoeiro, um ataque demente — mas mesmo se ele ficasse ali, teriam suas espadas, embora fossem enfeitiçadas pela Ordem, algum efeito sobre a carne mágica que Kerrigor agora usava?

Alguma coisa se mexeu na água, nos limites de sua visão, e os Ajudantes aceleraram o andamento de sua percussão, o frenético canto gorgolejante aumentando em volume.

Pedra de Toque olhou de soslaio, confirmando o que ele pensara ter visto – gavinhas de névoa, preguiçosamente vagando por sobre a água entre as filas dos Mortos, em meio ao corredor que eles tinham feito.

– Ele está brincando com a gente – arfou Pedra de Toque, surpreso por sua própria falta de fôlego para a fala. Sentia-se como se tivesse corrido mais de um quilômetro a toda velocidade, seu coração batendo em disparada...

Um uivo terrível subitamente se sobrepôs à percussão dos Mortos e Pedra de Toque saltou para trás, quase desalojando Mogget. O uivo cresceu e cresceu, ficando insuportável, e depois uma forma enorme irrompeu do nevoeiro e da escuridão, precipitando-se em direção a eles com uma força apavorante, grandes jatos de borrifo explodindo ao seu redor quando ele correu.

Pedra de Toque gritou ou berrou – não teve certeza – e jogou para longe sua vela, sacou sua espada esquerda e projetou as duas lâminas, abaixando-se para receber a investida, os joelhos tão curvos que ficou com a água à altura do peito.

– O Mordente! – gritou Mogget, e depois desapareceu, saltando do pescoço de Pedra de Toque para a ainda congelada Sabriel.

Pedra de Toque mal teve tempo para absorver esta informação e uma imagem fracionada de uma coisa como um enorme urso envolto em chamas, uivando como se desse o grito final de um sacrifício, e o Mordente colidiu com o diamante de proteção e as espadas apontadas para ele.

Faíscas prateadas explodiram com uma pancada ruidosa que encobriu o uivo, arremessando tanto Pedra de Toque quanto o Mordente vários metros para trás. Pedra de Toque perdeu seu equilíbrio e afundou, a água borbulhando em seu nariz e na boca que ainda gritava. Ele entrou em pânico, pensando que o Mordente estaria sobre ele dentro de um segundo, e lançou-se de volta para o alto com uma força desnecessária, rompendo furiosamente os músculos de seu estômago.

Ele quase voou para fora da água, as espadas de novo em guarda, mas o diamante estava intacto e o Mordente batia em retirada, recuando pelo corredor de Ajudantes. Eles haviam cessado seu ruído, mas havia algo mais — algo que Pedra de Toque não reconheceu, até que a água saiu de suas orelhas.

Era uma risada, uma risada que ecoava pelo nevoeiro, que agora ondulava por sobre a água, aproximando-se cada vez mais, até que o fugitivo Mordente foi envolvido por ele e perdido de vista.

— Meu cão de caça assustou você, irmãozinho? — disse uma voz que saiu de dentro do nevoeiro.

— Ui! — exclamou Sabriel, sentindo as unhas de Mogget cravarem em seu corpo físico. Abhorsen olhou para ela, erguendo uma sobrancelha prateada de modo interrogativo.

— Alguma coisa tocou meu corpo na Vida — explicou ela. — Mogget, eu acho. Eu me pergunto o que estará acontecendo...

Eles estavam bem à beira da Morte, na fronteira com a Vida. Nenhum morto havia tentado detê-los e haviam passado facilmente pelo Primeiro Portal. Talvez qualquer morto se aterrorizasse com a visão de dois Abhorsens juntos...

Agora, eles esperavam. Sabriel não sabia por quê. De algum modo, Abhorsen parecia capaz de ver por dentro da Vida ou de entender o que estava acontecendo. Ele se postava como um indivíduo abelhudo, ligeiramente curvado, o ouvido apontado para uma porta não existente.

Sabriel, por outro lado, tinha a pose de um soldado, mantendo vigilância sobre os Mortos. As pedras quebradas tornavam esta parte da Morte uma atraente estrada para a Vida e ela tinha esperado encontrar muitos Mortos ali, tentando tirar vantagem do "buraco". Mas não foi assim. Eles pareciam estar sozinhos no rio cinzento e indefinido, tendo como únicas companhias as ondas e redemoinhos da água.

Abhorsen fechou seus olhos, concentrando-se com mais força ainda, e depois arregalou-os fixamente e tocou ligeiramente no braço de Sabriel.

— Está quase na hora — disse ele delicadamente. — Quando emergirmos, eu quero que você leve... Pedra de Toque... e fuja para a escadaria ao extremo sul. Não pare para nada, nada neste mundo. Assim que estiverem do lado de fora, subam no topo da Colina do Palácio, dando para o Pátio Ocidental. É apenas um campo vazio agora, Pedra de Toque saberá como chegar lá. Se o Clayr estiver vigiando apropriadamente, e não teve seus tempos embaralhados, haverá uma Asa de Papel lá...

— Uma Asa de Papel! — interrompeu Sabriel. — Mas eu a destruí num acidente.

— Há várias por lá — respondeu Abhorsen. — O Abhorsen que a construiu... o quadragésimo sexto, acho... ensinou aos vários outros como construí-las. De qualquer modo, deve estar lá. O Clayr estará lá também, ou um mensageiro, para lhe dizer onde encontrar o corpo de Kerrigor na Terra dos Ancestrais. Voe tão rente ao Muro quanto possível, cruze-o, encontre o corpo e destrua-o!

— O que você ficará fazendo? — sussurrou Sabriel.

— Eis o Saraneth — respondeu Abhorsen, não encarando o seu olhar. — Dê-me sua espada e... Astarael.

O sétimo sino. Astarael, o doloroso. O pranteador.

Sabriel não se moveu, não fez movimento algum para estender ao pai o sino ou a espada. Abhorsen colocou o Saraneth em sua bolsa e fechou a tira. Ele começou a desamarrar a tira que portava o Astarael, mas a mão de Sabriel se fechou sobre a sua, apertando-a fortemente.

— Deve haver outro jeito. — Ela chorou. — Podemos fugir todos juntos...

— Não — disse Abhorsen firmemente. Ele afastou sua mão delicadamente. Sabriel deixou-o à vontade e ele tirou Astarael cuidadosamente da correia, certificando-se de que não soaria.

— O caminhante escolhe o caminho ou o caminho escolhe o caminhante?

Entorpecida, Sabriel passou-lhe sua espada... a espada que era dele. Suas mãos vazias penderam abertas ao seu lado.

— Eu caminhei na Morte até o próprio abismo do Nono Portal — Abhorsen disse baixinho. — Conheço os segredos e horrores dos Nove Distritos. Eu não sei o que há além, mas tudo que vive deve rumar para lá, no tempo apropriado. Essa é a regra que governa nosso trabalho como Abhorsens, mas ela também nos governa. Você é a quinquagésima terceira Abhorsen, Sabriel. Eu não lhe ensinei tão bem quanto deveria.

Deixe que esta seja minha lição derradeira. Tudo e todos têm um tempo para morrer.

    Ele se curvou para frente e beijou sua testa, bem à beira de seu elmo. Por um momento, ela ficou como um boneco de corda em repouso, depois se lançou contra o peito dele, sentindo o tecido suave do manto de sua armadura. Pareceu diminuir de tamanho, até que outra vez era uma menininha, correndo para abraçá-lo nos portões da escola. Tal como fazia então, conseguiu ouvir a lenta batida de seu coração. Só que agora ela ouvia as batidas como grãos de areia numa ampulheta, contando as cem centenas que ele penosamente obtivera, contando até que fosse a hora de ele morrer.

    Ela o abraçou apertado, os braços se fechando em torno de suas costas, os braços dele estendidos como uma cruz, a espada numa mão, o sino na outra. Então, ela se soltou.

    Eles se viraram juntos e mergulharam de volta à Vida.

•

Kerrigor soltou outra risada, um cacarejo obsceno que se erguia num crescendo maníaco, antes de subitamente cair num silêncio ameaçador. Os Mortos recomeçaram sua percussão, mais suave agora, e o nevoeiro avançou com horrível segurança. Pedra de Toque, encharcado e parcialmente afogado, olhava-o com os nervos retesados de um rato capturado por uma serpente deslizante. Em alguma parte remota de sua cabeça, notou que era mais fácil ver a brancura do nevoeiro. Lá em cima, as nuvens haviam passado e as bordas do reservatório eram de novo iluminadas pela luz do sol filtrada. Mas eles estavam distantes da borda a quarenta passos ou mais...

    Um ruído de rachadura fez com que ele tivesse um sobressalto e se virasse, um choque de medo subitamente encoberto pelo alívio. Sabriel e seu pai estavam retornando à Vida! Flocos de gelo caíam deles em nevadas miniaturais e a camada de gelo em torno do tronco de Abhorsen se estilhaçara em várias pequenas massas de gelo flutuante e se desfizera.

A vista de Pedra de Toque se ofuscou quando o gelo caiu das mãos e dos rostos. Agora, Sabriel trazia as mãos vazias e Abhorsen brandia a espada e o sino.

– Graças à Ordem! – exclamou Pedra de Toque, quando eles abriram seus olhos e se movimentaram.

Mas ninguém o ouviu, pois nesse instante um grito terrível de raiva e fúria irrompeu do nevoeiro, tão estridente que as colunas tremeram e ondulações se espalharam por sobre a água.

Pedra de Toque se virou outra vez e o nevoeiro estava se afastando em retalhos, revelando o Mordente agachado, só seus olhos e a boca comprida borbulhando em chamas oleosas, visíveis acima da água. Atrás dele, com uma mão alongada sobre a cabeça de lama de pântano, erguia-se uma coisa que poderia ser tomada por um homem.

Fixando os olhos, Pedra de Toque viu que Kerrigor havia tentado tornar o corpo que atualmente habitava parecido ao do Rogir de antigamente, mas suas habilidades ou memória ou gosto eram tristemente falhos. Kerrigor se erguia até no mínimo dois metros de altura, seu corpo impossivelmente afundado no peito e estreitado na cintura. Sua cabeça era muito fina e muito longa, e sua boca se abria de orelha a orelha. Seus olhos não conseguiam se fixar, pois eram finas fendas com fogos da Magia Livre – e não olhos de maneira alguma.

Mas, de algum modo, mesmo tão desfigurado, ele tinha realmente um pouco da aparência de Rogir. Era como pegar um homem, torná-lo maleável, esticá-lo e retorcê-lo...

A boca hedionda se abriu, se estendendo mais e mais, e depois Kerrigor soltou uma risada, curta, pontuada pelo estalo de suas mandíbulas que se fechavam. Então, ele falou, e sua voz era tão perversa e desfigurada quanto o seu corpo.

— Sou um felizardo. Três portadores de sangue... sangue para quebrar as pedras! Três!

Pedra de Toque continuava olhando fixamente, ouvindo a voz de Kerrigor, que de algum modo ainda era parecida à de Rogir, sonora, mas apodrecida, úmida como fruta destruída por verme. Ele via tanto o novo, distorcido Kerrigor, quanto o outro, com o corpo bem-proporcionado, que ele conhecera como Rogir. Viu o punhal novamente, retalhando a garganta da rainha, o sangue saindo em cascatas, a taça de ouro...

Uma mão o agarrou, virou-o e tirou a espada esquerda de seu punho. Ele de repente recuperou o foco de visão, arfando à procura de ar novamente, e viu Sabriel. Ela tinha a sua espada esquerda na mão direita e agora pegava sua palma aberta na esquerda, arrastando-o em direção ao sul. Ele deixou-a puxar, seguindo-a num arrasto de membros frouxos e ruídos na água. Tudo pareceu se fechar então, sua visão se estreitando, como se fosse um sonho semirrecordado.

Ele viu o pai de Sabriel — o Abhorsen — pela primeira vez desprovido de gelo. Ele parecia duro, determinado, mas sorria, e curvou um pouco a cabeça quando eles passaram. Pedra de Toque ficou pensando por que ele estava indo para o lado errado... na direção de Kerrigor, na direção do punhal e da taça de ouro. Mogget estava no ombro dele também, e isso não era do feitio de Mogget, ir em direção ao perigo... havia também outra coisa peculiar com Mogget... sim, sua coleira desaparecera... talvez ele devesse se virar e voltar, recolocar a coleira de Mogget, tentar lutar com Kerrigor...

— Fuja! Diabos! Fuja! — berrou Sabriel quando ele se virou parcialmente. Sua voz o tirou violentamente de fosse qual fosse o transe em que mergulhara. A náusea os dominou, pois haviam abandonado o diamante de proteção. Inadvertidamente, ele vomitou, virando a cabeça enquanto fugiam. Percebeu que estava sendo arrastado pela mão de Sabriel e forçou-se a correr mais depressa, embora suas pernas parecessem mortas, entorpecidas por pontadas furiosas. Ouvia os Mortos outra vez agora, cantando e batucando, batucando depressa. Havia vozes também, que se erguiam bem alto, ecoando na vasta caverna. O uivo do Mordente e um estranho som que zumbia e crepitava, que ele mais sentiu do que ouviu.

Alcançaram a escada ao extremo sul, mas Sabriel não afrouxou seu passo, saltando para o alto e para o lado, saindo da penumbra do reservatório em total escuridão. Pedra de Toque perdeu a mão que o puxava, e depois a encontrou de novo, e juntos subiram tropegamente os degraus, as espadas seguradas perigosamente à frente e atrás, arrancando faíscas da pedra. Ainda ouviam o tumulto que ficara para trás, o uivo, a percussão, a gritaria, tudo ampliado pela água e a vastidão do reservatório. Então, outro som começou, cortando o barulho com a claridade da perfeição.

Começou suavemente, como um diapasão levemente golpeado, mas cresceu, uma nota pura, soprada por um trompete de fôlego inexaurível, até que nada restou além do som. O som de Astarael.

Sabriel e Pedra de Toque pararam, quase em meio a passadas largas. Sentiram uma terrível ânsia por abandonar seus corpos, por livrar-se deles como de uma bagagem demasiadamente usada. Seus espíritos — seus *eus* essenciais — queriam ir-se embora, entrar na Morte e mergulhar alegremente na mais forte das correntezas, para serem carregados até o próprio fim.

— Pense na Vida! — gritou Sabriel, sua voz apenas audível em meio à nota pura. Ela sentia Pedra de Toque morrendo, sua vontade insuficiente para prendê-lo à Vida. Ele parecia quase ansiar por esse repentino chamado da Morte. — Lute contra isso! — gritou ela novamente, deixando sua espada de lado para esbofeteá-lo no rosto. — Fique vivo!

Ainda assim, ele lhe escapava. Desesperada, ela agarrou-o pelas orelhas e beijou-o furiosamente, mordendo seu lábio, o sangue salgado enchendo a boca de ambos. Os olhos dele se clarearam e ela o sentiu concentrar-se novamente, concentrar-se na Vida, no viver. Sua espada caiu e ele ergueu seus braços em torno dela e retribuiu o seu beijo. Depois, ele pôs a cabeça no ombro dela, e ela pôs a sua no ombro dele, e eles se abraçaram firmemente até que a nota singular do Astarael lentamente morreu.

Por fim, veio o silêncio. Cautelosamente, eles se soltaram. Pedra de Toque tateou ao redor à procura de sua espada, mas Sabriel acendeu uma vela antes que ele cortasse os dedos na escuridão. Olharam-se mutuamente na luz bruxuleante. Os olhos de Sabriel estavam molhados, a boca de Pedra de Toque sangrando.

— O que foi isso? — Pedra de Toque perguntou com a voz rouca.

— Astarael — respondeu Sabriel. — O sino terminal. Chama para a Morte todos que o escutam.

— Kerrigor...

— Ele voltará — sussurrou Sabriel. — Ele sempre voltará, até que seu corpo real seja destruído.

— Seu pai? — Pedra de Toque murmurou. — Mogget?

— Papai está morto — disse Sabriel. Seu rosto estava composto, mas seus olhos transbordavam de lágrimas. — Ele irá rápido para além do Último Portal. Mogget, eu não sei.

Ela manuseou o anel prateado em sua mão, franziu o cenho e se curvou para apanhar a espada que tomara de Pedra de Toque.

— Venha — ordenou ela. — Temos que subir ao Pátio Ocidental. Rapidamente.

— O Pátio Ocidental? — perguntou Pedra de Toque, indo buscar sua própria espada. Estava confuso e nauseado, mas forçou-se a ficar em pé. — Do Palácio?

— Sim — respondeu Sabriel. — Vamos.

## capítulo vinte e quatro

A luz do sol foi dolorosa para seus olhos, pois, surpreendentemente, passava pouco do meio-dia. Eles foram tropeçando nos degraus de mármore da caverna, ofuscados como animais noturnos prematuramente expelidos de um viveiro subterrâneo.

Sabriel olhou ao redor, para as árvores imóveis e luminosas, a plácida extensão de relva, a fonte entupida. Tudo parecia tão normal, tão distante da enlouquecida e distorcida câmara de horrores que era o reservatório, bem abaixo de seus pés.

Ela olhou para o céu também, perdendo o foco nas linhas de nuvens azuis e recuadas que margeavam a indistinta periferia de sua visão. Meu pai está morto, ela pensou. Morto para sempre...

— A estrada faz curva perto da parte sudoeste da Colina do Palácio — disse uma voz, em algum ponto perto dela, mais além do azul todo.

— O quê?

— A estrada. Que sobe para o Pátio Ocidental.

Era Pedra de Toque falando. Sabriel fechou seus olhos, deu a si mesma uma ordem para se concentrar, para se prender ao aqui e agora. Ela abriu seus olhos e virou para Pedra de Toque.

Ele estava em frangalhos. O rosto listrado de sangue devido ao lábio ensanguentado, o cabelo molhado, emplastrado, a armadura e as roupas sombriamente encharcadas. A água escorria da espada que ele ainda segurava, posicionada contra o chão.

— Você não me disse que era um príncipe — Sabriel disse, num tom coloquial. Era como se estivesse comentando o tempo que fazia. Sua voz soava estranha aos seus próprios ouvidos, mas ela não tinha a energia para fazer alguma coisa quanto a isso.

— Eu não sou — Pedra de Toque respondeu, dando de ombros. Ele ergueu os olhos para o céu enquanto falava. — A rainha foi minha mãe, mas meu pai foi um nobre obscuro do extremo norte, que "começou a andar com ela" alguns anos depois da morte de seu consorte. Ele foi morto num acidente de caça antes que eu nascesse... olhe, não deveríamos ir seguindo? Para o Pátio Ocidental?

— Suponho que sim — disse Sabriel vagarosamente. — Papai disse que lá haverá uma Asa de Papel esperando por nós, e o Clayr, para nos dizer para onde devemos ir.

— Entendo — disse Pedra de Toque. Ele se aproximou e examinou os olhos vazios de Sabriel, depois pegou seu braço sem resistência e estranhamente frouxo e conduziu-a na direção da linha de faias que assinalava uma trilha para o extremo oeste do parque. Sabriel caminhou obedientemente, aumentando o passo à medida que Pedra de Toque acelerava, até que estavam praticamente andando a meio trote. Pedra de Toque puxava seu braço, lançando muitos olhares para trás. Sabriel movia-se com a animação espasmódica de um sonâmbulo.

A poucas centenas de metros das cavernas ornamentais, as faias abriam caminho para mais gramado e uma estrada subia pelo lado da Colina do Palácio, ziguezagueando duas vezes até o topo.

A estrada era bem pavimentada, mas as lajes haviam se deslocado, ou afundado, por quase duas décadas sem manutenção, e havia nelas alguns sulcos e buracos muito profundos. Sabriel enfiou o pé num deles e quase caiu, Pedra de Toque pegou-a no ar. Mas este pequeno choque pareceu despertá-la dos efeitos do choque maior e ela descobriu um novo ânimo penetrando em seu desespero mudo.

— Por que estamos correndo?

— Aqueles carniceiros estão nos perseguindo — Pedra de Toque respondeu laconicamente, apontando para o parque lá atrás. — Aqueles que tinham as crianças no portão.

Sabriel olhou para onde ele apontava e, realmente, havia lá figuras movendo-se lentamente pela trilha assinalada pelas faias. Todos os nove estavam lá, bem juntos, rindo e conversando. Pareciam seguros de que Sabriel e Pedra de Toque não poderiam fugir deles, e sua disposição parecia ser a de batedores displicentes que facilmente conduziam sua presa estúpida para um fim definido. Um deles viu Sabriel e Pedra de Toque olhando e fez um gesto que a distância tornava obscuro, mas era provavelmente obsceno. A risada se espalhou entre eles, transportada pela brisa. As intenções dos homens eram claras. Hostis.

— Eu fico pensando se eles não negociam com os Mortos. — Sabriel disse tristemente, com repugnância em suas palavras. — Para realizar seus atos por eles quando a luz do sol presta ajuda aos vivos...

— De qualquer modo, não significam nada de bom — disse Pedra de Toque, quando eles se puseram a caminhar novamente, passando de um andar rápido a um trote. — Eles carregam arco e flecha e aposto que podem acertar, diferente dos aldeões de Nestowe.

— Sim — respondeu Sabriel. — Eu espero que haja uma Asa de Papel lá em cima...

Ela não precisava se estender sobre o que aconteceria se o aparelho não estivesse lá. Nenhum deles estava em qualquer condição para luta, ou para mais Magia da Ordem, e nove arqueiros podiam facilmente acabar com suas vidas ou capturá-los. Se os homens estivessem trabalhando para Kerrigor, seria a captura e depois a faca, lá embaixo, na escuridão do reservatório...

A estrada foi ficando mais íngreme e eles trotavam em silêncio, o fôlego vindo veloz e entrecortado, sem dar espaço para a fala. Pedra de Toque tossiu e Sabriel olhou para ele com preocupação, até que percebeu que estava tossindo também. Do jeito em que estavam, não seria necessário uma flecha para liquidar a questão. A colina faria isso de qualquer modo.

— Não... muito... longe — arfou Pedra de Toque quando viraram no zigue-zague, as pernas cansadas ganhando uns segundinhos de alívio no terreno plano, antes de partirem para a próxima inclinação.

Sabriel começou a rir, um riso amargo, espasmódico, porque ainda faltava muito para chegar. O riso se transformou num grito de choque quando alguma coisa atingiu-a nas costelas como uma perfuração sugadora. Ela caiu de lado, sobre o corpo de Pedra de Toque, fazendo com que ambos despencassem em cima das lajes rígidas. Uma flecha lançada de longe havia atingido seu alvo.

— Sabriel! — gritou Pedra de Toque, a voz se avolumando com o medo e a raiva. Ele gritou seu nome novamente e então Sabriel de repente sentiu a Magia da Ordem explodir em vida dentro dele. À medida que ela foi crescendo, ele saltou e lançou seus braços na direção do inimigo, na direção daquele superdotado atirador. Oito pequenos sóis floresceram na ponta de seus dedos, cresceram até atingir o tamanho de seus punhos apertados e dispararam, deixando trilhas brancas de imagens persistentes no ar. Uma fração de segundo depois, um grito vindo de lá embaixo testemunhou que ao menos um alvo havia sido atingido.

Entorpecida, Sabriel se espantava ao ver como Pedra de Toque podia ainda ter força para lançar tal feitiço. O espanto se tornou surpresa quando ele subitamente se curvou e levantou-a, com mochila e tudo, amparando-a em seus braços — tudo num só movimento fácil. Ela gritou um pouquinho quando a flecha se mexeu em sua costela, mas Pedra de Toque não pareceu notar. Ele lançou sua cabeça para trás, soltou um rugido de desafio parecido ao de um animal, e começou a subir a estrada, ganhando em rapidez de um desajeitado cambaleio até uma inumana corrida a toda velocidade. Espuma brotava de seus lábios, escorria pelo seu queixo e caía sobre Sabriel. Cada veia e músculo de seu pescoço e rosto se retesaram, e seus olhos se enfureceram com uma energia invisível.

Ele estava louco de raiva e nada poderia detê-lo agora, exceto o total desmembramento. Sabriel tremia sob seu domínio e virou o rosto para seu peito, perturbada demais para olhar a face selvagem e resfolegante que tinha tão pouca semelhança com o Pedra de Toque que ela conhecera. Mas, ao menos, ele estava fugindo do inimigo...

Ele continuou correndo, deixando a estrada, galgando as pedras caídas do que uma vez fora um portão, nunca parando, saltando de uma pedra para outra com uma precisão idêntica à de um bode. Seu rosto era de um vermelho tão luminoso quanto o de um carro de bombeiro, a pulsação em seu pescoço tão disparada quanto as asas de um beija-flor. Sabriel, esquecendo sua própria ferida num súbito medo de que seu coração explodisse, começou a gritar para ele, pedindo-lhe para sair daquela fúria.

— Pedra de Toque! Estamos seguros! Ponha-me no chão! Pare! Por favor, pare!

Ele não a ouvia, toda a sua concentração voltada para a trilha. Passou correndo pelo portão arruinado, ao longo de uma trilha emparedada, as narinas dilatadas, a cabeça dardejando de lado a lado como um cão de caça perseguindo um cheiro.

— Pedra de Toque! Pedra de Toque! — Sabriel disse soluçando, batendo em seu peito com as mãos. — Nós escapamos! Eu estou bem! Pare! Pare!

Ele ainda corria, passando por outro arco, ao longo de um caminho elevado, as pedras se espatifando sob seus pés; descendo por um curto degrau, saltando valetas. Uma porta fechada o deteve por um momento e Sabriel soltou um suspiro de alívio, mas ele chutou-a ferozmente até que a madeira apodrecida se partiu e ele pôde passar, protegendo Sabriel cuidadosamente contra as lascas.

Depois da porta, havia um campo amplo e aberto, cercado por paredes prestes a desmoronar. Ervas daninhas altas cobriam a extensão, com a ocasional árvore mirrada e espontânea crescendo logo acima delas. Bem na borda a extremo oeste, empoleiradas onde um muro havia muito se esfacelara colina abaixo, estavam duas Asas de Papel, uma dando para o sul e a outra para o norte — e duas pessoas, silhuetas vagas contornadas pelo alaranjado flamejante do sol da tarde que estava se pondo por trás delas.

Pedra de Toque rompeu numa marcha que só poderia ser descrita como um galope, partindo as ervas daninhas como um navio abrindo caminho num mar de sargaços. Ele subiu correndo bem em direção das figuras eretas, e suavemente colocou Sabriel no chão diante delas — e desfaleceu, os olhos se revirando para ficar brancos, os membros estremecendo.

Sabriel tentou rastejar até ele, mas a dor em sua costela subitamente se fez aguda e mortífera e, por isso, tudo que ela pôde fazer foi sentar-se e olhar para as duas pessoas, e, mais além delas, as Asas de Papel.

— Alô — disseram elas, em uníssono. — Nós somos, por este momento, o Clayr. Vocês devem ser o Abhorsen e o rei.

Sabriel arregalou os olhos, a boca seca. O sol batia em seus olhos, tornando difícil vê-las claramente. Mulheres jovens, ambas com longos cabelos louros e luminosos, e penetrantes olhos azuis. Usavam vestidos de linho branco, com longas mangas abertas. Vestidos recém-passados que fizeram Sabriel sentir-se extremamente suja e incivilizada, em suas calças encharcadas pelo reservatório e em sua suarenta armadura. Tal como suas vozes, seus rostos eram idênticos. Muito bonitos. Gêmeas.

Elas sorriram e se ajoelharam, uma ao lado de Sabriel, a outra ao lado de Pedra de Toque. Sabriel sentiu a Magia da Ordem brotando delas, como a água que se erguia de uma nascente — e depois a magia fluiu para ela, levando embora a ferida e a dor da flecha. Perto dela, a respiração de Pedra de Toque tornou-se menos difícil e ele se afundou na fácil quietude do sono.

— Obrigada — Sabriel gemeu. Ela tentou sorrir, mas parecia ter perdido o jeito para isso. — Há escravagistas... aliados humanos dos Mortos... atrás de nós.

— Nós sabemos — disse o duo. — Mas eles estão dez minutos atrasados. Seu amigo, o rei, correu muito, muito rápido. Nós o vimos correr ontem. Ou amanhã.

— Ah! — disse Sabriel, pondo-se em pé com dificuldade, pensando em seu pai e no que ele havia dito sobre o Clayr confundir as cronologias. Melhor descobrir o que ela precisava saber antes que as coisas ficassem realmente confusas. — Obrigada — disse ela novamente, pois a flecha caiu no chão quando ela se endireitou por completo. Era uma flecha de caça, de ponta estreita, não uma furadora de armaduras. Eles queriam apenas deter a sua marcha. Ela tremeu e sentiu o buraco entre as placas da armadura. A ferida não parecia exatamente curada, mas envelhecida, como se ela houvesse sido atingida há uma semana, não há alguns minutos. — Papai disse que vocês estariam aqui... que vocês têm nos vigiado, e vigiado onde Kerrigor mantém o seu corpo.

— Sim — respondeu o Clayr. — Bem, não nós, exatamente. Nós fomos apenas autorizadas a ser o Clayr hoje, porque somos os melhores pilotos de Asas de Papel...

— Ou, na verdade, Ryelle é... — disse uma das gêmeas, apontando para a outra. — Mas já que ela precisaria de uma Asa de Papel para voar para casa, duas Asas de Papel foram necessárias, assim...

— Sanar veio também — Ryelle continuou, apontando para a sua irmã.

— Nós duas viemos — falaram elas em coro. — Agora, não dispomos de muito tempo. Você pode pegar a Asa de Papel vermelha e dourada... nós a pintamos nas cores da realeza quando a conhecemos na semana passada. Mas, primeiro, há o corpo de Kerrigor.

— Sim — disse Sabriel. O inimigo do reino, de seu pai, de sua família. Com quem ela tinha que lidar. Era seu fardo, não importando o peso que tivesse e como seus ombros estivessem fracos atualmente, ela tinha que suportá-lo.

— O corpo dele está na Terra dos Ancestrais — disseram as gêmeas. — Mas nossa visão é fraca depois do Muro, por isso não temos um mapa nem conhecemos os nomes do lugar. Teremos que mostrar a você, e você terá que se lembrar.

— Sim — concordou Sabriel, sentindo-se como uma estudante estúpida que prometesse lidar com uma questão totalmente fora de seu alcance. — Sim.

O Clayr fez que sim e sorriu novamente. Os seus dentes eram muito brancos e regulares. Uma delas, possivelmente Ryelle — Sabriel já as confundia —, tirou uma garrafa feita de vidro verde-claro da manga solta de seu manto, o clarão revelador da Magia da Ordem, mostrando que ela não estava lá antes disso. A outra mulher — Sanar — tirou uma longa vara de marfim de sua manga.

— Preparada? — perguntaram elas uma para a outra ao mesmo tempo e se disseram "Sim", antes que sua pergunta houvesse até mesmo penetrado no cérebro cansado de Sabriel.

Ryelle destampou a garrafa com um estalo ressonante e, num movimento rápido, derramou todo o conteúdo sobre uma linha horizontal. Sanar, igualmente rápida, brandiu a vara por sobre a água que caíra — e esta congelou no meio do ar, para formar uma vitrine de gelo transparente. Uma janela congelada, suspensa em frente de Sabriel.

— Observe — ordenaram as mulheres, e Sanar deu uma batidinha na janela congelada com sua vara. A janela ficou enevoada com este toque, e mostrou fugazmente uma cena de neve que caía, um relance do Muro, e depois se estabilizou numa visão móvel, muito como um filme feito a partir de um carro em movimento. O colégio Wyverley reprovava a exibição de filmes, mas Sabriel fora ver alguns poucos em Bain. O que acontecia era o mesmo, mas em cores, e ela conseguia ouvir os sons naturais com tanta clareza como se estivesse lá.

A vitrine mostrou uma típica fazenda da Terra dos Ancestrais — um longo campo de trigo, no ponto de colheita, com um trator parado ao longe, seu condutor conversando com outro homem empoleirado sobre uma carroça, os dois cavalos de tração postando-se imperturbáveis, perscrutando por meio de suas viseiras.

A visão correu, aproximando-se desses dois homens, desviou-se deles com um fragmento entreouvido de conversa, e continuou — seguindo por uma estrada, subindo e entrando por uma colina, passando por uma pequena floresta e se erguendo para uma encruzilhada, onde o cascalho fazia intersecção com uma rota pavimentada de importância maior. Havia um sinal ali e o "olho", ou o que quer que aquilo fosse, aproximou-se dando zoom, até que o poste sinalizador preencheu a janela de gelo toda. "Wyverley a quatro quilômetros", o sinal dizia, dirigindo os espectadores para a estrada maior, e eles se distanciaram de novo, correndo na direção da aldeia de Wyverley.

Poucos segundos depois, a imagem móvel ficou mais lenta, para mostrar as casas familiares da aldeia de Wyverley: a oficina do ferreiro transformada em atendimento mecânico; o bar de Wyverley; a casa bem arrumada do guarda com um lampião azul. Todos eram pontos de referência conhecidos para Sabriel. Ela se concentrou ainda mais cuidadosamente, pois certamente a visão, tendo lhe oferecido um ponto de referência fixo, agora iria correr para partes da Terra dos Ancestrais que eram desconhecidas para ela.

Mas a visão ainda se movia lentamente. Num ritmo moderado, ela passou pela aldeia e virou para fora da estrada, seguindo uma trilha agreste que subia o monte coberto de florestas conhecido como Ponta Cortada. Um monte bastante bonito, realmente, coberto por uma plantação de cortiça, com algumas árvores muito antigas. Seu único ponto de interesse era o túmulo retangular que ficava no topo... o túmulo... A imagem mudou, fechando nas enormes pedras cinza-esverdeadas, recortadas em quadrados e firmemente empilhadas. Uma extravagância relativamente recente, Sabriel lembrou-se de suas lições de história local. Pouco menos que duzentos anos de idade. Ela quase o visitara uma vez, mas algo a fizera mudar de opinião...

A imagem mudou novamente, de algum modo se afundando na pedra, descendo entre os contornos de argamassa, ziguezagueando em torno dos blocos, até chegar à câmara escura em seu âmago. Por um instante, a janela de gelo ficou completamente escura, e depois a luz voltou. Um sarcófago de bronze se estendia sob o túmulo, o metal movendo-se lentamente com as distorções dos sinais da Ordem, perpetrados pela Magia Livre. A visão desviava desses sinais mutáveis, penetrava no bronze. Um corpo jazia no interior, um corpo vivo, cingido pela Magia Livre.

A cena mudou, movendo-se com irregularidade para o rosto desse corpo. Um rosto bonito que oscilou mais e mais perto até entrar em foco, um rosto que mostrava o que Kerrigor uma vez fora. O rosto humano de Kerrigor, suas feições mostrando claramente que ele tinha uma mãe em comum com Pedra de Toque.

Sabriel olhou fixo, nauseada e fascinada pelas semelhanças entre os meios-irmãos — depois, a visão subitamente ficou indistinta, evoluindo para uma cor cinzenta, um cinzento acompanhado pela água corrente. Morta. Alguma coisa enorme e monstruosa estava vadeando contra a correnteza, um fragmento irregular de trevas, sem forma e sem feições, exceto pelos dois olhos que ardiam com chamas não naturais. A coisa pareceu vê-la para além da janela de gelo e avançou titubeando, dois braços como nuvens de tempestade agitadas se estendendo para frente.

— Filha de Abhorsen! — gritou Kerrigor. — Seu sangue vai esguichar sobre as Pedras...

Os braços dele pareciam quase sair pela janela, mas subitamente o gelo rachou, os pedaços caíram e formaram uma pilha de neve suja que se derreteu depressa.

— Você viu — disse o Clayr em uníssono. Não era uma pergunta. Sabriel balançou a cabeça afirmativamente, tremendo, seus pensamentos ainda postos na semelhança entre o corpo originalmente humano de Kerrigor e o de Pedra de Toque. Onde tinha havido a bifurcação em seus caminhos? O que pusera os pés de Rogir na longa estrada que levava à abominação conhecida como Kerrigor?

— Temos quatro minutos — anunciou Sanar. — Até que os escravagistas cheguem. Nós a ajudaremos a apanhar o rei e levá-lo à sua Asa de Papel, não é mesmo?

— Sim, por favor — respondeu Sabriel. A despeito da aparência terrível da forma crua do espírito de Kerrigor, a visão a imbuíra de um novo e definido senso de propósito. O corpo de Kerrigor estava na Terra dos Ancestrais. Ela o encontraria e o destruiria, e depois lidaria com o seu espírito. Mas eles tinham que atacar o corpo primeiro...

As duas mulheres ergueram Pedra de Toque, gemendo com o esforço. Ele nunca fora um peso leve, e agora era ainda mais pesado, ensopado com a água de seu mergulho no reservatório. Mas o Clayr, a despeito de sua aparência mais para etérea, pareceu se desincumbir da tarefa bastante bem.

— Nós lhe desejamos sorte, prima — disseram elas, quando caminhavam lentamente para a Asa de Papel vermelha e dourada, equilibrada tão junto à borda do muro quebrado, o Saere cintilando branco e azul lá embaixo.

— Prima? — Sabriel murmurou. — Suponho que sejamos primas de algum modo, não somos?

— Parentes de sangue, todos os filhos das Grandes Ordens são — concordou o Clayr. — Embora o clã esteja definhando...

— Vocês sabem o que vai acontecer? — Sabriel perguntou, quando elas delicadamente baixaram Pedra de Toque na retaguarda da cabine, e envolveram-no com os cintos normalmente usados para amarrar bagagem.

As duas integrantes do Clayr riram.

— Não, graças à Ordem! Nossa família é a mais numerosa das descendentes e o dom se disseminou entre muitas delas. Nossas visões surgem em fragmentos e estilhaços, relances e sombras. Quando precisamos, a família toda pode aplicar sua força para afunilar nossa visão, como fez através de nós hoje. Amanhã, voltaremos aos sonhos e confusões, não sabendo onde, quando e o que vimos. Agora, temos apenas dois minutos...

Subitamente, elas deram um abraço apertado em Sabriel, surpreendendo-a com o óbvio calor do gesto. Ela as abraçou em retribuição, alegre, grata pela sua preocupação. Com seu pai falecido, ela não ficara com família alguma — mas talvez encontrasse irmãs no Clayr e talvez Pedra de Toque fosse...

— Dois minutos — repetiram as duas mulheres, uma em cada ouvido. Sabriel deixou-as ir e apressadamente pegou *O Livro dos Mortos* e os dois livros da Magia da Ordem que estavam em sua mochila, ajeitando-os embaixo, próximos à forma ligeiramente ressonante de Pedra de Toque. Depois de pensar um segundo, também ajeitou o oleado revestido de lã e a capa de embarcação. As espadas de Pedra de Toque foram nos pegadores especiais próximos, mas a mochila e o resto de seus conteúdos tiveram que ser abandonados.

— Próxima parada, o Muro — murmurou Sabriel quando subiu no aparelho, tentando não pensar sobre o que aconteceria se tivessem que aterrissar em algum lugar incivilizado antes disso.

Os dois membros do Clayr já estavam em seu aparelho verde e prateado e, quando Sabriel soltou as correias, ela ouviu-as começando a assoviar, a Magia da Ordem correndo em torrentes pelo ar. Sabriel lambeu seus lábios, congregou seu fôlego e sua força, e juntou-se a elas. O vento se ergueu por trás dos dois aparelhos, sacudindo cabelos negros e louros, erguendo as caudas das Asas de Papel e empurrando as suas asas.

Sabriel tomou fôlego depois de chamar o vento com o assovio e afagou o liso papel laminado do casco. Uma imagem fugaz da primeira Asa de Papel veio à sua mente, quebrada e pegando fogo nas profundezas de Cova Santa.

— Eu espero que viajemos bem juntos — sussurrou ela, antes de juntar-se ao Clayr para assoviar a última nota, o puro som claro que ativaria a Magia da Ordem em seu aparelho.

Um segundo depois, duas Asas de Papel de olhos claros saltaram para fora do arruinado palácio de Belisaere, voaram planando para baixo, quase roçando as vagas no Mar de Saere, e depois se elevaram para circular mais e mais alto sobre a colina. Um aparelho, verde e prata, virou para o noroeste. O outro, vermelho e ouro, virou para o sul.

Pedra de Toque, despertando com a torrente de ar frio em seu rosto e a desconhecida sensação de voar, murmurou ainda atordoado:

— O que aconteceu?

— Estamos indo para a Terra dos Ancestrais — Sabriel gritou. — Depois do Muro, para encontrar o corpo de Kerrigor e destruí-lo!

— Oh! — disse Pedra de Toque, que ouviu apenas "depois do Muro". — Tudo bem.

## capítulo vinte e cinco

— Peço perdão, senhor — disse o soldado, batendo continência à porta do banheiro dos oficiais. — Cumprimentos do oficial em serviço. Poderia o senhor vir sem demora?

O coronel Horyse suspirou, baixou sua navalha e usou uma flanela para enxugar as sobras do sabão de barbear. Ele havia sido interrompido no ato de barbear-se aquela manhã e tentara várias vezes, ao longo do dia, finalizá-lo. Talvez fosse um sinal de que deveria deixar crescer um bigode.

— O que está acontecendo? — perguntou ele, resignadamente. O que quer que estivesse acontecendo, era improvável que fosse coisa boa.

— Uma aeronave, senhor — respondeu o soldado raso, imperturbável.

— Do quartel-general do exército? Deixando cair um cilindro de mensagem?

— Eu não sei, senhor. Está no outro lado do Muro.

— O quê! — exclamou Horyse, deixando de lado todo o seu aparato de barbear, pegando seu elmo e espada, e tentando sair, tudo ao mesmo tempo. — Impossível!

Mas, quando finalmente resolveu seu problema e desceu ao Posto Avançado de Observação – uma fortaleza octogonal que se lançava pelo Perímetro até quarenta e cinco metros além do Muro –, ficou muito claro que era possível. A luz estava se apagando conforme a tarde se esvaía – estava provavelmente próxima a desaparecer no outro lado –, mas a visibilidade era boa o bastante para se discernir a forma de um avião que descia numa série de voltas longas e graduais... no outro lado do Muro. No Reino Antigo.

O oficial em serviço estava observando através de um par de binóculos penetrantes de grande artilharia, seus cotovelos empoleirados no parapeito cheio de sacos de areia do posto de defesa. Horyse parou por um momento para pensar no nome do sujeito – ele era novo na Guarnição do Perímetro – e depois lhe deu um tapinha no ombro.

– Jorbert. Importa-se se eu der uma olhada?

O oficial jovem baixou os binóculos relutantemente e estendeu-os como um garoto que houvesse cedido um pirulito comido pela metade.

– É definitivamente uma aeronave, senhor – disse ele, animando-se vivamente ao falar. – Totalmente silenciosa, como um planador, mas está claramente provida de energia de algum modo. Muito manobrável e lindamente pintada, também. Há duas... pessoas nela, senhor.

Horyse não respondeu, mas pegou os binóculos e adotou a mesma postura de apoio nos cotovelos. Por um momento, não conseguiu avistar a aeronave e impacientemente vasculhou à esquerda e à direita, depois ziguezagueou para cima e para baixo – e lá estava ela, mais baixo do que ele esperava, quase numa aproximação para aterrissagem.

— Ocupar posições totalmente — ordenou ele asperamente, quando foi atingido pela percepção de que o aparelho aterrissaria muito próximo ao Ponto de Cruzamento —, talvez a apenas uns noventa metros do portão.

Ele ouviu sua ordem ser repetida por Jorbert para um sargento e depois transmitida aos berros, para ser retransmitida por sentinelas, oficiais não comissionados em serviço e, finalmente, por buzinas manuais e pelo velho sino que ficava dependurado na frente do Rancho dos Oficiais.

Foi difícil ver exatamente quem ou o quê estava no aparelho, até que ele mexeu com o foco e o rosto de Sabriel saltou em sua direção, ampliando-se até tornar-se uma forma reconhecível, mesmo na distância em que se encontrava. Sabriel, a filha de Abhorsen, acompanhada por um homem desconhecido — ou por alguma coisa usando a forma de um homem. Por um momento, Horyse pensou em ordenar aos homens que baixassem as armas, mas ele já ouvia botas de cravos ressoando nas pranchas, sargentos e cabos gritando — e poderia não ser realmente Sabriel. O sol estava enfraquecendo e a noite que chegava seria a primeira de lua cheia...

— Jorbert! — falou ele asperamente, estendendo os binóculos de volta ao surpreso e despreparado subalterno. — Vá e dê ao sargento-major regimental meus cumprimentos, e peça-lhe pessoalmente para organizar uma divisão de Sentinelas Avançadas. Nós sairemos e daremos uma olhada mais de perto naquela aeronave.

— Oh, obrigado, senhor! — falou o tenente Jorbert de modo arrebatado, obviamente tomando o "nós" como uma inclusão dele mesmo. Seu entusiasmo surpreendeu Horyse, ao menos por um momento.

— Diga-me, sr. Jorbert — perguntou ele. — Procurou por acaso transferir-se para a Força Aérea?

— Bem, sim, senhor — respondeu Jorbert. — Oito vezes...

— Só quero lembrá-lo — disse Horyse, interrompendo-o. — Que o que quer que esteja lá fora poderá ser uma criatura, não uma máquina voadora, e seus pilotos poderão ser coisas semiapodrecidas que deveriam estar mais apropriadamente mortas, ou seres da Magia Livre que nunca realmente viveram de todo. Nada de aviadores camaradas, cavaleiros do céu ou qualquer coisa do gênero.

Jorbert concordou de maneira não militar, saudou e virou o calcanhar.

— E não esqueça sua espada na próxima vez que for oficial em serviço. — Horyse gritou atrás dele. — Ninguém lhe contou que seu revólver pode não funcionar?

Jorbert concordou novamente, ruborizou, quase bateu continência, e depois desceu apressadamente pela trincheira de ligação. Um dos soldados no Posto Avançado de Observação, um cabo com uma manga cheia de divisas, que denotavam vinte anos de serviço, e um sinal da Ordem em sua testa para mostrar sua alta graduação no Perímetro, balançou sua cabeça à súbita retirada do jovem oficial.

— Por que está balançando sua cabeça, cabo Anshy? — perguntou Horyse asperamente, aborrecido por suas muitas tentativas de barbear-se interrompidas e este novo e potencialmente perigoso aparecimento de uma aeronave.

— Água nos miolos — respondeu o cabo alegre e um tanto ambiguamente. Horyse abriu a boca para emitir uma viva reprimenda, e depois a fechou à medida que os cantos de sua boca involuntariamente foram pouco a pouco formando um sorriso. Antes que pudesse realmente sorrir, deixou o posto, rumando de volta para a junção da trincheira onde sua divisão e a do sargento-major regimental se encontrariam para ir além do Muro.

Ao dar cinco passos, perdeu o sorriso.

A Asa de Papel deslizou para uma perfeita aterrissagem numa rajada de neve. Sabriel e Pedra de Toque sentaram-se nela, tremendo sob o oleado e a capa de embarcação, respectivamente, e depois lentamente se levantaram para ficar à altura do joelho na neve fortemente amontoada. Pedra de Toque sorriu para Sabriel, seu nariz, vermelho, brilhava e suas sobrancelhas estavam congeladas.

— Conseguimos.

— Até aqui — respondeu Sabriel, olhando ao redor com prudência. Ela conseguia ver o comprido volume cinzento do Muro, com o sol de outono profundamente cor de mel batendo do lado da Terra dos Ancestrais. Ali, a neve se estendia empilhada contra a pedra cinzenta e estava escurecida, com o sol quase se pondo. Estava escuro o bastante para que os Mortos pudessem perambular.

O sorriso de Pedra de Toque se apagou quando captou o estado de espírito dela e ele tirou suas espadas da Asa de Papel, dando a espada da esquerda para ela. Sabriel a embainhou, mas foi um mau arranjo — outra lembrança da perda.

— É melhor eu pegar os livros também — disse ela, curvando-se para retirá-los da cabine. Os dois livros da Magia da Ordem estavam bem, intocados pela neve, mas *O Livro dos Mortos* parecia molhado. Gotas de sangue escuro e espesso estavam brotando de sua capa. Silenciosamente, Sabriel enxugou-as na crosta dura de neve, deixando uma marca lívida. Depois, enfiou os livros nos bolsos de sua capa.

— Por que... por que o livro estava desse jeito? — perguntou Pedra de Toque, tentando, e quase conseguindo, parecer curioso em vez de temeroso.

— Eu acho que ele está reagindo à presença de muitas mortes — Sabriel respondeu. — Aqui há grande potencial para que os Mortos se ergam. Este é um ponto muito fraco...

— Psiu! — Pedra de Toque a interrompeu, apontando na direção do Muro. Vultos, escuros contra o fundo de neve, estavam se movendo numa fila extensa em direção a eles, num passo deliberado e firme. Carregavam arcos e lanças, e Sabriel ao menos reconheceu os rifles pendurados em suas costas.

— Está tudo bem — disse ela, embora uma vaga pontada de nervosismo houvesse atingido seu estômago. — Eles são soldados do lado da Terra dos Ancestrais. Ainda assim, eu devo mandar a Asa de Papel embora...

Rapidamente, ela verificou se eles haviam retirado tudo da cabine, e depois pousou sua mão no bico da Asa de Papel, bem em cima do olho que piscava. O aparelho pareceu erguer os olhos para ela enquanto ela falava.

— Vá agora, amigo. Eu não quero que você se arrisque a ser arrastado para a Terra dos Ancestrais, e fique isolado. Voe para onde quiser, para a Geleira do Clayr ou, se você se importar, para a Casa de Abhorsen, onde a água cai.

Ela recuou e formou os sinais da Ordem que dotariam de escolha a Asa de Papel, e chamariam os ventos para elevá-la. Os sinais foram emitidos com seu assovio e a Asa de Papel se moveu com o impulso de elevação, acelerando-se aos poucos até saltar para o céu ao pico da mais alta nota.

— Escute! — exclamou uma voz. — Como você fez isso?

Sabriel virou-se para ver um oficial da Terra dos Ancestrais jovem e sem fôlego, a pinta dourada peculiar de um segundo-tenente parecendo deslocada nas faixas de seus ombros. Ele estava facilmente a quase cinquenta metros à frente do resto da fila, mas não parecia assustado. No entanto, estava empunhando uma espada e um revólver, e ergueu os dois quando Sabriel deu um passo à frente.

— Alto! Vocês são meus prisioneiros!

— Na verdade, somos viajantes — respondeu Sabriel, embora ela permanecesse imóvel. — É o coronel Horyse que eu vejo atrás de você?

Jorbert virou-se um pouco para dar uma olhada, percebeu seu erro e voltou à posição bem a tempo de ver Sabriel e Pedra de Toque sorrindo, e depois rindo disfarçadamente, e finalmente explodindo em risadas, de braços dados.

— O que é tão engraçado? — insistiu o tenente Jorbert, quando os dois riram e riram, até que as lágrimas caíram por seu rosto.

— Nada — disse Horyse, gesticulando para seus homens para que cercassem Sabriel e Pedra de Toque, enquanto se aproximava e cuidadosamente pousava dois dedos em suas testas, testando a Ordem que traziam consigo. Satisfeito, ele sacudiu-os levemente, até que interromperam as risadas trêmulas e entrecortadas. Depois, para a surpresa de alguns de seus homens, pôs o braço em torno dos dois e levou-os de volta ao Ponto do Cruzamento, em direção à Terra dos Ancestrais e ao sol brilhante.

Jorbert, deixado para cobrir a retirada, perguntou indignado para o ar:

— O que houve de tão engraçado?

— Você ouviu o coronel — respondeu o sargento-major regimental Tawklish. — Nada. Foi uma reação histérica, nada mais. Estiveram metidos num monte de problemas, esses dois, anote minhas palavras.

Depois, ao modo que apenas os sargentos-majores têm com oficiais juniores, ele parou, subjugando Jorbert completamente com um judicioso e bem prolongado "Senhor".

A tepidez envolveu Sabriel como um cobertor suave quando eles atravessaram a sombra do Muro, entrando no relativo calor do outono da Terra dos Ancestrais. Ela sentiu Pedra de Toque vacilar ao seu lado, e tropeçar, com o rosto fixo, ofuscado pelo sol lá no alto.

— Vocês dois parecem fatigados — disse Horyse, falando no tom amável e lento que adotava para os soldados traumatizados. — Que tal alguma coisa para comer, ou vão preferir primeiro dormir um pouco?

— Alguma coisa para comer, certamente — Sabriel respondeu, tentando dar a ele um sorriso de gratidão. — Mas nada de dormir. Não há tempo para isso. Diga-me: quando foi a última lua cheia? Há dois dias?

Horyse olhou para ela, pensando que ela não o fazia mais lembrar-se de sua própria filha. Ela havia se tornado uma Abhorsen, uma pessoa além de sua compreensão, em tão pouco tempo...

— Vai ser na noite de hoje — disse ele.

— Mas eu estive no Reino Antigo no mínimo dezesseis dias...

— O tempo é estranho entre os reinos — Horyse disse. — Tivemos patrulhas que juraram que ficaram fora por duas semanas, voltando depois de oito dias. Uma dor de cabeça para o tesoureiro...

— Aquela voz, vinda daquela caixa lá no poste — Pedra de Toque interrompeu, quando deixaram a trilha em zigue-zague pelas proteções de arame e desceram de gatinhas por uma estreita trincheira de ligação. — Não há Magia da Ordem na caixa ou a voz...

— Ah! — respondeu Horyse, olhando para frente, onde um alto-falante estava anunciando o relaxamento das armas. — Estou surpreso que esteja funcionando. A eletricidade comanda aquilo, sr. Pedra de Toque. Ciência, não magia.

— Não vai funcionar hoje à noite — Sabriel disse baixinho. — Nenhuma tecnologia funcionará.

— Sim, está meio alto — Horyse disse, numa voz forte. Mais suavemente, acrescentou: — Por favor, não diga nada mais até que cheguemos ao meu abrigo de trincheira. Os homens já entreouviram alguma coisa sobre hoje à noite e a lua cheia...

— É claro — respondeu Sabriel em tom cansado. — Sinto muito.

Fizeram o resto do caminho em silêncio, avançando com dificuldade pela trincheira de ligação em zigue-zague, passando por soldados nas trincheiras ativas, preparados em suas posições de atenção. As conversas dos soldados cessaram quando eles passaram, mas recomeçaram tão longo viraram o próximo zigue ou zague, ou ficaram fora de vista.

Por fim, desceram uma série de degraus para entrar no abrigo do coronel. Dois sargentos mantinham guarda pelo lado de fora — desta vez, Magos da Ordem da Sentinela Avançada do Ponto de Cruzamento, não a infantaria regular da guarnição. Outro soldado escapuliu para a cozinha, para apanhar alguma comida. Horyse ocupou-se com uma pequena espiriteira e fez chá.

Sabriel bebeu-o sem sentir muito alívio. A Terra dos Ancestrais e o consolador universal de sua sociedade — o chá — não mais pareciam tão sólidos e dignos de confiança como uma vez ela havia achado.

— Agora — disse Horyse. — Diga-me por que vocês não têm tempo para dormir.

— Meu pai morreu ontem — disse Sabriel, com o rosto impassível. — As flautas de vento vão falhar hoje à noite. Quando a lua surgir. Os Mortos daqui vão se erguer com a lua.

— Lamento por saber de seu pai. Lamento muito — Horyse disse. Ele hesitou, e depois acrescentou: — Mas como você está aqui agora, não pode prender os Mortos de novo?

— Se isso fosse tudo, sim, eu poderia — continuou Sabriel. — Mas há coisa pior em perspectiva. Já ouviu o nome de Kerrigor, coronel?

Horyse baixou a xícara de chá.

— Seu pai me falou dele uma vez. Um dos Mortos Maiores, acho, aprisionado além do Sétimo Portal?

— Mais que Maior, possivelmente o Maior de Todos — disse Sabriel melancolicamente. — Até onde sei, ele é o único espírito morto que é também um adepto da Magia Livre.

— E um membro renegado da família real — acrescentou Pedra de Toque, sua voz ainda áspera e seca por causa dos ventos frios tomados no voo, não saciada pelo chá. — E ele não está mais preso. Caminha livremente pela Vida.

— Todas essas coisas lhe dão poder — continuou Sabriel. — Mas há fraqueza ali também. O domínio de mestre da Magia

Livre de Kerrigor e muito de seu poder tanto na Vida quanto na Morte dependem da contínua existência de seu corpo original. Ele o escondeu, há muito tempo, quando escolheu inicialmente tornar-se um espírito morto, e ele o escondeu na Terra dos Ancestrais. Perto da aldeia de Wyverley, para ser exata.

— E agora ele está vindo pegá-lo... — disse Horyse, com terrível presciência. Exteriormente, parecia calmo, todos esses longos anos de serviço no exército formaram uma carapaça dura que refreava seus sentimentos. Por dentro, sentia um tremor que ele esperava não estivesse sendo transmitido à caneca em sua mão. — Quando ele virá?

— Com a noite — respondeu Sabriel. — Com um exército de Mortos. Se ele puder emergir da Morte já perto do Muro, poderá vir mais cedo.

— O sol... — balbuciou Horyse.

— Kerrigor pode manipular o tempo, trazer nevoeiro ou nuvens densas.

— Então, o que podemos fazer? — perguntou Horyse, virando as palmas de suas mãos na direção de Sabriel, os olhos questionando. — Abhorsen.

Sabriel sentiu um peso sobre ela, um fardo de acréscimo ao cansaço que já a fazia ficar prostrada, mas ela forçou-se a responder.

— O corpo de Kerrigor está num sarcófago enfeitiçado sob um túmulo, um túmulo que fica no topo de um monte chamado Ponta Cortada, menos de sessenta e cinco quilômetros distante daqui. Precisamos chegar lá rapidamente e destruir o corpo.

— E isso destruirá Kerrigor?

— Não — disse Sabriel, balançando sua cabeça de modo tristonho. — Mas isso o enfraquecerá... assim, poderá haver uma chance...

— Certo — disse Horyse. — Temos ainda três ou quatro horas de luz diurna, mas precisaremos nos mover rapidamente. Eu entendo que Kerrigor e suas... forças... terão que cruzar o Muro aqui? Eles não podem simplesmente emergir no Ponta Cortada?

— Não — disse Sabriel. — Eles terão que emergir na Vida no Reino Antigo e fisicamente cruzar o Muro. Seria provavelmente melhor não tentar detê-lo.

— Temo que não possamos fazer isso — respondeu Horyse. — É para isso que a Guarnição do Perímetro está aqui.

— Um monte de seus soldados morrerá sem propósito algum, então — disse Pedra de Toque. — Simplesmente porque estarão no meio do caminho. Qualquer coisa, e qualquer um, que se puser no caminho de Kerrigor, será destruído.

— Então, você quer que nós deixemos... esta coisa e uma horda de Mortos baixarem na Terra dos Ancestrais?

— Não exatamente — respondeu Sabriel. — Eu gostaria de lutar com ele numa ocasião e num lugar mais de nossa escolha. Se você me emprestar todos os soldados daqui que tenham um sinal da Ordem e um pouco de Magia da Ordem, poderemos ter tempo suficiente para destruir o corpo de Kerrigor. Também, estaremos a quase sessenta quilômetros distantes do Muro. O poder de Kerrigor pode ficar apenas ligeiramente diminuído, mas muitos de seus servidores enfraquecerão. Provavelmente ficarão tão fracos que destruir ou danificar suas formas físicas será o suficiente para enviá-los de volta à Morte.

— E o resto da guarnição? Ficaremos apenas de lado e deixaremos Kerrigor e seu exército agirem pelo Perímetro?

— Vocês provavelmente não terão escolha.

— Entendo — murmurou Horyse. Ele levantou-se e deu alguns passos para trás e para frente, seis, tudo que o abrigo permitia. — Felizmente, ou talvez infelizmente, estou desempenhando a função de oficial-general, comandando todo o Perímetro. O general Ashenber retornou ao sul, devido a um problema de... ah... má saúde. Uma situação apenas temporária. O quartel-general do exército é pouco inclinado a dar qualquer espécie de comando maior para aqueles de nós que usam os sinais da Ordem. Por isso, a decisão é minha...

Ele parou de dar seus passos e voltou a olhar fixo para Sabriel e Pedra de Toque, mas seus olhos pareciam ver alguma coisa bem além dos dois e do enferrujado ferro corrugado que formava as paredes do abrigo. Finalmente, ele falou.

— Muito bem. Eu lhes darei doze Magos da Ordem, metade da quantidade total de Sentinelas Avançadas, mas acrescentarei um pouco mais de força comum. Um destacamento para escoltá-los até... como era mesmo? Ponta Cortada. Mas não posso prometer que não lutaremos no Perímetro.

— Precisamos do senhor também, coronel — Sabriel disse, no silêncio que se seguiu a esta decisão. — O senhor é o Mago da Ordem mais forte que a guarnição tem.

— Impossível! — Horyse exclamou enfaticamente. — Estou no comando do Perímetro. Minhas responsabilidades ficam aqui.

— O senhor nunca será capaz de explicar a noite de hoje, de qualquer modo — Sabriel disse. — Não para qualquer general lá do sul, ou para qualquer um que não tenha cruzado o Muro.

– Eu... eu pensarei sobre isso enquanto vocês comem alguma coisa – Horyse declarou, o chacoalhar de uma bandeja e pratos tacitamente anunciando a chegada de uma ordenança do rancho nos degraus. – Entre!

A ordenança entrou, o vapor subindo pelas bordas da louça prateada. Enquanto punha a bandeja no lugar, Horyse deu passos largos em torno dele, rugindo.

– Mensageiro! Eu quero o ajudante de ordens, major Tindall, e o sargento-major em comando da companhia "A", tenente Aire das Sentinelas Avançadas, o sargento-major regimental e o oficial de intendência na sala de operações em dez minutos. Oh... convoque o oficial de transporte também. E avise a equipe de sinalizações para ficar de prontidão para codificação.

## capítulo vinte e seis

Tudo foi se movendo rapidamente depois que o chá foi bebido. Quase rápido demais para os exaustos Sabriel e Pedra de Toque. A julgar pelos barulhos lá fora, o soldados estavam correndo em todas as direções, enquanto eles comiam seu almoço tardio. Depois, antes que conseguissem até mesmo começar a digeri-lo, Horyse estava de volta, dizendo-lhes para irem se movendo.

Foi algo parecido a ser um ator secundário numa peça teatral de escola, Sabriel pensou, ao tropeçar na trincheira de ligação e entrar na área da parada militar. Havia uma enormidade de coisas acontecendo ao seu redor, mas ela não se sentia realmente parte delas. Sentiu Pedra de Toque roçar ligeiramente seu braço e sorriu para ele de modo tranquilizador — devia ser pior ainda para ele.

Dentro de minutos, eles estavam acotovelados na área da parada, em direção a uma fila de espera de caminhões, um carro aberto do Estado-Maior e duas estranhas máquinas revestidas de aço em forma de losangos, com torres blindadas para armas de cada lado e esteiras de trator. Tanques, Sabriel percebeu. Uma invenção relativamente recente. Como os caminhões, eles rugiam, os motores vomitando fumaça azul-acinzentada. Nenhum problema agora, Sabriel pensou, mas os motores parariam quando o vento soprasse do Reino Antigo. Ou quando Kerrigor chegasse...

Horyse conduziu-os para o carro do Estado-Maior, abriu a porta de trás e fez um gesto para que entrassem.

— O senhor está vindo com a gente? — Sabriel perguntou hesitantemente, quando se acomodou nos assentos de couro pesadamente almofadados, lutando contra uma onda de cansaço que ameaçava lançá-la num sono imediato.

— Sim — respondeu Horyse, lentamente. Ele pareceu surpreso com sua própria resposta e subitamente distante. — Sim, estou.

— O senhor tem a Visão — disse Pedra de Toque, erguendo o olhar enquanto ajustava sua bainha antes de sentar-se. — O que vê?

— O mesmo de sempre — respondeu Horyse. Ele ficou no assento dianteiro e fez um sinal positivo para o motorista, um veterano das Sentinelas Avançadas de rosto magro, cujo sinal da Ordem estava quase invisível em sua testa castigada pelas intempéries.

— O que o senhor quer dizer? — perguntou Sabriel, mas sua pergunta se perdeu quando o motorista pressionou o botão de arranque, e o carro tossiu e cuspiu para a vida, um acompanhamento de tenor para a cacofonia mais abaixo, formada por caminhões e tanques.

Pedra de Toque pulou com o barulho e a vibração súbitos, e depois sorriu timidamente para Sabriel, que pousava levemente os dedos em seu braço, como se acalmasse uma criança.

— O que ele queria dizer com "o mesmo de sempre"? — perguntou Sabriel.

Pedra de Toque olhou para ela, a tristeza e a exaustão disputando o primeiro lugar em seu olhar. Ele tomou a mão dela na sua e traçou uma linha sobre a sua palma — uma definida e conclusiva espécie de linha.

— Oh! — murmurou Sabriel. Ela fungou e olhou para a parte de trás da cabeça de Horyse, os olhos embaçados, vendo apenas a linha de seu cabelo grisalho curto que se estendia bem depois da borda de seu elmo.

— Ele tem uma filha da mesma idade que eu, lá em... algum lugar do sul — sussurrou ela, tremendo, agarrando a mão de Pedra de Toque até que os dedos dele ficaram tão brancos quanto os seus. — Por que, oh, por que, tudo... todo mundo...

O carro disparou com uma guinada brusca, precedido por duas motocicletas batedoras e seguido por todos os nove caminhões, um por um, cuidadosamente tomando espaço a cada noventa metros. Os tanques, com esteiras que guinchavam e tiniam, tomaram uma estrada lateral, subindo para o desvio ferroviário onde seriam erguidos e enviados para a parada de Wyverley. Era improvável que chegassem antes de a noite cair. O comboio rodoviário estaria no monte Ponta Cortada antes de seis da tarde.

Sabriel ficou muda pelos primeiros dezesseis quilômetros, sua cabeça curva, a mão ainda se agarrando fortemente na de Pedra de Toque. Ele permanecia mudo também, mas atento, observando vigilante enquanto saíam da zona militar, olhando para as prósperas fazendas da Terra dos Ancestrais, as estradas sinalizadas, as casas de tijolos, os carros particulares e veículos puxados por cavalos que desviavam para fora da estrada em frente a eles, afastados pelos dois policiais militares de bonés vermelhos que iam de motocicletas.

— Estou bem agora — disse Sabriel baixinho, quando diminuíram a marcha para passar pela cidade de Bain. Pedra de Toque fez um sinal de assentimento, ainda atento, olhos fixos nas vitrines de lojas na rua principal. Os nativos retribuíam o olhar, pois era raro ver soldados no equipamento completo de batalha do Perímetro, com baionetas e escudos — e Sabriel e Pedra de Toque eram claramente do Reino Antigo.

— Temos que parar na delegacia de polícia e avisar o superintendente — anunciou Horyse, quando seu carro estacionou perto de um imponente edifício de paredes brancas, com duas lanternas elétricas grandes e azuis penduradas em frente, e uma placa sólida proclamando tratar-se do quartel-general da Guarda Civil do Condado de Bain.

Horyse ergueu-se, acenou para que o resto do comboio prosseguisse, depois fez uma acrobacia e se arremessou degraus acima, uma figura curiosamente incongruente em malha e cáqui. Um guarda que descia as escadas pareceu prestes a detê-lo, mas se conteve e bateu continência.

— Estou bem — Sabriel repetiu. — Você pode soltar minha mão.

Pedra de Toque sorriu e relaxou um pouco o aperto de sua mão. Ela olhou-o um pouco intrigada, e depois sorriu também, seus dedos se soltando lentamente até que suas mãos se estenderam por inteiro no assento, os dedos mínimos apenas se roçando.

Em qualquer outra cidadezinha, uma multidão certamente teria se formado em torno do carro do Estado-Maior do exército com dois passageiros tão incomuns. Mas esta era Bain, e Bain era próxima ao Muro. As pessoas davam uma olhada, viam os sinais da Ordem, as espadas e armaduras, e tomavam outro caminho. Aqueles que tinham uma precaução natural, ou um toque da Visão, iam para casa e trancavam suas portas e janelas, não apenas com aço e ferro, mas também com raminhos de vassoura e sorva. Outros, ainda mais precavidos, iam para o rio e para suas arenosas ilhotas, sem sequer fingirem que estavam pescando.

Horyse saiu cinco minutos depois, acompanhado por um homem alto e de aparência séria, cuja larga constituição e aparência não confiável ficavam ligeiramente ridículas por um par pequeno demais de pincenês pendurados na ponta de seu nariz. Ele trocou um aperto de mãos com o coronel, Horyse retornou ao carro, e eles partiram novamente, se atropelando nas marchas com considerável habilidade.

Poucos minutos depois, antes que houvessem deixado os últimos edifícios da cidade, um sino começou a tocar, profundo e lento. Só uns momentinhos depois, outro o imitou de algum ponto à esquerda, e depois mais outro, de algum ponto à frente. Logo havia sinos tocando por toda parte.

— Trabalho rápido — Horyse gritou por trás do carro. — O superintendente deve tê-los feito praticar no passado.

— Os sinos são um aviso? — perguntou Pedra de Toque. Era algo com que ele estava familiarizado e começou a sentir-se mais em casa, mesmo com este som, aviso de problemas terríveis. Ele não sentia medo disso, mas, afinal, depois de haver encarado o reservatório por uma segunda vez, sentia que conseguiria enfrentar qualquer temor.

— Sim — respondeu Horyse. — Fiquem dentro de casa quando a noite cair. Tranquem todas as portas e janelas. Recusem entrada a estranhos. Espalhem luz dentro e fora. Preparem velas e lampiões para quando a eletricidade faltar. Usem prata. Se forem apanhados na rua, procurem água corrente.

— Costumávamos declamar isso nas classes iniciantes — Sabriel disse. — Mas eu não acho que muitas pessoas se lembrem disso, mesmo as daqui.

— Ficaria surpresa, minha senhora — interrompeu o motorista, falando pelo canto da boca, os olhos nunca deixando a estrada. — Os sinos não tocam desse jeito há vinte anos, mas muitas pessoas se lembram. E eles contarão a quem não sabe, a quem não se importa com isso.

— Eu espero que sim — respondeu Sabriel, um lampejo momentâneo de lembrança passando por sua mente. O povo de Nestowe, três terços de seus habitantes perdidos para os Mortos, os sobreviventes amontoados desordenadamente em barracões para defumar peixes numa ilha rochosa. — Eu espero que sim.

— Quanto tempo levaremos para chegar a Ponta Cortada? — perguntou Pedra de Toque. Ele estava se lembrando também, mas suas recordações eram de Rogir. Logo estaria olhando no rosto de Rogir novamente, mas seria apenas uma casca, uma ferramenta para aquilo em que Rogir havia se transformado...

— Cerca de uma hora no máximo, penso eu — respondeu Horyse. — Por volta das seis. Podemos fazer uma média de quase cinquenta quilômetros por hora nesta máquina, o que é bastante notável. Para mim, de qualquer modo. Estou tão acostumado ao Perímetro e ao Reino Antigo, com a pequena porção deste que víamos ao patrulhar, seja como for. Eu gostaria de ter visto mais partes dele... de ter avançado para o norte...

— Você verá — disse Sabriel, mas sua voz era vazia de convicção, mesmo para os seus próprios ouvidos. Pedra de Toque não disse nada e Horyse não respondeu, por isso foram dirigindo em silêncio depois disso, logo se juntando ao comboio de caminhões, alcançando todos os veículos até que ficaram na frente outra vez. Mas para onde quer que fossem, os sinos os precediam, todo campanário de aldeia transmitindo o aviso.

Como Horyse tinha vaticinado, chegaram à aldeia de Wyverley pouco antes das seis. Os caminhões pararam numa fila por toda a aldeia, do bangalô do policial ao bar Wyvern, os homens apeando quase antes dos veículos pararem, rapidamente se enfileirando na estrada. O caminhão de sinalizações estacionou sob um poste telefônico e dois homens subiram para conectar seus fios. Os policiais militares foram para cada extremo da aldeia, para reorientar o tráfego. Sabriel e Pedra de Toque saíram do carro e esperaram.

— Não é muito diferente da Guarda Real — Pedra de Toque disse, olhando os homens correndo para suas posições de desfile, os sargentos gritando, os oficiais se juntando em torno de Horyse, que estava falando no fone recém-conectado. — Movimentem-se e esperem.

— Eu gostaria de ter visto você na Guarda Real — disse Sabriel. — E o Reino Antigo, em... eu quero dizer, antes que as Pedras fossem quebradas.

— Nos meus tempos, você quer dizer — disse Pedra de Toque. — Eu teria gostado disso também. Era mais parecido com isto aqui, naquela época. Aqui em tempos normais, eu quero dizer. Pacífico e meio parado. Às vezes eu achava que a vida era lenta demais, previsível demais. Eu agora preferiria aquilo...

— Eu costumava pensar assim na escola — Sabriel respondeu. — Sonhando com o Reino Antigo. Magia da Ordem para a gente possuir. Mortos para aprisionar. Príncipes para...

— Resgatar?

— Para casar — respondeu Sabriel de modo ausente. Ela parecia empenhada em observar Horyse. Ele tinha a aparência de quem estava recebendo más notícias pelo telefone.

Pedra de Toque não falava. Tudo parecia se aguçar em foco para ele, centralizando-se em Sabriel, seu cabelo negro reluzindo como a asa de um corvo ao sol da tarde. Eu a amo, ele pensou. Mas, se eu disser a coisa errada agora, poderei nunca...

Horyse estendeu o telefone de volta para um sinaleiro e virou-se para eles. Pedra de Toque o observava, subitamente consciente de que ele provavelmente só dispunha de cinco segundos para ficar a sós com Sabriel, para dizer alguma coisa, para dizer qualquer coisa. Talvez os últimos cinco segundos que eles passariam juntos...

Eu não tenho medo, disse para si mesmo.

— Eu amo você — sussurrou ele. — Espero que você não se incomode.

Sabriel devolveu-lhe o olhar e sorriu, quase a despeito de si mesma. Sua tristeza pela morte de seu pai ainda estava presente, e também estavam ali seus temores quanto ao futuro —

mas ver Pedra de Toque olhando apreensivamente para ela de algum modo lhe dava esperança.

— Eu não me incomodo — ela respondeu num sussurro, aproximando-se dele. Ela franziu as sobrancelhas. — Eu acho... eu acho que poderia amar você também. Que a Ordem me ajude, mas agora é...

— A linha telefônica para o Ponto de Cruzamento do Perímetro acaba de cair — Horyse anunciou soturnamente, gritando mais alto que o sino da aldeia mesmo antes de haver se aproximado o bastante para falar. — Um nevoeiro começou a passar por sobre o Muro faz uma hora. Ele atingiu as trincheiras da frente às quatro e quarenta e seis. Depois disso, nenhuma das companhias avançadas pôde ser alcançada por telefone ou mensageiro. Eu estava acabando de falar com o oficial em serviço agora, aquele sujeito jovem que estava tão interessado no aparelho de vocês. Ele disse que o nevoeiro estava quase alcançando sua posição. Então, a linha ficou muda.

— Então — disse Sabriel —, Kerrigor não esperou até que o sol se pusesse. Ele está manipulando o tempo.

— Pelos dados fornecidos pelo Perímetro — Horyse disse —, este nevoeiro, e o que quer que haja dentro dele, está se movendo em direção ao sul, a cerca de trinta quilômetros por hora. Tal como o corvo voa, ele vai nos atingir às sete e meia. Estará escuro, com a lua ainda por surgir.

— Vamos embora, então — exclamou Sabriel. — A trilha agreste que leva a Ponta Cortada começa por trás do bar. Devo ir na frente?

— Melhor não — respondeu Horyse. Ele virou-se e gritou algumas ordens, acompanhado por considerável gesticular e apontar.

Dentro de poucos segundos, os homens estavam se movendo em torno do bar, tomando a trilha para Ponta Cortada. Primeiro, os Sentinelas do Ponto do Cruzamento, arqueiros e Magos da Ordem. Depois, o primeiro pelotão de infantaria, baionetas fixas, rifles preparados. Tendo passado o bar, eles se moveram numa formação de ponta de flecha. Horyse, Sabriel, Pedra de Toque e o motorista os seguiram. Atrás deles, vinham os outros dois pelotões e os sinaleiros, desenrolando fio de telefone de campanha de um grande e pesado cilindro.

Havia quietude em meio às árvores de cortiça, os soldados se moviam tão silenciosamente quanto possível, comunicando-se por sinais de mão mais do que por gritos, apenas seus passos pesados e o ocasional estrépito das armaduras e do equipamento perturbavam a quietude.

A luz do sol se derramava por entre as árvores, generosa e dourada, mas já perdendo seu calor, como um vinho de cor amanteigada que era todo sabor e nenhuma potência.

Na direção do topo do monte, apenas os Sentinelas do Ponto do Cruzamento subiram. O pelotão que liderava a infantaria seguiu um contorno mais baixo em torno do lado extremo norte. Os outros dois pelotões se moveram para sudoeste e sudeste, formando um triângulo defensivo em torno do monte. Horyse, Sabriel, Pedra de Toque e o motorista seguiram em frente.

As árvores desapareceram a cerca de vinte metros do topo do monte, densas ervas daninhas e cardos tomaram o seu lugar. Depois, no ponto mais elevado, ficava o túmulo: um quadrado sólido, do tamanho de uma cabana, de pedras de um cinza-esverdeado. Os doze sentinelas estavam agrupados esparsamente em torno dele, quatro deles já alavancando uma das pedras de quina com um longo pé de cabra, obviamente levado para lá com esta finalidade.

Quando Sabriel e Pedra de Toque subiram, a pedra caiu com um estrondo, revelando mais blocos por baixo. Ao mesmo tempo, todo Mago da Ordem presente sentiu um ligeiro zumbido em seus ouvidos e uma onda de tontura.

— Você sentiu isso? — perguntou Horyse desnecessariamente, já que estava claro, pelas expressões de todos e pelas mãos com as quais cobriam as orelhas, que todos haviam sentido.

— Sim — respondeu Sabriel. Numa extensão menor, era a mesma espécie de sensação que as Pedras Quebradas haviam causado no reservatório. — Temo que vá piorar à medida que formos nos aproximando do sarcófago.

— A que distância ele está?

— A quatro blocos de profundidade, eu acho — disse Sabriel. — Ou cinco. Eu... o vi... de uma perspectiva bizarra.

Horyse concordou e fez sinal aos homens para que continuassem arrancando as pedras. Eles se puseram a trabalhar com vontade, mas Sabriel notou que continuavam olhando para a posição do sol. Todos os sentinelas eram Magos da Ordem, de poderes variados — todos sabiam o que o pôr do sol poderia trazer.

Em quinze minutos, fizeram um buraco com dois blocos de largura por dois de profundidade numa das pontas, e a sensação de náusea estava ficando pior. Dois dos sentinelas mais jovens, homens de seus vinte e poucos anos, tinham ficado violentamente enjoados e estavam se recuperando em pontos mais abaixo do monte. Os outros estavam trabalhando mais lentamente, suas energias dirigidas para manter os almoços no lugar e controlar os membros trêmulos.

Surpreendentemente, dados a sua falta de sono e o estado geral combalido, Sabriel e Pedra de Toque acharam relativamente fácil resistir às ondas de náusea que emanavam do túmulo. Não se comparava ao frio e ao obscuro medo do reservatório, estar ali na colina, com o sol e a brisa fresca, aquecia e refrescava ao mesmo tempo.

Quando os terceiros blocos foram retirados, Horyse ordenou um breve intervalo para descanso, e todos se retiraram do monte para a fileira de árvores, onde a aura nauseante do túmulo se dissipava. Os sinaleiros tinham um telefone ali, o suporte disposto no cilindro virado. Horyse pegou-o, mas virou-se para Sabriel antes que o sinaleiro girasse a manivela de carregar.

— Há alguns preparos a fazer antes de removermos os últimos blocos? Quero dizer, preparos mágicos.

Sabriel pensou por um momento, desejando que seu cansaço desaparecesse, e depois balançou a cabeça.

— Eu acho que não. Uma vez que tenhamos acesso ao sarcófago, teremos que abri-lo com um feitiço. Eu precisarei da ajuda de todos para isso. Depois, faremos os ritos finais do corpo, o feitiço habitual de cremação. Haverá resistência na hora, também. Seus homens já lançaram a Magia da Ordem em conjunto?

— Infelizmente, não — respondeu Horyse, franzindo o cenho. — Já que o exército não admite oficialmente a existência da Magia da Ordem, todo mundo aqui é basicamente autodidata.

— Não se preocupe — Sabriel disse, tentando parecer confiante, consciente de que todos ao redor dela estavam escutando. — Nós conseguiremos.

— Muito bom — respondeu Horyse, sorrindo. Isso fez com que ele parecesse muito confiante, pensou Sabriel. Tentou sorrir também, mas não teve certeza de haver conseguido. O sorriso lhe deu muito mais a impressão de uma careta de dor.

— Bem, vamos ver onde nosso hóspede indesejável foi parar — Horyse continuou, ainda sorrindo. — Com que lugar este telefone se comunica, sargento?

— Com a polícia de Bain — respondeu o sargento dos Sinais, girando a manivela de carga vigorosamente. — E com o QG do Exército Norte, senhor. O senhor terá que pedir ao cabo Synge para conectar. Ele está encarregado disso na aldeia.

— Muito bom — respondeu Horyse. — Alô. Oh, Synge? Coloque-me em contato com Bain. Não, diga ao Norte que você não pode chegar até mim. Sim, está certo, cabo. Obrigado... ah... Guarda Civil do Condado de Bain? É o coronel Horyse. Eu quero falar com o chefe-superintendente Dingley... sim. Alô, superintendente. Já teve alguma informação de um estranho e denso nevoeiro...? O quê! Já! Não, não é preciso investigar. Ponha todo mundo para dentro de casa. Tranque as janelas... sim, o treinamento habitual. Sim, seja lá o que for... Sim, extraordinariamente perigoso... alô! Alô!

Ele baixou o aparelho telefônico lentamente e apontou para o alto do monte.

— O nevoeiro já está se movimentando ao extremo norte de Bain. Deve estar indo mais rápido. É possível que este Kerrigor saiba o que estamos fazendo?

— Sim — responderam Sabriel e Pedra de Toque, em uníssono.

— Melhor nós nos apressarmos, então — Horyse anunciou, olhando para seu relógio de pulso. — Eu diria que nós temos agora menos que quarenta minutos.

## capítulo vinte e sete

Os últimos blocos saíram lentamente, puxados por homens suados e de rostos lívidos, as mãos e as pernas tremendo, a respiração entrecortada. Tão logo o caminho ficou aberto, eles se deixaram cair de costas, longe do túmulo, procurando trechos de luz solar para combater o horrendo frio que parecia devorar seus ossos. Um soldado, um homem garboso com um bigode louro-claro, despencou do monte e ficou estendido com ânsia de vômito, até que carregadores de maca acorreram para levá-lo embora.

Sabriel olhou para o buraco vazio no túmulo e viu o débil, instável reflexo do sarcófago de bronze lá dentro. Ela sentiu-se nauseada também, com os pelos de sua nuca se arrepiando, a pele formigando. O ar parecia denso com o mau cheiro da Magia Livre, um gosto duro e metálico em sua boca.

— Vamos ter que abri-lo com um feitiço — anunciou ela, com o coração oprimido. — O sarcófago é muito fortemente protegido. Eu acho... que a melhor coisa seria eu entrar com Pedra de Toque me segurando pela mão, Horyse segurando a dele e assim por diante, para formar uma fila de reforço da

Magia da Ordem. Será que todos sabem os sinais da Ordem para o feitiço de abertura? – Os soldados fizeram um sinal de assentimento ou disseram: "Sim, senhora." Um deles disse: "Sim, Abhorsen."

Sabriel olhou para ele. Um cabo de meia-idade, com as divisas de longo tempo de serviço em sua manga. Ele parecia um dos menos afetados pela Magia Livre.

– Você pode me chamar de Sabriel, se quiser – disse ela, estranhamente perturbada pelo modo com que ele a chamara.

O cabo balançou a sua cabeça.

– Não, senhorita. Eu conheci seu pai. A senhorita é igualzinha a ele. O Abhorsen, agora. A senhorita fará esse Morto escroto, peço que me perdoe a palavra, desejar ter permanecido morto de fato.

– Obrigada – Sabriel respondeu, de modo incerto. Ela sabia que o cabo não tinha a Visão, era sempre possível perceber, mas sua crença nela era tão concreta...

– Ele está certo – disse Pedra de Toque. Ele fez um gesto para que ela fosse na frente dele, fazendo uma reverência cortês. – Vamos terminar o que viemos fazer, Abhorsen.

Sabriel retribuiu a reverência, num movimento que continha qualquer coisa de ritual. O Abhorsen se curvando para o rei. Depois, tomou fôlego profundo, seu rosto assumindo uma forma determinada. Começando a formar os sinais da Ordem para abertura em sua mente, ela pegou a mão de Pedra de Toque e avançou na direção do túmulo aberto, seu interior escuro e sombrio em violento contraste com os cardos iluminados pelo sol e com as pedras caídas. Atrás dela, Pedra de Toque virou-se pela metade para pegar a mão calejada de Horyse também, a outra mão do coronel já segurando a do tenente Aire, Aire por sua vez agarrando a do sargento, a do sargento pegando na do cabo de longo serviço e assim por diante pelo declive da colina. Catorze Magos da Ordem ao todo, embora apenas dois fossem de primeira categoria.

Sabriel sentiu a Magia da Ordem jorrando dos traços, os sinais brilhando mais e mais claros em sua mente, até que ela quase perdeu a visão normal em sua radiação. Ela foi arrastando os pés para dentro do túmulo, cada passo trazendo aquela náusea demasiado familiar, os formigamentos, o tremor incontrolável. Mas os sinais estavam fortes em sua mente, mais fortes do que a náusea.

Ela chegou ao sarcófago de bronze, bateu com a palma da mão e deixou a Magia da Ordem sair. Instantaneamente, houve uma explosão de luz e um grito terrível ecoou por todo o túmulo. O bronze foi ficando mais quente e Sabriel retirou a mão, a palma vermelha e com bolhas. Um segundo depois, o vapor se encapelou em torno do sarcófago, grandes gotas de vapor escaldante, forçando Sabriel a retroceder, a fila inteira recuando como dominós, caindo do túmulo pelo monte abaixo.

Sabriel e Pedra de Toque foram lançados juntos a quase cinco metros abaixo da entrada para o túmulo. De algum modo, a cabeça de Sabriel aterrissara no estômago de Pedra de Toque. A cabeça dele estava sobre um cardo, mas os dois ficaram imóveis por um momento, drenados pela magia e a força das defesas da Magia Livre. Ergueram os olhos para o céu azul, já tingido pelo vermelho do pôr do sol iminente. Em volta deles houve muita ameaça e xingamento, quando os soldados se ergueram.

— Ele não abriu — disse Sabriel, num tom baixo e prosaico. — Não temos o poder ou a habilidade...

Ela parou e depois acrescentou:

— Eu desejaria que Mogget não estivesse... Eu desejaria que ele estivesse aqui. Ele pensaria em alguma coisa...

Pedra de Toque ficou em silêncio, e depois disse:

— Nós precisamos de mais Magos da Ordem, o feitiço funcionaria se os sinais fossem suficientemente reforçados.

— Mais Magos da Ordem — Sabriel disse, fatigada. — Nós estamos no lado errado do Muro...

— E quanto à sua escola? — perguntou Pedra de Toque e exclamou "Ui!" quando Sabriel de repente se arremessou, rompendo seu equilíbrio, e depois "Ui!" novamente quando ela se abaixou e beijou-o, empurrando sua cabeça mais para cima do cardo.

— Pedra de Toque! Eu devia ter pensado... as classes de magia dos veteranos. Deve haver trinta e cinco garotas com o sinal da Ordem e as habilidades básicas.

— Muito bom — murmurou Pedra de Toque, das profundezas do cardo. Sabriel estendeu suas mãos e ajudou-o a sair, sentindo o cheiro de seu suor, e o odor fresco e pungente de cardos esmagados. Ele estava quase erguido quando ela de repente pareceu perder seu entusiasmo, e ele quase caiu de costas novamente.

— As garotas estão lá — disse Sabriel lentamente, como se estivesse pensando alto. — Mas eu não tenho nenhum direito de envolvê-las numa coisa que...

— Elas estão envolvidas de qualquer modo — interrompeu Pedra de Toque. — A única razão pela qual a Terra dos Ancestrais não é como o Reino Antigo é o Muro, e ele não vai durar tão logo Kerrigor quebre as Pedras remanescentes.

— São apenas garotas de escola — Sabriel disse tristemente. — Por mais que sempre pensássemos que fôssemos mulheres adultas.

— Precisamos delas — disse Pedra de Toque outra vez.

— Sim — disse Sabriel, virando-se para trás na direção do agrupamento de homens congregados junto ao túmulo no máximo que ousavam em matéria de proximidade. Horyse e alguns dos Magos da Ordem mais fortes olhavam para trás na direção da entrada e para o bronze tremeluzente na parte interna. — O feitiço falhou. Mas Pedra de Toque acaba de me lembrar que nós podemos conseguir mais Magos da Ordem.

Horyse olhou para ela, a urgência estampada em seu rosto.

— Onde?

— No colégio Wyverley. Minha velha escola. As classes de magia do quinto e sexto ano, e sua professora, a magistrada Greenwood. Fica a cerca de mil e seiscentos metros daqui.

— Eu não acho que dispomos de tempo para fazer uma mensagem chegar lá e trazê-las para cá — Horyse balbuciou, erguendo os olhos para o sol poente, e depois para seu relógio de pulso, que agora estava andando para trás. Ele pareceu intrigado por um momento, e depois o ignorou. — Mas você acha que será possível mover o sarcófago?

Sabriel pensou sobre o feitiço de proteção com que se defrontara, e depois respondeu.

— Sim. A maior parte das guardas estava no túmulo, para lacrá-lo. Não há nada que nos impeça de mover o sarcófago, exceto os efeitos colaterais da Magia Livre. Se pudermos suportar a náusea, poderemos movê-lo...

— E o colégio Wyverley é um velho edifício sólido?

— Mais um castelo do que qualquer outra coisa — respondeu Sabriel, vendo o caminho que o raciocínio de Horyse estava tomando. — Mais fácil de defender do que este monte.

— Água corrente... Não? Seria demais contar com isso. Certo! Soldado Macking, corra até o major Tindall e diga a ele que quero sua companhia pronta para se mover em dois minutos. Vamos voltar aos caminhões, e depois seguiremos para o colégio Wyverley, está no mapa, a cerca de mil e seiscentos metros...

— A sudoeste — informou Sabriel.

— Sudoeste. Repita isso.

O soldado Macking repetiu a mensagem numa fala lenta e arrastada, depois se escafedeu, claramente ansioso por fugir do túmulo. Horyse virou-se ao cabo de longa carreira e disse:

— Cabo Anshey. Você parece bem apropriado. Acha que pode lançar uma corda em torno daquele caixão?

— Calculo que sim, senhor — respondeu o cabo Anshey. Ele desprendeu um rolo de corda de seu emaranhado enquanto falava e gesticulava com a mão para os outros soldados. — Vamos, camaradas, soltem suas cordas.

Vinte minutos depois, o sarcófago estava sendo erguido por sarilho e corda para bordo de um carroção puxado por cavalo, apropriado de um fazendeiro local. Como Sabriel tinha esperado, arrastá-lo a uma distância de dezoito metros dos caminhões fazia parar seus motores, desligava luzes elétricas e calava o telefone.

Curiosamente, o cavalo, uma velha e plácida égua, não parecia muito assustada com o sarcófago reluzente, a despeito de sua superfície de bronze formigar lentamente com distorções dos sinais da Ordem de fazerem o estômago se revirar. Não era um animal feliz, mas tampouco estava em pânico.

— Teremos que conduzir o carroção — Sabriel disse para Pedra de Toque, quando os soldados empurravam o caixão para bordo com longas varas e desmontavam o sarilho. — Eu não acho que os sentinelas consigam suportar a náusea por muito mais tempo.

Pedra de Toque tremia. Como todo mundo, ele estava pálido, os olhos injetados, o nariz escorrendo e os dentes batendo.

— Nem eu sei se consigo.

No entanto, quando a última corda foi puxada, e os soldados correram para longe, Pedra de Toque subiu ao banco do condutor e se apossou das rédeas. Sabriel subiu para junto dele, sufocando a sensação de que seu estômago estava a ponto de subir até a boca. Ela não se virou para olhar o sarcófago.

Pedra de Toque tocou o animal e chicoteou de leve as rédeas. As orelhas da égua se ergueram e ela assumiu a carga, seguindo em frente. Não era um passo ligeiro.

— Isso é tão rápido quanto o quê...? — Sabriel disse ansiosamente. Tinham um quilômetro e meio para cobrir e o sol já estava manchado de sangue, um disco vermelho equilibrado na linha do horizonte.

— É uma carga pesada — Pedra de Toque respondeu lentamente, o fôlego curto entrecortando suas palavras, como se achasse difícil falar. — Estaremos lá antes que a luz desapareça.

O sarcófago parecia zumbir e dar risadinhas atrás deles. Nenhum deles mencionou que Kerrigor poderia chegar, envolto em nevoeiro, antes que a noite o fizesse. Sabriel descobriu-se olhando para trás de segundo em segundo, por sobre toda a estrada. Isto significava captar lampejos da superfície perversamente mutável do caixão, mas ela não podia evitar. As sombras estavam se alongando e toda vez que ela captava um lampejo de algum tronco pálido de árvore, ou de um marco de milha caiado, o medo repuxava em suas vísceras. O nevoeiro estaria ondulando pela estrada?

O colégio Wyverley parecia muito mais distante que um quilômetro e meio. O sol tinha apenas três quartos de seu disco quando eles viram os caminhões dobrar a estrada, entrando no passeio de tijolos que levava aos portões de ferro corrugado do colégio Wyverley. Meu lar, pensou Sabriel por um momento. Mas isso não era mais verdade. Havia sido seu lar durante a melhor parte de sua vida, mas isso passara. Era o lar de sua infância, quando ela era apenas Sabriel. Agora, ela era também um Abhorsen. Agora, seu lar bem como suas responsabilidades ficavam no Reino Antigo. Mas como ela, estas haviam crescido.

As luzes elétricas arderam brilhantemente nas duas antigas lanternas de vidro de cada um dos lados do portão, mas diminuíram para meras faíscas quando o carroção e sua estranha carga passaram por elas. Um dos portões estava sem dobradiças e Sabriel percebeu que os soldados deviam tê-lo arrombado. Era incomum que os portões estivessem trancados antes de escurecer completamente. Eles deviam tê-los fechado quando ouviram os sinos, Sabriel percebeu, e isso a alertou para uma coisa a mais...

— O sino na aldeia — exclamou ela, quando o carroção passou por vários caminhões estacionados e girou para estacionar perto das enormes portas semelhantes a portões, que davam para o edifício principal da escola. – O sino parou.

Pedra de Toque deteve o carroção e se pôs a ouvir, segurando um ouvido na direção do céu que escurecia. Era verdade, não conseguiam mais ouvir o sino da aldeia de Wyverley.

– Está a um quilômetro e meio – disse ele, hesitante. – Talvez estejamos longe demais, o vento...

– Não – disse Sabriel. Ela sentiu o ar, fresco devido à noitinha, se deter em seu rosto. Não havia vento. – A gente sempre o ouvia daqui. Kerrigor chegou à aldeia. Precisamos chegar ao interior do sarcófago, rápido!

Ela pulou do carroção e correu para Horyse, que estava em pé nos degraus de fora da porta parcialmente aberta, conversando com uma figura que permanecia nas sombras do lado de dentro. Quando Sabriel se aproximou, margeando grupos de soldados em expectativa, reconheceu a voz. Era a sra. Umbrade, a diretora.

– Como vocês se atrevem a entrar sem pedir licença? – ela estava pronunciando muito pomposamente. – Eu sou uma amiga muito íntima e particular do tenente-general, é bom que vocês saibam... Sabriel!

A visão de Sabriel em tão estranho traje e circunstância pareceu confundir momentaneamente a sra. Umbrade. Naquele segundo de silêncio total, Horyse acenou para seus homens. Antes que a sra. Umbrade pudesse protestar, eles empurraram a porta por completo e torrentes de homens armados entraram, derramando-se em torno de sua figura como um dilúvio ao redor de uma ilha.

– Sra. Umbrade! – gritou Sabriel. – Eu preciso falar com a sra. Greenwood urgentemente, e com as garotas das classes veteranas de magia. Seria melhor a senhora levar o resto das garotas e a equipe para os andares mais altos da Torre Norte.

A sra. Umbrade ficou imóvel, engolindo como um peixe dourado, até que Horyse de repente foi em direção a ela e gritou:

— Mexa-se, mulher!

Quase antes de sua boca fechar, ela havia desaparecido. Sabriel olhou para trás para verificar se Pedra de Toque estava organizando a remoção do sarcófago, e depois a seguiu.

A sala de entrada já estava bloqueada por uma fila de conga de soldados, passando para dentro caixas trazidas dos caminhões lá de fora, amontoando-as junto à parede. Caixas de cor cáqui marcadas com ".303 balas" ou "B2E2 Granada Fósforo Branco", empilhadas sob quadros de equipes de hóquei ganhadoras de prêmios ou quadros com letras douradas por honra ao mérito e brilho escolástico. Os soldados haviam também escancarado as portas para o Grande Salão e estavam ocupados ali, fechando janelas e empilhando bancos de igreja de ponta-cabeça contra os postigos fechados.

A sra. Umbrade ainda estava em movimento no outro extremo da sala de entrada, se alvoroçando na direção de um agrupamento de professores obviamente nervosos. Atrás deles, observando do alto da escada principal, havia uma sólida fileira de monitoras. Atrás delas, mais ao alto da escada, e se esforçando para ver, havia vários grupos de formandas não monitoras do quinto e sexto anos. Sabriel não duvidava que o resto da escola estaria se alinhando nos corredores ao fundo delas, todas ardendo em curiosidade para saber qual era o motivo da agitação.

Bem quando a sra. Umbrade conseguiu chegar ao corpo de professores, todas as luzes se apagaram. Por um momento, houve um silêncio completo e chocado, e depois o barulho redobrou. Garotas berrando, soldados gritando, baques e pancadas quando as pessoas esbarravam em coisas ou umas nas outras.

Sabriel ficou onde estava e conjurou os sinais da Ordem para fazer luz. Eles vieram facilmente, fluindo para a ponta de seus dedos como água fria caindo de um chuveiro. Ela os deixou pendurados ali por um momento, depois os lançou para o forro, gotas de luz que cresceram até ficar do tamanho de pratos de refeição e projetaram uma estável luz amarela por sobre toda a sala. Alguém mais estava lançando luzes parecidas perto da sra. Umbrade e Sabriel reconheceu o trabalho da magistrada Greenwood. Ela sorriu a esse reconhecimento, uma leve virada de apenas um lado de sua boca. Ela sabia que as luzes haviam se apagado porque Kerrigor havia passado pela subestação de eletricidade, e isso ficava a meio caminho entre a escola e a aldeia.

Como era esperado, a sra. Umbrade não estava dizendo aos seus professores nada de útil – só continuava a falar sobre grosseria e sobre algum general. Sabriel viu a magistrada atrás da alta, mas encarquilhada figura da veterana professora de ciência, e acenou.

— E eu nunca fiquei mais chocada do que ao ver uma de nossas... – dizia a sra. Umbrade, quando Sabriel aproximou-se dela e delicadamente depositou os sinais de silêncio e imobilidade em sua nuca.

— Lamento interromper – disse Sabriel, parando próxima à temporariamente congelada forma da diretora. – Mas isto é uma emergência. Como podem ver, o exército está temporariamente ocupando a escola. Eu estou ajudando o coronel Horyse, que está na chefia. Agora, precisamos que todas as garotas das classes veteranas de magia desçam para o Grande Salão acompanhadas pela senhora, magistrada Greenwood, por favor. Todos os outros... estudantes, corpo de professores, jardineiros, todos... devem subir para os andares do topo da Torre Norte e proteger-se lá dentro. Até amanhã cedo.

— Por quê? — perguntou a sra. Pearch, a professora de matemática. — O que está acontecendo?

— Alguma coisa veio do Reino Antigo — Sabriel respondeu laconicamente, vendo seus rostos mudarem quando falou. — Seremos em breve atacados pelos Mortos.

— Então, haverá perigo para meus alunos? — A sra. Greenwood falou, abrindo caminho e avançando, entre duas aterrorizadas professoras de inglês. Ela olhou Sabriel no rosto, como que em reconhecimento, e depois acrescentou:

— Abhorsen.

— Haverá perigo para todos — Sabriel disse melancolicamente. — Mas, sem a ajuda das Magas da Ordem aqui, não há nem mesmo uma chance...

— Bem — respondeu a sra. Greenwood com alguma decisão. — Melhor que nos organizemos então. Eu irei e pegarei Sulyn e Ellimere. Eu acho que são as únicas duas Magas da Ordem entre as monitoras. Elas podem organizar as outras. Sra. Pearch, é melhor a senhora assumir a responsabilidade da... ah... evacuação para a Torre Norte, já que imagino que a sra. Umbrade estará... err... mergulhada em pensamentos. Sra. Swann, é melhor a senhora se encarregar da cozinha e das empregadas, pegue um pouco de água fresca, comida e velas, também. Sr. Arkler, poderia fazer a gentileza de ir buscar as espadas da sala de ginástica...

Vendo que tudo estava sob controle, Sabriel suspirou e rapidamente caminhou para fora, passando por soldados que penduravam lâmpadas de petróleo no alto do corredor. Apesar delas, estava ainda mais claro lá fora, o céu banhado de vermelho e alaranjado com a última luz do sol.

Pedra de Toque e os sentinelas baixaram o sarcófago e ergueram as cordas. Ele parecia agora brilhar com sua própria feia luz interna, os sinais bruxuleantes da Magia Livre flutuando na superfície como espuma ou coágulos no sangue. Afora os sentinelas que puxavam as cordas, ninguém se aproximava dele. Os soldados estavam por toda parte, desenrolando arame farpado, enchendo sacos de areia dos jardins de rosas, preparando posições de disparo no segundo andar, amarrando foguetes sinalizadores. Porém, mesmo com todo esse tumulto, havia um círculo vazio em torno do cintilante caixão de Rogir.

Sabriel caminhou na direção de Pedra de Toque, sentindo a relutância de suas pernas, seu corpo se revoltando à simples ideia de se aproximar da luminescência sanguinolenta do sarcófago. Ele parecia irradiar ondas mais poderosas de náusea agora, quando o sol quase se fora. Na penumbra, ele parecia maior, mais forte, sua mágica mais poderosa e maligna.

— Puxem! — gritou Pedra de Toque, levantando as cordas com os soldados. — Puxem!

Lentamente, o sarcófago deslizou pelas velhas pedras do pavimento, avançando pouco a pouco na direção dos degraus dianteiros, onde outros soldados estavam unidos para martelar apressadamente uma rampa de madeira, ajustando-a aos degraus.

Sabriel decidiu deixar Pedra de Toque entregue à sua tarefa e enveredou por um caminhozinho que descia pelo passeio, para um ponto de onde poderia ver os portões de ferro. Ela ficou ali, observando, passando suas mãos nervosamente por sobre as alças dos sinos. Seis sinos agora – todos provavelmente ineficazes contra o poder tenebroso de Kerrigor. E uma espada desconhecida, estranha ao seu toque, mesmo que houvesse sido forjada pelo Construtor do Muro.

O Construtor do Muro. Isso a fez lembrar-se de Mogget. Quem saberia o que ele havia sido, aquela estranha combinação de irascível companheiro para os Abhorsens e fulgurante criação da Magia Livre jurada para matá-los? Desaparecido agora, levado para longe pelo chamado mortífero de Astarael...

Eu deixei este lugar não sabendo quase nada sobre o Reino Antigo e voltei não sabendo muita coisa, Sabriel pensou. Eu sou o mais ignorante dos Abhorsens em séculos de existência e talvez um dos mais dolorosamente postos à prova...

Um barulho de tiros interrompeu seus pensamentos, seguido pelo zumbido de um foguete movendo-se em arco para o céu, seu rastro amarelo seguindo em direção à estrada. Mais tiros se seguiram. Uma rápida saraivada – e depois, um súbito silêncio. O foguete explodiu no abrir de um paraquedas, que lentamente desceu. Em sua luminosidade intensa de magnésio, Sabriel avistou o nevoeiro rolando pela estrada, denso e úmido, se estendendo pela escuridão adentro, tão longe quanto lhe era possível ver.

# capítulo vinte e oito

Sabriel obrigou-se a caminhar de volta às portas principais, em vez de romper numa fuga desesperada. Montes de soldados puderam vê-la — estavam ainda alinhando lanternas, que se irradiavam dos degraus, e vários soldados estavam segurando um rolo de arame concertina, esperando para desenrolá-lo. Olharam ansiosamente para ela quando passou.

O sarcófago estava acabando de deslizar da rampa para o corredor à frente dela. Sabriel poderia ter facilmente passado por ele, mas esperou pelo lado de fora, olhando para longe. Depois de um momento, tornou-se consciente de que Horyse estava perto dela, seu rosto meio iluminado pelas lanternas, meio nas sombras.

— O nevoeiro... o nevoeiro está quase perto dos portões — disse ela, rapidamente demais para tranquilizar.

— Eu sei — respondeu Horyse firmemente. — Aquele disparo foi um piquete. Seis homens e um cabo.

Sabriel fez que sim. Ela havia sentido as suas mortes como ligeiras estocadas em seu estômago. Ela já estava se endurecendo para não perceber, para voluntariamente embotar seus sentidos. Haveria muitas mortes mais naquela noite.

De repente, ela sentiu uma coisa que não era uma morte, mas coisas já mortas. Ela se aprumou bem e exclamou:

— Coronel! O sol realmente se foi, e alguma coisa está chegando, chegando à frente do nevoeiro!

Ela sacou sua espada ao falar, a lâmina do coronel emergindo brilhante um segundo depois. O grupo que lidava com o arame olhou ao redor, sobressaltado, depois correu para os degraus e o corredor. De cada lado da porta, times de dois homens engatilhavam as pesadas metralhadoras montadas em tripés e estendiam suas espadas entre os muros de sacos de areia recém-feitos.

— Segundo andar, prepare-se! — Horyse gritou, e acima de sua cabeça, Sabriel ouviu os ferrolhos de cinquenta rifles ativados. Pelo canto de seu olho, ela viu dois dos sentinelas recuarem e tomarem posição atrás dela, flechas apontadas, arcos preparados. Ela sabia que eles estavam prontos para arrastá-la para dentro, se fosse necessário...

No silêncio expectante, havia apenas os sons habituais da noite. Vento nas grandes árvores que ficavam além do muro da escola, começando a se erguer à medida que o céu escurecia. Grilos que começavam a trilar. Então, Sabriel ouviu a coisa — o rangido aglomerado das juntas dos Mortos, não mais unidas por cartilagem. O andar compassado dos pés dos Mortos, os ossos como cravos estalando pela carne necrosada.

— Ajudantes — disse ela, nervosamente. — Centenas de Ajudantes.

Assim que ela falou, uma sólida muralha de carne morta bateu contra os portões de ferro, lançando-os à frente em fração de segundos, com estrondo. Depois, as formas vagamente humanas se espalharam por toda parte, correndo em direção a eles, as bocas mortas engolindo e silvando numa horripilante paródia de um grito de guerra.

— Fogo!

Na breve demora que se seguiu a esta ordem, Sabriel sentiu o terrível medo de que as armas não funcionassem. Depois, os rifles estalaram e as metralhadoras emitiram um terrível rugido áspero, projéteis redondos e vermelhos sendo arremessados, ricocheteando no pavimento num louco arabesco de terrível violência. As balas rasgaram a carne morta, lascaram os ossos, abateram os Ajudantes por baixo e por cima, mas ainda assim eles continuaram se aproximando, até que ficassem literalmente dilacerados, despedaçados, pendurados no arame.

A descarga diminuiu, mas antes que pudesse cessar inteiramente, outra onda de Ajudantes veio tropeçando, rastejando, correndo pelo portão, deslizando, saltando o muro. Centenas deles, tão densamente embolados que esmagavam o arame e continuavam em frente, até que o último deles fosse ceifado pelas armas bem ao pé dos degraus frontais. Alguns, ainda com um ligeiro vestígio de inteligência humana, recuavam, apenas para serem apanhados por grandes línguas de fogo das granadas de fósforo branco, lançadas do segundo andar.

— Sabriel, vá para dentro! — Horyse ordenou, quando os últimos dos Ajudantes caíram pesadamente e rastejaram em círculos, até que mais balas os atingiram e os imobilizaram.

— Sim — respondeu Sabriel, olhando para o tapete de corpos, os fogos bruxuleantes das lanternas e tochas de fósforo ardendo como velas em alguma horripilante capela mortuária. O fedor de pólvora estava em seu nariz, espalhado pelo seu cabelo, em suas roupas, os canos das metralhadoras emitindo um brilho vermelho maligno que a cercava pelos dois lados. Os Ajudantes já estavam mortos, mas mesmo assim esta destruição em massa os tornava mais nauseantes que qualquer Magia Livre...

Ela entrou, embainhando sua espada. Só então se lembrou dos sinos. Possivelmente, ela teria conseguido subjugar aquela vasta horda de Ajudantes, enviá-los pacificamente de volta para a Morte, sem violência. Mas era tarde demais. E o que teria acontecido se ela tivesse sido dominada?

Os Ajudantes Sombrios seriam os próximos, ela sabia, e não podiam ser detidos pela força física, ou por seus sinos, a menos que viessem em pequeno número... e isso era tão provável quanto a chegada da aurora...

Havia mais soldados no corredor, mas estes estavam com cotas de malha e elmos, com grandes escudos e lanças de pontas largas listradas de prata, e os mais básicos dos sinais da Ordem, traçados em giz e saliva. Estavam fumando e tomando chá na segunda melhor porcelana da escola. Sabriel percebeu que estavam lá para lutar quando as armas de fogo falhassem. Havia um ar de nervosismo controlado entre eles – não exatamente bravata –, apenas uma estranha mistura de competência e cinismo. Fosse o que fosse, fez Sabriel caminhar casualmente entre eles, como se ela não estivesse com pressa alguma.

– ... noite, senhora.

– É bom ouvir as armas, hein? A bem dizer, não vão nunca chegar lá!

— Continuando assim, não vão precisar de nós.
— Não como no Perímetro, não é, senhora?
— Boa sorte com o sujeito que está lá no estojo de cigarro de metal, senhora.
— Boa sorte para todos vocês — respondeu Sabriel, tentando sorrir em resposta a seus sorrisos forçados. Então, a descarga recomeçou e ela estremeceu, perdendo o sorriso, mas a atenção dos homens se desviara dela, voltada para outra coisa lá fora. Eles não eram assim tão displicentes quanto fingiam ser, ela pensou, enquanto seguia pelas portas laterais que conduziam do corredor para dentro da Grande Sala.

Ali, o estado de espírito era muito mais apreensivo. O sarcófago estava erguido no extremo da sala, repousando sobre o estrado de palestras. Todo mundo estava o mais distante possível, no outro extremo. Os sentinelas estavam de lado, também tomando chá. A magistrada Greenwood estava conversando com Pedra de Toque no meio, e as trinta ou mais garotas — mulheres jovens, realmente — estavam enfileiradas na parede oposta à dos soldados. Tudo era um pouco como uma paródia bizarra de uma dança escolar.

Atrás das espessas paredes de pedra e janelas fechadas da Grande Sala, o fogo cerrado quase podia ser confundido com uma queda de granizo ruidosa, com as granadas fazendo o papel de trovoada, mas não se você tivesse consciência do que era. Sabriel caminhou para o centro da sala e gritou.

— Magas da Ordem! Por favor, venham aqui.

Elas vieram, as mulheres jovens mais rapidamente do que os soldados, que estavam demonstrando o cansaço do dia de trabalho e da proximidade do sarcófago. Sabriel olhou para as estudantes, seus rostos claros e abertos, uma fina camada de medo sobre a excitação condimentada pelo desconhecido. Duas de suas melhores amigas de escola, Sulyn e Ellimere, estavam no meio do grupo, mas ela se sentia muito distante delas agora. Provavelmente estava demonstrando isso também, pensou, vendo o respeito e algo parecido a espanto que havia nos olhos delas. Até os sinais da Ordem nas suas testas pareciam frágeis imitações cosméticas, embora ela soubesse que eram reais. Era tão injusto que elas tivessem sido envolvidas nisso...

Sabriel abriu sua boca para falar e o ruído de metralhadora subitamente cessou, quase como uma deixa. No silêncio, uma das garotas dava risinhos nervosos. Sabriel, contudo, sentiu subitamente muitas mortes virem de uma vez só e um pavor familiar tocou sua espinha com dedos frios. Kerrigor estava se aproximando. Era seu poder que havia silenciado as armas, não uma diminuição do ataque. Vagamente, ela conseguia ouvir gritos e até... berros... do lado de fora. Eles estariam lutando com armas mais antigas agora.

— Vamos depressa! – disse ela, caminhando em direção ao sarcófago enquanto falava. – Devemos fazer um círculo de mãos dadas em torno do sarcófago. Magistrada, ponha todas nos lugares. Tenente, por favor, coloque seus homens entre as garotas...

Em qualquer outro lugar, em qualquer outra época, haveria piadinhas obscenas e risadinhas com isso. Ali, com os Mortos se espalhando pelo edifício, e o sarcófago pairando em meio a eles, era simplesmente uma instrução. Os homens moveram-se rapidamente para os seus lugares, as jovens deram-se as mãos convictamente. Em poucos segundos, o sarcófago estava cercado por Magos da Ordem.

Ligada pelo toque agora, Sabriel não precisava falar. Ela sentia todos no círculo. Pedra de Toque estava à sua direita, um calor familiar e poderoso. A sra. Greenwood estava à sua esquerda, menos poderosa, mas não sem habilidade – e assim por diante, por todo o círculo.

Lentamente, Sabriel trouxe os sinais da Ordem para abertura à parte dianteira de sua mente. Os sinais cresceram, o poder crescendo mais e mais em torno do círculo, crescendo em força até que começou a projetar-se para o interior, como o vórtice redutor de um redemoinho. Uma luz dourada começou a correr pelo sarcófago, as riscas visíveis girando no sentido horário em torno dele, com velocidade cada vez maior.

Mas Sabriel ainda mantinha o poder da Magia da Ordem fluindo para o centro, extraindo tudo que os Magos da Ordem pudessem produzir. Soldados e garotas de escola cambalearam, e alguns caíram ajoelhados, mas as mãos permaneciam interligadas, o círculo completo.

Lentamente, o próprio sarcófago começou a virar na plataforma, com um guincho medonho, como uma enorme dobradiça não lubrificada. O vapor saiu aos borbotões por baixo de sua tampa, mas a luz dourada varreu-o para longe. Ainda guinchando, o sarcófago começou a girar cada vez mais rapidamente, até se tornar um borrão de bronze, vapor branco e luz amarelo-ovo. Depois, com um grito mais penetrante que qualquer outro que já dera, ele repentinamente parou, a tampa pulando longe para se arremessar sobre as cabeças dos Magos da Ordem, esmagando-se no chão a uns bons trinta passos de distância.

A Magia da Ordem se foi também, como se jogada por terra devido a seu sucesso, e o círculo desmoronou com pouco mais que a metade dos participantes ainda em pé.

Cambaleando, com suas mãos ainda fortemente apertadas por Pedra de Toque e a magistrada, Sabriel caminhou tropegamente rumo ao sarcófago e olhou para dentro.

— Nossa! — disse a sra. Greenwood, com um olhar de relance sobressaltado para Pedra de Toque. — Ele é igual a você!

Antes que Pedra de Toque pudesse responder, o aço se entrechocou no corredor e a gritaria ficou mais alta. Os sentinelas que ainda estavam a postos sacaram suas espadas e correram para as portas, mas, antes que pudessem chegar a elas, outros soldados foram entrando, ensanguentados, aterrorizados, correndo para os cantos, atirando-se no chão, e soluçavam, ou riam, ou tremiam em silêncio.

Atrás dessa torrente vinham alguns integrantes da soldadesca pesadamente encouraçada do corredor. Estes homens ainda tinham algum controle. Em vez de continuarem correndo, eles se arremessaram contra as portas e colocaram as travas no lugar.

— Ele está dentro das entradas principais! — gritou um deles na direção de Sabriel, seu rosto branco de terror. Não havia dúvida alguma sobre quem "ele" era.

— Rápido, vamos aos ritos finais! — Sabriel disse asperamente. Ela soltou suas mãos das outras e estendeu-as sobre o corpo, formando os sinais de fogo, purificação e pacificação em sua mente. Ela não olhava para o corpo detidamente. Rogir realmente se parecia muito com um Pedra de Toque adormecido e indefeso.

Ela estava cansada e ainda havia proteções da Magia Livre em torno do corpo, mas o primeiro sinal logo pairou no ar. Pedra de Toque havia transferido a mão para o ombro dela, vertendo poder para seu interior. Outros do círculo haviam se arrastado pelo chão e dado as mãos novamente – e de repente Sabriel sentiu uma onda de alívio. Eles iam conseguir – o corpo humano de Kerrigor seria destruído, e com ele, a maior parte de seu poder...

Então, toda a parede norte explodiu, tijolos caindo, pó vermelho soprando como uma onda líquida, atingindo todos com destroços ofuscantes e sufocadores.

Sabriel deitou-se no chão, tossindo, as mãos empurrando debilmente o piso, os joelhos arranhando quando tentava levantar-se. Havia pó e areia em seus olhos, e as lanternas todas haviam se apagado. Cega, ela tateou ao seu redor, mas havia ali apenas o bronze ainda escaldante do sarcófago.

– O preço em sangue deve ser pago – disse uma voz crepitante e inumana. Uma voz familiar, embora não com os tons líquidos e sufocados de Kerrigor... mas com a terrível fala da noite na Cova Santa, quando a Asa de Papel havia se incendiado.

Fechando os olhos com força, Sabriel se arrastou para longe do som em torno do sarcófago. Ela não recomeçou a falar imediatamente, mas Sabriel a ouvia aproximar-se, o ar estalando e zumbindo à sua passagem.

– Eu devo entregar meu último fardo – disse a criatura. – Depois, a barganha estará feita e poderei receber a retribuição.

Sabriel fechou os olhos novamente, lágrimas escorrendo por seu rosto. A visão lentamente voltou, um quadro tecido por lágrimas e os primeiros raios de luar que atravessavam a parede despedaçada, um quadro embaçado pelo pó vermelho dos tijolos pulverizados.

Todos os sentidos de Sabriel estavam gritando dentro dela. A Magia Livre, os Mortos, perigo por toda parte...

A criatura que uma vez havia sido Mogget ardia a pouco mais que quatro metros de distância. Era mais atarracada do que parecera a princípio, mas igualmente deformada, um corpo pastoso que lentamente avançava sobre ela no topo de uma coluna de energias que se retorciam e redemoinhavam.

Um soldado subitamente pulou para trás dela, enfiando uma espada em suas costas profundamente. Ela mal notou, mas o homem gritou e explodiu em chamas brancas. Dentro de um segundo, ele estava consumido, sua espada transformada num pedaço de metal fundido, chamuscando as grossas tábuas de carvalho no piso.

— Eu lhe trago a espada de Abhorsen — disse a criatura, deixando cair um objeto longo e pouco visível de lado. — E o sino chamado Astarael.

Esse, ela deixou cair cuidadosamente, a prata brilhando momentaneamente antes que fosse baixado ao mar de poeira.

— Aproxime-se, Abhorsen. Faz muito tempo que nós começamos.

A coisa então deu uma risada, um som parecido ao de um fósforo se acendendo, e começou a se mover em torno do sarcófago. Sabriel afrouxou o anel em seu dedo e avançou de lado a boa distância, mantendo o sarcófago entre eles, seus pensamentos correndo em disparada. Kerrigor estava muito perto, mas poderia ainda haver tempo para fazer esta criatura transformar-se em Mogget outra vez e completar os ritos finais...

— Pare!

A palavra foi como uma lambida repugnante de uma língua reptiliana no rosto de Sabriel, mas havia poder por trás dela. Sabriel ficou imóvel, contra a sua própria vontade, tal como ficou a coisa flamejante. Sabriel tentou olhar além dela, tapando seus olhos contra a luz, tentando decifrar o que estava acontecendo no outro extremo da sala.

Não que ela realmente precisasse ver.

Era Kerrigor. Os soldados que haviam barrado a porta jaziam em torno dele, pálidas ilhas de carne sobre um mar de escuridão. Ele não tinha forma agora, mas havia feições semi-humanas no grande borrão de tinta de sua presença. Olhos de fogo branco e uma boca escancarada riscada por brasas bruxuleantes de um vermelho tão escuro quanto o sangue coagulado.

— Abhorsen é minha — crocitou Kerrigor, sua voz profunda e de algum modo líquida, como se suas palavras subissem borbulhantes como lava misturada com saliva. — Você vai deixá-la para mim.

A coisa-Mogget estalou e se moveu novamente, faíscas brancas caindo como minúsculas estrelas em seu rastro.

— Esperei tempo demais para permitir que minha vingança seja tomada por outro! — silvou a coisa, terminando num gemidinho estridente que tinha ainda algo da voz do gato. Depois, voou para cima de Kerrigor, um brilhante cometa elétrico se arremessando contra a escuridão do corpo dele, esmagando sua substância de sombras como um martelo amaciando carne.

Por um momento, ninguém se moveu, chocado pelo inesperado do ataque. Depois, a forma escura de Kerrigor lentamente se recompôs, longas gavinhas de escuro amargo envolvendo seu atacante luminoso, sufocando-o e absorvendo-o com a implacável voracidade de um polvo que estivesse estrangulando uma tartaruga de casco brilhante.

Desesperadamente, Sabriel olhou ao redor à procura de Pedra de Toque e da magistrada Greenwood. O pó dos tijolos ainda estava caindo lentamente pelo ar clareado por luz do luar, como algum gás mortal cor de ferrugem, os corpos jaziam ao redor, parecendo vítimas de seu gás sufocador. Mas tinham sido atingidos por tijolos ou lascas de madeira trazidas pelo esmagamento dos bancos de igreja.

Sabriel viu a magistrada primeiro, estendida um pouco além, encolhida de lado. Qualquer um poderia ter achado que ela estava simplesmente desmaiada, mas Sabriel sabia que ela estava morta. Atingida por uma lasca longa em forma de estilete que partira de um banco despedaçado, a madeira rija como ferro a havia trespassado.

Ela sabia que Pedra de Toque estava vivo — e ali ele estava, apoiado contra uma pilha de alvenaria. Seus olhos refletiam a luz do luar.

Sabriel caminhou para ele, pisando entre os corpos e o entulho, as poças de sangue recém-derramado e os feridos silenciosos e sem esperança.

— Minha perna está quebrada — Pedra de Toque disse, sua boca demonstrando a dor que sentia. Ele inclinou a cabeça na direção do vão profundo que havia na parede. — Fuja, Sabriel. Enquanto ele está ocupado. Fuja para o sul. Viva uma vida normal...

— Não posso — respondeu Sabriel suavemente. — Eu sou o Abhorsen. Além disso, como você poderia fugir comigo, com sua perna quebrada?

— Sabriel...

Mas Sabriel já havia se afastado. Ela apanhou o Astarael, as mãos práticas o tranquilizando. Mas não havia necessidade, pois o sino estava entupido com pó de tijolo, sua voz silenciada. Não soaria claramente até que fosse limpo, com paciência, magia e nervos firmes. Sabriel olhou fixo para ele por um segundo, e depois o recolocou delicadamente no chão.

A espada de seu pai estava a poucos passos de distância. Ela apanhou-a e viu os sinais da Ordem fluírem pela lâmina. Desta vez, eles não escorreram formando a inscrição habitual, mas disseram: "O Clayr me viu, o Construtor do Muro me fez, o rei me dominou, o Abhorsen me maneja para que nenhum morto caminhe pela Vida. Pois este não é o seu caminho."

— Este não é o caminho deles — sussurrou Sabriel. Ela assumiu a posição de guarda e olhou com decisão para a sala na direção do retorcido volume de escuridão que era Kerrigor.

# capítulo vinte e nove

Kerrigor parecia ter acabado com a criatura da Magia Livre que um dia fora Mogget. Sua grande nuvem de escuridão estava completa novamente, sem nenhum sinal de fogo branco, nenhuma luminosidade ofuscante se debatendo por dentro.

Ele estava singularmente imóvel e Sabriel teve uma breve esperança de que estivesse de algum modo ferido. Então, veio a compreensão medonha. Kerrigor estava fazendo a digestão, como um glutão depois de uma refeição excessivamente farta.

Sabriel tremeu com esta ideia, a bílis manchando sua boca. Não que seu fim pudesse ser melhor. Tanto ela quanto Pedra de Toque seriam levados vivos, e mantidos deste modo até que ele bombeasse para fora todo o seu sangue, gargantas abertas, lá embaixo, no escuro do reservatório...

Ela balançou a cabeça, dissipando essa imagem. Tinha que haver alguma coisa... Kerrigor tinha que ser mais fraco, tão longe do Reino Antigo... talvez houvesse enfraquecido mais do que sua Magia da Ordem. Ela duvidava que um sino apenas pudesse subjugá-lo, mas e se usasse dois, em uníssono?

Estava escuro na sala, exceto pela luz do luar caindo sobre a parede desmoronada atrás dela. E havia silêncio. Até os feridos estavam deslizando para longe em silêncio, seus gritos emudecidos, seus últimos desejos sussurrados. Eles mantinham sua agonia em reserva, como se um grito pudesse atrair a atenção errada. Havia coisas piores do que a morte na sala...

Mesmo na escuridão, a forma de Kerrigor era mais escura. Sabriel observou-o cuidadosamente, desatando as correias que prendiam Saraneth e Kibeth à sua mão esquerda. Ela sentia outros Mortos por toda parte, mas nenhum deles entrava na sala. Havia ainda homens com quem lutar e se banquetear. O que acontecia na sala era assunto de seu Mestre.

As correias foram desatadas. Kerrigor não se moveu, seus olhos flamejantes cerrados, sua boca feroz fechada.

Num movimento rápido, Sabriel embainhou sua espada e sacou os sinos.

Kerrigor então se moveu. Rapidamente, seu volume escuro avançou, reduzindo pela metade o vão entre eles. Ele estava mais alto também, estendendo-se para o alto até quase alcançar o forro abobadado. Seus olhos se abriram por completo, encolerizando-se, ardendo de fúria, e ele falou:

— Brinquedos, Abhorsen. É tarde demais. Excessivamente tarde.

Não eram apenas as palavras que ele falava, mas também o poder, o poder da Magia Livre, que gelavam os nervos de Sabriel, paralisando seus músculos. Desesperadamente, ela lutou para tocar os sinos, mas seus pulsos estavam presos no lugar...

Lentamente, de modo suplicante, Kerrigor deslizou para frente, até que estivesse à mera distância de um braço, elevando-se sobre ela como uma estátua colossal esculpida em treva, sua respiração bafejando sobre ela com o fedor de mil matadouros.

Alguém – uma garota emitindo baixinho seu último suspiro no chão – tocou o tornozelo de Sabriel com uma leve carícia. Uma pequena faísca de Magia da Ordem dourada saiu do toque agonizante, dilatando lentamente as veias de Sabriel, subindo para a cabeça, aquecendo as juntas, liberando os músculos. Por fim, ela chegou aos seus pulsos e mãos – e os sinos soaram.

Não era o claro e verdadeiro som que deveria ser, pois de algum modo a corpulência de Kerrigor absorvia o som e o deformava, mas teve um efeito. Kerrigor deslizou para trás e foi reduzido, até que ficou com pouco mais do dobro da altura de Sabriel.

Mas ele não estava sujeito à vontade de Sabriel. Saraneth não o prendeu e Kibeth apenas conseguiu fazê-lo recuar.

Sabriel tocou os sinos novamente, concentrando-se no difícil contraponto entre eles, forçando toda a sua vontade em favor de sua magia. Kerrigor tinha que cair sob seu domínio, tinha que caminhar para onde ela desejasse...

E, por um segundo, ele o fez. Não caminhou para a Morte, pois ela não tinha poder para tanto, mas para seu corpo original, dentro do sarcófago quebrado. Até mesmo quando o repique dos sinos se apagou, Kerrigor estava mudado. Os olhos e a boca ferozes fundiram-se como cera derretida e seu estofo de sombras dobrou-se numa estreita coluna de fumaça, que subiu rugindo para o forro. Pairou entre as vigas por um momento, e depois desceu com um grito medonho, entrando diretamente na boca aberta do corpo de Rogir.

Com esse grito, Saraneth e Kibeth se partiram, cacos de prata caindo como estrelas quebradas, esmagando-se no chão. Os cabos de mogno transformaram-se em pó, desfazendo-se entre os dedos de Sabriel como fumaça.

Sabriel fixou o olhar em suas mãos vazias por um segundo, ainda sentindo a áspera impressão das alças dos sinos... depois, sem nenhum pensamento consciente, surgiu um cabo de espada em sua mão quando ela avançava para o sarcófago. Mas, antes que pudesse ver o que havia dentro dele, Rogir levantou-se e olhou para ela — olhou com os ardentes olhos cavos de Kerrigor.

— Uma inconveniência — disse ele, com uma voz que era parcialmente mais humana. — Eu devia ter-me lembrado de que você era uma pirralha causadora de problemas.

Sabriel investiu sobre ele, a espada produzindo faíscas brancas ao atingi-lo, perfurando seu peito para se projetar do outro lado. Mas Kerrigor apenas ria e se estendeu até pegar a lâmina com as duas mãos, os nós dos dedos esbranquiçados contra a espada que faiscava prata. Sabriel puxou a espada, mas ela não se soltava.

— Nenhuma espada pode me ferir — disse Kerrigor, com uma risadinha parecida à tosse de um moribundo. — Nem mesmo uma que tenha sido feita pelos Construtores do Muro. Não agora, quando eu finalmente assumi o último de seus poderes. Poder que governou antes da Ordem, poder que ergueu o Muro. Eu o tenho agora. Eu tenho aquela marionete quebrada, meu meio-irmão, e eu tenho você, minha Abhorsen. Poder e sangue, sangue para a quebra das Pedras!

Ele estendeu as mãos e puxou a espada mais para o fundo de seu peito, até que o cabo se alojasse contra a sua pele.

Sabriel tentou soltá-lo, mas ele foi rápido demais, uma mão gelada apoderou-se de seu antebraço. Irresistivelmente, Kerrigor puxou-a em sua direção.

— Você dormirá, inconsciente, até que as grandes Pedras estejam prontas para seu sangue? — sussurrou Kerrigor, seu hálito ainda fedendo a carniça. — Ou você ficará desperta, acompanhando tudo que acontecerá?

Sabriel olhou-o fixamente, enfrentando seu olhar pela primeira vez. Teria sido impressão ou ali, no fogo de inferno dos seus olhos, ela conseguira ver uma fraquíssima faísca de branco flamejante? Soltou o punho esquerdo e sentiu o anel prateado deslizar para baixo em seu dedo. Ele estava se expandindo?

— O que você prefere, Abhorsen? — continuou Kerrigor, sua boca se descascando, sua pele já se rachando nos cantos, o espírito em seu interior corroendo até sua carne magicamente preservada. — Seu amado rasteja em nossa direção, uma visão patética, mas eu serei o dono do próximo beijo...

O anel estava dependurado na mão de Sabriel, escondido atrás de sua palma. Ele havia crescido, mas ela ainda sentia o metal se expandindo...

Os lábios cheios de bolhas de Kerrigor se moveram na direção dela e o anel ainda se mexia em sua mão. O hálito de Kerrigor era opressivo, fedendo a sangue, mas há muito ela havia superado a ânsia de vômito. Ela virou sua cabeça para o lado no último segundo e sentiu a carne seca e cadavérica resvalar em seu rosto.

— Um beijo fraternal. — Kerrigor riu entre dentes. — Um beijo para um primo que a conhece desde o seu nascimento, ou de pouco antes dele, mas não o bastante...

De novo, suas palavras não eram apenas palavras. Sabriel sentiu uma força se apoderar de sua cabeça e movê-la para trás para olhá-lo, enquanto a sua boca fora forçada para o lado, como numa expectativa apaixonada.

Mas seu braço esquerdo estava livre.

A cabeça de Kerrigor se curvou para frente, seu rosto foi ficando cada vez maior – e depois um brilho prateado lampejou entre ele e Sabriel, e o anel enlaçou o seu pescoço.

Sabriel sentiu a pressão estalar e recuou, tentando se afastar. Mas Kerrigor não soltou o seu braço. Ele pareceu surpreso, mas não ansioso. Sua mão direita subiu para tocar o aro, as unhas caíram quando ele o fez, ossos já se salientando nas pontas dos dedos.

– O que é isto? Alguma relíquia de...

O anel apertou com força, cortando a carne mole de seu pescoço, revelando a sólida escuridão que havia por baixo. Esta também foi comprimida, empurrada mais para o fundo, pulsando ao tentar escapar. Dois olhos flamejantes olharam para baixo, incrédulos.

– Impossível – gemeu Kerrigor. Rosnando, ele empurrou Sabriel para longe, atirando-a no chão. Num mesmo movimento, arrancou a espada de seu peito, a lâmina saindo lentamente com um som parecido ao de uma raspagem em madeira de lei.

Velozes como uma cobra, o braço e a espada se projetaram, atravessando Sabriel pela armadura e pela carne, perfurando o piso de madeira abaixo. A dor explodiu e Sabriel gritou, seu corpo se convulsionando em torno da lâmina numa medonha curva reflexiva.

Kerrigor deixou-a ali, empalada como um inseto numa coleção, e avançou por sobre Pedra de Toque. Sabriel, através dos olhos embaçados de dor, viu Kerrigor olhar para baixo e rachar uma longa lasca irregular de um dos bancos de igreja.

— Rogir — Pedra de Toque disse. — Rogir.

A lasca baixou com um estrangulado guincho de fúria. Sabriel fechou seus olhos e olhou para longe, deslizando para um mundo só seu, um mundo de dor. Ela sabia que deveria fazer alguma coisa para deter o sangue que derramava de seu estômago, mas agora — com Pedra de Toque morto — ela apenas permaneceu onde estava e deixou-o sangrar.

Depois, Sabriel percebeu que não havia sentido a morte de Pedra de Toque.

Olhou novamente. A lasca havia se quebrado em sua armadura. Kerrigor estava estendendo as mãos à procura de uma nova lasca, mas o anel prateado havia descido até seus ombros agora, retalhando a carne à medida que ia descendo, como um descaroçador de maçã lançando o espírito morto para fora de seu cadáver via perfuração.

Kerrigor lutou e guinchou, mas o anel prendeu seus braços. Saltando loucamente, ele lançou-se de um lado para outro, procurando livrar-se do aro de prata que o prendia — só conseguindo fazer com que ainda mais carne fosse retalhada, até que não restou nenhuma, nada além de uma furiosa coluna de escuridão, espremida por um anel de prata.

Depois, a coluna desabou sobre si mesma como um edifício demolido, para tornar-se um montículo de sombra ondulante, o anel prateado brilhando como uma tiara. Um olho vermelho cintilante reluzia em meio à prata — mas era apenas o rubi, aumentado para combinar com o metal.

Havia sinais da Ordem no anel novamente, mas Sabriel não conseguiu lê-los. Seus olhos não conseguiam focar e estava escuro demais. A luz do luar parecia ter desaparecido. Ainda assim, ela sabia o que devia ser feito. Saraneth – sua mão se arrastou para a correia, mas o sexto sino não estava lá – nem o sétimo, nem o terceiro. Descuido meu, pensou Sabriel, descuido, mas eu devo completar o aprisionamento. Sua mão caiu sobre Belgaer por um momento e ela quase o retirou – mas, não, isso seria liberar... Finalmente, ela pegou Ranna, choramingando de dor causada mesmo por aquele minúsculo movimento.

Ranna estava incomumente pesado, para um sino tão leve. Sabriel pousou-o sobre o seu peito por um momento, juntando forças. Depois, deitando-se de costas, transfixada por sua própria espada, ela fez o sino soar.

Ranna soou docemente e pareceu confortador, como uma cama longamente esperada. O som ecoou ao longo da sala e fora dela, chegando onde uns poucos homens ainda lutavam com os Mortos. Todos que o ouviram cessaram suas lutas e se deitaram. Os gravemente feridos deslizaram facilmente para a Morte, juntando-se aos Mortos que haviam seguido Kerrigor. Aqueles que tinham se ferido menos caíram num sono reparador.

O montículo de escuridão que havia sido Kerrigor quebrou-se em dois hemisférios distintos, divididos por um anel de prata equatorial. Gradualmente, eles se derreteram em duas formas diferentes – dois gatos, presos pela garganta como dois gêmeos siameses. Depois, o anel prateado se partiu em dois, um para cada pescoço, e os gatos se separaram. Os anéis perderam seu brilho, a cor e a textura mudaram lentamente, até que se transformaram em duas tiras de couro vermelho, cada uma delas carregando um sino em miniatura, uma réplica de Ranna.

Dois pequenos gatos lado a lado. Um preto, outro branco. Ambos avançaram, as gargantas se movendo, e cada um deles cuspiu um anel de prata. Os gatos bocejaram quando os anéis rolaram na direção de Sabriel, depois se encolheram e foram dormir.

Pedra de Toque olhou os anéis rolando pelo pó, a prata reluzindo à luz da lua. Eles tocaram nas costas de Sabriel, mas ela não os pegou. Suas duas mãos ainda seguravam Ranna, mas este estava mudo, descansando abaixo de seus seios. Sua espada surgiu acima dela, a lâmina e o cabo lançando a sombra enluarada de uma cruz sobre seu rosto.

Alguma coisa de suas lembranças da infância atravessou a mente de Pedra de Toque num lampejo. Uma voz, a voz de um mensageiro, falando à sua mãe.

— Alteza, trazemos notícias dolorosas. O Abhorsen está morto.

# epílogo

A morte pareceu mais fria do que nunca, Sabriel pensou, e ficou imaginando por quê, até que percebeu que ainda estava estendida. Na água, sendo carregada pela correnteza. Por um momento, começou a lutar, e depois relaxou.

— Tudo e todos têm um tempo para morrer... — sussurrou ela. O mundo vivo e suas preocupações pareceram muito distantes. Pedra de Toque vivia e isso a alegrou, na medida em que ela conseguia sentir alguma coisa. Kerrigor fora derrotado, aprisionado, se não realmente morto. Seu trabalho estava feito. Logo ela ultrapassaria o Nono Portal e descansaria para sempre...

Alguma coisa agarrou seus braços e pernas, tirou-a da água e colocou-a a seus pés.

— Ainda não chegou a sua hora — disse uma voz, repetida por metade de uma centena de outras.

Sabriel fechou os olhos, perplexa, pois havia ali muitas formas humanas brilhantes em torno dela, pairando por sobre a água. Mais do que ela poderia contar. Não espíritos Mortos, mas outra coisa, tal como o enviado da mãe chamado pelo barco de papel. Suas formas eram vagas, mas instantaneamente reconhecíveis, pois todas usavam o azul-escuro com as chaves prateadas. Todos eram um Abhorsen.

— Volte — disseram em coro. — Volte.

— Você é o último Abhorsen — disseram as vozes em sussurros, as formas brilhantes se aproximando. — Você não pode passar deste caminho enquanto não houver outro. Você tem a força em seu interior. Viva, Abhorsen, viva...

Subitamente, ela tinha realmente a força. Suficiente para rastejar, vadear e subir pelo rio, e cuidadosamente margear de volta à Vida, a sua escolha brilhante ficando para trás no momento derradeiro. Um deles — talvez seu pai — tocou levemente a sua mão um instante antes de ela deixar o reino da Morte para trás.

Um rosto oscilou em seu campo visual — o de Pedra de Toque, baixando os olhos fixos sobre ela. Um som atingiu seus ouvidos, o de sinos roucos e distantes que pareciam fora de lugar, até que ela percebeu que eram sirenes de ambulâncias, ambulâncias que chegavam da cidade. Ela não conseguia sentir a presença de morto algum, nem sentir nenhuma grande magia, Livre ou da Ordem. Mas agora Kerrigor havia desaparecido e eles estavam a quase sessenta e cinco quilômetros distantes do Muro...

— Viva, Sabriel, viva — Pedra de Toque estava murmurando, segurando suas mãos geladas, seus próprios olhos tão embaçados com lágrimas que ele não notou quando os dela se abriram. Sabriel sorriu, e depois fez uma careta quando a dor voltou. Ela olhou de lado a lado, perguntando-se quanto tempo levaria para Pedra de Toque perceber.

As luzes elétricas haviam retornado a algumas partes da sala e os soldados estavam colocando lanternas outra vez. Havia mais sobreviventes do que ela esperara, atendendo aos feridos, colocando esteios nas paredes perigosas, até mesmo varrendo o pó de tijolos e o mofo de túmulo.

Havia também muitos mortos e Sabriel suspirou ao deixar seus sentidos vagarem. O coronel Horyse, morto sobre os degraus. A magistrada Greenwood, sua inocente colega de escola Ellimere e seis outras garotas. Pelo menos metade dos soldados...

Seus olhos vagaram até regiões mais próximas, para os dois gatos que dormiam, para os anéis prateados próximos a ela no chão.

— Sabriel!

Pedra de Toque havia finalmente percebido. Sabriel virou seu olhar para ele e ergueu sua cabeça cuidadosamente. Ele tinha removido a sua espada, ela viu, e várias de suas amigas da escola haviam lançado um feitiço de cura, bom o bastante para o momento. Tipicamente, Pedra de Toque não havia feito nada por sua própria perna.

— Sabriel — repetiu ele. — Você está viva!

— Sim — disse Sabriel, com alguma surpresa. — Estou.

Impressão e acabamento: Editora JPA Ltda.